KB096949

안녕,
드뷔시
전주곡

휠체어 탐정의 사건 파일

안녕, 드뷔시 전주곡

휠체어 탐정의 사건 파일

나카야마 시치리 단편 연작소설 ― 문지원 옮김

블루홀6

안녕, 드뷔시 전주곡

초판 1쇄 발행 2019년 11월 7일 | **초판 2쇄 발행** 2019년 11월 27일

지은이 나카야마 시치리 | **옮긴이** 문지원

책임편집 민현주 | **디자인** 박진범 | **제작** 송승욱 | **발행인** 송호준

발행처 블루홀식스 | **출판등록** 2016년 4월 5일 제2016-000100호
주소 경기도 파주시 회동길 483-1 | **전화** (031)955-9777 | **팩스** (031)955-9779
이메일 blueholesix@naver.com

ISBN 979-11-89571-08-5 (03830)
정가 14,500원

차례

일러두기

◈ 본문의 각주는 전부 독자의 이해를 돕기 위한 옮긴이주입니다.

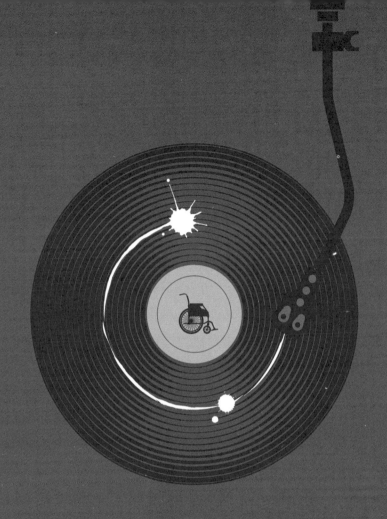

제1화

휠체어 탐정의 모험

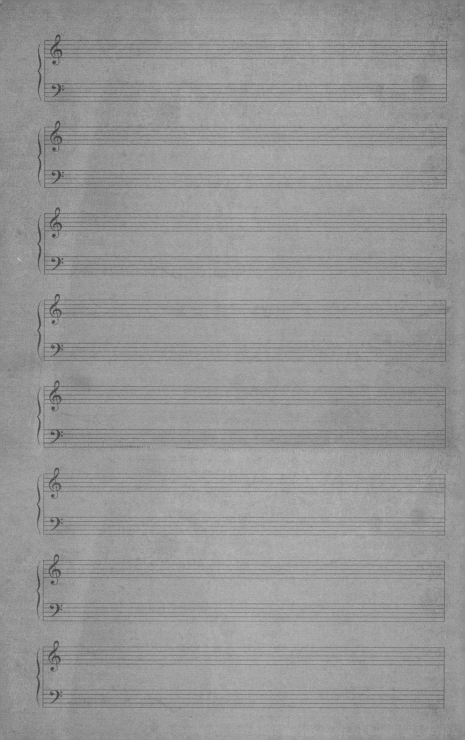

1

"이걸 지금 먹으라고 내놓은 게야!?"

고즈키 겐타로는 버럭 소리치며 앞에 있던 음식을 뒤집어엎었다. 쿠시야키*와 테바사키**에 닭고기 요리와 제철 채소가 식탁 위에 사방팔방으로 쏟아졌고, 마침 그 자리에 있던 나카이***가 헉 하고 숨 넘어가는 소리를 냈다.

"노인네에 환자식만 먹는다고 맛도 모르는 반편이일 거라고 생각한 게야? 이런 우라질. 이봐 하루미. '평소 신세 지고 있는 것에 대한 감사 인사'라는 게 고작 이런 썩어빠진 코친****인가!?"

"아뇨, 저기, 그것이……."

---

*　　꼬치구이.
**　　닭 날개살 중 윗부분을 구운 요리.
***　　일본 전통 요릿집에서 요리를 내놓는 등 손님을 접대하는 여성 종업원.
****　일본 나고야 지역의 독자적인 닭 품종.

부름 당한 하루미 젠조는 번개라도 맞은 듯 허리를 꼿꼿이 폈다.

"니, 니, 니 니시키에서도 유서 깊은 유명 음식점의 대표 요리로, 맛있어서 저도 거의 매주⋯⋯."

"자네의 혀에는 미뢰*가 단 하나도 없는 건가? 이게 무슨 나고야 코친이야. 이딴 건 개밥으로나 쓰면 딱이야. 바보 같으니라고!"

그리고 젠타로는 나카이에게 화살을 돌렸다.

"선대가 영업할 때는 나도 여기서 자주 손님을 대접했는데, 대가 바뀌자마자 식재료는 말할 것도 없고 근본적인 마음가짐까지 글러 먹은 게 보여. 손님의 입맛은 뒷전이고 돈이나 세고 있다니 지금쯤이면 선대도 저승에서 울고 있을 게야. 나카이, 내가 하는 말이 무슨 뜻인지 알겠나? 도대체 한 마리당 얼마나 남겨먹는 거야. 자, 말해 보게."

휠체어에 앉아 몸을 앞으로 기울였을 뿐이지만 그 도깨비 같은 얼굴이 다가오자 가여운 나카이는 엉덩이를 붙인 채 바들바들 떨기 시작했다.

그 모습을 보고 있던 요양보호사 쓰즈키 미치코는 포기한 듯 한숨을 쉬었다. 이 영감님은 가만히 있으면 인자한 할아버지 같아서 그만 방심해 버리지만 본성은 폭력단 행동대장보다도 성미가 사납다. 이런 겉모습에 속아서 지금까지 몇십 명이나 되는 경솔한 사람들이 지뢰를 밟았던가.

---

* 　맛을 느끼게 하는 감각 세포.

이후 전개도 얼추 짐작이 간다. 오카미*부터 주방장, 그 외 여러 사람들을 앞에 죽 세워 놓고 모두의 얼굴이 창백해질 때까지 끝없는 질책을 반복할 것이다. 그럴 때마다 겐타로는 매우 의기양양해서, 혹시 다른 사람을 나무라고 싶어서 분노를 모아두고 있는 것은 아닐까 미치코는 생각하곤 한다. 그러니까 그만두면 좋으련만, 안색이 변해서 달려온 오카미가 "이 닭은 안조에 있는 양계장에서 당일 아침에 직송으로 납품 받는 나고야 코친입니다" 같은 쓸데없는 설명을 시작했을 때, 잔뜩 벼르고 있던 겐타로가 입맛을 다시는 소리가 들려오는 것 같았다.

"그런가, 오카미. 그렇다면 양계장이 가짜를 납품하든가, 그게 아니면 내 혀가 둔하든가 둘 중 하나라는 말이군. 자알 알겠네. 그렇다면 어디 민간 검사 기관에 DNA 검사라도 받아 볼까? 그것도 보건소까지 불러서 말이야. 요즘은 검사의 정확도도 높아졌다는 것 같으니 서로 납득할 만한 결과가 나오지 않겠나."

그러자 이번에는 오카미가 학질에 걸린 사람처럼 떨기 시작했다. 이렇게 되자 고양이 앞에 있는 쥐 같은 신세였지만, 어설픈 항변이 불에 기름을 부은 격이 되어 겐타로의 예리한 말발은 이제 멈출 줄 몰랐다. 겐타로는 휠체어와 함께 바싹 다가가 오카미를 벽쪽으로 몰아붙여 퇴로를 차단하고 코가 닿을 정도로 얼굴을 들이밀었다.

"이런 상놈의 자식들 같으니라고. 국내산 닭이라도 귀엽게 봐줄

****   일본 전통 요릿집의 여주인.

까 말깐데 수입산 냉동육 따위로 속이다니. 손님의 혀를 우습게 보고 사기 친 것도 참을 수 없지만 그것보다도 제일 화나는 건 유명세에 들러붙는 저열한 근성이야. 솜씨가 훌륭해서 냉동육이나 고기 찌꺼기라도 맛있는 요리로 만들어 낼 수 있다면 그것도 음식점으로서 나름의 장점이라고 할 수 있겠지만, 오래된 노렌*을 끼고 높은 건물에 편안히 앉아서는. 어차피 주방에서는 맛도 모르는 바보들이라고 비웃겠지. 이런 모리배, 거짓말쟁이, 사기꾼, 파렴치한, 망할 음식점, 벌레 같으니라고. 부끄러운 줄 알아야지. 너희 같은 것들이 니시키 한가운데에서 영업하고 있다니 지나가던 개가 웃을 일이야. 산속 시골 마을도 아까워. 지금 당장 가게를 밀어 버리라고. 옳지, 좋은 생각이 떠올랐다. 이 집을 이용했던 손님 중 내가 아는 사람만 백 명, 이백 명이니까. 그 녀석들에게 집단 소송을 걸어서 손해 배상 청구를 하라고 하는 건 어떨까. 한 명당 백만 엔씩 해서 총 2억 엔, 요즘 같아서는 바로 배상할 수 있는 금액은 아니지. 즉시 강제 집행할 테니까 그리 알라고. 그렇게 되면 내가 헐값에 사서 철거한 다음에 천박한 유흥업소나 지어 버리지 뭐. 거짓말과 탐욕과 오만으로 점철된 가짜 음식보다 차라리 솔직하게 잇속을 따지는 그쪽이 훨씬 나을 게야."

그 자리에서 졸도한 오카미를 그대로 버려둔 채 겐타로는 식사를 대접한 하루미에게 온갖 욕지거리를 쏟아 부은 뒤 간호 차량에

---

* 상점 출입구에 내걸어 놓은 천. 상점의 이름이나 마크가 새겨져 있어 상점을 상징하는 역할을 한다. 노렌으로 상점의 역사와 품격을 알 수도 있다.

올라탔다. 원 박스 카 형태 차량에 리프트를 설치한 간호 차량은 트렁크를 열면 휠체어를 탄 채로 탑승할 수 있다. 겐타로는 간병 택시보다도 이 차가 편하다며 최근 오로지 이 차량만 애용하고 있다. 본래 요양보호 서비스 회사의 소유였던 것을 운전기사까지 통째로 사버린 것이다. 겐타로의 말에 따르면 '무엇보다 복지 차량은 양도세가 면제되고 자동차세도 감면되는' 일석이조의 효과도 있는 듯하다.

차가 출발하기 직전에 미치코가 뒤돌아봤더니 하루미가 머리를 허리보다 더 낮게 숙이고 있었다.

"저것 보세요. 하루미 씨도 저렇게나 죄송스러워하고 있어요."

"알게 뭐야. 평소에 고객의 클레임에 고개를 숙이는 게 버릇이 된 것뿐이라고. 속마음은 겉으로 보이는 것만큼 풀이 죽어 있지 않아. 게다가 나도 나이를 먹으니 마음이 약해져서 말이야. 아까 오카미까지 포함해 꽤나 적당히 봐준 거라고."

"……그게요?"

"음. 내 생각의 십 분의 일도 말하지 않았지."

그러고 보니 겐타로의 부하 직원이 '사장님은 쓰러지고 난 뒤 상당히 유해지셨다'고 말하기도 했으니, 방금 한 말도 사실일 것이다. 몸을 자유롭게 움직일 수 있었을 때 겐타로는 도대체 얼마나 다혈질이었을까.

미치코가 겐타로의 간병을 맡게 된 것은 지금으로부터 2년 전의 일이었다. 처음에는 그저 단기 간병으로 맡았고 성격이 비뚤어진 노인이라고 생각했다. 하지만 그가 하는 말을 듣고 있으면 때

때로 옳은 말을 하던 꼬장꼬장한 옛날 할아버지의 얼굴을 엿볼 수 있었다. 그 모습을 발견한 이후로는 미치코도 가식 없이 대꾸해 오고 있다.

"그건 그렇고 나고야 코친이 아니라는 걸 잘도 눈치채셨네요. 그렇게나 미식가셨어요?"

"음, 그 정도는 아이들도 알아차릴 수 있어. 그딴 게 무슨 나고야 코친이라는 게야. 식감이랄 것도 없고 풍미도 없잖아. 하기야, 누구 씨가 노인식이라며 싱거운 것만 먹이니까 말이야. 덕분에 혀만은 민감해졌다고."

은연중에 다른 기관은 둔감해졌다는 뉘앙스를 풍겼지만 그 말투에 절실함이나 상실감은 눈곱만큼도 찾아볼 수 없었다. 하반신불수가 되어 요양 등급 판정을 받은 사람이 하는 말로는 훌륭하다 못해 바보 같을 정도지만, 그저 겐타로 특유의 말투일 뿐이다.

오랜 세월 간병 일을 하면서 절실하게 느낀 점은 남녀노소를 불문하고 육체가 쇠약해지면 어느덧 마음도 쇠약해지는 경향이 있다는 것이다. 그런 점에서 고즈키 겐타로라는 남자는 예외 중 예외였고, 무엇보다 신체가 건강한 사람보다도 달변인 요양 노인은 좀처럼 찾기 힘들다.

"저건 뭔가?"

겐타로가 가리킨 쪽을 보니 종이 갑옷을 입은 소녀와 전신타이즈를 입은 소년들이 오쓰 거리의 인도 여기저기에서 줄지어 걸어가고 있었다.

"아아. 저건 코스프레라는 거예요. 어느 대학의 퍼레이드 같네요."

"가장 행렬 같은 건가?"

"조카 아이 말로는 뭐, 축제 같은 거라네요."

"축제. 아아, 나고야 축제의 산에이케쓰* 같은 것이로군. 요컨대 미코시** 대신이라는 말이지?"

미치코도 그다지 자세히 알지 못하기 때문에 잠시 신중하게 생각하면서 얼마 없는 지식을 총동원했다.

"아니요. 만화나 게임의 등장인물과 똑같은 차림새를 하고 그 캐릭터가 되어 보는 거예요. 스트레스 해소…… 아닐까요?"

"축제도 연극도 아닌데 이야기 속 등장인물로 변신한다고? 직업도 아닌데?"

"네. 아마 돈은 받지 않을 걸요?"

"흥. 더럽게 막히는군."

단칼에 잘라 말했을 때, 겐타로의 가슴 팍 주머니에서 휴대 전화가 울렸다.

"아, 날세. 하루미인가? 무슨 일이야. 아니, 방금 전 일이라면 이제 됐어. 신경 쓰지 않으니까. 그건 식후 운동 수준이지. 거의 젓가락을 대지 않긴 했지만. 응? 가스모리? 알고 말고 할 것도 없이 내 세입자인데다 자네 회사 건축사잖아. 그건 왜? 뭐라고? 살해당했다고? 어디서. 자기가 짓고 있던 집에서? 뭐라고? 안에서 열쇠가

---

*   일본 전국시대의 세 영웅인 오다 노부나가, 도요토미 히데요시, 도쿠가와 이에야스를 뜻하며, 나고야 축제에서 시민들이 세 인물로 분장하고 행진하는 메인 행사를 진행한다.

**   일본의 제례나 축제에서 사람들이 지고 걸어가는 신체나 신위를 실은 가마.

잠겨 있었다고?"

　나고야시에서 히가시메이한 고속도로를 타고 북쪽으로 조금 올라가자 현장인 싯포초에 도착했다. 건물보다는 논밭이 더 눈에 띄는 곳으로, 주변이 뻥 뚫려 있는 탓에 북풍을 그대로 정면에서 맞았다. 미치코가 겐타로의 휠체어를 앞으로 밀자 먼저 도착해 있던 하루미가 놀라서 달려왔다.

　"고, 고즈키 사장님. 여기까지 어쩐 일이십니까?"

　"자네야말로 꽤나 빠른 거 아닌가?"

　"사무소가 여기에서 5분 거리라……. 그건 그렇고 사장님은 무슨 일로 오셨습니까?"

　"이 부지를 가스모리에게 팔긴 했지만 이 일대 여섯 필지 3백 평은 아직 내 땅이야. 사람이 비명횡사한 곳에서 도대체 누가 살고 싶어 하겠어. 순식간에 땅값이 떨어질 거야."

　"그건 그렇지만……."

　"이미 벌어진 일은 어쩔 수 없지. 어쨌든 자살이든 타살이든 빨리 해결해야지, 안 그러면 손 쓸 틈도 없이 값이 떨어질 걸세. 자, 어서 가게."

　겐타로는 엉거주춤 서 있는 하루미를 그대로 무시하고 미치코에게 앞으로 밀라고 재촉했다.

　이 싯포초 근방은 시 두 개와 인접해 있으면서도 아직 개발될 여지가 남아 있는 곳이었는데, 감이 좋은 겐타로는 오래전부터 이 땅을 소유했다고 한다.

도로를 갓 포장한 넓은 부지 중 이미 몇 필지는 하루미가 사장으로 몸담고 있는 하루미 건설에 매각했고, 하루미 건설은 주택을 지어 분양하고 있다. 아직 입주자는 없지만 신축 건물들은 화려한 깃발과 현수막이 어우러져 마치 모델하우스 전시장을 방불케 했다.

지금 사면 10년 고정금리 1.8퍼센트
신뢰와 실적. 하루미 유닛모듈러 공법. 공사 기간 크게 단축, 뛰어난 내진성과 내화성
포름알데히드 등 화학물질을 흡수하는 친환경 페인트를 벽 전체에 사용
선착순 3명, 유럽식 가구 다섯 점 세트 증정!

"여기 신축 건물들은 모두 유닛모듈러 공법으로 만들어졌나?"

"네. 공사 기간이 단축돼서 인건비도 줄일 수 있고 마무리 단계까지 공장에서 생산하기 때문에 인부의 솜씨가 좋든 그렇지 않든 영향을 받지 않지요. 최근에는 이쪽 일을 하는 인부도 잘 없고 일손도 부족하니까……. 부끄럽지만 사장인 저까지 현장 작업을 하고 있는 실정입니다. 어제 슬레이트 설치 작업도 마지막에는 저 혼자 했으니까요."

"자네 혼자서?"

"다른 인력들은 공사가 늦어지고 있는 사야초 건물로 모두 보냈으니까요. 저도 여기 일이 마무리 되면 바로 그쪽으로 이동힐 겁니다."

"됐네, 자네의 경영 방침은 중요한 게 아니지. 목수의 실력은 도

편수가 가르치기 나름이니까 말이야. 그건 그렇고 가스모리는 어떻게 죽어 있었나?"

"저기, 사실은 저도 사건 현장에 있던 형사에게 언뜻 들은지라……."

문제의 건물은 부지를 따라 출입통제선과 경찰들로 둘러싸여 있었기 때문에 단번에 알아볼 수 있었다. 아직 미완성인 탓에 파란 천으로 감싸놓은 자재가 정원에 방치되어 있었다. 미치코가 겐타로의 얼굴을 흘끗 쳐다봤더니, 그는 마치 정성껏 만든 음식에 수많은 개미가 들끓고 있는 장면을 목도한 것처럼 불쾌감이 역력한 표정을 짓고 있었다.

겐타로 일행을 수상히 여긴 젊은 형사가 재빨리 다가왔다.

"실례지만 누구십니까?"

"이 땅의 원래 주인이네. 죽은 가스모리와는 집주인과 세입자 관계지. 책임자를 불러오게."

"그러십니까. 그렇다면 좀 여쭙겠습니다."

"아니, 질문은 내가 한다. 가스모리가 어떻게 죽어 있었는지 알고 싶네. 듣자하니 안에서 열쇠가 잠겨 있었다지? 자살인가 타살인가? 자살이라면 유서는 있나? 사망 상태는 깨끗했나? 타살이라면 강도에 의한 살인인가, 원한에 의한 살인인가?"

"……네?"

"뭐가 네, 야. 방금 질문은 문제가 생긴 건물을 처분하기 위한 확인 사항이야. 답을 듣지 못하면 아무것도 시작할 수 없네. 빨리 대답하게."

그러자 당연하게도 젊은 형사는 태도를 싹 바꾸며 수사상 기밀을 일반인에게 알려 줄 의무는 없다는 둥 상식적인 말에 공권력을 가득 실어 통보했다. 그러고는 겐타로에게 정체를 물으며 신분증을 요구했기 때문에 겐타로의 태도도 변했다. 미치코는 들리지 않도록 작게 한숨을 쉬었다. 겐타로는 공무원 남자, 특히 경찰관이라는 부류를 까닭 없이 싫어하는데, 요컨대 조직의 이름을 등에 업고 위세를 떨치는 인간을 마음 깊은 곳에서부터 혐오하는 것이다.

"급할수록 돌아가라는 건가."

노인이 말할 법한 속담이지만 공교롭게도 겐타로의 입에서 그 말이 나오자 그 의미는 백팔십도 달라졌다. 무엇보다 이 영감님에게 돌아서 간다는 일 따위는 대부분 누구에게도 적용되지 않았던 것이다.

겐타로는 느긋하게 휴대 전화를 꺼낸 뒤 익숙한 손놀림으로 키 버튼을 눌렀다.

"쓰시마 경찰서인가? 고즈키 겐타로라고 하는데 사노 좀 연결해 주게. 어느 부서냐고? 자네는 자기 두목 이름도 모르는가? 서장 사노 하루히토를 연결해 달라고. 내 이름을 말하면 알게야. 빨리 연결하는 게 자네를 위해서도 좋을 거야. ……아아, 사노인가. 오랜만이네. 아니, 인사는 됐고. 실은 말이야, 싯포초에 있는 내 땅에서 사람이 죽어서 급하게 달려와 봤는데……. 아아 역시 알고 있군. 그래, 그 일대가 내 소유야. 그래서 수사에 협력할 겸 서둘러서 달려왔는데 현장에 있는 젊은 경찰이 무슨 생각을 했는지 이 불쌍하고 힘없는 휠체어 노인네를 취조하듯 몰아세우지 뭔가. 게다가 신분증, 그러니까 내게는 장애인 수첩이지. 그걸 지금 당장 보여 달라고 하는데 아이고 이건 뭐 폭력단 저리 가라할 정도로 험악한 말투로 나를 협박하는 거 아닌가? 덕분에 수명이 5년은 단축된 것 같아. 노인을 공경할 줄 아는 다른 사람을 보내 줬으면 하는데. 뭐라고? 수사 지침상 힘들다고? 흠, 자네에게까지 단번에 거절당하면 방법이 없군. 그러면 공안위원장인 노리타케에게나 물어볼까. 아니지. 차라리 국회의원 무네노. 분명 경찰청 출신이었던 것 같은데 그 녀석은 어떤가. 후원회장인 내 말이라면 조금은 귀를 기울여 줄 테지."

미치코는 통화 중간부터 안색이 창백해지는 형사를 동정의 눈빛으로 바라봤다. 듣고 있자니 기가 막힌다. 정말이지, 어디가 불쌍하고 힘없는 노인이란 말인가. 그야말로 나쁜 미토 고몬*이 아닌가.

"뭐라고? 소에지마? 그 남자가 현장을 지휘한다고. 응, 일부러 이쪽으로 나온다는 건가. 그것 참 고마운 일이구만. 역시 높은 자리에 올라간 사람은 노인을 대접하는 법을 아는군. 그런 태도를 말단 병사들도 익혀야 비로소 시민을 위한 경찰이 될 수 있을 텐데, 그건 자후의 문세지. 응? 아아 별로 신경 쓰지 않네. 이보게, 젊은 형사양반. 잠깐 좀 바꿔 달라는데?"

간호 차량에서 기다리고 있는데 현장에서 쓰시마 경찰서가 가까워서인지 10분도 지나지 않아 남자 한 명이 허겁지겁 달려왔다.

"쓰시마 경찰서 수사1과 소에지마라고 합니다."

---

* 본명은 도쿠가와 미쓰쿠니로 도쿠가와 이에야스의 손자다. 전국을 유람하면서 악한 무리는 벌하고 불쌍한 백성은 도운, 권선징악을 대표하는 인물이다.

아무리 봐도 경찰관보다는 상사 곁을 떠나지 않는 임원 비서처럼 생겨서는 자신보다 권력이 강한 자 앞에서는 얼마든지 비굴해질 것 같이 생긴 남자였다.

"아직 감식 작업이 끝나지 않아서 건물 안에 들어가실 수는 없는데⋯⋯."

"아아, 신경 쓰지 말게. 그저 사건의 개략적인 정황을 알고 싶을 뿐이니까. 도대체 어떤 상태로 발견된 건가? 주변에 시체 냄새라도 난 건가?"

"아니요. 오늘 2월 15일 오전 6시 30분경, 근처에 살던 노인이 개와 함께 산책하다가 건축 중인 집 창문 너머로 사람이 쓰러져 있는 것을 발견하고 신고했습니다. 관할 경찰서에서 서둘러 출동했더니 가스모리 겐지의 사체였습니다."

"산책하고 있는데 창문으로 보였다고. 그것 참 수상하구만. 저 창문을 통해서 건물 안을 보려면 도로에서 일부러 옆으로 들어와야 할 텐데."

하루미의 말에 겐타로는 콧방귀를 꼈다.

"흥. 신축 주택이라니 외관이 모던한 근대 건축물 같지 않나. 이웃집에 관심을 갖지 않거나 질투하지 않으면 우리나라도 조금은 더 살기 좋아질 거야."

"현장 감식 결과에서 나온 사망 추정 시각은 어젯밤 12시부터 2시 사이라고 합니다. 인근 주민의 말로는 이젯밤 8시가 넘어서 작업이 끝났다고 하니 완공 직전의 새 집에 들어간 직후 어떤 이상이 생긴 것 같습니다."

"집에 온 걸 목격한 사람이 있는가?"

"목격자는 아직 없습니다. 아마 다른 사람의 차를 타고 온 게 아닐까요. 피해자의 것이라고 추정되는 자동차도 발견하지 못했습니다."

"역시 자살인가."

"그게…… 사인으로는 천 같은 것으로 목을 졸렸다고 추정되기 때문에 자살이라고 단정할 수는 없습니다."

"그런데 안쪽에서 모든 문이 잠겨 있었다고 하지 않았나."

"맞습니다. 사건 현장은 단층집 구조로, 출입구는 현관과 뒷문, 동·서·남쪽 세 방향으로 난 창문이 있지만 모두 잠겨 있었습니다. 아직 내부 설비 공사가 되지 않았고 배전 전인 상태지만, 역시 일류 건축사의 지시로 창문은 이중창, 그것도 위아래 두 곳에서 잠기게끔 설계되어 외부에서 여닫는 건 불가능합니다. 그리고 현관과 뒷문에는 CP자물쇠가 두 개씩 달려 있습니다."

"CP자물쇠?"

"민관 합동 시험에서 합격한 건물 방범 부품입니다. 빈집 같은 경우 대부분 섬턴*을 돌려놓기 불편하기 때문에 복제 열쇠를 만드는데, 원래 열쇠와 0.05밀리미터 이상 오차가 생기면 여닫을 수 없습니다. 그러나 감식에 따르면 현관과 뒷문 모두 열쇠 구멍에 열쇠가 꽂혔던 흔적은 없는 상태, 즉 사용하지 않은 상태라고 합니다. 아직 가구 반입 전이기 때문에 열쇠는 한 번도 사용하지 않았다고 합니다."

---

*   실내에서 문을 열쇠로 잠그지 않고 손으로 꼭지를 돌려서 잠그는 장치.

"즉 준공 직전인 집에 들어가 안에서만 문을 잠갔을 뿐 밖에서는 한 번도 열쇠를 사용한 적이 없다는 것인가?"

"그렇습니다."

"그렇다면 일본식 방은 어떤가. 다다미를 뜯어내고 판을 들어 올리면 마루 밑에서 들어갈 수 있지 않은가."

"그 집에 일본식 방은 없습니다. 모든 방에 마루가 깔려 있으며 마루청은 간단하게 뜯어낼 흉내조차 내지 못합니다."

"누구도 드나들 수 없는 상태라면 자살 아닌가."

"그런데 그게 말입니다……. 저희는 손으로 목을 졸랐다면 액살, 끈이나 무언가로 목을 졸랐다면 교살이라고 부릅니다. 이번 사건은 목에 남아 있던 졸린 자국에 미세하게 표피가 벗겨져 있고, 끈이 뒤에서 교차되어 있습니다. 범행 당시 피해자의 등 뒤에서 끈으로 목을 졸랐다는 걸 의미하죠. 더욱이 현장에서 목에 남은 흔적과 일치하는 흉기가 발견되지 않은 점, 유서 비슷한 것도 남아 있지 않다는 점에서 자살일 가능성이 상당히 낮아 교살이라고 판단했습니다."

"그렇다면 뭔가. 가스모리가 다른 사람에게 목이 졸렸지만 그 자가 집 밖으로 나온 흔적이 어디에도 없다, 이 말인가?"

"네, 그렇습니다."

"잠시만. 준공을 앞두었다고 해도 아직 완공은 아니지 않나. 창문 틈이나 마루 밑으로 통하는 수납고 같은 곳 어딘가에 사람 한 명쯤은 잽싸게 빠져나갈 수 있을 정도의 샛길이 있지 않을까?"

다시 한번 확인하듯 물었더니 소에지마는 쓸쓸한 표정으로 고개를 끄덕였다.

"내부 시설이나 배선을 제외한 건축물로서의 공사는 모두 끝났습니다. 벽이나 바닥에도 샛길 따위는 없습니다. 거실에서 다락방으로 갈 수 있는 접이식 계단은 있지만 천장도 바깥에서 시공했기 때문에 쥐 한 마리 도망 나올 틈도 없습니다."

"그럼 범인은 마법사라도 된다는 말인가?"

"그, 그건 모르겠습니다."

"수사1과 과장이라고 했지. 스스로 생각하기에는 어떤가?"

"아, 아뇨. 현재는 초동수사 단계라서 단정할 수 있는 건 아직 아무것도……."

"뭐야, 결국은 아는 게 아무것도 없다는 소리군. 그런 상태로 잘도 현장 지휘관을 맡고 있구만."

질책 반 우려 반을 담아 말하자 소에지마는 분한 기색을 필사적으로 숨기며 고개를 숙였다.

"뭐 타살이라면 그것대로 상관없으니 빠른 시일 내로 사건을 해결해 주길 바라네. 한 달. 그래, 길어도 한 딜 내로 종결해 주게나."

"한 달? 어째서 한 달입니까?"

"남의 말도 석 달이라는 속담이 있지. 하지만 부동산 세계에서는 맞지 않는 말이야. 항간에 떠도는 귀신 나오는 집 이야기는 들어 봤지? 이런 사건은 빨리 해결하지 않으면 소문이 굳어져서 두고두고 문제를 만들거든."

그때였다. 문제의 신축 건물 현관에서 갑자기 새된 목소리가 들려왔다.

"아빠아!"

보아하니 통제선에 저지당한 모녀가 경찰과 실랑이를 벌이는 것 같았는데 거리가 멀어서 대화 소리까지 들리지는 않았다. 확실하게 알 수 있는 사실은 키가 어머니의 허리까지밖에 오지 않는 여자아이가 필사적으로 집 안으로 들어가려는 걸 어머니가 말리고 있는 것이었다. 멀리서 봐도 선명한 이탈리안 레드 빛 코트가 그와 대조되는 하얀 코트에서 벗어나기 위해 몸부림치고 있었다.

"아내 히토미 씨와 딸 나나 양입니다"라고 하루미가 말을 보탰다.

"아빠, 아빠!"

이렇게나 멀리 떨어진 장소까지 들려왔다. 아이 특유의 목청을 감안하더라도 목이 터질 정도로 큰 소리였다.

"불쌍하게도. 저 아이, 아직 여덟 살밖에 안됐습니다. 옛날부터 아빠를 잘 따랐지요. 가스모리와 함께 둘이서 외출한 적도 많았습니다."

"어머니는 맞벌이였나?"

"아니요. 가스모리는 벌이가 좋았으니까요. 히토미 씨는 육아보다는 다른 일에 관심이 있었던 것 같습니다."

가시 돋친 말투에서 하루미가 그녀에게 품고 있는 감정이 들여다보였다. 그리고 남편의 수입에 의존해 노는 데 정신이 팔린 아내의 일상이 떠올랐다. 미치코가 히토미의 옷을 곱지 않은 시선으로 살펴보니, 역시나 입고 있는 코트와 들고 있는 가방은 한눈에 봐도 알 수 있는 명품이었다.

"가스모리의 실력을 잘 알고 계십니까?"

"응. 자네 사무소 말고도 우리가 만든 맨션 일로 몇 번인가 설계를 의뢰했던 적이 있지. 젊지만 상당히 우수한 건축가였어."

"네, 말씀하신 대로입니다. 작년에 일본 건축가 협회상 후보로 선정된 뒤로 일약 스타덤에 올랐지요. 그동안 저희와 관계도 좋았고 주문도 끌어다 줬습니다."

"호오. 그럼 같은 업계 사람 중에서 가스모리의 죽음을 기뻐할 사람도 몇 명 있을 수 있다는 이야기군."

소에지마가 놓치지 않고 하루미의 말을 덥석 물었다. 그러나 겐타로는 멀리 있는 모녀를 응시한 채 소에지마의 추리에는 조금도 관심을 보이지 않았다.

무엇을 그리 열심히……. 미치코가 그 모습을 살피려고 하자 겐타로는 절묘한 타이밍에 갑자기 모녀에게서 시선을 돌렸다.

"가스모리가 죽어서 이득을 얻는다, 라고 하면 의심 가는 대상을 동일 업계 사람만으로 한정할 수 없지."

"그렇다는 말씀은?"

"여기가 거래 기피 대상이 되면 당연히 근처 부지를 매입하는 사람이 없어져서 땅값이 떨어지지. 그러면 나나 하루미가 몹시 곤란해져."

"그렇군요. 요컨대 두 분의 적도 넓은 의미에서 용의자가 될 수 있다는 말씀이군요. 그러면 고즈키 사장님이 궁지에 몰리면 이득을 본달지, 쾌재를 부를 자로 짐작이 가는 사람이 있습니까?"

질문을 받은 겐타로는 마치 의표를 찔린 것처럼 뜨악한 표정을 지었다.

이런, 이 거물에게도 다른 사람들처럼 적을 두려워하는 마음이 있는 것이다. 미치코는 조금 이상한 기분에 휩싸였다. 그러나 생각해 보면 그것이 순리고 경제적인 배경을 제외하면 이 남자는 그저 하반신불수인 노인일 뿐이다.

젠타로는 미간을 찌푸리며 분명하게 당혹스러운 표정을 짓고 있었다.

"곤란하군."

"무엇이 곤란하십니까?"

"수사에 혼선을 빚을 수 있기 때문이네."

"무슨 말씀이신지?"

"나를 미워하는 사람을 세려면 양손 양발을 모두 꼽아도 부족하니까 말일세. 이봐, 하루미. 자네 손가락 좀 빌려주게."

2

오전 7시. 요양보호사의 업무 시작은 이르다. 간병 대상인 고객이 아침에 일찍 일어나는 노인인 경우가 많기 때문이다. 그러나 무엇보다 배우자를 일찍 여의고 외동딸도 스무 살을 넘긴 뒤 시집을 보낸 미치코에게는 아침이 이르든 늦든 큰 차이가 없었다. 오히려 자신에게 의지하는 사람이 있다는 사실이 대단치 않은 아침에 활력을 부여해 준다.

고즈키 저택의 현관에 도착했더니 마침 안에서 뛰어 나온 소녀 두 명이 옆을 스쳐지나갔다.

"안녕하세요! 미치코 씨."

강아지처럼 기운 넘치게 뛰어나간 사람은 겐타로의 손녀, 하루카. 꾸벅하고 가볍게 고개를 숙이며 하루카에게 끌려간 사람은 마찬가지로 손녀인 가타기리 루시아다. 루시아의 부모님은 인도네시아에 살고 있었는데 작년 연말 수마트라섬에서 발생한 지진으로 소식이 끊겨, 겐타로가 남겨진 루시아를 맡아 키우고 있다. 그 두 사람에 장남 부부, 그리고 차남을 포함한 여섯 가족의 가장을 맡고 있는 사람이 휠체어 노인이라는 사실에 아직도 놀라움을 금할 수 없다.

고즈키가※ 부지에는 건물 두 채가 있는데 별채는 겐타로 전용으로 단층집이다. 2년 전, 뇌경색으로 쓰러진 것을 계기로 배리어프리*의 전형 같은 집을 지었는데, 이는 현관에 턱 대신 경사면을 설치하거나 집 안에 난간을 둘러치는 등 병원 못지않게 환자를 배려한 시설로 요양보호사 입장에서도 부담을 덜 수 있게 만들어졌다.

현관으로 들어가 안쪽에 있는 방이 겐타로의 침실이다. 노크를 하니 아니나 다를까, 곧바로 "들어와"라는 대답이 들려왔다.

"옷 갈아입는 걸 도와드리겠습니다. 들어가겠습니다."

문을 열었더니 침대 위에서 겐타로가 조급한 손짓으로 불렀다. 입장과 상황이 다르다면 상당히 선정적인 장면일 테지만, 상대가 상대기 때문에 그런 일은 벌어질 여지조차 없다.

"늦었어. 5분 늦었다고."

"5분쯤 늦었다고 뭘 그러세요. 그걸로 누가 곤란해지지는 않는다고요."

"내가 곤란해. 어쨌든 살날이 얼마 남지 않았으니까 1분 1초가 소중하다고."

---

*   장애인이나 고령자가 편하게 살아갈 수 있는 도시를 만들기 위해 물리적·제도적 장벽을 제거하는 것.

상반신을 일으켜 세우자 겐타로는 가만히 있는 것도 답답하다는 듯 잠옷을 벗기 시작했다. 미치코는 겐타로가 쓰러지지 않도록 어깨를 살짝 잡아 주었다.

"빠르시네요. 잠옷 벗는 거."

말없이 계속 옷을 벗던 겐타로의 손이 상의를 벗고 나서 멈췄다. 전혀 움직일 수 없는 하반신만은 요양보호사의 손이 필요하다. 미치코 또한 말없이 바지를 벗기기 시작했다.

처음에 이 작업을 할 때는 대화를 빼놓을 수 없었다. 잘된 것은 칭찬하고, 그렇지 않았을 때는 환자의 표정과 행동에 주목해 후에 기록해 두는 것이 간병 업무 중 하나이기 때문이다. 그러나 얼마 뒤 미치코는 그러기를 포기했다. 이 영감님에게 칭찬의 말 따위는 아무 도움도 되지 않고, 표정을 관찰하는 일도 아무 의미가 없다는 것을 깨달았기 때문이다.

바지를 벗어 노출된 하반신은 늙어서도 강건한 상반신과는 다르게 우스울 정도로 균형이 맞지 않았다. 무릎부터 발끝까지는 뼈와 가죽으로 만든 뒤틀린 조형물……. 사용할 수 없게 된 육체는 완전히 볼품없어지고 만다는 섭리를 증명하는 것 같았다. 만약 겐타로가 기적적으로 장애를 극복하고 하반신을 움직일 수 있게 된다 하더라도 허리 위 상반신의 무게를 지탱하지 못할 것이다.

그만 뚫어지게 쳐다보고 말았다는 사실을 깨달았을 때, 위에서 비스듬히 쳐다보는 겐타로의 시선이 있었다.

"무슨 일이야. 이 다리가 새삼 신기한 모양이지?"

"참 드물 거예요……. 이렇게 된 신체를 다른 사람이 봐도 눈썹 하나 까딱하지 않고 태연한 사람은 겐타로 사장님뿐일 거예요. 대부분 환자들은 화를 내거나 부끄러워하거든요."

"쳇, 그런 뜻이었어? 시시하군."

겐타로는 별스럽지 않다는 듯 손을 휙휙 흔들었다.

"시시하다니요……. 저는 심각한 이야기 중이었는데요."

"화내거나 한탄한다고 원래대로 돌아가는 것도 아니지 않나. 아무리 발버둥치고 포장한다고 해도 이렇게 야윈 다리는 분명 내 다리야. 한 치의 거짓도 없는 내 일부. 그걸 부끄러워해야 하나?"

업무라고 해도 겐타로가 하는 일이라고는 휴대 전화로 통화를 하는 것뿐이라 특별한 일이 없는 이상 겐타로는 대부분 집에서 생활한다. 만약 특별한 일이 생겨도 용건이 있는 사람이 겐타로를 찾아온다.

"실례하겠습니다."

정오가 지나서 현관에 모습을 드러낸 사람은 부로바 안경과 타이트한 정장이 인상적인 여성 사무원이었다.

"사장님 계십니까?"

그 모습을 발견한 겐타로는 귀찮다는 표정도 짓지 않고 말했다.

"여어. 좀 전에는 전화로 자세히 이야기하자고 했지 않은가."

"경리 관련 이야기니까요오. 이건 직접 보고 드려야 할 것 같아서요오."

그녀는 '고즈키 개발'에서 경리를 맡고 있는 다니구치 사오리라고 자신을 소개했다. 외모와 달리 허술하게 느껴지는 질질 끄는 말투가 약간 거슬렀다.

"싯포초 매물 건, 취소가 나왔어요오."

"뭐라고?"

"세 건인데, 마치 짜기라도 한 것처럼 매매를 미루고 싶다고 연락해 왔어요. 일단 이유를 물어는 봤는데 역시 그 사건 때문인 것 같더라고요ㅡ."

"그게 어째서 경리인 자네와 관련이 있다는 거지?"

"그 여섯 건 전부 회계상 소유 부동산이니까 매각하지 못하면 잠재 가치가 하락해서 손실이 생기겠지요ㅡ."

"아…… 그렇지."

겐타로는 곧바로 이해하고는 고개를 가볍게 끄덕였다.

부동산 매매에 무지한 미치코가 "하지만 팔리지 않아도 자산이잖아요"라고 끼어들며 조금 초조한 기색으로 사오리에게 설명을 재촉했다.

"일물사가一物四価라고 해서, 부동산에는 같은 매물이라도 네 가지 가격이 붙어요. 우선 고정자산세 평가액, 다음으로 상속세 평가액 등 기본적인 노선가, 매년 3월에 발표되는 공시지가, 그리고 마지막으로 실거래가."

"왜 그렇게 복잡한 거죠?"

"솔직히 말하면요ㅡ 부동산 처분 방법이 한 가지가 아니기 때문이에요. 상속, 매각, 경매 등. 가령 평당 최고가 매물을 상속할 때, 기본가가 실거래가면 세금이 엄청나게 붙잖아요. 그러니까 실거래가보다 낮은 노선가로 따져서 세금을 감면하기 위한 조치지요ㅡ.

그리고 매물의 플러스 요인과 마이너스 요인을 공시지가와 비교해서 실거래가를 설정하기도 하고요."

"문제군. 싯포초의 매물 실거래가가 나머지 가격과 크게 다르지 않게 됐다는 점 말이야."

"아—니요. 현재 시점에서 실거래가가 네 개 가격 중 가장 낮아요. 토지 취득 후 정지 작업 등 개발비용이 들었으니까, 원래 가격대로 계약하지 않으면 이익은 없습니다. 그리고 매각할 수 없게 되면 고정자산으로 계상할 수밖에 없지만, 그럴 경우는 구매했을 때부터의 하락폭과 지출비용이 그대로 포함되어 마이너스가 되니까, 이번 분기는 적자가 날 거예요."

"흠……."

겐타로는 실망스러운 표정을 지었다.

"나고야 증권거래소 2부 상장이라고 해도 어쨌든 명색이 상장 회사니까 말이야. 2년 연속 적자는 피하고 싶은데."

"하지만 실제로 적자인 걸 어쩔 수 없잖아요?"

"아니, 그게. 2년 연속 적자는 상장폐지 기준일세."

"역시 단독 주택보다 맨션 판매에 비중을 두는 편이 더 좋았을까—?"

"아니, 그건 그거대로 정답이었어. 이거 봐봐, 작년 3월에 올린 지모쿠지에 있는 맨션. 1년 사이에 값이 20퍼센트나 떨어졌어. 집을 산다면 단독 주택을 사야 한다는 인식이 아직 뿌리 깊게 박혀 있으니까. 대도시권이라면 몰라도 맨션 같은 건 부동산으로서 가치가 떨어지지. 단순히 공간을 사고파는 행위 같은 것이니까. 편리성을 제외하면 원래부터 가치가 없으니까 순식간에 가격이 붕괴돼. 그런 점에서 토지는 영구불변이라는 인식이 있어서 가격이 무너져도 하한가가 있어. 버블 고물가 시대, 토지 가격이 천장이 없는 것처럼 치솟았을 때 어딘가의 바보가 일본은 땅이 한정되어 있으니 값이 오르는 게 당연하다고 지껄였지만 아주 틀린 말은 아니야."

"하지만 그 매물은 꽝이었잖아요ㅡ."

거침없는 돌직구에 겐타로는 또다시 망연해졌다. 아무래도 말투와 어울리지 않게 신랄하게 제 의견을 말하는 직원인 것 같은데, 이런 직원을 아무렇지 않게 놔두는 점이 정말이지 겐타로다웠다.

"이 부근은 원래 조정구역이 많은 지구였기 때문에 희소가치가 꽤 있었으니까."

"그렇게 따지면 살인 사건이야말로 희소하긴 하지만 가치는 전혀 없죠."

"그 세 건은 완전히 취소된 건가?"

"아ㅡ니요. 계약 시점을 미루겠다고만 했어요. 아무튼 살인 사건이라면 범인이 근처에 살고 있을 가능성도 있으니까요."

"그러니까 해결할 수만 있다면, 인가."

"네에. 적지 않은 계약금을 준비했을 정도니까 다들 매입 의사는 그대로예요. 가격대도 일차 취득자용, 장소는 나고야시와 쓰시마시 중간 지점으로 양쪽 모두 통근 가능 지역이요."

"이봐, 아까는 꽝이라며."

"꽝을 당첨으로 바꾸는 게 부동산 디벨로퍼의 핵심이라고 사장님이 매번 말씀하셨잖아요."

"······청산유수군."

"헷, 이것도 사장님의 교육 덕분이에요."

"그건 그렇고. 이렇게 된 이상 하루라도 빨리 사건을 해결해야겠어."

젠타로는 휴대 전화를 꺼내서 최근에 막 등록한 상대의 번호를 불러냈다.

"소에지마인가. 날세, 젠타로. 사건은 어떻게 되어가고 있나? 해결했나? 뭐라고? 뭘 봐달라는 거야. 봐달라고 하고 싶은 건 나라고. 그 살인 사건 때문에 나까지 죽게 생겼어. 까딱 잘못하다가는 우리 회사 직원과 그 가족까지 피해를 입는다고. 만약 그렇게 되면 자네가 책임질 겐가!? 내게 무슨 일이 생기면 무네노의 후원회는 자연스럽게 사라질 테고, 그러면 올 여름으로 예정된 중의원 선거도 고전을 면치 못하겠지. 응? 전화로는 말할 수 없다고? 뭐야, 자네도 야? 그렇다면 여기 와서 이야기하도록 해. 방해하는 인간은 하나도 없으니까."

"젠타로 사장님."

미치코는 전화를 끊은 환자에게 비난의 눈초리를 보냈다.

"사장님, 당신 외에 다른 사람들은 모두 개 아니면 그 비슷한 존재라고 착각하시는 것 아니에요?"

"무슨 말도 안 되는 소리를. 개는 절대 주인을 배신하지 않고 게다가 좀 더 영리하다고."

사오리가 떠난 뒤 찾아온 또 다른 개는 꼬리조차 흔들지 않으며 자신이 순종적이라는 것을 기를 쓰고 어필하고 있었다.

"사노 서장님이 안부를 전해 달라고 하셨습니다. 그리고 노리타 케 공안위원장께서도……."

"아아, 그만, 그만. 그런 건 나중에 하게. 그것보다 아까 하려던 말이 뭐야? 진전은 좀 있나?"

"실은 현재 중요 참고인 중 한 사람을 소환해 사정 청취를 하고 있습니다."

상대의 반응을 확인하는 몸짓이 마치 자신의 재롱을 칭찬받고 싶어 하는 개처럼 보였기 때문에 미치코는 치밀어 오르는 쓴웃음을 간신히 참아냈다.

"누구야, 그 놈은."

"피해자의 부인인 가스모리 히토미입니다. 처음에는 말을 안 하고 숨기고 있었지만 피해자에게는 사망보험금 8천만 엔이 걸려 있었습니다. 수령인은 물론 부인인 히토미로 지정되어 있었고요."

"어디에나 있을 법한 단순한 이야기로군."

"실제로 범죄라는 건 단순한 사건이 태반이니까요."

"오호. 그렇다면 안에서 열쇠가 잠긴 집에서 범인이 탈출한 방법도 단순한 건가?"

겐타로가 되받아치자 소에지마는 꿀 먹은 벙어리가 됐다.

"내부에서 잠겼다고는 해도 현관문 손잡이에 가스모리 외의 다른 지문은 없었는가?"

"그것이, 그게……. 사실은 나중에 닦아낸 흔적이 있고 해서, 피해자의 지문조차 남아 있지 않았습니다."

"가스모리의 안사람은 뭐라고 하던가? 보험금 이야기를 포함해 뭐라도 수사에 도움이 될 만한 말을 했나?"

"보험금 이야기를 하지 않은 건 괜한 의심을 받을까 봐 꺼려졌기 때문이라고, 8천만 엔이라는 금액은 남편의 연봉과 비교해도 그렇게 비상식적인 금액은 아닙니다. 그건 보험설계사가 처음에 제시했던 상품이라고 합니다. 참고로 그 보험을 권했던 사람은 10년 전부터 친하게 지내던 설계사로 가스모리가 직접 계약했다고 해요. 게다가 그럴싸했던 게, 가스모리의 수입이라면 지금 죽어서 8천만 엔을 받는 것보다 살려 둬서 계속 돈을 벌어오게 하는 편이 훨씬 이득이라고 하더군요."

"흥."

도덕적으로는 어찌됐든 돈으로 계산하면 논리적인 이야기라고 미치코는 생각했다. 요컨대 이는 바로 황금 알을 낳는 거위를 문자 그대로 목을 졸라 죽인 것과 같은 행위인 것이다.

"히토미 본인은 사치가 심해서 파산 직전이지만 그녀의 말에는 일리가 있습니다."

"가스모리를 증오한 다른 무리는 없나?"

"아, 그건 파악하지 못했습니다. 피해자는 두각을 나타내던 실력파 신인 건축가라고 칭찬이 자자하기도 했지만 여러 장소에서 트러블을 일으키고 다녔다고 합니다. 의뢰인의 주문대로 짓지 않기도 하고, 빈대로 설계도대로 시공하지 않았다며 건축 회사를 비난하기도 하고, 디자인을 빼앗았다 반 빼앗겼다 반으로 소송을 걸고 걸리는 일도 일상다반사였다고 합니다. 당연히 적도 많았습니다만……. 그래서 죽이고 싶을 정도였냐 하면 그건 또 아닌 것 같아서요. 여자나 돈 때문일 가능성보다도 더 희박하다는 의견이 본부의 대세입니다. 아, 물론 의심 가는 인물에 대해서는 사건 전날 밤 알리바이를 하나씩 캐고 있습니다."

"알리바이라고. 안사람의 알리바이도 확인했나?"

"그게 말입니다……. 사건 전날부터 당일까지 혼자서 이즈로 여행을 갔었다고 합니다."

"혼자서? 그 부부에게는 딸이 있지 않나."

"히토미는 한 달에 한 번, 혼자서 여행을 떠나는 게 거의 월례행사였다고 합니다. 이번에는 13일에 집을 나선 뒤 15일 아침에 돌아왔다고 해요. 그 직후 경찰에게 연락을 받고 현장으로 달려왔다고 진술했습니다."

"즉 가스모리가 살해당한 시각에는 이즈에 있었다는 이야기인가……. 그러면 가스모리의 그날 행적은 어떻게 되나?"

"이건 집을 지키고 있던 딸의 증언입니다만 14일 아침, 일 하러 나간다는 말을 남기고 집을 나선 뒤 그대로 돌아오지 못했답니다."

"네?"

그 말을 들은 미치코가 되물었다.

"그럼 그 나나라는 딸아이는 아버지가 집을 나가고 나서 어머니가 돌아올 때까지 하루 종일, 주욱 혼자서 집을 지켰단 말이에요?"

"그렇지요."

이 사실 하나만으로 미치코는 히토미에 대한 평가를 최악으로 떨어뜨렸다. 결과론이기는 하지만 나이도 차지 않은 어린 아이를 외롭고 불안한 상태에 빠뜨린 것이다. 씀씀이가 헤프고 남편에 대한 애정이 없다는 점은 차치하더라도 아이에 대한 행동만은 도저히 간과할 수 없었다.

"그 안사람은 지금 임의동행인가 뭔가로 소환됐지 않은가. 딸은 어디에 있지?"

"오사카에 있는 가스모리의 부모님이 맡고 있습니다. 아이 엄마가 언제 또 출두해야 할지 모르니까요. 안타깝지만 당분간은 오사카에서 생활해야 할 것 같습니다. 수사본부도 사정 청취 한 번으로 끝낼 생각은 아닌지라."

"……분명히 불안해할 텐데."

"아뇨. 아직 어린 탓인지 아버지가 죽었다는 사실로도 감당이 안 돼서 어머니와 떨어질 때도 떼를 쓰며 울어대지는 않았다는 것 같습니다."

이야기를 들으면서 미치코는 소에지마에 대한 평가도 최악으로 떨어뜨렸다. 이 남자는 나나를 한없이 어린 여자아이로 취급하고 있지만, 여덟 살 정도면 이미 한 사람으로서의 감수성이 발달했을 나이다. 아버지의 죽음에 어머니가 관여했다……. 아이가 이렇게 알고 있다면 평소대로 지낼 수 있을 리가 없다. 아마 울부짖는 것조차 할 수 없을 정도로 기력이 다한 상태일 것이다. 그런 단순한 사실도 생각하지 못하는 남자가 무슨 범죄수사의 책임자를 맡고 있다는 말인가.

미치코와 생각이 통한 것처럼 겐타로도 또다시 울화통이 터질 것 같은 표정을 지었다. 아니, 울화통이 터질 것 같은 이유는 이 남자 때문이 아니었다. 분노를 몸속에 담아 두면 병의 근원이 되므로 바로바로 분출해야 한다는 것이 겐타로의 신조다.

"이래저래 설명이 길었는데 별다른 내용은 없군. 결국은 수상한 놈이 너무 많고 풀지 못한 수수께끼는 그대로라는 뜻이잖나."

"그것은 저, 그게……."

"친하게 지내는 검찰 출신 인사에게 이런 말을 들었지. 설령 용의자를 체포했다고 해도 범행 동기와 실행 시점, 그리고 방법을 밝혀내지 못하면 공판을 진행할 수 없어서 결국 불기소처분이 된다고 말이야. 그러니까 이번 사건은 집 내부에서 문이 전부 잠겨 있는 집을 범인이 어떻게 빠져나왔는지를 밝혀내지 못하면 사건을 해결할 수 없다는 뜻일세."

"그, 그, 그, 정확한 지적이십니다."

"그런데도 밝혀낸 것이 고작 보험금이 걸려 있었다는 사실뿐이라니 한심하기 짝이 없군. 도대체 무슨 수사 진전이 있었다는 거야. 오히려 더 혼란스러워진 거 아닌가. 여기서 노닥거릴 시간에 빨리 본부로 돌아가서 수사나 지휘하도록 해!"

이런 시기에 불러낸 사람은 당신이지 않습니까—라는 말이 목구멍에서 튀어나올 것 같았지만 속이 후련해 잠자코 있었다.

소에지마는 역시나 주인에게 혼이 난 개처럼 꼬리를 말고 도망치듯 현관에서 물러났다.

그러나 겐타로의 일침이 무색하게 사건 해결에 진전이 있다는 소식은 좀처럼 들려오지 않았다. 그뿐 아니라 다음다음 날에는 겐타로를 더욱 격노하게 하는 소식이 날아들었다.

"뭐라고오! 언제야, 그게. 조금 전에? 그 상황에서 영업 담당자는 잠자코 있었던 거야? 왜 그때 나한테 보고하지 않은 거야. 됐어, 변명은 필요 없어."

겐타로는 휴대 전화에 대고 욕을 퍼부었는데, 기세가 워낙 대단해서 기계가 부서지지는 않을까 묘하게 걱정됐다.

"뭐라고? 사건이 해결되지 않으면 어쩔 수 없다고? 그렇다면 왜 바로 해결하겠다고 당당하게 대답하지 않은 거야. 조기에 해결하면 말한 대로 됐다며 우쭐할 수 있고 해결이 늦어지면 늦어지는 대로 전부 경찰 탓으로 돌릴 수 있는데. 대부분 고객들은 안심시켜 주길 바란다고. 누군가가 등을 떠밀어 주길 바란다고. 그런데 오히려 거래를 말리는 모양새가 되면 어쩌자는 거야. 책임지지 않아도 되는 범위 내에서 고객의 배팅을 끌어낼 수 있는 게 영업 담당이 해야 할 일이잖아. 알겠어? 알겠으면 지금 당장 고객에게 연락해서 사건을 신속하게 해결하겠다고 설득해!"

마침 저녁 식사 중이었지만 겐타로의 노성에 완전히 면역이 생긴 가족들은 눈썹 하나 까딱하지 않은 채 잠자코 젓가락을 움직일 뿐이었다. 아직 익숙해지지 않은 한 사람, 루시아만 눈을 동그랗게 뜨고 목소리의 주인을 바라보았다. 그 시선을 눈치챈 겐타로는 겸연쩍은 듯이 "미안하구나. 일 이야기를 해야 해서, 잠시 자리를 뜨마"라고 시괴히며 도망치듯 본재에서 밀어졌다.

"도대체 뭐라고 했길래 그러세요?"

"싯포초의 그 매물, 세 건의 취소 이야기가 나온 건 기억하지? 오늘 남은 세 건도 취소 요청이 들어왔다는군. 이유는 들어볼 것도 없지. 에잇, 열받아. 한심한 경찰이 일을 못하는데 왜 나처럼 선량한 시민이 피해를 봐야 하는 거야."

'선'은 그렇다 쳐도 '량'은 잘 모르겠네요. 미치코가 판단을 망설이는 것을 뒤로하고 겐타로는 휴대 전화를 꺼내들었다.

"아아, 쓰시마 경찰서인가? 고즈키인데 수사1과 소에지마에게 연결 부탁하네."

바로 본인이 바꿔 받은 것 같은데 전화 너머로도 공손한 모습이 보이는 것 같았다. 그리고 두세 번 대화를 주고받은 겐타로는 휴대 전화를 끊었다.

"바로 온다는군."

겐타로가 말한 대로 그로부터 10분도 채 지나지 않아 소에지마가 뛰어들어 왔다. 이제는 어떻게 봐도 주인의 부름에 익숙해진 충성스러운 개였다.

소에지마를 앞에 두고 겐타로는 입을 열자마자 오늘 추가로 세건의 매매 계약이 취소되었으며, 이 모든 일의 원인은 소에지마가 무능력한 탓이라고 질책했다.

"그, 그건 생트집 아닌지……."

"입 다물게! 매매 계약이 취소된 이유도 그 동네 치안이 나빠져서 지역 주민 사이에 불안감이 고조되어서 그런 거 아닌가. 그게 경찰의 책임이 아니면 누구의 책임이라는 거야!"

"그, 그건 원래 생활치안과의 일이고, 저희 수사1과의 업무라고 할 수는……."

변명이 나오자마자 겐타로의 기분이 더욱더 나빠졌다. 조직 내부로 책임을 전가하는 행동이 제3자의 눈에 얼마나 추하게 비춰지는지, 어째서 공무원이라는 부류는 그것을 알려고 하지 않는가, 미치코는 생각했다.

"그리고 수사는 착실하게 진행되고 있습니다. 저희들도 마냥 손 놓고 있지는 않으니까요."

"호오, 뭐가 어떻게 진행됐을꼬?"

"가스모리 히토미에게 돈 말고 다른 동기를 발견했습니다."

겐타로는 콧방귀를 뀌었다.

"남자인가?"

"……어떻게 그걸……."

"돈 아니면 치정. 여자가 남자를 죽이는 이유라면 뻔하지. 그래서 상대는?"

"가스모리의 설계사무소를 통해 알게 된 가시와기라는 세무사입니다. 추궁했더니 이즈 여행도 그 녀석과 함께 갔다고 진술을 번복했습니다. 그 이유 때문에 히토미는 여행에 대해 솔직하게 진술하지 않았습니다."

"잠깐. 남자를 데리고 갔다면 서로 알리바이를 증명해 줄 수 있지 않나."

"그게 말입니다. 나고야에서부터 둘이서 함께 출발하면 누가 볼 수도 있기 때문에 이즈에서 만났다고 합니다. 그리고 돌아올 때도 따로따로 왔다고 합니다. 만약 숙소에서 둘이 묵었던 사실을 증명한다고 해도, 그 이후나 숙박 중에 단독 행동을 했을 가능성도 배

제할 수 없지요. 한 사람이 자리를 비웠어도 얼마든지 감싸줄 테니까요. 현재 수사본부에서는 히토미의 임의 동행을 다시 검토하고 있습니다."

남편에게 거액의 보험을 가입해 놓고 자신은 불륜 여행. 이렇게 들으면 전형적인 악녀라고 생각되지만 한편으로 미치코는 소에지마의 이야기에 허점이 있다고 느꼈다. 숙소에서 한 명이 알리바이를 확보하고 다른 한 명이 현장으로 돌아가 범행을 저지른다. 확실히 그럴싸한 이야기며 이즈와의 거리를 고려해도 납득이 갈 만하다. 그러나 그것은 히토미가 범행에 가담했다는 것을 전제로 할 때의 가능성이며 다소 억지스러운 부분이 없지 않다.

"가시와기라는 세무사는 뭐라고 하던가?"

"저, 그게……. 가시와기는 사건이 신고된 당일인 15일부터 한국으로 출장을 가는 바람에 아직 소환하지 못했습니다. 그러나 3일 후에 귀국할 예정이기 때문에 조만간 임의 동행하면 두 사람의 진술에 구멍이 생길 거라고 봅니다."

"뭔가 억지 같은데……. 아무튼 동기와 범행 시점은 갖춰졌다고 치고, 가장 중요한 탈출 방법은 알아냈나? 아직 집에서 빠져나온 방법을 알아내거나 안사람이 남편을 죽였다는 증거를 확보한 건 아니지?"

"그, 그건."

"대부분 신문을 심하게 하면 그 과정에서 범행 방법도 자백하겠거니 하지만, 만약 진범이라면 그 방법이 명백하게 밝혀지는 시점에서 형이 확정된다는 것을 인지하고 있을 걸세. 간단하게 실토하지는 않을 테지."

소에지마는 입을 다물었다.

"하지만 시간이 많지 않아. 사건 해결이 하루라도 늦어진다면 그만큼 나를 비롯한 제2, 제3의 피해자가 생길 걸세. 누명을 씌우라는 건 아니지만, 범인 체포까지 한 달을 넘긴다면 나도 시민 대표로서 수사본부, 나아가서는 쓰시마 경찰서에 불신임 같은 걸 표명할 생각이야."

소에지마는 여전히 입을 열지 않은 채 어딘가 불편한 것처럼 서 있었다.

"왜 그런가? 불만이 가득한 얼굴이구만. 국가권력이라는 것이 이런 늙은이의 기분에 좌지우지 되는 게 아니꼽나? 그렇기도 할 테지. 하지만 권력은 사실 개인이나 단체의 생각에 따라 움직이는 것. 그건 평소에 권력을 행사하는 자네가 가장 잘 알 텐데. 알았으면 빨리 사건이나 해결하도록 해."

소에지마가 나가자 미치코는 또 비난의 눈초리를 보냈다.

"사장님은 도대체 어느 나라 독재자를 흉내 내시는 거예요?"

"그런 대단한 게 아니야. 단순한 복수일 뿐이지."

겐타로는 천연덕스럽게 말했다.

"저 남자, 한 사람의 죄와 벌이 자신들의 수사 방법에 따라 어떻게든 된다고 생각하는 경향이 있어. 저렇게 권력을 등에 업고 나대는 인간을 보면 신물이 올라온단 말이지. 무심결에 더 큰 권력이 있다는 걸 보여 주고 싶어진다고. 뭐, 내 나쁜 버릇이라고 해두지."

"어머. 나쁜 버릇이라는 자각은 있으시네요."

"흠. 고쳐야겠다는 생각은 없어……그런데 곤란하구만. 수사를 진두지휘해야 할 남자가 저 모양이니 사건의 신속 해결 따위, 도무지 미덥지가 않아. 이러고 있는 사이에도 땅값은 계속 떨어진다고."

그때 누군가 노크를 했다. 문을 열어 보니 루시아가 서 있었다.

"할아버지. 저녁 진지 남기신 거, 어떻게 하실 거냐고 외숙모가……."

"오오오, 이런, 완전히 잊어버렸군. 지금 처리하러 간다고 전해 주렴."

"있잖아요. 그 히토미라는 아줌마가 범인이에요?"

갑작스러운 질문에 겐타로는 눈을 동그랗게 떴다.

"어째서 네가 그 일을 알고 있는 거냐!"

"그게, 할아버지 목소리가 크니까요. 방금도 본채까지 다 들리던데요."

"으음. 나름대로 목소리를 죽인다고 죽였는데……."

"그런데 진짜예요? 아줌마가 보험금을 노리고 자기 남편을 죽였어요?"

"아니, 아직 밝혀진 건 아니란다. 그저, 그렇게 해석하는 게 여러 가지로 모순이 적을 뿐이야. 그건 그렇고 어째서 이런 일에 관심을 갖니?"

"작은 아이, 있지요?"

"……아아."

"아버지가 살해당했는데 그 범인이 엄마라고 의심받는데다 지금도 혼자 있잖아요."

"……응."

"그 아이가 가장 불쌍해요."

"……그렇지."

"저는 그 아이와 아무 상관이 없는 사람이지만 말이에요. 그래도 아무 짓도 하지 않은 아이가 그런 괴로운 일을 겪는 건…… 뭐라고 잘 표현할 수는 없지만 역시 이상하다는 생각이 들어요."

루시아는 조심스럽게 그렇게만 말하고 "주제넘은 소리해서 죄송해요"라며 고개를 한 번 숙이고는 본채로 달려갔다.

그 뒤로 휠체어를 탄 노인과 요양보호사만 남았다.

"……팔십 노인도 세 살 먹은 아이에게 배울 것이 있다더니."

"네?"

"미치코 씨. 내일부터 나를 따라다니면서 도와줬으면 하는데. 간호 차량도 함께 말이야."

"……무슨 생각이세요?"

"옛날에 '아이언사이드'라는 외국 텔레비전 드라마가 있었는데……. 아니지, 이건 미치코 씨의 취미 아닌가……. 흠, 하지만 이것도 하나의 재미겠지."

겐타로가 소리 없이 웃자 미치코는 경계하는 얼굴로 바라봤다.

"아무튼 매각 전까지는 내 땅이니까. 역시 분쟁은 내가 해결해야겠어."

"탐정 흉내라도 낼 생각이세요?"

"안락의자 탐정이라는 것이 있다지. 현장에는 한걸음도 하지 않

고 의자에 앉아 사건을 해결하는 사람……그렇지, 휠체어 탐정이
라고 부르는 게 좋겠군."

　"요양보호사 탐정은 어떠세요?"

3

그날, 휠체어 탐정을 태운 원 박스 카가 사카에 한구석에 있는 맨션에 도착했다. 맨션은 시내의 중심이 되는 주요도로인 히로코지대로 뒤에 있어 위치와 편리성은 더할 나위 없다.

"상당히 아름다운 맨션이네요."

"그렇지. 방 두 개에 거실과 부엌이 있는 구조로 부부에 자식까지 있는 3인 가족에게는 약간 좁긴 하지만 평당 금액이 높아서 방을 그렇게 넓게 지을 순 없었어."

상주 관리인실에서는 초로의 노인이 아직 오전인데도 꾸벅꾸벅 졸고 있었는데, 휠체어를 탄 낯선 방문자가 문을 두드리자 억지로 깨어났다.

"다, 당신이 건물주인 건 알겠지만 가스노리 씨 집은 아직 관계자 외 출입금지라서요……."

"무슨 말을 하는 게야. 건물주야말로 훌륭한 관계자라고."

"그런데 그렇게 말씀하셔도 경찰에서……."

"경찰이 자네를 고용한 건 아니지 않나?"

이는 상대를 막다른 곳으로 몰아넣는 마법의 주문이었고 가스모리의 집에 쳐진 통제선이 무색하게도 문은 싱겁게 열렸다.

아직 서류상으로는 가스모리 가족이 입주한 상태였지만 이미 이 삿짐을 모두 꾸린 상태로, 자질구레한 소품류 살림살이는 대부분 박스에 들어가 있었다. 휑하게 빈방 안에서 가스모리의 작업 도구인 제도대와 제도도구만이 유일하게 주인이 돌아오기를 기다리고 있었다.

박스를 자세하게 살폈더니 한 번 테이프를 뗀 흔적이 있었다. 아마도 경찰이 내용물을 확인한 것 같다. 작업할 때 사용한 컴퓨터도 틀림없이 압수해서 철저하게 조사하고 있을 것이다.

"아무것도 없군."

겐타로의 중얼거림에 미치코가 자신도 모르게 고개를 끄덕였다. 가재도구뿐만이 아니다. 이 집에는 주인의 체취와 생활했던 냄새가 전혀 남아 있지 않았다.

"어차피 경찰이 조사한다고 한껏 들쑤시고 갔어. 내가 새롭게 발견할 만한 건 없을 거야."

"이런. 그럼 왜 이 집을 보자고 하신 거예요?"

"집을 보면 말이야. 설령 물건을 정리한 뒤라고 해도 살았던 사람이 어떻게 생활했는지 어렴풋이 보이거든. 가구 배치, 벽에 난 상처, 오염 여부, 바닥의 훼손 정도, 전부 그 사람의 됨됨이를 투영하고 있어."

"오호. 그럼 겐타로 사장님이 보기에 이 집에 살던 가족의 생활이 어땠을 것 같나요?"

"하루미가 말한 것처럼 어머니가 아이를 돌보는 데 소홀했던 것 같아."

"어떻게 그걸 알 수 있죠?"

"청소를 해서 흔적은 대부분 지워졌지만, 아이의 눈높이가 닿는 곳까지 낙서나 흠집이 엄청나게 많아. 딸이 분명 여덟 살이라고 했지. 그 나이 여자아이가 집 안에서 낙서나 하고 있던 거야. 맞벌이라면 어쩔 수 없지만 전업주부라면 그렇게 되기 전에 아이를 밖에 나가서 놀게 하겠지. 이 근처라면 히사야오도리공원도 백화점도 많은 사람들로 붐비지 않나. 그런데도 그런 흔적이 많이 남아 있다는 건 어머니가 아이를 방치했다는 증거야. 아버지는 아버지대로 방에 틀어박혀서 작업에 몰두했겠지. 그러니까 제도대 주변에는 낙서의 흔적이 전혀 없잖아?"

미치코는 일단 확인하고 싶은 것은 확인했다고 말하는 겐타로를 엘리베이터에 태웠다. 사각형 공간은 생각보다 넓어 휠체어를 태우고도 성인 세 명은 더 탈 수 있을 정도로 여유가 있었다.

"이 맨션은 가스모리가 설계하고 하루미 건설이 시공한 첫 작품이지. 벌써 7년도 더 전인가, 가스모리가 독립한 직후에 작업을 했으니까 상당히 힘을 줬어. 이 녀석을 실어도 충분할 정도로 넓게 만든 이유는 머지않은 미래에 고령자가 도심의 공동 주택을 필요로 할 것을 고려해서 그런 거라고 하더라고. 이거 봐. 가스모리의 예측대로 현재 이 맨션에 입주한 세대주 중 30퍼센트는 50세 이상이니까 말이야."

"시대를 예견하는 혜안이 있는 사람이었군요."

"수요와 공급을 잘 이해한 사람이었지. 외견이 아무리 화려해도 고객의 입장에서 그 건물이 탐나지 않으면 그저 빛 좋은 개살구일 뿐이야. 갖고 싶은 걸 갖고 싶게끔 만드는 것이 가장 효과적인 장사지만, 그것을 아는 사람은 의외로 적어."

"하지만 뭐, 예상이 조금 빗나간 부분도 있는 것 같던데요."

금붕어의 배설물처럼 뒤에 달라붙어 따라다니던 관리인이 슬쩍 내뱉었다.

"응? 뭐라고?"

"집이나 공동생활 공간은 확실히 신경을 썼지만 지하주차장은 좀……."

"지하주차장이 뭐가 잘못됐나?"

"세대수만큼 차량을 수용할 수 있는 주차공간이 극도로 적습니다. 나고야 한가운데니까 자가용을 가진 입주자가 많은데, 60세대에 20대 정도의 공간이려나. 역시나 주민들이 불만을 토로해서 지지난달에 주차공간을 늘렸더니 공간이 좁아 그 즉시 파손사고가 발생했습죠."

"그런 보고, 나는 못 받았는데."

"참, 파손이라고 해도 후진할 때 주차블럭을 넘어가서 벽에 구멍이 난 정도의 일이었으니까요. 아아, 그리고 보니 가스모리 씨가 엄청나게 화를 내던데요."

"뭐라고?"

"사고 소식을 듣고 현장을 본 순간 안색이 싹 변하더라고요. 그 자식이라든가 빌어먹을 개새끼라든가 욕을 하면서 어디론가 휙 날라 갔어요."

"그게 언젠가?"

"으음……. 엿새 전이니까 14일 정오쯤이었습니다."

"지금 당장 그곳으로 안내하게."

평일이라서 모두 외출했기 때문에 일행이 도착한 주차장에 주차되어 있는 차는 다섯 대뿐이었다. 시야가 트여 있어서 관리인이 말한 파손 장소를 대번에 발견할 수 있었다. 여섯 군데의 돌출 기둥 부분 중 하나에 농구공 크기만 한 구멍이 나서 그 속에 있는 철근이 보였다.

"이것 참 완전히 드러났군. 그런데 사고가 난 지 엿새나 지났는데 아직 복구하지 않은 겐가?"

"맨션 전체가 노후화돼서……. 지난달 복도에 난 균열을 보수하는 데 관리비의 상당 부분을 지출해 버려서 새 예산을 편성할 수 없습니다."

한심하군! 이라고 노성이 튀어나올 줄 알았는데, 겐타로는 기둥의 파손 부분을 뚫어질 듯 쳐다볼 뿐 관리인의 말은 귀에 들어오지 않는 모습이었다.

"저걸, 좀 더 가까이에서 보고 싶네."

요구대로 휠체어를 기둥까지 밀었다. 겐타로의 시선은 파손 부분에 고정된 채 미동도 하지 않았다. 마치 매의 눈 같았다. 반쯤 눈을 감고 있지만 보고 있는 것을 꿰뚫어 버릴 듯한 날카로움은 숨길 수 없었다. 겐타로는 가끔 이런 눈을 하곤 한다. 대부분 일을 하던 중 중요한 판단을 내릴 때였는데, 그 모습을 볼 때마다 아직 이 남자가 현역이라는 사실을 실감한다.

그런 겐타로가 무슨 생각을 했는지 돌연 구멍이 뚫린 곳에 손을 넣었다.

빼낸 손에는 부서진 콘크리트 조각이 들려 있었다.

그리고 그 손이 슥 하고 입으로 움직였다.

"사장님!"

기이한 물건을 좋아하는 것. 치매 노인 특유의 증상이 머리를 스쳤다. 당황해서 겐타로의 손을 저지했지만 이미 콘크리트 조각이 입안에 들어간 뒤였다.

"사장님, 도대체 무슨 짓을⋯⋯."

불안한 기색으로 지켜보는 미치코를 곁눈질하며 겐타로는 콘크리트 조각을 반복해서 씹었다.

마침내 그 입이 타액과 뒤섞인 잔해를 뱉어냈다. 겐타로는 정말 맛이 없다는 표정으로 입 주변을 닦았다.

"맛은 좋사옵디까?"

한껏 비아냥거리는 질문에 노인은 깔끔하게 대답했다.

"더럽게 짜군."

겐타로가 다음 행선지로 지목한 곳은 싯포초에 있는 사건 현장이었다.

"집 안을 보고 싶네. 그날부터 닷새나 지났으니까 말이야. 이쯤이면 슬슬 세간의 관심도 식었겠지."

변명처럼 들렸지만 미치코는 진지하게 받아들이지 않았다. 사건 당일에는 겐타로 자신의 구미가 당기지 않았을 뿐이다. 이 영감님은 목적이 있으면 통제선이 있든 말든 자위대 한 사단이 방위선을 구축해도 반드시 그 장소로 향하고도 남는다.

"도시계획법이라는 법이 있는데 말일세."

겐타로가 누구에게랄 것 없이 이야기를 시작했다. 이럴 때는 청자가 미치코로 정해져 있기 마련이라 잠자코 경청했다.

"고도성장기에 소위 건설 붐이 일어서 여기저기 들입다 빌딩이나 맨션을 지어댔지. 이렇게는 안 되겠다 싶었는지, 인구 집중에 따른 무질서한 개발을 방지하고 계획적인 도시화를 지향한다는 목적하에 도시계획법이 시행된 거야. 처음에는 좋았지. 시가화해야 할 장소와 그렇지 않은 장소를 구별하고, 시가화하는 장소에는 어떤 건물을 세우면 좋을지. 그 도로 폭은 얼마만큼 용적을 허락할지. 계획대로만 건설한다면 이상적인 도시가 탄생할 터였지."

"잘된 일 아닌가요. 나라에서도 가끔은 훌륭한 법을 만들기도 하네요."

"그런데 말이네, 훌륭한 이야기는 거기까지였어. 인간이 살아가는 곳이라면 그 집합체인 거리 역시 인간과 함께 살아가. 노조리 집중되지도 않고 적당하게 분산되지도 않는다고. 개중에서도 손해를 본 곳이 시가화 조정구역이었어. 이름은 길지만 한마디로 여기는 번화가로 만들 계획이 없으니 새 집을 짓지 말라는 의미네. 그러면 어떻게 될까. 사실상 신축 허가가 나지 않으니까 젊은이들은 싫다며 다른 지역으로 떠나겠지. 남은 사람은 노인과 폐가뿐이야. 땅은 헐값이 되고 논밭 전용으로 활용할 수밖에 없지만 노인들만 남아 자연스럽게 땅도 황폐화되지."

"어머나……, 저런……."

"그리고 여기에 정치와 돈이 얽히면 더욱 추악한 그림이 완성돼. 도시계획 결정권은 수장이 거머쥐고 있네. 즉 시장이나 지사가 마음대로 조정구역을 결정하거나 변경하니까 당연히 토지소유자의 속셈, 정치적인 계산, 돈이 한데 어우러져 소용돌이칠 수밖에. 조정구역의 소유자가 지사가 되면 무엇을 하고 싶어 할지 생각해 보면 간단하게 이해할 수 있지."

분명 미치코도 쉽게 이해할 수 있을 정도의 설명이었을 것이다. 법의 맹점과 그곳에 몰려드는 욕망의 관계도를 쉽게 떠올릴 수 있었다.

"싯포초의 그 땅은 말이야. 값이 오를 걸 계산하고 사기도 했지만, 그 전에 내 반골 기질이 발동했던 거야. 전전 지사가 말이야, 개인적인 이유로 거기를 조정구역으로 지정했어. 당시 그 땅은 지사의 천적이라고 할 수 있는 남자의 소유였지. 뭐, 괴롭히려고 그랬던 거지. 그 녀석은 부동산을 운영했었는데 자기가 부담한 땅이 갑자기 매물로서 가치가 없어졌으니 당해낼 재간이 있나. 얼마 후 가게는 문을 닫았어. 이후 그 땅은 못 쓰게 되든 말든 방치됐지……. 그런데 그 남자에게는 고즈키라는 못된 친구가 있었네."

겐타로는 거기서 입꼬리를 씨익 올렸다.

"주변 지역에 상업시설이나 오락시설을 불러들이는 한편, 지사에게 돈다발로 귀싸대기를 날리 듯 조정구역의 규제를 풀게 했다네. 적절한 상황에 시기가 딱 맞아떨어져서 교통도 좋아지기 시작했어. 토지 개량도 실시했지. 원래는 시 두 개 사이에 끼어 있던 베드타운 후보지였으니까 하루미에게 분양한 구획 두 개와 건물 여섯 채가 팔리면 괜찮은 주택지가 돼. 그렇게 되면 그곳을 중심으로 새 시가지가 탄생하고 젊은이들도 돌아오겠지."

미래상을 이야기하는 겐타로는 평소와 달리 매우 순수한 아이 같아 보였다.

"사장님은 지사를 무시하고 스스로 번화가나 나라를 만들려는 생각이에요?"

"흥. 관리들이 꾸며낸 계획이나 법 따위 엿이나 먹으라고 해. 싼값에 매입한 땅을 그럴듯하게 꾸며서 부가가치를 높인 뒤 비싸게 판다. 그렇게 해서 매입자가 만족한다면 그보다 좋을 수 없지. 다니구치도 말했지만 그게 바로 부동산 디벨로퍼의 묘미라는 게야."

듣기에 따라서 훌륭한 달변이라고 생각하면서도 다른 한편으로 미치코는 이 남자에게 당했던 사람들의 갖은 원한을 상상하기에 이르렀다.

직설적이고 저돌적으로 말하면 듣는 사람은 좋지만 당하는 쪽은 참을 수 없을 것이다. 돈다발에 굴하고 권력에 짓눌려 목소리를 낼 수 없는 자의 원망과 한탄이 오죽할까. 휠체어 위에서 껄껄 웃고 있는 이 노인의 콧대를 꺾어 놓기 위해서라면 살인 한두 번 성도는 마다하지 않을 자가 있다고 해도 이상하지 않을 것이다.

현장에 도착하자 곤혹스러워 보이는 하루미가 먼저 도착해 두 사람을 기다리고 있었다.

"고즈키 사장님. 왜 또 탐정 흉내를 시작하신 겁니까."

"시끄러워. 경찰이 저렇게나 무능하니까 직접 교통정리하는 수밖에 없지 않나."

"하지만 약은 약사에게 진료는 의사에게 라는 말도 있지 않습니까……."

"이런 사건을 흔히 밀실 살인 사건이라고 하지만 요점은 부동산과 관련된 수수께끼 아닌가? 부동산 수수께끼를 부동산업자가 풀겠다는데, 무슨 문제 있나?"

신축 건물의 현관에는 여전히 통제선이 쳐 있었지만 겐타로는 "흥!" 콧방귀를 뀌며 그 아래로 재빨리 지나갔다.

소에지마가 건축물로서의 형식을 다 갖추었다고 말한 대로 확실히 외관은 준공 상태로 보였다. 그러나 안으로 들어가자 아직은 도저히 사람이 살 수 있는 상태가 아니었다. 도배도 되어 있지 않고 전선은 드러난 채였다. 완성된 것은 아이보리색 마루 정도였다. 널찍한 다이닝키친에는 자재들이 포장째 산더미 같이 쌓여 있었고 벽에는 배선을 포함한 평면도가 메모 대신 붙어 있었다. 너무나도 스산한 모습에 며칠 전까지 사체가 있던 곳이라는 사실조차 잊을 것 같았다.

"사체는 식당 거의 한가운데에 있었다는 것 같습니다. 딱 이쯤이었겠지요."

하루미는 불쾌한 기색으로 바닥을 가리켰다. 그러나 겐타로는 반대로 천장을 올려다봤다. 중심에는 조명용 배선이 매달려 있고 서쪽 구석에는 네모나게 뚫린 부분이 있다. 아마도 다락방 창고로 이어지는 입구일 것이다. 그렇지만 그런 포인트가 있어도 조명기구가 없으니 천장도 아득히 넓다는 인상이 들었다.

다음으로 휠체어를 타고 창가 가까이 다가간 겐타로가 잠금장치를 내려다봤다. 이것도 소에지마의 설명대로 상하 두 군데를 잠그는 방식으로, 외부에서 손을 대는 것은 불가능해 보였다.

"경찰 측은 벽에 무슨 장치가 되어 있는 것 아닌가 의심하는 것 같았습니다. 하지만 말도 안 되는 소리지요. 이전의 공법들은 어땠을지 몰라도 유닛모듈러 공법은 방 하나하나 외벽 설치부터 배선까지 공장에서 만들어 오니까요."

"나는 옛날 그대로의 공법이 좋은데 말이야. 현장에서 조립을 한다니, 마치 프라모델 같지 않나."

"무슨 그런 말씀을……. 하지만 확실히 유닛모듈러 공법에도 단점이 있는데 그중 하나가 디자인에 제약이 있다는 것이지요. 그런데 역시나 그 점을 가스모리답게 극복했죠. 유닛 조립 방법을 정형화시키지 않는 방법으로 독창적인 외관을 설계했습니다. 본인은 적목세공*을 응용했다고 했지만 우리는 그런 발상은 할 수 없겠죠. 정말 아까운 인재를 잃었습니다."

"그건 맞는 말이야. 아무짝에도 쓸데없는 놈이나 죽일 것이지. 정말 아무짝에도 쓸데없는 짓을 저질렀군."

"또, 또 저 못된 말버릇……."

---

*　다양한 모양의 나무 조각 장난감을 쌓아서 집이나 동물 등을 만드는 놀이.

겐타로는 개의치않아 하며 욕실로 이동했다. 일반적으로 욕실문은 바깥 공기와 균형을 맞추기 위해 작게 만들지만 이 집은 성인 두 명이 드나들 수 있을 정도로 폭을 넓게 만들어서 휠체어도 문제 없이 들어갈 수 있었다.

"마지막 주거지로 정해 놓았던 걸까요. 미래에 자신이 휠체어를 탈 때를 고려해서 설계한 것 같습니다."

과연 탈의실부터 욕실까지는 배리어프리 구조로, 휠체어를 탄 채로 욕조까지 바로 다다를 수 있었다.

"경찰은 욕실 창문도 의심했지만 거기도 방충망 뒤는 이중창으로 된 붙박이창에다 내부에 블라인드가 달려 있어서 바깥쪽에서 무슨 짓을 하는 건 전혀 불가능합니다."

일행은 마지막으로 현관으로 돌아왔다.

"현관과 뒷문도 그가 고집한 부분이었습니다. 문의 경첩을 범행 후에 외부에서 설치하지 않았을까도 생각해 보았습니다. 그러나 그것 역시 무리입니다. 보시는 바대로 현관과 뒷문 모두 경첩이 집 내부에 설치되어 있어서 바깥에서 설치하지 못합니다."

"바닥은 어때요? 마루를 떼어내고 그 밑으로 숨어들었다가 용케 원래대로 되돌려놨을 가능성은?"

"쓰즈키 씨도 참 터무니없는 말씀을 하시는군요. 마루도 내부에서 박아서 붙인데다 빈틈없이 코팅되어 있습니다. 설사 마법사처럼 그게 가능하다고 해도 마루 밑은 베타 기초로 만들어졌기 때문에 출입할 수 있는 건 흰개미 정도일 겁니다."

두 사람의 대화 따위 전혀 귀에 들어오지 않는 사람처럼 겐타로의 표정에 변화가 없었다. 눈을 반쯤 뜬 채 문을 바라보고 있을 뿐이었다.

그러고 나서 휴대 전화를 꺼내 들었다.

"어이, 소에지마. 날세. 고즈키. 한 가지 물어볼 게 있는데, 가스모리가 죽은 시각을 15일 12시부터 2시 사이라고 추정한 사람은 누군가?……대학 의학부?……책임자 이름이 뭔가? ……가이후 교수. 잘 알겠네. 지금 만나러 갈 테니까 약속 잡아 주게."

가이후 교수라는 인물의 첫인상을 한마디로 표현하자면 번창하는 개업의의 느낌이었다.

대학교수쯤 되면 나름대로 경력이나 명성이 쌓여서 콧대가 높을 법한데 이 사람은 언행이 부드럽고 초면인 노인에게도 매우 깍듯했다. 괴팍한 구석도 거만한 구석도 없었고, 그러기는커녕 오히려 겐타로의 휠체어를 보자마자, "미리 말씀해 주셨으면 좋았을 걸"이라며 바닥에 쌓여 있는 책들을 황급히 치우기 시작해, 오히려 겐타로 일행이 미안해지는 모양새였다.

"소에지마 과장에게 전화 받았습니다. 사망 추정 시각에 대해 관심이 있으시다고요."

"바쁘신 와중에 늙은이가 제멋대로 시간을 버리게 해서 죄송합니다."

미치코는 귀를 의심했다. 이 영감님의 입에서 나온 말이라고는 도무지 생각할 수 없었다.

"실은 내가 궁금한 점이 있어서 폐를 끼치게 됐습니다. 그래서 교수님께 가르침을 받고 싶소만……. 공교롭게도 나는 제대로 교육을 받지 못해서 말이오. 이 나이 먹어서도 아는 것이라고는 겨우 부동산에 관한 것뿐이라오. 그러니까 이 늙은이도 이해할 수 있을 정도로 설명해 주셨으면 하오."

"네. 저도 가르치는 게 업이라서요."

"배운 게 없어 이해력이 부족할 수 있소."

"괘념치 않으셔도 됩니다. 학생에게 하듯 점수를 매기는 것도 아니니까요……음, 싯포초 사건에 관한 질문 맞지요? 그 건은 현장의 검시관이 결과를 산출했고 시체검안서는 아직 작성하는 중입니다만, 물론 수사상 기밀사항을 일반 시민에게 유출할 수 없습니다. 그러니까 지금부터 드릴 말씀은 지극히 이론적인 내용이라고 생각하시면 됩니다."

겐타로는 가만히 끄덕였다.

"알고 계시다시피 인체의 대부분은 수분으로 이루어져 있습니다. 자 그럼, 여기에 컵이 있고 그 안에 뜨거운 물이 있다고 가정해 봅시다. 물은 처음에는 뜨겁지만 시간이 지날수록 점점 따뜻하게 식고 결국 외부 기온과 비슷해지죠. 그리고 이 현상은 신체 대부분이 수분으로 이루어진 인간에게도 똑같이 일어납니다. 처음에는 따뜻했던 체온이 사망 시점을 기준으로 대체적으로 사후 48시간 이내에 외부 기온과 거의 같아집니다. 겨울에는 한 시간에 2도씩, 봄이나 가을에는 1도씩, 그리고 여름에는 0.5도씩 떨어지는데, 사체 발견 시점에 측정한 체온에서 역산해 보면 체온 저하가 시작된 사망 시각을 판단할 수 있다는 논리입니다. 다만 체온에도 개인

차가 있으며 외부 기온도 일정하지 않기 때문에 추정 시각이라고 표현하는 겁니다."

"으음……."

"기상청의 지상기상 관측기록에 의하면 2월 15일의 기온은 6도에서 8도였지요. 사체의 검온……. 이건 직장 내 온도를 측정하는 건데, 27도였습니다. 성인 남성 평균 체온이 37도인데, 그 온도와 10도 차이가 납니다. 이를 역산해 보면……."

가이후는 근처에 있던 복사용지를 집어 커다란 글씨로 수식을 적어나가기 시작했다.

사후 경과 시간 / 1시간당 저하 온도
00.01~05.00(Hr) / 1.81℃
05.01~10.00(Hr) / 1.10℃

37℃-27℃=10℃
1.81×5=9.05 1.10×0.86=0.95

"이렇게 검온한 결과, 6시 50분부터 5.86시간 전, 즉 0시 59분을 중심으로 전후 한 시간을 사망 추정 시각으로 도출해낸 겁니다."

겐타로는 잠시 동안 말없이 수식을 응시하다가 마침내 단 한 번 고개를 크게 끄덕였다.

"훌륭하군. 상당히 이해하기 쉽군요."

"실은 정확한 수치는 아닙니다. 담당 검시관은 아직 경험이 많지 않아 거기까지는 깊게 생각하지 못한 것 같습니다만, 밀폐된 실내는 외부 기온과 실온 저하 속도에 차이가 발생합니다. 그 점에 대해서 건물 구조를 잘 아시는 고즈키 사장님은 다른 의견이 있으십니까?"

"최근의 일반 주택은 예의 자연을 활용한 에콜로지 건축물이라는 녀석이 크게 유행하고 있어서 말이오."

겐타로는 약간의 비아냥을 담아 웃었다.

"그 건물도 바깥쪽을 단열재로 빈틈없이 감싸는 외장 단열 공법으로 발포 플라스틱 단열재를 사용했소. 단열재로 사방의 벽을 둘러 버리면 창문으로 하루 종일 들어오는 태양열이 긴 시간 실내에 남아 있을 수 있지요."

"오호, 그것 참 귀중한 의견이네요. 그렇게 되면 실제 체온 저하는 외부 기온에 노출되었을 때보다 느려집니다. 따라서 사망 추정 시각은 0시 59분보다 더 이전으로 거슬러 올라가야죠. 마침 위에 있던 내용물의 소화 정도에 대한 결과가 나온 참이니까 그 결과와 함께 사체검안서를 수정할 계획입니다."

"감사하오, 교수. 쉽게 이해했습니다."

정중한 인사를 남기고 자리를 뜨려고 했더니 이 차분한 교수가 순간 장난꾸러기 같은 웃음을 지었다.

"이건 단순히 제 혼잣말입니다만……. 탈모가 눈에 띄는 피해자의 머리 옆쪽 부분에 탄닌을 주성분으로 한 도료가 미량 묻어 있었습니다. 신축 공사 현장이니까 당연한 일이라고 수사1과 형사 분들은 전혀 신경 쓰지 않았지만 말입니다."

"탄닌을 주성분으로 한 도료?"

"부동산이나 건설업 관계자라면 잘 아시겠지요. 덜 익은 감에서 나는 떫은 즙인 '감물'이라는 물질입니다."

가이후 교수의 배웅을 받은 두 사람은 교문을 나섰다. 마지막까지 성심성의껏 대해 준 교수의 모습이 보이지 않게 되자 미치코는 참지 못하고 입을 열었다.

"아 깜짝 놀랐어요."

"방금 전 설명 때문에?"

"아니요. 사장님이 그런 식으로 다른 사람을 정중하게 대하는 모습을 처음 봐서요."

"흥, 난 또 뭐라고."

겐타로는 흥미를 잃은 듯 콧방귀를 뀌었다.

"그 교수는 나를 성의껏 응대해 줬지 않나. 그러니까 나도 성심성의껏 경청하는 게 당연하지."

4

하루미 건설에 도착하자 겐타로는 미치코에게 운전기사와 함께
차에서 기다리고 있으라고 명령했다.

"안돼요. 집과 달리 뭐가 굴러다닐지 모르잖아요. 제가 붙어 있어
야죠."

"유난은. 도료 샘플을 보고 이야기 좀 하려는 것뿐이야."

"절대로 안돼요. 아시겠어요? 사장님은 휠체어를 밀어주는 사람
이 없으면 아장아장 걷는 어린 아기나 마찬가지라고요."

"어린 아기가 이렇게 밉살스러운 말을 지껄이는 거 봤나?"

"아무튼 같이 가겠어요. 혼자 뒀다가 무슨 일이라도 생기면 나중
에 직무태만이었다고 비난받는 사람은 저라고요."

계속된 강경한 주장에 결국 겐타로가 마지못해 뜻을 굽혔다.

"도료 샘플이라면 일부러 나오시지 않아도 저희가 가지고 가서
보여 드렸을 텐데요."

갑작스러운 방문에 놀란 하루미를 아랑곳하지 않고 겐타로는 남의 사무소를 제 사무소인 양 멋대로 들어갔다.

"어떤 종류의 도료를 찾으십니까?"

"일단 보여 줘. 이야기는 보고 나서 하지."

하루미는 살짝 한숨을 쉬고는 앞장서서 겐타로를 안내했다.

사무소 안으로 들어가니 '자재 창고'라는 명판이 걸린 방과 맞닥뜨렸다. 하루미는 열쇠를 꺼내서 문을 열었다.

"호오. 꼼꼼하게 하나하나 열쇠로 잠가 두었군."

"예전에 직원이 자재를 빼돌린 적이 있어서…… 그때 크게 데여서 지금은 제가 관리하고 있습니다."

창고 안에 들어가자마자 시너 냄새와 쇠 냄새가 코를 찔러왔다. 그와 동시에 썰렁하고 건조한 공기가 일행의 온몸을 휘감았다. 크기는 15평 정도나 될까, 파르스름한 형광등 아래에 자재와 도료가 가지런히 진열되어 있었다.

겐타로는 진열된 도료를 따라 나란히 움직였다. 뚜껑이 있는 용기도 있고 열어둔 채 놓아둔 용기도 있었는데, 겐타로는 그것들을 하나하나 자세히 확인했다. 꼼꼼하게 주의를 기울여서 보니 벽과 바닥 여기저기에 도료가 쏟아졌던 흔적이 있었다.

"이봐. 뚜껑이 열린 도료는 표면에 막이 생겼군."

"이런, 관리가 미숙한 장면을 보여 드리고 말았습니다."

그리고 어떤 용기 앞에서 휠체어가 딱 멈췄다. 미치코는 그 용기를 보고는 앗 하고 소리 지를 뻔했다.

그 용기에는 '감물'이라는 라벨이 붙어 있었다.

"여기에 사체를 두었었구나."

마치 잡담이라도 나누는 듯한 말투였다.

"범인은 너다, 하루미."

돌연 오싹한 한기가 등줄기를 타고 흐른 이유는 냉기 탓만은 아니었다. 미치코가 두려운 듯 조심스럽게 뒤를 돌아봤더니 하루미 젠조는 몹시 곤란한 표정으로 두 사람을 바라봤다.

"갑자기 무슨 말씀이신지…… 어째서 제가 가스모리를 죽였다는 겁니까? 일 잘하는 유능한 파트너를."

"동기를 말하는 건가? 그건 가스모리가 네 놈의 부실 시공을 눈치챘기 때문이지."

"부실 시공?"

"가스모리가 처음에 너와 함께 지은 사카에의 맨션. 그건 완전히 날림 공사야. 우리 회사에 제시했던 견적보다 훨씬 저렴한 재료를 사용하고 그 차액을 꿀꺽했지. 파손된 지하주차장의 기둥을 보고 가스모리는 그 사실을 알아차린 거야. 그러니까 입막음을 하려고 그 녀석을 죽인 거지. 틀렸나?"

후우, 들으라는 듯 한숨을 내쉬었다고 생각하는데, 하루미의 다음 행동이 매우 날렸다. 소리도 없이 미치코의 등 뒤로 돌아가서 무릎을 꿇리고는 눈 깜짝할 사이에 근처에 있던 나일론 끈으로 손목을 묶었다. 그리고 비명을 지르려던 입에 걸레를 구겨 넣었다.

"여자에게 그 무슨 난폭한 짓이냐!"

"장애가 있는 노인을 험하게 다루는 게 좀 더 부끄러워서요. 게다가 어차피 사장님은 요양보호사가 없으면 움직일 수 없는 몸이지 않습니까. 걱정 마시죠. 포장 작업이라면 능숙하니까 아프지 않게 잘 묶었습니다."

사람을 자재 취급하고 있다. 미치코가 혼자 분개하는 사이에 하루미는 문을 잠갔다.

"그런데 고즈키 사장님. 당신은 정말 귀찮은 사람이네요. 알리바이를 의심하면 몰라도 처음부터 그렇게 말하면 도망갈 곳이 없잖아요……다행인지 불행인지 오늘은 아침부터 모두 외근을 나가고 없네요. 게다가 여기는 사방이 두꺼운 콘크리트 벽인데다 창문도 없으니까 조금 큰 소리가 나도 밖으로 새어나가지는 않을 겁니다."

"사무소 앞에서 운전기사가 우리를 기다리고 있어."

"사장님이 이야기가 길어진다고 먼저 돌아가라고 하셨다……고 설명하면 납득하겠죠. 당신이 변덕스러운 건 운전기사도 신물이 날 정도로 잘 알고 있을 테니까요."

하루미는 그렇게 말하면서 휠체어를 철제 선반에 묶어 고정하려고 했다.

"만일을 위해 사장님도 몸을 움직일 수 없도록 조치했습니다."

"하반신불수 늙은이에게 참으로 훌륭한 대우군. 부모님 뵙기 부끄럽지도 않나."

"아 예, 죄송합니다……. 그런데 사장님. 어떻게 여기가 사체를 보관한 장소라는 걸 알았습니까?"

"가스모리의 머리에는 감물이 묻었었다고 하네. 경찰은 시공 중인 건물 안이었으니까 도료가 묻은 건 당연하다고 생각했던 것 같지만, 그 시점에 현장에서 도료를 사용한 곳은 마루뿐, 그것도 색은 감물과 조금도 비슷하지 않은 아이보리색이었어. 눈치가 조금이라도 있다면 그 감물이 다른 곳에서 묻어 왔다는 사실을 유추해낼 수 있지. 그랬더니 바로 떠올랐어. 싯포초의 분양지, 그건 내장에 감물 도료를 사용했지 않은가. 광고 깃발에 친환경 도료라고 요란할 정도로 적어 놨으니까 말이야. 아마도 여기 바닥과 벽에 묻어 있는 감물 도료가 가스모리의 머리에 묻어 있던 것과 같겠지."

"감물 따위 요즘 세상에 드물지도 않지요. 그 정도 근거로 여기를 특정하기에는 상당한 억지 아닙니까."

하루미는 신체의 자유를 빼앗은 두 사람을 앞에 두고 위협하지도 태도가 돌변하지도 않았다. 그저 느닷없이 벌어진 예상 밖 상황에 당황한 것 같았다.

"무엇보다 그 밀실의 트릭은 어떻게 설명할 겁니까. 만약 제게 그를 죽여야만 할 동기가 있었다고 해도 그 집에서 탈출한 방법을 증명하지 못하면 체포할 수 없지요."

"아아, 그거 말인가. 그런 거 현장을 한번 휙 둘러본 것만으로도 짐작이 갔지."

겐타로가 태연하게 말하자 하루미는 눈을 동그랗게 뜨고 얼굴을 들이댔다.

"농담 마시죠. 그걸 흘끗 보고 알아차릴 리 없습니다. 경찰조차 그것 때문에 수사에 난항을 겪었는데,"

"이봐, 하루미. 상대가 초보라면 몰라도 그건 건축업자에게는 너무나 쉬운 방법이지 않나. 마치 어설픈 속임수를 뒤에서 지켜보고 있는 느낌이 들었다고."

겐타로는 어처구니없다는 듯이 잘라 말했다.

"그 건물은 유닛모듈러 공법으로 지었지. 기초를 세우고 공장에서 만들어낸 유닛을 집마다 조립해. 그리고 마지막에 지붕을 얹지. 언젠가 내가 말했던 것처럼 프라모델과 비슷해. 네 놈은 그 점에 착안해 사체를 실내에 던져 두고 지붕을 덮은 거지. 즉 가스모리는 네가 작업을 끝낸 14일 오후 8시보다도 훨씬 전에 죽었던 거야. 살해당했을 때 밀실 상태가 아니었던 게지. 반대로. 먼저 죽이고 나서 밀실을 만든 거다. 더 자세히 설명해 줄까? 물론 지붕을 너 혼자서 설치했을 리는 없어. 14일 작업으로 지붕 설치도 거의 끝나갔을 게다. 그리고 유닛이 몇 개 남지 않은 단계에서 너는 젊은 인부들을 공사가 지연되고 있는 사야초의 현장으로 보내 버렸어."

"공사가 지연되고 있던 건 사실입니다. 정말 최근 젊은이들은 이런 힘든 일은 하지 않으려고 하니까 인력 부족이 만성화되어 버렸거든요."

"사체는 아마 알루미늄 단열 시트로 말아 두고 그 위에 파란 천을 덮어 두었겠지. 건설 현장에서 파란 천으로 덮여 있는 건 누구도 신경 쓰지 않아. 너는 사체를 짊어지고 아직 지붕이 설치되지 않은 곳을 통해 다락방으로 들어가서 접이식 계단을 이용해 거실로 내려갔다. 시각은 7시 쯤, 밖은 이미 어두워졌고 내부에는 조명이 아직 설치되지 않아서 어둠 속에서 은밀하게 행동할 수 있었겠지. 집 밖에서는 내부가 보이지 않고, 보였다고 해도 파란 천의 실루엣 때문에 공사 자재를 옮기고 있는 것으로만 보였을 거야. 너는 마루 위에 사체를 던져 놓고 안에서 문이 모두 잠겨 있는 것을 확인한 뒤 다락방으로 돌아와서 계단을 거둬들이고 다락방 문도 잠 갔어. 그리고 지붕으로 올라가서 처마 쪽 지붕을 마저 설치한 거지. 서까래를 올리고 지붕널과 내수합판을 시공한 뒤 아스팔트루핑을 빈틈없이 깔고 마지막으로 평판 슬레이트를 쳤다. 작업 과정만 봐서는 매우 거창한 일처럼 보이지만 남아 있던 것은 다다미 몇 장 정도 되는 분량뿐이었으니까 네 솜씨라면 한 시간도 걸리지 않았을 거야."

입을 다문 채 듣고만 있던 하루미의 미간에는 시간이 지날수록 주름이 깊게 패였다.

"마치 보기라도 한 것처럼 말씀하시는군요. 고즈키 사장님은 직접 목수 일을 해 본 적이 있습니까?"

"없어. 그렇지만 내가 팔고 있는 땅에 어떤 집이 지어지는지는 관심이 있으니까 말이야. 시간이 허락되는 대로 현장에 얼굴을 비추고 작업하는 모습을 지켜보고 있네. 실제로 네가 작업하는 모습도 몇 번인가 봤지. 과연 그 도편수의 제자답다고 감탄하면서 봤는데⋯⋯."

"칭찬을 해 주시다니, 영광이군요⋯⋯. 하지만 사장님, 밀실 건은 그렇게 설명할 수 있다고 해도 사망 추정 시각은 어떻게 하실 겁니까? 검시관의 보고로는 15일 심야 12시부터 2시 사이라고 하지요. 사장님의 추리가 맞는다면 적어도 가스모리는 14일 저녁에는 죽었다는 이야기인데. 그러면 앞뒤가 맞지 않는군요."

"흠. 너는 그 12시부터 2시 사이에 술집이든 어디에서든 누구와 같이 있으면서 알리바이를 만들어 놨겠지. 하지만 실제로는 아마 이랬을 거라고 생각해. 사카에의 맨션에서 가스모리가 네 부실 시공을 알아차린 때가 14일 점심. 그 녀석은 만사 제쳐 놓고 허겁지겁 여기로 달려와서 너를 다그쳤을 거야. 그때 네가 녀석을 직접 죽인 거지. 본인이 저지른 일을 후회했을 거야. 하지만 체포될 수는 없었겠지. 필사적으로 머리를 굴렸어. 그리고 문득 떠오른 생각이 바로 사망 시각을 조작해서 그 집 안에 넣어 놓는 것이었어. 그러면 알리바이도 성립하고 경찰이 밀실 트릭을 풀지 못하면 잡히지도 않을 거라고 생각한 거지."

"죽은 시각을 어떻게 조작한단 말입니까?"

"대학 교수에게 들었다. 사망 추정 시각은 사체의 체온이 외부 기온과 같아지는 시각에서부터 역산한다고 말이야. 하지만 외장 단열 공법을 시공한 건물이라면 실내 온도가 천천히 떨어지는데다, 사체가 체온이 이상할 정도로 높아진 채로 보관된 상태였다면 한 시간 정도 오차는 어물어물 넘어갈 수 있다고 판단했겠지. 친절하게 계산식까지 알려 주셔서 말이야. 나도 오랜만에 머리를 써서 계산해 봤어."

"오랜만이라니 무슨 말씀을. 사장님 두뇌는 언제나 풀가동되고 있는 거 아니었습니까?"

"그랬더니 이 창고라는 결론에 다다르더군. 너는 여기에 사체를 두고 난방을 있는 대로 총동원해 창고를 따뜻하게 만들었어. 사체 주변에는 난로를 계속 틀어 놨겠지. 마침 창고 관리 담당은 너였고. 그러니까 방해꾼이 창고에 불쑥 들어올 일도 없었을 거야. 6시간 정도 그 상태를 유지해서 완전히 따뜻해진 사체를 단열시트로 둘

둘 싸서 너는 싯포초의 사건 현장으로 향했어. 현장은 여기에서 차로 5분 거리니까 도착했을 때도 사체는 여전히 따뜻했을 거야. 이다음은 조금 전에 구구절절 설명했던 대로야. 저녁때가 지나도 외장 단열 공법 덕분에 실내는 바깥처럼 춥지는 않았어. 사체가 발견된 6시 반에는 체온이 27도까지 떨어졌지만 원래부터 조건이 조작되었으니까 정확한 시각을 산출해낼 수 있을 리 없었어. 하지만 너는 그 이전에 치명적인 실수를 저질렀지."

"무엇을…… 말입니까."

"창고 안을 오랫동안 꽉 닫아 따뜻한 채로 둔 게 문제였어. 장시간 고온에서 보관했던 유기용제인 시너 성분이 휘발되어 버린 거야. 여기에 있는 통 몇 개의 표면에 막이 생긴 건 바로 그 탓이야. 게다가 그 녀석은 탈모 기미가 있었으니까 말이야. 아마도 머리카락 몇 올은 여기 떨어져 있겠지."

"그럼 나중에 대청소를 해야겠군요. 아아, 그리고 도료도 전부 새것으로 사 놓아야겠어요. 어휴 이런, 귀찮은 일이 또 늘었군요."

하루미는 한숨을 크게 쉬었다.

"제가 벌인 일이긴 하지만요. 가스모리가 타고 왔던 차를 처분하는 것도 굉장히 힘들었거든요."

"유닛모듈러 공법을 활용한 점은 일의 성격상 당연히 생각해 낼 수 있는 일이었다 치고, 사체의 체온을 높여서 사망 추정 시각을 조작할 생각은 어떻게 한 건가. 네 아이디어일 리가 없는데."

"아아, 그거 말이에요. 작년에 우리가 시공했던 건물에서 비슷한 일이 일어났었죠. 역시 외장 단열 공법으로 지은 집에서 매입자가 자살했는데 실내 보온효과로 체온이 서서히 떨어져서 추정 시각이 크게 차이 나는 바람에 수사에 난항을 겪었습니다. 그걸 참고했지요."

"그런데 꼭 죽어야만 했나."

"저도 처음부터 죽일 생각은 없었습니다. 대화가 좀 더 원만하게 진행됐다면 달리 전개됐을지도 모르지만…… 그 일을 갖고 그런 식으로 협박하다니."

"그 남자가 협박을 했나?"

"네, 무섭게 화를 내면서 잘도 본인의 첫 작품에 똥을 뿌렸다고. 이 일이 알려지는 게 싫으면 앞으로 매달 돈을 입금하라고 했습니다. 그는 당시의 발주서와 견적서를 첫 작업 기념으로 보관하고 있다고 했습니다. 궁지에 몰려 정신을 차렸을 때는 이미 제가 제 넥타이로 가스모리의 목을 조르고 있었습니다."

"그 녀석도 벌이가 꽤 좋았을 텐데. 가장 먼저 돈 이야기를 할 정도로 궁지에 몰렸을 것이라고는 생각도 못했군."

"가스모리 본인이 아니라 아내 히토미가 카드빚으로 파산 직전이었습니다. 일도 하지 않고 매일매일 쇼핑만 해대니까 그렇게 되는 게 당연했지만, 그 여자는 자신이 여자니까 그런 생활이 당연하다고 큰소리쳤습니다. 그 근거 없는 자신감은 어디에서 나오는지 참. 그리고 가스모리라는 남자는 일에 대한 실력은 좋았어도 부인을 구슬리는 데는 젬병이었습니다. 그 여자가 가스모리보디 잘나가는 것 같은 세무사와 바람을 피워도, 아내를 필사적으로 붙잡고 싶은 마음에 방탕한 생활을 질책하지도 못했다고 합니다."

"저런."

겐타로도 한숨을 쉬었다.

"그건 그렇고, 네 사무소에서 분양한 맨션은 다른 회사보다 20퍼센트 저렴하다고 홍보했어. 어차피 그 이후에도 계속 부실 공사를 했겠지. 그런 빛 좋은 개살구 같은 건물을 아무것도 모르는 고객에게 계속 파니까 좋았나?"

"도무지 어찌할 수 없었습니다. 장기 불황으로 수주가 줄고, 만약 있다고 해도 발목이나 잡힐 것 같은 수주액이었죠. 원가절감과 인원감축도 한계고 남은 방법은 원재료인 콘크리트를 싸게 구입하거나 철근의 수를 줄이고 내장재만 업그레이드해서 초저가 매물로 내놓을 수밖에 없었습니다. 그렇게 하지 않으면 회사는 도산하고 말았을 겁니다. 저만 생각했던 건 아니에요. 직원들과 그 가족의 생계를 지키기 위해서였습니다."

"바보 같군. 그들의 생활을 지키기 위해서라면 비싼 돈을 내고 부실 시공한 맨션에서 아무것도 모른 채 살고 있는 고객들의 생활은 어떻게 되든 상관없다는 말이냐. 그걸 바로 사기꾼이라고 하는 거야."

하루미는 기에 눌린 듯 입을 열지 못했다.

"하루미. 한 번만 말할 테니까 잘 들어. 가스모리를 죽인 것을 포함해 지금까지 부실 시공한 사실을 모두 자백하게. 그래도 죄는 사라지지 않지만. 민사든 형사든 호되게 죗값을 치러야겠지. 하지만 최소한 건축사무소로서의 긍지만은 지킬 수 있어."

하루미가 잠시 고개를 숙이고 생각에 잠겼다가 마침내 유유히 떠올린 표정에는 나약한 쓴웃음이 담겨 있었다.

"사장님의 그런 긍정적인 강인함에 저는 눈이 부셨습니다. 하지만 누구나 당신같이 강직하게 살아갈 수 있는 건 아닙니다."

"비꼬는 건가. 내 다리는 이렇게 쓸모없어졌는데."

"이 이상 꾸짖으면 괴로울 것 같습니다. 게다가 전부 들킨 상황에서 선택할 수 있는 길은 이것밖에 없네요. 죄송하지만……."

가볍게 인사한 하루미는 자신의 넥타이를 풀며 겐타로에게 한 걸음 다가갔다.

겐타로는 눈앞에 다가오는 남자를 아무 말 없이 노려보았다.

미치코는 몸을 비틀며 어떻게든 목소리를 내려고 발버둥을 쳤다.

바로 그때…….

분명 잠겨 있던 문이 굉음과 함께 날아갔다.

웅웅거리며 울리는 소리가 벽을 때리는 가운데, 문이 없어지고 생긴 입구로 몇 명의 그림자가 단숨에 몰려들어 왔다.

"뭐, 뭐, 뭐, 뭐야 너희들은!"

불의의 일격을 당한 하루미는 맥도 못 썼다. 당황한 모습으로 그 자리에 못 박힌 채 서 있었더니, 갑자기 배에 니킥 한 방이 날아왔고 얼굴을 주먹으로 가격당했다. 그는 악, 하고 한마디 신음소리만 남긴 채 땅바닥에 허리를 숙이고 주저앉았다.

"사장님! 괜찮으십니까!"

갑자기 들어온 빛에 짐차 눈이 익숙해지니 혐상궂은 남사 일곱 명 정도가 하루미를 둘러싸고 있는 장면이 보였다. 옷차림과 얼굴이 도저히 건실하게 사는 평범한 사람이라고는 생각할 수 없었다.

"아아, 나는 괜찮으니까 저 여자분 먼저 풀어 드리게. 봉변을 당했어."

투박한 손길이 미치코를 풀어 줬다.

"고, 고즈키 사장님. 대체 이 남자들은……."

"우리 하청 업체는 네 사무소만 있는 게 아니야. 이런 재미있는 놈들이 근무하는 건축사무소와도 친하게 지내지. 이봐, 하루미. 내가 아무 준비도 없이 여기에 쫄래쫄래 왔을 거라고 생각했나? 우리가 안으로 들어간 뒤 15분이 지나도 돌아오지 않으면 이들이 쳐들어오기로 되어 있었지. 꽤 오랜 시간 알고 지냈는데도 아직 내 방식을 파악하지 못한 모양이군. 나는 돈에는 돈, 권력에는 권력, 그리고 폭력에는 폭력으로 상대하는 남자라고."

"사장님, 이 놈 어떻게 할까요? 마침 재료도 여기 잔뜩 있네요. 시멘트에 담가서 나고야항에 던져 버릴까요?"

"까불지 마라. 확실한 살인 사건 범인이야. 쓰시마 경찰서로 바로 넘기도록 해."

"네? 우리가, 말입니까?"

"보통 나쁜 짓은 상황을 더 악화시키지. 이럴 때일수록 경찰에게 빚을 지워 두는 편이……. 오오, 미치코 씨. 미안했구만."

하루미가 단언한 대로 묶였던 부위에 고통은 없었지만 뒤늦게 찾아온 분노와 공포로 떨림이 멈추지 않았다.

"이렇게 될지도 몰라서 나 혼자 다녀오겠다고 했는데 당신이 고집을 부려서."

"정말로, 무슨 이런 손 많이 가는 영감님이 다 있담! 기가 막혀서 입이 다물어지지 않네요. 그래요, 저 결정했어요. 네, 마음 확실히 정했어요!"

"……그만두게?"

"당신 같이 위험한 환자를 돌볼 수 있는 사람은 저밖에 없어요. 앞으로 무슨 일이 벌어져도 절대, 그만두지 않을 거예요!"

◦◉◦

"계약이 중지되었던 싯포초 건, 오전 중으로 전부 계약 완료했습니다아."

겐타로는 사오리의 들뜬 목소리로 그 사실을 확인한 뒤 수고했다고 대답하고는 휴대 전화를 끊었다.

어떻게든 늦지 않고 결산 전에 해결했다.

"억지 장사 아니에요?"

등 뒤에서 미치코가 삐딱하게 말했다.

"무슨 소리야. 자고로 장사란 북극에 사는 사람에게도 얼음을 팔 수 있어야 하는 거야."

"네네. 그건 그렇고 사장님. 저, 한 가지 이해 안 되는 것이 있어요."

"무엇인고?"

"하루미 사장이 부실 시공했다는 건 어떻게 간파하셨어요?"

"아아, 그거 말인가. 내가 그때 콘크리트를 입에 넣고 씹었던 것 기억하지?"

"잊을 리가 있겠어요? 저는 그때 틀림없이……."

"그 콘크리트는 짰어. 그래서 깨달았지. 있잖아, 원래 콘크리트는 높은 알칼리성 물질로 만들어. pH13의 알칼리성이 철근 표면에 부동태 피막을 만들어서 철근이 부식되는 것을 막기 위해서지. 그런데 콘크리트 성분 중 하나인 소금이 염분을 포함하고 있으면 그 부동태 피막이 파괴돼서 철근이 금방 부식되고 말아. 녹슬어서 부피가 늘어난 철근이 팽창하면서 그 압력 때문에 콘크리트가 부서지고, 그 틈새로 산소와 물이 침투하면서 부식을 더욱 가속화시키게 되는 거야."

"그럼, 그 맨션에 사용된 콘크리트는."

"그래. 재료비를 횡령하려고 해안에서 바다모래를 훔쳐온 거지. 어차피 공짜니까. 그래서 콘크리트가 몹시 짰던 거야. 아무리 그래도 보통 지은 지 7년밖에 되지 않은 맨션이 그렇게 빨리 노후화되지는 않거든."

미치코는 한껏 감탄하다가 점심을 준비하겠다며 자리를 떴다.

이제 곧 2월이 끝난다. 날카로운 바람도 훈기를 머금고 정원에는 제비꽃이 필 것이다.

겐타로는 상반신을 의자에 깊게 묻으며 온몸으로 따사로운 햇볕을 느꼈다. 역시 며칠 동안 동분서주한 탓일까 피로로 목과 어깨가 뭉쳐 있었다. 그러나 노동한 만큼의 대가를 얻었는지에 대해서는 아리송한 점이 있다. 우려했던 계약 여섯 건을 무사히 완료했지만 그건 원래부터 매각 예정이었던 것이었다. 쓰시마 경찰서에서 감사장을 전달하고 싶다고 전해 왔지만 그런 종이쪼가리는 받아 봤자 화장실 휴지로도 못 쓴다. 유일하게 흐뭇했던 순간은 나나가 가스모리 히토미에게 돌아간 것을 루시아가 자신의 일처럼 기뻐했을 때였다. 부모를 잃은 지 얼마 되지 않은 루시아에게 그것이 조금이나마 위안이 되었던 것이다.

그렇다고 해도 불쾌한 사건이었다. 분수도 모르고 사치스럽게 쇼핑하다가 생활을 파탄에 이르게 한 여자. 그 여자와의 인연을 끊지 못하고 부부라는 관계에 얽매였던 남자. 도산 직전의 경영 상태를 호도하기 위해 부실 시공을 이어온 건축사무소. 아니, 살인 사건의 관계자뿐만이 아니다. 고급 맨션을 파격적인 가격에 구입했다고 득의만만했을 구입자들. 그리고 명품으로 가장한 고급요릿집과 브랜드에 눈이 먼 손님들…….

그 근원에는 하찮은 허영심이 있다. 고급 장식품, 고급 식사를 좋는 이유는 그것들을 소비할 때, 나는 이런 것들을 즐길 수 있는 사람이라는 우월감에 젖을 수 있기 때문이다. 명품은 신뢰가 가니까, 같은 이유들은 뻔한 핑계에 불과하다. 태생이 어떻든 자기 자신이 무언가를 명품이라고 생각한다면 그것이야말로 진정한 명품이 아닐까.

그렇게나 자신이 처한 현실에 만족하지 못하는가. 허영이라는 이름으로 굳이 타인보다 더 좋은 것을 갖는 게 그렇게 중요한가.

그러나 아무리 겐타로 혼자 분개한다고 해도 사기 사건은 앞으로도 끊임없이 일어날 것이다. 인간에게 허영심이 있는 한 그것을 이용한 새로운 사기가 또다시 태어날 것이다.

그러니까 적어도 자신만은 현실을 직시하기로 마음먹었다. 하반신불수에 성질 사나운 할아범, 이것이야말로 바로 자신의 정체성이다. 그리고 아무리 화려하게 치장하고 있어도 어떤 지위를 내세운다고 해도 그 사람의 본질을 꿰뚫어 보면 실패할 일도 없다.

그때 회사의 경영담당자가 방문했다.

"사장님. 사카에에 있는 원룸 맨션, 입주희망자가 인사드리러 왔습니다."

아, 그런가, 라며 겐타로는 몸을 세웠다.

분명 피아노인가 뭔가를 치는 젊은이라고 소개받았다. 천천히 살펴보다가 만약 겉모습만 번지르르한 남자라면 임대를 거절해야지……

"지금 당장 만나겠네. 이쪽으로 안내하게."

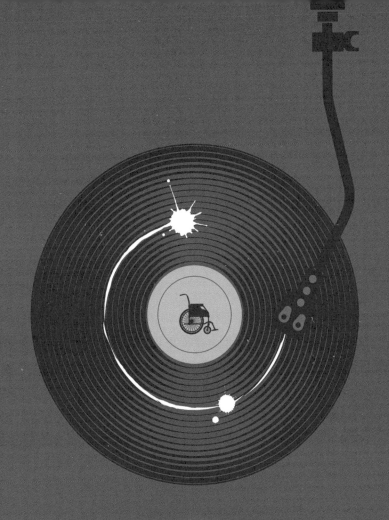

제2화

휠체어 탐정의 생환

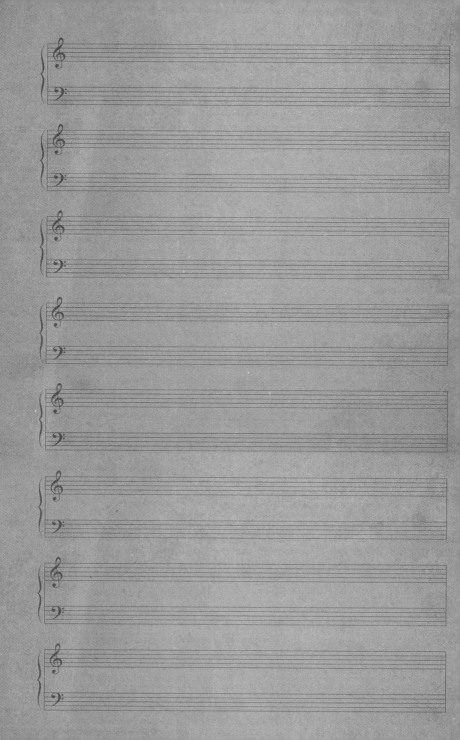

겐타로가 쓰러졌다.

새해가 시작된 지 얼마 지나지 않아 벌어진 일이었다. 정오가 지나 여느 때처럼 자신의 사무실에서 집무 중이었던 겐타로는 전화 통화 중에 갑자기 말을 멈추더니 그 자리에서 그대로 혼절했다. 가까이 있던 직원이 흔들어 깨워 봤지만 의식이 전혀 돌아오지 않아 119에 연락했다.

10분 후에 도착한 구급대원은 겐타로의 상태를 보자마자 뇌졸중이나 뇌경색이라고 판단해 즉각 병원으로 이송했다. 겐타로는 의식을 잃은 상태였다.

CT 검사 결과, 뇌경색 진단을 내리고 바로 고즈키 일가에 연락했다. 동요하며 불안에 떠는 가족들 앞에 나타난 사람은 안경 너머로 이성적인 눈을 빛내고 있는 40대 의사였다.

"이 병원에서 외과를 담당하고 있는 미사사기입니다."

"외과요?"

차남 겐조가 떨리는 목소리로 되물었다.

"아버지, 수술해야 합니까? 대, 대체 뇌경색이 뭡니까. 그건 겨울에나 발병하는 거 아닌가요."

"흔히들 뇌경색은 추운 겨울날에 혈관이 수축하면서 발생하는 병이라고 생각하지만 실제로는 갑자기 따뜻해지는 초봄이나 한여름에 많이 발생합니다. 땀을 많이 흘리면 혈액이 걸쭉해지면서 혈전이 생기기 쉽기 때문이죠. 고즈키 씨는 아테롬 혈전성 뇌경색인데 최근 급증한 병입니다."

미사사기는 들고 있던 메모지에 혈관의 단면을 대략적으로 그려서 보여 주었다.

"동맥경화가 진행되면 혈관내벽이 손상되고 그곳에 콜레스테롤 등이 쌓이면서 죽처럼 걸쭉한 덩어리를 만들어 냅니다. 이게 아테롬이라는 것인데, 아테롬이 혈관내벽에 축적되면 혈관이 비좁아지고 혈액순환이 나빠집니다. 더욱이 아테롬은 내피세포를 파괴하는데, 그것을 재생하기 위해 혈소판이 모이면서 결과적으로 혈전을 만들어 냅니다. 그리고 결국 혈관이 막혀 혈액이 흐를 수 없게 되어 뇌동맥이 막히면 뇌세포가 죽고 맙니다."

"저, 저기. 친정아버지께서도 똑같은 병이었는데 뇌경색으로 발전하면 그 이후에는 수술은 못한다고, 치료밖에 못한다고 하던데……."

장남의 아내인 에쓰코가 불안한 기색으로 물었다.

"통상적으로 그런 경우가 많습니다만……. 고즈키 씨는 혈관이 상당히 약해져서 혈전으로 불룩해진 혈관이 터지고 말았습니다."

"이럴 수가. 그렇게나 건강해 보였는데!"

"그렇기 때문에 시각을 다투는 일입니다. 머리를 열어 출혈을 제거하고 혈관을 원래 상태로 봉합해야 생명에 지장이 없습니다."

미사사기의 말에 가족 모두가 얼어붙었다.

"가족 분들께 과도한 기대를 품게 해드려도 안 되지만, 만약 수술이 성공해서 생명을 구한다고 해도 뇌경색 후유증은 확실하게 남을 겁니다. 경색이 일어난 부위는 중대뇌동맥과 전대뇌동맥입니다. 이렇게 두 개 부위가 동시에 막히는 경우는 상당히 드문데, 수술 후에 운동장애, 감각장애, 언어장애는 각오하셔야 합니다."

절망적인 전제 조건이었다. 수술에 성공한다고 해도 수명을 연장하는 것일 뿐, 정상인으로서의 삶은 포기해야 한다는 말이었다.

입장상 장남인 데쓰야가 그 자리에서 수술동의서에 서명했다.

데쓰야는 가족의 얼굴을 둘러봤다.

겐조, 에쓰코, 그리고 딸 하루카. 모두 고개를 끄덕여 보였다. 신체장애가 결정된 삶……. 그래도 일단 살아만 준다면, 이라고 모두 한마음이었다. 여기 없는 장녀 레이코도 분명 동의했을 것이다.

미사사기는 서명된 동의서를 낚아채 수술실로 사라졌다. 환자의 가족보다 환자를 우선시하는 태도에 화를 내는 사람은 아무도 없었다. 주치의도 아니고 입소문이나 평판을 들은 적도 없지만 이 의사라면 신뢰할 수 있겠다는 믿음이 생겼다. 은행원인 데쓰야는 대출 심사를 할 때 제출된 담보의 가치보다는 신청자 자체에 무게를 두는 것을 신조로 삼아 왔다. 이렇게 기나긴 세월 동안 길러진 안목으로 의사로서의 미사사기를 신뢰해도 좋다는 걸 알 수 있었다.

그리고 무엇보다도 살아만 난다면 그 이후는 겐타로 자신이 어떻게든 이겨낼 것이라는 이상한 확신이 들었다. 가장 중요한 건 평소 겐타로의 말버릇인 어떤 일이든 포기하지 않는 것이다.

수술은 오후 1시 정각에 시작됐다.

머리를 열고 장시간 진행하는 대수술을 겐타로의 체력이 견뎌낼 수 있을지도 확실하지 않아 가족들은 수술실 앞에 마련된 대기실에서 바작바작 타들어가는 마음으로 결과를 기다렸다. 모두들 자리를 뜨는 것조차 두려워하는 모습이었다. 자신이 자리를 벗어나는 순간, 사신이 결계를 열고 나와 수술실로 숨어들어갈 것 같다고 생각해 불안해했다.

"제기랄."

겐조가 혼잣말을 내뱉었다.

"천상천하 유아독존으로 살아가던 망할 아버지가 뇌경색이라고? 그렇게 흔해빠진 병으로 죽어 버리면 가만 두지 않을 거야."

"하지만 겐조. 아버지도 이제 일흔이시라고."

"평범한 일흔 살이라면 가망이 없겠지. 저 영감은 별종이야. 지금까지 물리쳐 온 라이벌들의 간을 먹고 보통 사람보다 세 배는 수명이 늘어난 요괴라고."

평소처럼 입을 가볍게 놀렸지만 장소가 장소이니만큼 간절한 소리로 들렸다. 그리고 다른 때라면 그 말을 나무랐을 데쓰야도 지금만은 동의하고 싶은 기분이었다.

그때 복도 저편에서 이쪽으로 다가오는 발걸음 소리가 들렸다. 타이트한 사무용 복장 차림의 여성이 종종걸음으로 달려오고 있었다. 데쓰야는 떠올랐다. 겐타로의 회사에서 경리를 담당하고 있는 다니구치 사오리라는 직원이 분명했다.

"사장님은요?"

가족들에게 인사도 생략하고 가장 먼저 꺼낸 말이었다. 평소라면 화가 났겠지만 말투가 몹시 절박했기 때문에 가족들 누구도 그 행동을 지적하지 않았다.

데쓰야가 의사의 설명을 그대로 전달하자 얼굴이 딱딱하게 군은 사오리는 한숨을 깊게 내쉬었다.

"저도 여기서 기다리겠습니다."

거절할 이유가 없다. 하루카가 눈치 빠르게 긴 의자 한편에 자리를 만들었다. 사오리는 조심스럽게 그곳에 앉은 뒤 처음으로 자신을 소개했다.

"저는 회사를 대표해서 왔습니다. 사실은 직원 전원이 몰려올 기세였지만……."

"그런데요?"

"그런 짓을 벌였다가는 사장님이 화를 내실 게 분명하잖아요. '중요한 업무를 내팽개치고 어디 와서 농땡이를 피우고 있는 거야, 이런 우라질'이라고."

겐조가 입술 끝만 올려 웃었다.

반대로 데쓰야의 얼굴에는 그늘이 졌다.

"그…… 회사에서 아버지는 도대체 어떤 분이십니까. 역시 폭군에 안하무인이신가요?"

"네. 폭군에 안하무인이시죠. 덧붙여서 다혈질에 입도 험하고 거친데다가, 촌스러운 고집불통에 포기를 싫어하고 사고방식은 석기 시대 사람보다도 더 낡으셨죠."

사오리는 그렇게 잘라 말하더니 하지만, 이라고 덧붙였다.

"모두, 그런 사장님을 상당히 좋아합니다."

"네?"

"왠지 본인들의 할아버지와 일하는 기분이라고들 하더라고요. 요즘도 봐요. 어느 회사나 성희롱과 갑질로 시끄럽잖아요. 하지만 우리 사장님은 그런 것들과 전혀 상관없으니까요— 여직원에게 빨리 결혼하라는 둥 밤늦게 놀러 다니지 말라는 둥 짧은 치마 입지 말라는 둥 잔소리가 심하지만요. 업무 중에 실수하면 입버릇처럼 '이런 바보 녀석, 월급도둑 같으니라고. 당장 그만둬 버려'라고 말하기도 하고. 아—주 가끔은 손을 올리기도 하고요."

사오리의 이야기를 듣고 있던 가족들은 그 광경이 눈에 보이듯 선했다.

"일반적인 경영자였다면 말하지 않을 것도 아무렇지 않게 말씀하시니까요— 하지만 그 말을 들은 사람들은 분해하면서도 앙심을 품지는 않아요. 자신을 위해 진지하게 충고해 준 것이라는 걸 알고 있으니까요. 특히 갑질 말인데요, 관리직이 몸 사리기에 급급해서 해야 할 말을 하지 않고 해야 할 일을 하지 않는 경우가 많죠. 그런 걸 아랫사람들은 아주 잘 알고 있기 때문에 역으로 이용하는 경우도 있잖아요— 하지만 우리 회사는 몸 사리기는커녕 오히려 자폭도 불사할 기세로 맞서 싸우니까 도망가려고 하지도 않아요. 그렇게 진심으로 화내는 분, 다른 곳에는 없기도 하고요. 그러니까 상대가 자신을 진지하게 상대한다는 걸 아니까 직원들도 진지하게 일할 수밖에 없는 거죠—."

가족들은 이야기를 들은 순간 마음속으로 수긍했다. 아무래도 겐타로는 회사에서나 집에서나 똑같은 얼굴로 지내는 것 같았다.

겐타로 사전에 적당히나 대충이라는 말은 존재하지 않는다. 겐타로는 선과 악, 옳고 그름의 구별을 상관하지 않고 모든 것에 자신만의 기준을 명확하게 정하고 철저하게 소신껏 주장한다. 세상의 지혜와 상식은 제쳐두고 만사를 자신만의 기준으로 판단한다. 맞는가, 틀린가. 아니면 마음에 드는가, 들지 않는가. 이것이 판단 기준이다. 그리고 그런 사람인만큼 늘 적도 많았지만, 그에게 감화되거나 매료된 사람들 또한 많았다.

하지만, 이라며 가족들은 원망스러운 눈빛으로 수술실 문을 바라봤다. 아무리 사람들을 매료시키고 그들에게 필요한 존재가 된다고 해도 저 방 안에서는 아무 의미가 없다. 집도의의 기량과 환자 본인의 기력, 체력. 그 정도가 현재 필요한 모든 것이었다.

1초가 1분으로, 1분이 1시간으로 느껴졌다. 여기 모인 모두가 마치 형벌을 선고 받는 죄수처럼 초조해하고 있을 때, 다시 한번 복도 저편에서 발소리가 다가왔다. 제복을 입은 50대 경찰관이었다. 움직임과 늠름한 풍모에서 직급이 상당히 높은 사람이라는 걸 알 수 있었다.

"쓰시마 경찰서의 사노 하루히토라고 합니다."

경례하지는 않았지만 그 점잖은 말투에 겐조까지 자세를 조금 고쳐 바로 앉았다.

"실례지만 겐…… 아니, 고즈키 사장님의 용태는 어떻습니까?"

조금 전과 마찬가지로 데쓰야가 알고 있는 사실들을 설명했다. 그 사이 데쓰야는 매년 겐타로 앞으로 보내 오는 연하장에 그의 이름이 적혀 있던 것을 떠올렸다.

"쓰시마 경찰서의 사노 씨라고 하면 혹시 서장님 아니십니까? 도대체 아버지와 어떤 인연이신지."

"고즈키 사장님과는 모토야마의…… 댁이 있는 지구를 담당하는 파출소에서 근무하고 있을 때 처음 만났습니다."

그 말을 듣고 겐조가 몸을 불쑥 내밀었다.

"그 시기에 아버지가 무슨 나쁜 일이라도 저질렀습니까?"

"그 반대입니다. 제가 신세를 졌지요."

사오리가 말없이 자리를 만들자 사노가 고개를 끄덕여 인사하며 앉았다.

"신세라니요? 의외네요. 아버지의 경찰 혐오는 최근에 시작된 게 아니라고 생각했는데."

"제가 파출소로 발령받았을 때의 일입니다. 당시 그 일대에는 경찰도 손댈 수 없을 정도의 불량서클이 있었습니다. 뭐, 폭력조직 예비생 같은 집단이었는데, 그 놈들이 저지르는 시너 도난 사건이 극성이었습니다."

"시너? 도대체 뭐에 쓰려고요?"

"그때까지만 해도 지금처럼 마약이 유통되지 않을 때였기 때문에 그 대용품으로 사용할 목적이었습니다. 건축회사 창고에서 훔쳐다가 고가에 팔거나 자신들이 사용했습니다. 그리고 몇 건째인가의 표적이 된 곳이 고즈키 사장님의 회사였습니다. 밤중에 훔치러 들어갔는데 운이 나쁘게도 그 자리에 사장님이 있었던 거죠. 놈들은 놀랐지만 중과부적이라고 강도로 돌변해서 사장님을 뭇매질하고 시너 외에 다른 유기용제를 잔뜩 훔쳐갔습니다."

"호오, 아무리 아버지라도 그런 봉변을 당한 적이 있군요."

"네. 어쨌든 불의의 습격을 받은 셈이니까요. 얼굴, 팔 할 것 없이 붕대와 반창고 범벅이어서 마치 오이와상* 같은 모습이었습니다. 그런데 교활한 놈들이라 그런 행패를 부리고도 증거가 될 만한 것들은 아무것도 남기지 않았습니다. 피해 신고를 받은 저도 답답하고 화가 났지만 증거가 없기 때문에 체포 구금할 수도 없었습니다. 고즈키 사장님은 별수 없는 상황이었다고 하셨지만…….'

"그런데 설마, 그대로 꾹 참고 넘어갈 위인이 아니죠, 우리 아버지가."

"바로 그렇습니다. 우선 가장 먼저 제가 혼났습니다. 왜인가 하면, 체포하기 전에 그 놈들을 혼내! 라는 거였죠. 혼낸다고 말을 들을 놈들이 아니긴 하지만, 그래도 혼내지 않으면 본인들도 옳고 그름을 판단하지 못한다고 말입니다. 그때부터였습니다. 상처가 낫고 붕대를 푼 고즈키 사장님은 혼자서 놈들의 아지트로 쳐들어갔습니다. 배에 다이너마이트 묶음을 두르고요."

에쓰코와 하루카는 숨을 멈췄고, 데쓰야 형제와 사오리는 쓴웃

---

*   일본의 손꼽히는 괴담인 요쓰야 괴담에 등장하는 추녀. 남편 이에몬에게 살해당한 뒤 귀신이 되어 복수한다.

음을 지으며 고개를 끄덕였다.

"그리고 쇠파이프를 휘두르며 난투극을 벌였습니다. 음, 말할 것도 없이 젊었을 때는 완력과 뚝심으로 날렸던 분이니까, 분명 분노한 대마신* 같았겠죠. 소식을 듣고 제가 달려갔을 때는 아지트에 있던 수십 명을 때려눕힌 뒤였습니다. '학교에 나가질 않으니까 취직을 못하는 것이라고 까불지 마', '부모가 관심을 주지 않아서 타락했다고 응석부리지마 우라질'이라며 책상 위에서 우뚝 버티고서서 장황한 설교를 하고 있었죠. 그들은 완전히 전투의욕을 상실해 바닥에 뻗어 있었는데 말이에요."

그 광경도 눈에 여실히 보이는 듯해서 그 자리에 있던 모두가 수긍한다는 듯이 계속해서 고개를 끄덕였다.

"그런데 거기서 끝나면 사장님이 아니죠. 핵심은, 일하느라 바쁘면 나쁜 짓할 시간도 없을 것이라며 새 건축사무소를 하나 설립해서 그 녀석들을 모두 직원으로 채용한 겁니다. 그 회사라는 것이 실은."

회사명을 듣고는 모두 깜짝 놀랐다. 지역에서 텔레비전 광고까지 나오는 우량기업이었던 것이다.

"결국 고즈키 사장님 혼자서 불량패거리 하나를 와해시킨 겁니다. 경찰서에서는 감사장을 준비했습니다만 그 분은 받아주지도 않았습니다."

---

*   대마신은 원래 석상인데, 석상이 대마신으로 변신해 핍박받는 백성을 구해내는 수호신이 된다.

"아아, 그건 당연하죠."

겐조는 한손을 획획 흔들면서 말했다.

"도코노마*에 감사장이나 표창장을 늘어놓는 것만큼 꼴사나운 짓은 없다, 다른 사람들이 나를 어떻게 평가하는지 떠벌리는 것만큼 유치한 짓도 없다는 것이 아버지의 지론이니까요."

사노는 알 만하다는 듯 미소 지었다.

"저희가 무심결에 눈 감고 지나갈 수 있을 만한 일도 그 분은 결코 놓치지 않았습니다. 보고도 못 본 척하지 않았습니다. 성에 차지 않으면 화를 내셨습니다. 설교가 통하지 않으면 남의 자식이든 말든 아무렇지 않게 때렸지요. 요즘 사회 분위기에서 보면 분명 지나친 부분이 있지만 배우는 것도 많았습니다. 저도 많이 배웠습니다. 지금의 제가 있는 것도 그때 고즈키 사장님과 만났기 때문이라고 생각합니다."

이렇게 말하고는 머리를 숙였다.

싫은 분위기다, 라고 생각한 데쓰야는 초조해졌다. 마치 장례식에서 고인의 선행을 기리는 것 같은 대화였다.

그리고 마침내 누구도 입을 열지 않게 되었다.

어쩐지 기분이 나쁠 정도로 적막함이 감도는 복도에 형광등 소리만 들려왔다. 서로의 몸을 바싹 대면 심장소리도 들릴 정도였다. 이미 수술이 시작된 지 3시간이 지나 있었다. 그런데도 수술실 저

---

*   일본식 방에서 일정 공간을 마련해 방바닥보다 한층 높게 만든 곳. 바닥에는 꽃이나 장식물을 놓고 벽에는 족자를 걸어 놓는다.

편에서는 어떤 움직임도 없었다. 초조함이 한계치까지 치솟았고, 헛기침조차 주저하게 됐다.

"아무리 그래도 시간이……"

참다못한 데쓰야가 침묵을 깼을 때였다.

갑자기 '수술 중' 표시등의 불이 꺼졌다.

모두들 튀어 오르듯 일어섰다. 수술실 문이 열리고 가장 먼저 모습을 드러낸 사람은 미사사기였다.

"선생님."

데쓰야가 모두를 대표해 앞으로 나서자 미사사기는 피로로 물든 얼굴로 수술용 장갑을 벗었다.

"뇌내출혈 처치와 혈관 확장술을 함께 진행하느라 시간이 꽤 걸렸습니다."

"혈관 확장술이요?"

"뇌내혈관의 협착부를 넓혀서 뇌경색 재발을 방지하기 위한 조치입니다. 아무래도 고령이시니까요. 두 번째 수술까지 견뎌낼 체력이 안 되셔서 한 번에 끝내려고 했는데, 그 판단이 옳았던 것 같습니다."

"그러면……"

"네. 수술 자체는 성공입니다. 다만 수술 후 경과는 신중하게 지켜볼 필요가 있습니다. 방금 설명했듯이 고령이시니까 아직 예단하기는 이릅니다. 앞으로는 환자분 자신과의 싸움인데 누군가 곁에 있어 주셔야 합니다. 그건 그렇고……"

미사사기의 시선이 수술실 저편으로 향했다.

"체력도 그렇지만 저 정신력은 도대체 어디서 나오는 걸까요. 저 연세에 그 정도까지 삶에 집착하는 분은 많지 않으니까요."

"끝까지 포기하지 않는다는 아버지의 의지는 철근처럼 단단하니까요."

겐조가 끼어들어 말했다.

"지옥에 가도 빨리 이승으로 돌려보내 달라며 염라대왕의 멱살을 잡을 남자라고요."

혈전을 제거하고 재발 방지 수술을 했다고 해도 죽은 뇌세포는 재생되지 않는다. 그리고 혈액순환이 정상으로 돌아왔다고 해도 의식까지 되돌아오지는 않는다. 수술이 끝났어도 겐타로는 아직 중환자실에 있었다.

맥박과 심장박동은 여전히 미약했고 좋아졌다 나빠졌다를 반복했다. 처음에는 환자가 약간의 변화만 보여도 간호사를 호출했지만 "위급한 경우에는 모니터를 통해 너스 스테이션으로 통보됩니다"라고 따끔하게 이야기 들은 뒤로, 가족들은 조마조마한 마음으로 겐타로의 용태를 살펴볼 수밖에 없었다.

이 생명은 병실을 거점으로 의료기기에 의해 유지되고 있었다. 정기적인 신호음과 일정한 수치가 겐타로가 살아 있음을 알려 주었다. 그러나 실제 육체에서는 생기를 전혀 느낄 수 없었다. 평소의 겐타로는 생명력이 매우 흘러넘쳤지만, 빛을 잃고 움직이시 않는 겐타로는 그저 껍데기뿐이라는 생각까지 들었다.

미사사기는 가족들에게 절망을 주지 않은 대신에 과도한 기대도 허락하지 않았다. 뇌에는 아직까지 의학으로도 밝혀내지 못한 부분이 많기 때문에 겐타로도 안전한 상태라고 말하기 어렵다고 했다. MRI를 찍어도 전체 모습을 볼 수 없어서 뇌의 어느 부분이 손상되었는지 정확하게 판단할 수 없다. 따라서 이대로 의식이 돌아오지 않고 사망에 이를 가능성도 있다는 뜻이었다.

겐타로가 쓰러졌다는 소식을 듣고 면회 금지인데도 몇 사람이 병실을 방문했다. 그 사람들은 겐타로가 후원회장을 맡고 있는 국회의원이거나 현의원 또는 저명한 예술가들이었다. 개중에는 이름이 알려진 폭력조직의 두목도 눈에 띄지 않게 급히 병문안을 왔는데, 가족들은 겐타로의 폭넓은 인간관계에 새삼 당황했다.

그러나 가족들이 정말로 목을 빼고 기다리던 방문객은 수술 다음 날이 되어서야 겨우 도착했다.

"상태는 어때서?"

장녀 레이코는 데쓰야를 보자마자 물었다. 남편의 일 때문에 인도네시아에 함께 갔다가 그 땅에 흠뻑 빠졌는지 귀화까지 해버린 고즈키 집안의 괴짜다. 그러나 생각하는 것이 있으면 바로 행동으로 옮기고, 상식이나 굴레에 절대 얽매이지 않는 성격은 겐타로를 가장 짙게 이어받았다.

"전화로 설명한 대로야. 아직 의식은 회복되지 않았어."

"제대로 말은 걸어 봤어?"

"두세 번. 하지만 반응이 없어. 무엇보다 듣고 있는지 어떤지도……."

"도대체 뭘 하고 있는 거야!"

그 주어가 겐타로인지 데쓰야인지는 밝히지 않은 채 레이코는 한눈팔지 않고 곧장 겐타로에게 향했다. 함께 데리고 온 외동딸 루시아도 골똘히 생각하는 얼굴로 레이코의 뒤를 따랐다.

그러나 병실로 들어가서 의료기기에 둘러싸여 누워 있는 겐타로를 보자 그 당찬 레이코도 안색이 변했다.

"아버지……."

말꼬리를 흐렸기 때문에 데쓰야의 귓가에 닿지 못했다.

"가까이 다가가도 돼?"

"어차피 안 된다고 해도 갈 거잖아."

레이코는 말없이 침대로 다가갔다. 겐타로의 얼굴에는 표정이 없었고 피부도 혈색을 잃어 창백했다.

"이제야 그 나이대 노인 같아 보이네……. 그런데 전혀 어울리지 않아."

색을 잃은 입술을 가만히 만졌다.

"남에게 욕을 많이 먹어서 오래 살 거라고 했잖아, 주변을 신경쓰지 않고 내키는 대로 말하는 편이 아버지다워요. 정말, 아침부터 밤까지 노성이 끊이지 않는데도 잘도 목이 쉬지 않는다고 남매 셋이서 감탄했잖아요. 그런데 지금은 한 마디도 못한다고? 싫어, 이런 거……."

레이코는 무릎을 꿇고 겐타로의 얼굴로 다가갔다. 마치 깨진 물건을 다루듯 손가락으로 콧대부터 빰을 애처롭게 이루만졌다. 삼남매 중에서 겐타로에게 가장 반항했던 사람은 레이코였지만 한편으로 겐타로와 가장 사이가 좋았던 사람도 레이코였던 것을 데쓰야는 새삼스럽게 떠올렸다.

"그러고 보니 그거 기억해요? 나였나 겐조였나, 꾀병부리면서 자고 있으면 항상 이불을 걷어내고 학교로 쫓아 버렸잖아요. 어렸을 때부터 도망치는 법을 배우지 말라면서, 상대가 누구든 싸우기 전에는 돌아오지 말라고요."

갑자기 레이코의 눈초리가 뾰족해졌다.

"그런데 뇌경색으로 의식불명이라고? 병원 침대에서 편안히 죽는다고? 정말 웃기지 말라 그래요. 어린 아이에게는 그렇게 말했으면서 이렇게 평범하게 죽는 걸 우리가 받아들일 수 있을 거라고 생각해요?"

"자, 잠깐 레이코."

"부모라면 마지막까지 제대로 책임을 지라고요. 어차피 죽을 거면 다른 사람이 따라하지 못할 정도로 화려하게 죽을 거라고 말했잖아. 이런 곳에서 평범하게 죽는다니 절대로 허락할 수 없으니까요. 얼른 일어나요. 일어나서 또 나를 혼내 보란 말이에요. 어서요."

"그만해, 레이코. 들리지도 않아."

데쓰야가 어깨를 잡아끌려는 바로 그 순간, 마지막 말이 되풀이됐다.

"일어나라면 일어나라고오오오, 이런 망할 영감탱이이!"

엄청나게 큰 소리에 데쓰야는 자신도 모르게 멈칫했다.

놀란 것은 병실 밖에 있던 사람들도 마찬가지로, 하루카 일행은 순간 겐타로가 눈을 뜬 줄 착각했을 정도였다. 물론 가족 외에도 그 분노에 찬 목소리를 들은 사람들이 여럿이었기 때문에 1분도 지나지 않아 의사 몇 명과 간호사가 무슨 일이 벌어졌나 싶어 뛰어들어왔다.

"도대체 이게 무슨 소란입니까."

"병원 안에서는 조용히 해 달라는 안내문도 못 본 겁니까?"

"심지어 여기는 절대 안정을 취해야 하는 환자들이 누워 있는 중환자실이라고요."

간호사들의 비난의 목소리를 들으면서 머리를 숙이는 사람은 오로지 데쓰야 한 사람이었고, 사건의 장본인인 레이코는 신경 쓰지 않는다는 태도로 그저 겐타로를 응시할 뿐이었다.

그리고…….

"데쓰야. 이것 봐."

"뭐가!"

신경질적으로 뒤를 돌아본 데쓰야는 그 장면을 보고는 작게 소리쳤다.

겐타로가 희미하게 눈을 뜨고 있었다.

2

"소장님. 이번에는 다른 사람과 바꿔 주세요."

쓰즈키 미치코가 이렇게 말하자 수화기 너머의 상대방은 소리를 질렀다.

"제발 나 좀 봐줘요, 쓰즈키 씨. 어제는 잘 이해해 줬잖아요. 무엇보다 벌써 방문지 근처까지 갔잖아요? 아무리 그래도 그렇게 갑자기 취소하는 건 너무하죠."

"저는 일을 선택할 권리도 없나요? 이래봬도 몇 안 되는 상근 직원인데요."

"그건 잘 알죠. 우수하다는 것도 물론 알고요. 그러니까 더욱 쓰즈키 씨에게 부탁하는 거잖아요."

"비행기 태워 줘서 고맙지만요. 제가 내키든 내키지 않든 환자 쪽에서 저를 싫어하는 경우도 있으니까요. 그때는 부탁드릴게요."

상대방의 당황한 목소리가 들린 순간에 미치코는 휴대 전화를 끊고는 깊게 한숨을 쉬었다.

고즈키 겐타로라는 환자의 이름은 들어본 적이 있다. 이 지역에서는 알 만한 사람은 다 아는, 일대에서 부를 축적한 입지전적 인물이다. 무엇보다 이런 인물은 다음과 같은 경향이 있는데, 평판이 크게 두 가지로 나뉜다. 도량이 넓고 노회한 야심가라고 칭송하는 목소리와 짐승만도 못한 물질만능주의자라고 비난하는 목소리.

그렇지만 미치코 마음속에 걸리는 점은 그런 평판보다도 그가 부자라는 사실이다. '의식이 족해야 예절을 안다'는 말이 있듯이 대체적으로 지갑이 무거운 사람은 온화한 경우가 많다. 싸울 필요가 없기 때문이다. 그러나 그런 사람은 사지가 자유롭지 못하게 되는 순간 정체를 드러내게 된다. 삶이 풍족할수록 보장되는 자유도 크지만, 한순간 육체 일부에 문제가 생기면 그 반동도 커서 지나친 기대, 불가능한 것에 대한 생떼, 그것을 실현할 수 없다는 현실에 대한 분노를 반복한다. 돈으로 해결할 수 없는 것이 존재한다는 사실에 격분하는 것이다.

자제력이 없어지면 그것이 오만함, 비정함, 유아적 행동 등 다양한 모습으로 분출되는데, 결국 그 화살은 가장 가까이에 있는 요양보호사에게 향한다.

이를 편견이라고 비난해도 어쨌든 미치코의 입장에서는 경험에서 터득한 것이기 때문에 결정을 쉽게 번복할 수 없었다.

고즈키가는 모토야마를 지나면 나오는 고지대의 고급주택가에 있다. 속칭 '저택 마을'이라고 불리는, 예부터 땅이나 산림을 소유했던 지주들이 많이 살고 있는 부촌이다. 멀리서 바라봐도 과연 이름이 부끄럽지 않은 저택이 질서 있게 늘어서 있는데, 이 모습도 사실 미치코는 마음에 들지 않았다. 산을 개발해서 만든 토지에 호화 저택을 지었기 때문에 아무래도 계단이 많고 복도가 좁아 요양 환자가 생활하기에 불편하기 때문이다.

그러나 그런 선입견도 고즈키 저택을 보기 전까지였다. 광대한 부지에는 단층구조의 갓 지은 별채가 있었는데, 그곳이 바로 요양 환자의 거처인 것 같았다. 현관에 경사면을 만들어서 현관에서 마루로 올라서는 곳의 높이차를 최소한으로 만들었다. 복도는 휠체어 한 대가 무리 없이 지나갈 수 있을 정도로 폭을 넓혔고 벽에는 끝없는 난간이 설치되어 있었다. 배리어프리 모델하우스가 바로 이런 것일까 싶은 구조에 간병하는 사람의 입장에서도 매우 편했다. 간병하기 편한 환경이라는 것은 요양 환자도 스트레스를 받지 않는 환경이라는 말과 같다.

또한 미치코는 고즈키가의 가족에게도 호감이 생겼다. 아들 부부가 시종일관 '고용한다'가 아닌 '부탁한다'는 태도였기 때문이다.

민간 서비스의 요양보호사 고용비용은 결코 저렴하지 않다. 그렇기 때문에 환자의 신체를 맡기면서도, 요양보호사의 수고를 하나하나 택시 요금의 미터기처럼 따지는 순간이 있다. 그리고 그것이 과도해지면 아무래도 고용된 입장이라는 의식이 고개를 내민다. 물론 그것이 틀린 말은 아니지만, 때로는 실제 친자식 이상으로 신경을 쓰고 식사나 목욕을 도우며, 끝내는 배변 시중까지 하는 몸으로서 고용 피고용 관계만은 언급하지 않았으면 하는 심정이다.

"사실 귀사에 간병을 부탁하자고 말을 꺼낸 사람은 아버지 본인이셨습니다."

"제가 하겠다고 몇 번이나 말씀드렸는데도……."

며느리의 변명 섞인 말을 흘려들으면서 미치코는 고즈키 겐타로라는 환자가 감정에 휘둘리지 않는 인물이 아닐까 추측했다. 그 이유는 신체, 특히 밑까지 돌봐야 하므로 누구나 가족에게 의지하고 싶다고 생각하지만, 결국 나중에는 그것이 간병 스트레스의 원인이 되는데, 처음부터 그 점을 내다보고 타인에게 맡기는 데는 일종의 이성적인 판단이 필요하기 때문이다.

큰 착각이었다.

처음 만난 겐타로는 휠체어에 앉아서 손에 닿는 물건을 모조리 떨어뜨리고 있었다.

"우오오오오오, 후오오오오오."

분명치 않은 발음으로 내는 소리에 문을 열어 보니 꽃병, 탁상, 컴퓨터 등이 마루 위에 산산조각 나 있었다. 아무래도 잡지 못하거나 조작할 수 없는 것을 홧김에 밀어 버린 모양이었는데, 그 모습은 아무리 봐도 철부지에 떼쟁이나 다름없어 보였다.

"하반신, 양손, 언어중추에 뇌경색 후유증이 왔습니다. 하반신은 둘째치고 손가락과 입을 마음대로 움직일 수 없어서 화가 치밀어 오르는 것 같습니다……."

데쓰야의 설명에 미치코는 묵묵히 끄덕였다. 어느 날 갑자기 신체 기능을 상실한 환자의 혼란과 분노는 곁에서 몇 번이나 봐왔다. 어제까지만 해도 할 수 있었던 일을 오늘부터 할 수 없게 된 것에 대한 공포는, 분명 직접 겪어본 사람만이 이해할 수 있을 것이다.

말은 타 봐야 알고 사람은 사귀어 봐야 안다. 일단 미치코는 재활요양을 시작하기로 했다. 최초의 접촉이다.

우선 본인이 가장 답답해할 것으로 추정되는, 발음을 회복하는 일부터 시작했다. 보통은 얼음물에 적신 전용 면봉으로 입천장과 후두벽과 혀뿌리 부분을 풀어 주면서 아이스 마사지를 하지만, 겐타로는 언어중추에 장애가 생긴 것이기 때문에 입 운동부터 시작해 보기로 했다.

"파! 타! 카! 라! 라고 말해 보세요."

"하와! 토, 퉈어! 쿠, 쿠우! 뤄아!"

"다시 한번. 파! 타! 카! 라!"

"하, 하와! 퉈아! 쿠아! 루, 루, 워!"

겐타로는 한 음 한 음 말할 때마다 얼굴을 분노로 일그러뜨렸다.

발음하기 위해 몇 번이나 혀를 위아래로 움직였다. 혀의 움직임은 아직 어색했다. 아마도 타인의 혀를 움직이는 것 같은 감각일 것이다. 그 막막함이 그대로 표정으로 나타났다.

그러나 재활에서 중요한 점은 반복과 지속이다. 첫날부터 빠른 회복을 바라는 건 무의미하다. 오늘은 이 정도만 하죠, 라고 미치코가 끝내려고 했을 때, 겐타로의 얼굴이 새빨개지면서 "하우! 토아! 쿠아! 루우아!"라고 이어서 말하기 시작했다.

어지간한 미치코도 당황했지만 잠시 동안 겐타로의 행동을 그대로 지켜보기로 했다. 이런 종류의 재활은 본인에게 자신의 상황을 알게 하기 때문에 환자 대부분이 의욕을 잃거나 싫증을 내게 된다. 그런데 이 남자는 마구잡이로 계속 시도했다. 지는 것을 상당히 싫어하는 사람이거나 고집불통이거나. 이윽고 몇 번을 반복해도 발음이 마음대로 되지 않는다는 사실에 화가 치밀었는지, 겐타로는 휠체어의 팔걸이를 양 주먹으로 내리쳤다.

다음으로 손가락 마비도를 확인해 보기로 했다. 단면육각형인 연필과 백지를 놓고 내키는 대로 쓰도록 했다. 필기도구로 연필을 선택한 이유는 선의 진하기에 따라 필압을 파악할 수 있기 때문이다.

"글씨든 그림이든 아무거나 좋아하는 걸 써 보세요."

미치코의 말을 끝까지 기다리지 못하고 겐타로는 연필을 급하게 움직이기 시작했다. 그러나…… 그 선은 삐뚤빼뚤하거나 중간에 막히거나 옆으로 빗나갔다. 손가락이 경련한 탓은 아니고 힘과 방향을 제어하지 못했기 때문이었다. 종이 위에 그린 것은 문자인지 도형인지 구분할 수 없는 어린 아이의 낙서 같았다.

"후웅웃."

겐타로는 이번에도 울화통을 터뜨리며 분에 못이긴 나머지 연필을 벽에 내던졌다. 마치 부모를 죽인 원수라도 만난 것처럼 눈을 부라리며 자신의 손바닥을 노려보았다.

저런, 이것 참 다루기 힘들 것 같은 영감님이네……. 미치코는 바닥에 흩어져 있는 꽃병 파편과 컴퓨터 잔해로 다시 한번 시선을 옮겼다. 손이 마비되었다고 해도 이 노인은 완력이 상당한 것 같다.

간병 일은 오래전부터 3K라고 불렸는데, 3K 중 하나인 '환자가 유발하는 위험'은 요양보호사와 흰지 사이의 앙해 사랑이다. 환자는 인식능력을 잃었기 때문에 힘을 제어하지 못하고, 때로는 온몸에 힘을 주어서 불필요한 동작을 하며 짜증을 폭발시킨다. 그리고 환자가 그런 행동을 할 때 가까이에 있는 사람은 대부분 요양보호사다. 그러므로 대놓고 이야기하지는 않지만 환자가 무의식중에 휘두른 폭력에 요양보호사가 부상을 입는 경우도 드물지 않다. 개중에는 이와 같은 이유로 그만두는 요양보호사도 있다.

만약 이렇게 노인답지 않은 힘이 갑자기 자신을 향하면 상처 없이 무사히 해결할 수 있으리라 장담할 수 없다. 그렇게 생각한 미치코는 우선 인사를 하고 고즈키가를 나와서 회사 상사에게 전화를 걸었다.

"쓰즈키 씨, 무슨 일이에요?"

"고즈키 씨 간병 말인데요."

미치코는 상대방의 걱정 어린 말투에도 말을 이었다.

"제가 맡을 테니까요."

"네."

"당분간, 이 아니라, 계속 담당할게요."

상대의 대답을 기다리지 않고 미치코는 휴대 전화를 끊었다.

미치코는 겐타로의 짜증이 왜인지 믿음직스럽다고 생각했다. 스스로의 한심함을 그대로 수용해 버리는 인간은 거기서 그치고 만다. 그것이 그 인간의 한계다. 상황을 증오하고 하늘에 간절히 비는 사람에게만 날개가 주어진다.

이제 괜찮아요, 겐타로 씨.

당신이 짜증을 낼 수밖에 없는 원인에서 당신을 얼마나 원래대로 돌려놓을 수 있을까요. 저도 미흡하나마 힘을 보태 보죠.

다음 날부터 미치코는 본격적으로 재활요양을 시작했다.

미치코는 우선, 겐타로가 의사를 전달하고 싶어 한다는 점을 주목하고 노트북을 준비했다. 손으로 직접 쓰는 것보다 키보드를 치는 편이 간단하다고 생각했기 때문이다. 가족에게 물어봤더니 겐타로는 윈도우가 익숙하다고 해서 마이크로소프트 워드를 실행시켰다. 다만 타자 설정을 로마자변환*이 아니라 가나변환**으로 했다. 로마자변환은 오야유비시프트***를 바탕으로 만든 편리한 기능이기는 하지만 양손 사용을 전제로 하기 때문에 지금의 겐타로에게는 적합하지 않다. 지금은 손가락 하나만으로도 확실하게 키보드의 키를 누를 수 있는 가나변환 방식이 알맞다.

그러나 이 계획은 곧바로 틀어졌다. 겐타로가 키를 누르려고 했지만 좀처럼 원하는 키를 누르지 못하고 그 옆에 있는 키를 누르고 말았던 것이다. 또 키를 눌렀다고 해도 힘을 조절하지 못해서 너무 강하게 누르거나 반대로 너무 약하게 눌러서 제대로 완성된 문장을 타이핑할 수 없었던 것이다.

키 몇 개가 날아가 버렸는데, 그 광경을 보고 미치코는 처음 방문했을 때 목격했던 컴퓨터 잔해의 의미를 뼈저리게 느꼈다. 자신이 생각해내기 전에 이미 겐타로 본인이나 가족이 시도해 봤던 것이다.

---

*   일본어를 로마자로 표기하는 방법으로 입력하는 방식.
**   한글 키보드처럼 키보드에 일본어 문자인 가나의 위치가 정해져 있는 방식.
*** 일본어 입력방법 중 하나로, 키보드에서 엄지손가락이 닿는 위치인 스페이스바 자리에 좌변환, 우변환 키를 배치해서 일본어를 입력하는 방법.

겐타로의 초조함에 끌려가던 미치코는 요양보호사 지침 제1조를 떠올렸다. 초조는 금물. 잃어버린 능력을 되돌리는 것은 잃어버린 기억을 되찾는 것과 비슷하다. 성급하게 일을 진행하면 제대로 된 결과를 얻기 힘들다. 타이핑처럼 특수한 작업보다는, 먼저 일상적인 움직임부터 회복하도록 해야 한다.

물건을 잡는다, 그리고 옮긴다. 지극히 일상적인 행위 하나로 식사를 할 수 있다. 점심 식사 모습을 관찰했는데, 겐타로는 얼굴을 접시에 닿을락말락하게 바짝 대고 숟가락으로 음식을 그러당겨서 입으로 넣었다. 숟가락을 쥔 손을 자유롭게 움직일 수 없었기 때문에 자연스럽게 접시와 입의 거리가 가까울 수밖에 없다.

미치코는 요양 환자가 보통 사용하는 식사 보조 도구를 준비했다. 이는 고리가 달린 숟가락과 포크, 스프링이 달린 젓가락, 바닥이 비스듬히 기울어져 떠먹기 쉽도록 만든 식기 등으로, 모양을 바꾸는 것만으로도 음식을 쉽게 먹을 수 있도록 돕는다. 한편 미치코는 조리 방법도 여러모로 연구했다. 예컨대 식재료에 칼집을 내서 연하게 만들거나, 삶아서 부드러운 무스 형태로 만들어서 맛을 음미하는 것 자체에 즐거움을 느낄 수 있도록 했다. 매우 신기해 보였는지 며느리인 에쓰코가 바로 옆에서 감탄했다.

그런 연구가 서서히 결실을 맺어서 식사를 할 때 겐타로의 얼굴과 접시가 점점 멀어졌다. 음식을 씹을 때의 표정도 한결 유해졌다.

그러나 일상적인 행동만 반복해서는 재활 효과에 한계가 있는 것 또한 사실이다. 간병에는 이상적인 완전한 배리어프리 구조 건물이라고 해도 재활 기구를 완벽하게 갖추고 있지는 않다.

며칠 후 미치코는 겐타로를 민간 재활요양 병원에 데리고 가기로 했다. 원래는 치료를 받았던 병원의 재활요양 시설을 지속적으로 이용할 수 있으면 좋겠지만, 의료보험 제도가 개정되면서 이용 가능 일수가 180일 이내로 제한되었기 때문에 그 이후에 발생한 재활 난민을 위해 민간 시설이 이곳저곳에 설립된 것이다.

"그런데 고즈키 사장님이라면 의료보험을 받지 않아도 계속 재활 입원할 수 있지 않나요?"

미치코가 의중을 떠봤더니 데쓰야는 쓴웃음 섞인 대답을 했다.

"그래도 장기 입원은 환영받지 못하는 것 같더군요. 재활입원에 기한을 정해놨다고 해서 아버지가 먼저 폭발해 버리셨어요. 병원 눈치를 보면서 치료를 받을 바에야 우리가 먼저 퇴원해 버리자, 이렇게 된 거죠."

아아, 이 성질 급한 영감님이라면 그러고도 남겠지, 라고 미치코는 묘하게 납득했다. 아직 곁에서 돌본 지 며칠밖에 되지 않았지만 겐타로는 본래 그렇게 되어야 할 일이 그렇게 이루어지지 않을 때, 그렇게 해야만 하는 사람이 그렇게 하지 않을 때 역정을 내는 것 같은데, 이런 신조를 가진 사람은 환자의 치료를 꺼리는 병원을 폭력단과 동급으로 여길 것이다.

나고야 노인건강센터는 고즈키 저택에서 차로 15분 거리에 있다. 지은 지 얼마 지나지 않은 신설 민간 시설로, 각종 재활 기구가 상비되어 있고 물리치료사와 언어치료사가 상주한다. 의사의 진단서만 제출하면 누구든 이용할 수 있고 전문 직원도 충분히 고용해서 요양보호 서비스 회사에서도 높게 평가하고 있었다.

요양보호 복지 일의 범위는 어디까지나 보조로 한정되어 있기 때문에 의료행위로서의 재활은 치료사에게 맡길 수밖에 없다. 사지 운동과 마사지를 전부 맡기고 미치코는 오로지 겐타로의 표정을 관찰하면서 불쾌한지 그렇지 않은지를 지켜보기로 했다.

객관적으로 봐도 겐타로를 담당한 치료사는 실력이 좋았다. 근육의 움직임을 꿰뚫어보고, 혈을 제대로 눌러 마사지를 했다. 그러나 언어구사가 문제였다.

"네. 할아버지, 거기에서 팔꿈치를 당기세요. 아아, 아니요 그거 말고. 똑같은 말 여러 번 하게 하지 마세요. 오른팔을 당기세요. 그건 왼팔이잖아요."

겐타로의 미간에 짙게 새겨진 세로줄이 사라질 틈이 없었다. 다행인지 불행인지 표정 근육에는 후유증이 없어서 치료사가 몸을 만질 때마다 노골적으로 혐오를 드러냈다. 치료사는 눈치채지 못한 것 같지만, 겐타로의 눈은 상대의 눈동자 속을 들여다보고 있었다. 마치 겉으로는 드러나지 않은 진정한 표정을 읽으려는 듯이.

겐타로가 치료사를 불신의 눈초리로 쳐다봤을 때 미치코는 재활치료가 순탄치 않으리라 각오했다.

"안 되겠네. 왠지 저와 라포*가 형성되지 않는 것 같고, 무엇보다도 열정이 없어요. 이거 봐요, 저 사람을 보세요."

치료사가 가리키는 방향에는 노인과 한 부부가 있었다. 노인은

---

* 치료, 상담, 교육 등 상호협조가 중요한 관계에서 둘 사이에 맺어지는 깊은 신뢰감을 뜻한다.

방금 휠체어에서 일어나서 보행연습용 난간에 지금 막 손을 올려놓은 참이었다.

"대단하죠. 저 분도 고즈키 씨처럼 뇌경색 후유증과 싸우고 있는데 본인은 물론 아들 부부까지 저렇게 매일 여기에 와요. 아들 분은 직업도 있는데 말이에요."

아들 부부는 휠체어와 함께 수 미터 앞까지 이동해서 노인에게 손짓했다.

"아버지. 오늘 목표는 3미터예요. 바로 여기요. 여기까지 오세요."

"아버님, 파이팅!"

노인은 그 응원에 응답하듯 두 사람이 기다리는 곳으로 걸어가려고 했다. 난간에 몸을 맡기고, 마음껏 움직일 수 있을 것만 같은 다리를 한걸음 내딛었다.

"자, 할아버지도 저 분을 본받으세요."

그렇게 말한 순간, 겐타로가 치료사의 얼굴에 주먹을 날렸다.

대단한 힘도 아니었고 치료사도 흠칫 놀라서 몸을 뒤로 젖힌 정도였지만, 우연의 일격치고는 '드디어 한 방 먹었다'는 겐타로의 표정이 너무나 인상적이라 미치코는 소리 죽여 웃었다.

그리고 문득 깨달았다. 고즈키 저택에서 재활훈련을 할 때, 미치코도 상당히 엄격한 목소리로 훈련을 도왔지만, 겐타로는 한 번도 지금처럼 저항하지 않았던 것이다.

센터에 다니기 시작한 지 며칠 후, 겐타토 회사의 관계자가 병문안을 핑계로 얼굴을 내밀었다. 흰 머리가 섞인 50세 정도의 고지식해 보이는 신사로, 고즈키 개발의 고문변호사를 맡고 있는 가노라고 소개했다.

"그래서 사장님의 회복 상태는 어떻습니까?"

"가노 씨라고 하셨지요. 실례지만 뇌경색 환자를 보신 적이 있으신지요."

"아마 두세 명 정도 본 것 같습니다."

"그러면 이 증세의 환자가 짧은 시일 내에 회복할 수 없다는 사실을 잘 알고 계시겠군요."

"네. 하지만 고즈키 사장님이라면 혹시나, 해서 말입니다."

"마치 이 사람은 인간이 아니다, 라고 말씀하시는 것 같네요."

"아. 하지만 제 말도 일리는 있습니다. 적어도 평범한 인간은 아니라는 말이죠. 뇌경색에 걸린 것 정도로 의기소침해진다거나 하는 기특함과는 무관한 분입니다. 회사의 고문변호사 겸 감사로서 궁금한 점은 6월 말로 예정된 주주총회에 사장님이 참석하실 수 있느냐, 입니다."

6월 말은 앞으로 한 달 남짓 남았다. 미치코는 고개를 휘휘 저었다.

"변호사라는 분들이 아무리 세상물정을 모른다고 하지만 정말 무리한 말씀을 하시네요."

"흠. 그러고 보니 무리라는 건 사장님이 좋아하는 단어지요. 억지는 부리지 않지만 무리는 한다. 이것이야말로 약소부대가 나아갈 길, 땅을 기는 자의 비상으로 이어진다, 라고 하셨어요."

무슨 무책임한 소리를! 미치코는 신사인 척하는 남자에게 분노를 느끼던 중, 등 뒤에서 들린 탕! 소리에 자신도 모르게 뒤를 돌아봤다.

겐타로가 휠체어의 팔걸이를 두 주먹으로 치고 있었다. 무언가 중요한 일을 생각해 낸듯한 표정이었다.

"아, 그러고 보니"라며 가노가 말을 덧붙였다.

"고즈키 사장님이 보통 사람과 다른 점이 하나 더 있었지요. 사장님은 주주총회를 몹시 기다리셨습니다. 대부분의 경영자는 피하고 싶어 하거나, 가능하면 빠지고 싶어 하는 행사에 유달리 열심이셨어요. 이 날이 아니면 주주들과 직접 이야기할 기회는 없다면서."

겐타로와 치료사의 불협화음이 여전한 가운데, 미치코는 고즈키 저택의 응접실에서 남다른 품격이 느껴지는 인테리어에 시선을 빼앗겼다.

유리 케이스에 보관된 전체 길이 1미터 정도의 모형 선박…….
특이했던 점은 그것이 타이타닉 같은 크루즈나 범선이 아니라 위풍당당한 전함 모형이었던 것이다. 명판에는 '전함 나가토'라고 쓰여 있었다.

"아, 그건 아버님의 야심작이에요."

에쓰코는 절반은 질린 기색으로 설명했다.

"평생 일만 해 오신 분인데 유일한 취미가 모형 만들기였거든요. 원래 손재주가 있으셨어요. 요런 자그마한 부품을 신중하게 조립하셨지요. 완성품은 보시다시피 팔아도 될 수준이지만 응접실에 놓을 장식품으로서는 조금…… 그렇지요. 하지만 아버님이 여기에 장식해 놓아야 한다며 끝까지 우기셔서요."

확실히 그것은 기성품과 비교해도 손색이 없을 정도로 완성도가 높았다. 돛대에 둘러쳐진 밧줄을 낚싯줄로 훌륭하게 재현해 놓았고, 함교와 함미의 세세한 부분까지도 대충 만든 부분은 하나도 없었다. 갑판과 배 밑바닥의 도장도 매끈하고 얼룩이 없다.

미치코는 거기서 한 가지 묘안을 생각해냈다. 제정신 아닌 생각일지도 모르지만, 그 치료사에게 전부 맡겨 두고 손 놓고 있는 것보다는 훨씬 나을 것이다.

다음 날 미치코는 겐타로의 눈앞에 손바닥 크기만 한 상자를 놓았다. 피규어가 들어 있는 과자였는데, 상자에 쓰여 있는 '전함'이라는 글자에 겐타로의 시선이 꽂혔다.

바들바들 떨리는 손가락으로 상자를 열자 속에서 나온 것은 전함 무사시의 미니어처였다. 순간 겐타로는 눈을 반짝이고는 여섯 개로 나뉘어 포장된 부품들을 정성스럽게, 그리고 신중히 조립하기 시작했다. 그 집중력은 글씨를 쓰거나 키보드의 자판을 누를 때와 비교도 되지 않았다. 마치 바늘구멍에 실을 꿰는 것과 같은 집중력으로 숨을 죽이고 밀리미터 단위의 부품들을 집어서 정해진 위치에 끼워 넣었다. 손가락은 여전히 자유롭지 못했기 때문에 몇 번이나 부품을 떨어뜨리거나 원하는 곳에 끼워 넣지 못했지만, 그래도 예전처럼 분노를 표출하거나 부품을 집어던지지는 않았다.

그렇게 30분 정도 흘렀을까. 온전치 못한 손가락으로 겐타로가 완성한 미니어처는 모든 부품이 정확하게 제자리에 조립된 온전한 작품이었다.

가능할지도 모른다. 미치코는 직감했다.

"데쓰야 씨. 저기, 겐타로 사장님은 남의 눈에 띄는 걸 싫어하시나요?"

"네?"

"예를 들면 관객 같은 걸 신경 쓰시는 분이신가요?"

"아아, 그런 뜻이군요. 그 점이라면 안심하세요. 방청인만 있으면 피고석에서도 보란 듯이 연설할 분이니까요."

다음 날 미치코는 겐타로와 함께 보따리를 안고 케어센터에 나타났다. 아이의 키 정도 되는 큰 짐에 의아해하는 환자와 직원 앞에서 짐을 풀자 대형 프라모델 키트가 나왔다.

하세가와사의 '전함 미카사', 250의 1 크기에 7천 엔 정도 되는 프라모델, 이런 환자와 만나지 않았다면 미치코와는 평생 인연이 없었을 물건들이었다.

내용물을 본 겐타로의 눈은 즉시 호기심과 기대감으로 빛나기 시작했다.

"저, 저기, 그것은?"

미치코는 의아해하는 치료사에게는 눈길도 주지 않고 고즈키 저택에서 가져온 공구 상자를 열었다.

"누구든 자신이 가장 좋아하는 것에 가장 열정을 쏟을 수 있으니까요."

공구 박스를 들여다보는 겐타로의 얼굴에서 점점 빛이 났다. 우선 책상 위에 조립설명서를 펼쳐 놓고 한 번 읽은 뒤 첫 부품을 니퍼로 떼어냈다. 겐타로의 손가락 움직임을 보고 있으니 겐타로가 부품이 붙어 있는 틀인 런너에서 부품을 떼어낼 때 바싹 잘라서 떼어내는 것이 아니라 이어진 부분을 조금 남겨 놓고 떼어내고 있음을 알 수 있었다. 겐타로는 숨을 죽이고 엄지손가락과 검지손가락에 온 신경을 집중했다. 칼끝을 떨면서 천천히 절단 부분을 찾아서 서서히 힘을 주었다. 마침내 모데라즈 니퍼의 날카롭고 단단한 날이 소리를 내며 게이트 부분을 잘라냈다.

다음으로 간신히 잘라낸 부품인 게이트를 줄사포로 갈기 시작했다. 왼손가락으로 부품을 고정시키고 오른손가락으로 줄사포를 쉼 없이 움직였다. 이 또한 겐타로에게는 어려운 작업일 테지만 싫어하는 기색 하나 없었다. 마치 장인 같은 예리한 눈빛으로 자신의 손가락을 주시할 뿐이었다.

끼고, 잡고, 떼어내고, 고정하고, 깎고. 모든 행동이 단순해 보이지만 섬세한 손놀림과 힘 조절이 없으면 만족스러운 결과를 없을 수 없다. 타이핑보다 훨씬 어려운 작업이다. 그렇기 때문에 미치코는 이것이 재활치료에 도움이 되리라 판단한 것이다. 정밀작업을 반복하면서 손끝 기능을 회복시킨다. 그리고 하나 더…….

쓱. 쓱. 쓱.

다소 불규칙하지만 가볍게 물건을 가는 소리가 미치코의 귓가에 닿았다.

……응?

미치코가 정신을 차리고 보니 겐타로와 자신의 주변이 고요에 휩싸여 있었다. 치료사나 직원은 말할 것도 없고 환자나 그 요양보호사까지 겐타로의 일거수일투족에 주목하고 있었던 것이다. 그것을 아는지 모르는지 겐타로는 당황하지 않고 작업을 계속했다.

다음 부품을 방금과 같은 요령으로 떼어내 그 결합 부분에 접착제를 바르고 두 부품을 붙였다. 그러나 접착제를 묻힌 솔이 좀처럼 원하는 곳에 닿지 않았다. 힘들게 접착제를 묻혀도 손가락이 떨려서 원하는 곳에 바르지 못하는 것이다. 마침내 겐타로는 정밀핀셋으로 바꿔 쥐고 부품을 집어 올렸다.

숨을 멈추고 조준을 맞췄다.

10센티미터.

5센티미터.

3센티미터.

그리고 정해진 곳에 부품을 결합하자 기대하던 관중들에게서 조용한 박수가 터져 나왔다. 겐타로는 처음에는 깜짝 놀랐지만 곧 싫지만은 않은지 눈썹을 들어 보였다.

3

재활치료에 겐타로의 취미를 도입한 것은 미치코가 우연히 떠올린 방법이었지만 그 효과는 눈이 번쩍 뜨일 만큼 놀라웠다. 틈만 나면 짜증을 부리던 겐타로도 차분함을 요구하는 모형 만들기에는 놀라울 정도로 인내심을 발휘했기 때문에 작업을 포기하는 일은 한 번도 일어나지 않았다.

더불어 겐타로의 언어장애도 완화 증세를 보였다. 손가락을 실컷 사용한 직후에 일전의 '파, 타, 카, 라'를 발음해 보도록 했더니 '파' 행, 즉 반탁음* 발음이 어느 정도 정확해진 기분이 들었다.

다만 예상 밖이었던 건 이 시도에 찬사를 보낸 사람이 나타난 것이었는데, 그 사람은 바로 노인건강센터의 원장이었다.

"이것 참, 대단하군요! 이건 당신의 생각이었다던데요."

---

* 일본어에 있는 음으로, 'p'를 포함하는 발음.

"네, 맞습니다."

"알고 계시다시피 손가락을 포함한 근육 운동은 뇌의 명령으로 이루어집니다. 그렇다면 손가락 운동을 계속하면 기능이 정지된 뇌에 자극을 주지 않을까. 당신의 추측은 훌륭하게 들어맞았어요. 재활의학의 기본이라 말해도 좋을 겁니다. 심지어 글씨 연습이나 타이핑 같은 단순 운동이 아니라 모형 만들기라는 복잡한 운동을 필요로 하는 작업을 접목시킨 점은 칭찬할 만합니다."

"네 감사합니다."

"그래서 긴히 부탁을 드리고 싶은데요……. 그러니까 그 모형 만들기를 활용한 재활치료를 앞으로도 시설에서 계속 운영하고 싶습니다."

"네?"

"다른 환자들이 아무래도 그 재활치료에 마음을 빼앗긴 것 같습니다……. 참, 개중에는 부럽다고 강력하게 말한 분도 계세요. 저기, 고즈키 씨가 불편한 손가락을 움직여 작업에 몰두하는 모습은 많은 재활환자에게 커다란 용기를 줬습니다. 물론 본인의 의사가 중요하겠지만 사람들의 갈채를 받았을 때의 모습을 봐서는 본인도 그리 기분이 나쁘지는 않았던 것 같고요."

"네에."

미치코의 반응이 시원치 않자 원장이 갑자기 당황하며, 당연히 시설사용료는 지불할 필요가 없다면서 몹시 열성적으로 설득했기 때문에 겐타로 본인의 의사를 확인한 뒤 답변을 주기로 약속했다.

말은 할 수 없지만 청각에는 아무 문제도 없다. 아니, 오히려 귀가 남보다 배는 밝다고 가족들에게 들었기 때문에 의향을 묻는 것에는 아무런 문제도 없었다.

"그런 이야기가 오갔는데 상대방은 센터에서 계속 작업하셨으면 한다네요. 사장님 생각은 어떠세요?"

질문을 받은 겐타로는 고개를 끄덕이지도 않았지만, 그렇다고 거절하려는 기미도 보이지 않았다. 데쓰야에게 들은 대로 이 남자는 체면이나 타인의 시선에는 털끝만큼의 관심도 없는 것 같았다. 그렇기는커녕 오히려 관중이 있으면 더욱 분발하는 성격인 것 같아 미치코는 원장의 제안을 받아들이기로 했다. 솔직히 모형 만들기는 만들고 남은 조각이나 흘러넘친 접착제를 뒷정리하기가 귀찮기 때문에 센터에서 작업하는 편이 미치코 입장에서도 편했다.

그리고 원장의 말이 아주 빈말은 아니었던지 격려를 보내 오는 사람도 있었다. 가장 처음 다가온 사람은 겐타로 일행이 처음 이곳에 온 날 아버지의 재활을 응원하던 부부였다.

"아버지는 료게 소헤이라고 합니다."

장남인 소이치와 아내인 아즈미는 한 달 전에 소헤이를 교토에서 모시고 와 이곳에서 재활을 시작했다고 했다.

"아버님은 나고 자란 동네인 마루타마치가 좋으시다며 줄곧 그곳에서 혼자 생활하셨는데 초봄에 동네 단골의사 선생님이 돌아가시는 바람에⋯⋯."

교토 사람들은 고향을 떠나기 싫어한다는 이야기는 미치코도 자주 들었기 때문에, 그만큼 생가에 연연하는 늙은 아버지와 그의 건강을 걱정하는 장남의 흐뭇한 말다툼 장면이 어렴풋이 보이는 기분이었다.

"그냥 때마침 좋은 기회였고 이 센터의 평도 좋아서 통원하게 되었습니다. 그건 그렇고 고즈키 씨의 집중력은 정말 대단하네요. 후유증이 있는데도 잘도 그런 미세한 부품들을 다룬다니. 보고만 있어도 큰 힘이 돼요."

같은 증상을 보이는 가족을 둔 사람으로서 친근감을 느끼는 것 같았다. 소이치는 호감이 가는 얼굴로 열정적으로 말했다. 료게 소헤이는 전형적인 뇌경색 환자로 동맥 한 쪽이 막혀서 오른쪽 반신불수가 됐다. 소헤이는 오른손잡이에 오른발잡이라서 글씨를 쓰는 것도 걷는 것도 어려울 것이다. 그리고 겐타로와 마찬가지로 언어장애로도 고생하고 있다.

그런데 료게 소헤이를 보면 겐타로의 작업에 깊은 흥미가 있는 것 같고, 겐타로도 그 시선을 신경 쓰지 않은 채 조립에 몰두했다.

"아버지도 해군으로 참전한 적이 있습니다. 혹시 대화가 가능했었다면 분명 두 분이 시간 가는 줄 모르고 전함에 대해 심오한 이야기를 나누셨을 겁니다."

이렇게 겐타로의 모형 만들기가 재활요양센터의 일상적인 모습이 된 어느 날, 초대받지 못한 손님이 방문했다.

그 남자는 겐타로와 거의 비슷한 연배로 머리는 빡빡 깎아 번들거렸고 턱에는 흰 수염이 바늘처럼 뾰족하게 나 있는데, 전방을 날카롭게 쏘아보는 눈빛은 마치 창 같았다. 손잡이가 굵은 시상이는 지팡이 용도보다는 호신용 같았다. 한눈에 봐도 범상치 않은 사람 같은 모습에 환자와 그 가족들이 허둥지둥 길을 비켰고, 남자는 겐타로 앞까지 곧장 걸어왔다.

"오랜만이군, 고즈키 사장."

굵은 목소리의 주인공을 보자마자 겐타로의 얼굴에는 불쾌감이 드러났다. 적어도 화기애애한 분위기는 아니라는 사실을 감지한 미치코는 두 사람 사이에 끼어들었다.

"실례지만 누구시죠?"

"미조로기 군지라고 하오. 거기 있는 고즈키 사장 회사의 주주고, 그럭저럭 오래전부터 알고 지낸 사이지."

권하지도 않았는데 미조로기는 겐타로의 바로 옆에 앉았다.

"호오, 고즈키 사장. 구사일생으로 살아나 재활치료에 열심이라고 들어서 달려와 봤더니 모형을 만들고 계시다니. 하긴 일선에서 물러난 노인의 생활에는 딱 맞는 취미지."

겐타로라는 남자는 사교성이나 붙임성과는 도무지 관계가 없는 사람일 것이다. 눈앞에 나타난 미조로기에게 노골적인 적대감을 보이며 고개를 돌렸다.

"이런, 이런. 무섭군, 무서워. 그런데 참, 평소처럼 욕을 하지 않으니 그 위력이 반은커녕 십 분의 일로 줄어든 것 같군. 마치 줄에 묶인 개 같아."

겐타로는 미조로기를 매섭게 노려보았지만 결코 소리를 치려고 하거나 손을 대려고 하지 않았다. 그러나 새하얗게 변할 정도로 악문 입술이 격한 감정을 꾹 참고 있다는 분명한 사실을 알려 줬다. 요양보호사 미치코에게는 그 이유가 눈에 보이듯 훤했다. 입이나 손을 사용해서 거동이 불편한 모습을 보였다가 더욱 비웃음을 살

것이 두려웠기 때문이다.

"후후후. 어떻게 된 일인가. 이제 더 이상 화낼 기력도 없어진 건가. 하긴, 자네도 올해 일흔이니까 이제야 겨우 나이에 맞게, 아니지 오히려 지금까지가 너무 팔팔했던 게지. 슬슬 후진에게 자리를 양보하고 일선에서 물러나야겠군."

미조로기는 지팡이 머리 부분에 양손과 턱을 올려놓고 겐타로를 불쌍하다는 듯 쳐다봤다.

"그 상태로는 6월 주주총회도 참석하지 못하겠군. 예년 같으면 자네가 단상 위에 위엄을 부리고 앉아 있어서, 조용한 소수인 거래 단위에 미달하는 소주주들은 찍소리도 못했는데, 올해는 분명 발언들을 많이 하겠군. 무서운 사람이 없는 사이에 긴급동의도 나오겠어."

"긴급…… 동의가 뭔가요?"

미치코가 끼어들자 미조로기는 히죽히죽 웃으며 대답했다.

"쉽게 말해 주주총회에서 동의안을 제출해 과반이 찬성하면 이사를 해임할 수 있는 거요. 대단하신 대표이사는 이사회 결의에 따르는 것이라 주주총회에서 이러쿵저러쿵할 수 있는 게 아니지만, 그래도 이사들이 물갈이 되면 당연히 이사회의 의중도 상당히 달라지지. 고즈키 사장, 당신은 고즈키 개발 주식의 42퍼센트를 갖고 있어. 그리고 회사 직원들의 주식을 전부 모으면 8퍼센트. 눈치 빠른 누군가기 그 8퍼센트를 양도받는다지고, 현 대표이사 고즈키 겐타로의 병 때문에 불안을 느낀 나머지 주주가 미래를 생각한 긍정적인 의견에 귀를 기울인다고 가정하면, 주총은 어떻게 흘러갈까?"

미조로기는 즐거워서 견딜 수 없다는 듯 지껄였다.

"사장 1인 체제 기업의 명운은 미우나 고우나 오너에게 달려 있으니까. 자네처럼 걸출한 경영인은 후계자를 고르기도 힘들겠지. 측근들은 예스맨뿐, 상황이 어려워지면 우왕좌왕하기만 하고 능력이 없어. 대장을 잃은 무능력한 군대 따위 자멸해 버리고 말 거야."

미조로기는 지금 당장이라도 콧노래를 부를 기세였지만 겐타로는 이미 그쪽을 보고 있지도 않았다. 자신의 손끝에 초점을 맞추고 작업에 다시 집중했다. 미조로기가 그 모습을 힐끔힐끔 훔쳐보면서 분한 듯 입술을 깨물었다.

"오늘 내가, 회사의 정신적 지주인 고즈키 겐타로가 퇴물과 다르지 않다는 걸 확인했네. 이 상황을 책임지고 주총에서 발표하고, 적합한 절차 후에 이사회 멤버를 교체하도록 하지. 뭘 걱정하는지 짐작은 가는데 그건 안심해도 되네. 대출 은행에는 연쇄도산에 인수할 곳도 없고 도무지 방법이 없어서 어쩔 수 없다고 말해 두지. 이사 자리를 눈앞에서 흔들면 꼬리를 흔들며 다가올 거야. 내년이나, 아니면 올해 안에 고즈키 개발의 이름도 바꾸도록 하지."

퇴물, 이라는 말을 들은 미치코의 안에서 무언가가 뚝 끊겼다. 미치코에게는 동료가 담당 환자에 대해 어떤 악의적인 말을 하더라도 절대 반응하지 않는, 직업의식에서 비롯된 인내심이 있었지만, 이번에는 어이없을 정도로 쉽게 화가 났다.

"이만 돌아가시죠."

이것이 과연 자신의 목소리인지 의심될 정도로 가시 돋친 말투였다.

"당신은 고즈키 사장님에게 좋지 않은 손님 같습니다."

"식견의 차이일세. 진정으로 가치 있는 재산은 평범한 친구보다 비범한 천적이지. 안정보다는 경쟁이, 평온보다는 위기가 사람을 키우는 법일세."

스스로를 비범하다고 칭하는 사람이라니, 어지간한 몽상가이거나 열등감에 가득한 인간이다. 그런 인간에게 대단한 가치가 있을 것이라고 도저히 생각할 수 없었던 미치코는 이 남자가 더욱더 수상하게 느껴졌다.

"그런데 적어도 이 늙은이에게 위기는 불필요해졌어. 그러니까 내가 친히 마지막을 선언해 주지. 적어도 그게 오랫동안 서로 으르렁거렸던 호적수에 대한 예의일 테니까."

겐타로는 소리 없이 웃으며 자리를 뜬 미조로기를 역시 무관심으로 일관했다. 모처럼 다소 난폭하게 행동해도 될 입장이기에 침이라도 뱉어 주면 좋으련만 본인은 눈앞에 있는 함선 모형에만 온신경을 집중하고 있었다. 미조로기의 퇴장에도 신경 쓰지 않는 모습이었기 때문에, 소금이 있다면 겐타로 대신 싹싹 뿌려 주고 싶은 심정이었다.

"무슨 저런 이상한 노인이 다 있습니까."

소이치가 자초지종을 보고 있었던 사람처럼 당황 반 분노 반으로 뒤섞인 얼굴로 미조로기의 뒷모습을 응시했다.

"아무리 그렇다고 해도 말이 너무 심하네요. 쓰즈키 씨, 저런 놈에게 져서는 안 됩니다. 하루라도 빨리 고즈키 씨가 회복할 수 있도록 도와서 코를 납작하게 해 주자고요."

그날 이후에 병문안을 온 가노에게 은근히 떠봤다. 그는 미조로기 군지라는 사람이 보수적인 것으로 유명한 총회꾼으로, "음, 옛날 사고방식을 지닌 총회꾼이지요. 요즘 같은 시대에 가문의 문장을 넣은 하오리하카마* 차림으로 주주총회에 참석하는 사람은 아마 그 양반밖에 없을 겁니다"라고, 쓴웃음을 지으며 알려 주었다.

"미조로기 씨가 주재하는 단체에서 여느 때처럼 수십 쪽도 되지 않는 기관 잡지를 정기구독 하라며 견본을 보내 왔는데, 고즈키 사장님이 오탈자를 빨간색으로 표시해 되돌려 보냈습니다. '이 정도로 수준 낮은 잡지를 읽게 했다가는 직원들이 바보가 된다'는 메모까지 정중하게 달아서 말입니다. 이게 모든 일의 시초입니다."

"그건 마치……, 저쪽에서 걸어오던 폭력단에게 일부러 싸움을 거는 것과 같은 상황 아닌가요?"

"고즈키 사장님은 그런 걸 좋아하는 분이시거든요. 저로서도 곤란하긴 하죠. 군자는 위험한 곳에 가까이 가지 않는다는 말이 있지만, 저 분은 '본인은 군자도 뭣도 아니니까 위험한 것은 위해를 가하기 전에 즉시 때려눕힌다'가 신조인 분입니다."

"저런."

"그러니까 매년 주주총회 날에는 말입니다. 고즈키 사장님과 미조로기 씨가 격렬하게 부딪히는 것이 연례행사가 된 느낌도 있어서, 주주 중에서는 그걸 기대하며 참석하는 사람도 있을 정도입니다."

* 　가문의 문장을 넣은 일본 전통 의상.

"그러면 그건가요? 겐타로 사장님이 매년 주주총회에는 반드시 참석하는 이유가 그 대머리 영감님과 설전을 벌이기 위해서?"

"아니요. 그건 어디까지나 연출의 한 부분…….. 아니아니, 연출이 아니라 식순 같은 겁니다. 고즈키 개발도 일단은 2부 상장 기업이지만 직원이 수백 명 정도인 작은 규모니까요. 주주의 상당수도 직원 가족이나 창업 이후 투자자가 대부분으로 당장의 매매를 반복하는 투기꾼은 적습니다. 정말로 주주를 포함한 가내수공업 같은 회사입니다. 주주총회라는 건 사장님께도 1년에 한 번 열리는 친목회 정도의 의미입니다. 미조로기 군지는 가족 파티에 난입한 취객일 뿐입니다."

"가노 변호사님은 그, 말하자면 겐타로 사장님을 감시하는 분인가요?"

"뭐, 감사역을 맡고 있긴 합니다. 감시라고 한다면 그렇다고 할 수 있겠군요."

"……힘드세요?"

그러자 가노는 체념한 듯 쓴웃음을 짓고는 잠시 골똘히 생각한 뒤 이렇게 말했다.

"이 자리에서만 드리는 말씀인데, 저 분은 저보다 연배가 훨씬 높으시지만 가끔 몹시 아이 같은 면이 얼굴에 드러나고는 하죠. 그건 상식이든 정의감이든, 어린 아이가 얼굴을 시뻘겋게 붉히며 주장하는 것처럼 단순하고 유치한 논리입니다. 노인 특유의 똥고집이라며 비난하는 사람도 있습니다. 쓰즈키 씨, 그런데 말입니다. 저처럼 변호사로서 1년 내내 왜곡된 논리와 견강부회로 점철된 삶을 사는 사람에게는, 그 유치한 논리가 대단히 참신한 울림으로 다가올 때가 있습니다. 세속의 따뜻한 바람에 익숙해진 뺨을 갑자기 두드리는 것 같은 기분이 듭니다."

"참신……하다고요?"

"결코 새로운 말은 아니지만요. 어떤 일에든 관용적인 것과 무관심한 것은 서로 다르지만, 최근에는 그 둘을 어중간하게 뒤섞어서 선악을 불분명하게 만들어 버리는 경향이 있습니다. 고즈키 겐타로라는 사람은 그걸 절대 용납하지 않죠. 뜻밖에도 그런 점에 기분이 좋아집니다. 솔직히 1인 경영 체제 회사에 독불장군 같은 사람이라서 마음고생도 많고 피곤하기도 하지만 질리지는 않네요. 이 '질리지 않는다'는 것이 의외로 중요하답니다."

미치코는 겐타로에게 그를 이해해 주는 가노 같은 사람과 적인 미조로기 같은 사람이 있는 이유를 알 것 같은 기분이 들었다. 그러나 그 이유를 말로 설명하기 좀처럼 힘들어서 답답했다.

그러자 그 모습을 보다 못한 가노가 이렇게 덧붙였다.

"그 분에게 적이 많은 이유는 아마도 타인에게 없는 무언가를 갖고 있기 때문이겠죠. 자신이 갖지 못한 것을 갖고 있는 사람을 향한 감정은 칭송 아니면 질투 섞인 적의밖에 없으니까요."

겐타로의 모형 만들기가 호평을 받는 한편, 료게 소헤이의 재활 풍경도 관중들의 이목을 집중시켰다.

센터 안은 재활치료의 종류와 작업 내용에 따라 몇 가지 부스로 나뉘는데, 보행훈련용 공간은 한쪽에 벽을 끼고 마련되어 있다. 허리 높이에 일직선으로 설치된 기다란 봉 같은 손잡이 한 개, 넘어져서 무릎을 부딪쳐도 충격이 적은 두꺼운 고무 바닥.

오늘 하루, 아버지가 지팡이 없이 어디까지 걸을 수 있을지……. 소이치와 아즈미는 해당일의 도달 지점을 날짜를 적은 붉은 검 테이프로 표시했다. 내일은 오늘 붙인 테이프보다 더 멀리. 다른 사람도 쉽게 알아볼 수 있는 이정표였기 때문에 관중이 더욱 쉽게 끼어들어 지켜볼 수 있었다.

료게 소헤이의 재활치료 시간은 오후 1시부터다. 센터 내 환자와 가족이 점심 식사를 한 뒤 잠깐 쉬고 나면, 붉은 테이프가 시너지 효과를 발휘해 관중들의 눈은 자연스럽게 더딘 걸음으로 걷는 소헤이와 그것을 큰 소리로 격려하는 아들 부부의 모습에 쏠렸다.

오른쪽 반신불수이기 때문에 항상 오른발을 끌게 됐다. 그러나 정작 왼발도 병상 생활 중에 기능을 잃었는지 자신의 체중을 지탱하지 못하고 두세 걸음 걷다가 곧장 휘청거렸다. 왼손으로 손잡이를 잡고 있기 때문에 요란하게 넘어지지는 않지만, 중심이 왼쪽으로 쏠려 있어 시종일관 불안한 모습은 변함없었다. 그 모습을 보고 있으니 오른팔과 오른다리처럼 자신이 평소에 주로 사용하는 팔과 다리가 모든 동작의 핵심이라는 사실을 알 수 있었다. 그리고 그것을 잃은 생활이 얼마나 불편한지도.

료게 소헤이는 앞으로 몇 걸음 걸었을 뿐인데도 볼을 떨면서 신음에 가까운 소리를 낮게 토해냈다. 관중들은 그 일거수일투족을 지켜보면서 평소에 아무 생각 없이 움직이던 신체의 건강함에 감사함을 느끼고 소헤이를 소리 없이 응원했다.

가끔 소헤이는 기력이 다한 것처럼 무릎을 꿇고 바닥에 털썩 주저앉았다. 그러나 아들부부는 이를 허락하지 않았다.

"아버지. 어서 일어나요. 어제는 여기까지 걸었잖아요."

"그래요, 아버님. 어제는 할 수 있었는데 오늘은 못할 리 없으니까요!"

두 사람은 진지한 얼굴로 아버지에게 소리쳤다. 보고 있으면 다소 부끄러워지는 광경이었지만, 미치코는 한 가지가 인상 깊었다. 두 사람 모두 격려는 하지만 결코 소헤이를 직접 도우려고 하지 않는 점이었다.

환자의 최종 목적이 사회로 복귀하는 것이라면 도움을 줘도 되는 범위는 자연스럽게 한정되며 그 이후는 스스로 극복해내는 수밖에 없다. 그러나 환자 곁에 있는 사람은 가만히 지켜보고만 있을 수 없어, 머리 한 구석으로는 환자에게 도움이 되지 않는 행동임을 알면서도 환자에게 도움의 손길을 내밀고 만다. 그런데 이 부부는 혹독함과 냉철함이 결국 환자에게 가장 도움이 된다는 사실을 알고 있는 것 같았다.

간병은 하는 사람도 받는 사람도 고난의 연속이다. 얼굴은 웃고 있어도 마음속으로는 상반된 감정이 끊임없이 소용돌이친다. 그렇기 때문에 료게 씨와 그 아들의 모습이 남의 일 같지 않았다. 소헤이의 한 걸음은 희망으로 향하는 한 걸음이었다. 소헤이에게 보내는 응원은 모든 환자와 그 가족들에게 보내는 응원이었다.

처음에는 소리 없던 응원이 날이 갈수록 소리를 더해서 2주가 지났을 무렵에는 자그마한 응원단이 형성될 정도였다. 재활치료는 기능 회복 훈련이기도 하지만 동시에 희망을 발견하는 여정이기도 하다. 가능성도 불확실한 채로 신체 기능을 더듬더듬 회복해 가는 나날인 것이다. 지탱해 주는 사람이 없으면 좌절하고 만다. 빛이 없으면 길을 잃고 만다. 소혜이의 보행훈련이 마침 그 역할을 맡게 된 셈이 되었다. 센터를 방문하는 환자와 가족들은 바닥에 붙어 있는 테이프가 갱신되는 것을 볼 때마다 주먹을 불끈 쥐고 흥분했다. 그러던 어느 날, 반쯤 이벤트가 된 보행훈련에 작은 방해자가 나타났다.

언제나처럼 주위의 시선을 한 몸에 받던 중 소혜이가 막 세 걸음째 발을 내딛으려던 때였다. 갑자기 소혜이의 앞에 양팔을 벌리고 막아선 소년이 있었다.

"걷지 마세요."

소년은 말을 내뱉고는 뾰로통한 눈으로 소혜이를 쏘아보았다.

소혜이가 무시하고 계속 걸으려고 하자 이번에는 등 뒤로 돌아가 운동복의 소매를 잡고 걸음을 저지했다.

"쇼헤이!"

아즈미가 큰 소리로 혼냈지만 소년은 드러누워서 여전히 방해했다. 아즈미는 옷자락을 쥔 소년의 손을 억지로 떼어내고 돌아선 소년의 따귀를 때렸다.

찰싹. 메마른 소리에 주위가 매우 고요해졌다.

쇼헤이라고 불린 소년은 순간, 붉어진 뺨을 감싸 쥐고 얼어붙은 듯 서 있다가 곧바로 눈을 치켜 올리고는 또다시 소혜이의 소매로 손을 뻗었다.

"그만 하지 못해!"

소이치가 쇼헤이의 팔을 잡아채서 보행 코스 밖으로 끌어냈다.

"도대체 무슨 생각으로 이런 짓을 하는 거야."

낮은 목소리로 타이르듯 말했지만 얼굴에 반항심을 드러낸 쇼헤이는 제대로 들으려고 하지 않았다. 말이 끝나기도 전에 고개를 홱 돌리고는 센터 출구 쪽으로 달려가 버렸다.

후우, 소이치는 한숨을 몰아쉬고 미치코에게 가볍게 고개를 숙였다.

"한심한 장면을 보여 드렸습니다. 방금 그 아이는 저희 외동아들 인데……."

"그럼 료게 씨의 손자군요. 그런데 어째서 그런 행동을."

"원래 아버지를 따르지 않던 아이였는데, 저와 아내가 간병을 시작한 뒤로는 노골적으로 반항하더군요. 아마 자신에게 소홀해졌다고 생각해 분풀이를 하는 것 같은데, 집에서는 늘 저런 상태입니다. 아버지를 이쪽으로 매일 모시고 오는 이유 중 하나도 그 때문입니다."

"오늘은 웬일로 따라왔길래 조금은 말을 듣나 싶었는데 역시 아니나 다를까. 정말 창피한 이야기라서……. 어디서부터 잘못 키운 걸까요."

부부는 몹시 민망해하는 모습으로 고개를 숙였다. 모든 가정은 저마다의 문제를 안고 있다. 피로 이어진 관계가 반드시 애정만 키워내는 것은 아니다. 특히 간병 환자가 생기는 순간, 가정 문제는 대부분 뚜렷한 형태가 되어 떠오른다. 간병이라는 행위가 많든 적든 가족의 사랑을 기반으로 이루어지기 때문이다. 지금까지 수많은 가정 내 다툼을 목격해 온 미치코는 소이치 부부의 고뇌가 쉽게 이해됐다.

소헤이는 아들 부부의 번뇌가 남의 일인 것처럼 손자가 사라진 쪽으로 시선을 돌리고 있었다. 그리고 겐타로는 주위의 소란이 마치 들리지 않는 것 같은 모습으로 주포탑 부분을 만드는 데 여념이 없었다. 소헤이와 언뜻 눈만 마주쳤을 뿐이었다.

두 사람이 서로 주고받은 시선은 어떤 의미일까……. 이 정도 되는 고령자들의 의중을 추측하는 것은 아무리 경험이 풍부한 미치코라도 어렵다.

발병 전부터 상당히 다혈질이었던 겐타로와, 아들의 말에 따르면 외모부터 말투까지 온화 그 자체였다는 소헤이의 어디가 어떻게 통한 것인지, 두 노인에게는 말을 하지 않아도 통하는 방법이 있는 것 같았다. 다만 그것은 몸짓이나 손짓도 아니고, 장애인 사이에서 통용되는 휴대 전화 액정화면을 활용한 방법도 아니다(소헤이는 휴대 전화가 없다고 한다). 인사 대신 눈빛을 교환하거나 상대의 표정을 보고 의중을 파악한다. 미치코는 같은 후유증과 싸우는 자들끼리의 동지의식과 연대감에서 비롯된 결과가 아닐까 짐작했다.

전함 미카사 조립에 열중하고 있는 겐타로를 소헤이가 조금 떨어진 곳에서 바라보고 있었다. 격려하는 표정도 동정하는 표정도 아닌 얼굴로 그저 완성되어 가는 상갑판을 흥미롭게 지켜볼 뿐이었다. 그리고 소헤이가 보행훈련을 시작하자 겐타로가 조금 떨어진 곳에서 그 모습을 지그시 지켜볼 뿐 결코 다가가거나 응원하지는 않았다. 대화를 주고받지도 않았는데 마치 두 사람 사이에는 협정이라도 체결되어 있는 것 같았다.

그러나 미치코는 그 단계에서 깨달았어야 했다. 다른 누구도 아닌, 다수의 간병 환자를 가까이에서 계속 지켜봤던 베테랑 요양보호사라면 당연히 주목했어야 할 점을 미치코는 완전히 간과하고 있었다.

4

전함 모형의 특징은 부품이 많고 자잘하다는 것이다. 노안 조짐이 있는 미치코의 눈에는 머리카락 토막으로만 보이는 부품이 함미 스탠워크의 일부분인 것처럼. 그런 부품을 떼어낸 뒤 나이프나 줄사포로 가다듬는 등, 본래 손재주가 부족한 미치코에게는 이런 일련의 작업들이 혼자서 성을 쌓는 것 같았다. 그에 비해 겐타로의 끈기와 집중력은 경이로울 정도여서 센터에 온 지 2주 만인 지금 갑판이 거의 완성되었다. 앞으로 함교를 만들면 정밀 작업은 일단락된다.

쓰시마 경찰서의 사노 서장이 사복 차림으로 센터를 방문한 것은 마침 그 날이었다.

"재활치료로 모형 만들기를 합니까?"

사노는 처음에는 의아해했지만 거의 완성되어 가는 갑판을 보자마자 감탄했다.

"와아, 이건 대단하네요. 저도 예전에 한참 빠졌던 적이 있는데, 부품 하나를 붙일 때도 순간접착제에 바늘을 끼워서 접착제를 흘러내리게 해야 하죠. 상당한 요령과 끈기가 필요해서 저는 바빠진 뒤로는 손을 놓았는데…… 정말로 이걸 고즈키 사장님이 만드셨습니까? 정말 믿을 수 없군요."

질문을 받은 미치코는 왜인지 자신의 아이가 칭찬받은 것처럼 겸연쩍었다.

"재활치료 환자의 정밀 작업으로는 훌륭하죠."

"아니, 정말 그렇게 생각하지 않으니까 믿을 수 없다고 말씀드리는 겁니다. 이것 좀 보세요. 이 굴뚝 밑 주변에 있는 난간에 리드선을 풀어서 방탄 로프를 재현했어요. 가뜩이나 정밀함이 필요한 작업인데 접착제가 튀어 나온 자국도 없고 선도 흐트러지지 않았습니다. 신체 건강한 사람의 손가락으로도 이렇게까지 깔끔하게 완성하기는 힘듭니다."

사노의 설명에 주위에 있던 관중들도 의기양양한 얼굴로 끄덕였지만 매번 작업을 관찰해 온 미치코에게는 그리 신기한 일도 아니었다.

아직까지도 겐타로는 손가락을 자유롭게 움직일 수 없다. 때로는 미세하게 떨기도 하고, 때로는 힘을 조절하지 못하고 부품을 떨어뜨리기도 한다. 그러나 겐타로는 한 번 실패했다고 포기하거나 자포자기하지 않았다. 손가락 경련이 가라앉을 때까지 기다리고 떨어뜨린 부품을 핀셋으로 몇 번이나 다시 주웠다. 겐타로의 기술이 뛰어나기 때문이 아니라, 오로지 꾸준하고 우직하게 시간을 들였기 때문에 지금에 도달할 수 있었던 것이다. 주변의 공기를 팽팽하게 만드는 긴장감을 조성하면서 매의 눈으로 부품을 들여다보는 모습은 집념 그 자체였다. 마치 전함 미카사가 완성되는 순간 병도 완치된다고 믿어 의심치 않는 것 같았다.

그때 트레이닝룸에 들어온 세 사람을 보고 그 자리에 있던 사람들이 길을 비켜 주었다.

"저 분들은 누구입니까?"

"겐타로 사장님과 마찬가지로 이 센터에서 희망을 상징하는 존재입니다."

집념이라고 하면 소헤이도 못지않다. 그는 센터에서 재활지료를 시작하고부터 걸을 수 있는 거리가 마침내 7미터를 넘었다. 하루에 50센티미터씩 늘려가는 셈인데, 그 과정은 결코 순탄하지 않았다. 한 걸음 내딛고 쉬고, 두 걸음 내딛고 무릎을 꿇고. 손잡이에 매달리면서도 걸으려 하는 모습은 역시 우직하다고밖에 표현할 수 없었다.

그러나 그것을 보고 웃는 사람은 단 한 명도 없었다. 이곳에 모인 사람은 재활치료가 변화가 없는 단조로움의 연속이라는 사실을 알고 있기 때문이었다.

"저기, 여러분."

술렁거리다가 멈춘 관중을 향해 소이치가 입을 열었다.

"언제나 아버지를 응원해 주셔서 감사합니다. 그동안 인사도 제대로 드리지 못했지만 정말 큰 격려가 되었습니다. 여러분의 응원이 없었다면 아버지도 이렇게까지 걷지 못했을 것이라고 생각합니다."

차분한 목소리에 몇 명이 고개를 끄덕였다.

"덕분에 어제까지 7미터 60센티미터를 기록했습니다. 그래서 어젯밤 아버지와 의논 후 결정했습니다. 오늘은 한번에 10미터를 목표로 하겠습니다. 그러니까 여러분, 응원 부탁드립니다."

고개를 깊이 숙인 모습에 몇 명인가는 다시 고개를 끄덕였다. 제각각 운동을 하던 다른 환자들과 곁에서 도와주던 이들도 소이치를 주목했다. 10미터는 보행훈련 범위의 거의 전체였다. 즉 소헤이는 오늘 훈련 공간의 끝에서 끝까지 마스터하겠다는 것이었다.

"호오."

사노는 감탄했다.

"사람들 앞에서 선언함으로써 스스로 퇴로를 막아 버렸군요. 이제 어떤 고난이 있더라도 목표를 달성할 때까지 걸을 수밖에 없게 되었어요."

"너무 무모한 행동은 좋지 않을 텐데요."

"맞는 말씀입니다. 그러나 무모한 행동은 안 되지만 무리한 행동에는 그것을 응원하고 싶다는 마음이 들도록 하는 힘이 있습니다. 어떻든 간에 현재를 극복해 내기 위해서 어느 정도 무리는 필요하니까요."

아무래도 겐타로에게 마음을 빼앗긴 사람은 화법까지 닮아가는 모양이다. 미치코는 묘한 부분에 감탄했다.

소이치의 설명을 끝으로 운동복 차림의 소헤이가 들어오자, 예상치 못한 박수가 터져 나왔다. 소헤이는 손을 흔드는 시늉은 하지 않았지만 전장에 나가는 것 같은 표정으로 훈련 코스 끝에 휠체어를 세운 뒤, 손잡이에 의지해 체중을 실고 천천히 일어섰다.

방 안에 있는 사람 대부분이 소헤이에게 주목한 와중에 미치코는 문득 자신의 환자에게 시선을 돌렸다. 겐타로의 눈은 이따금 소헤이의 모습을 담았지만, 그때 외에는 손끝의 부품에 시선을 고정하고 한눈팔지 않았다.

"그럼, 차라리 우리도 오늘 중으로 완성시켜 볼까요?"라고 미치코가 가볍게 말을 걸었지만 반응은 없었다.

오늘 겐타로가 만들기 시작한 것은 갑판의 핵심인 제1주포탑 부분이었다. 우선 좌우 대칭에 맞게 준비된 포신을 니퍼로 런너에서 떼어냈는데, 악력을 조절할 수 없는 겐타로는 신중에 신중을 기해 칼날을 가져다 댔다. 부품을 왼손가락으로 고정한 채 나이프와 줄사포로 절단면을 평평하게 정리했다. 일정하게 같은 힘으로 갈지 않으면 울퉁불퉁해진다. 힘을 주는 상태와 방향이 모든 것을 결정한다. 회복 중인 겐타로의 손가락이 시련을 어디까지 견뎌낼 수 있을까.

"자, 아버지. 시작하세요!"

그 목소리를 신호로 소헤이는 첫 걸음을 내딛었다. 뒤꿈치를 조금 들어서 마비된 오른발바닥으로 바닥을 스치듯이 내밀었다. 목표지점을 확인하고 손잡이에 체중을 실으면서 몸을 앞으로 기울였다. 힘을 잃은 다리에서 축이 되는 다리로 중심을 이동시키면서 버티지 못하는 몸을 왼다리로 지탱했다. 그리고 두 번째 걸음, 거리로는 약 50센티미터였다. 한 걸음 걸을 때마다 소헤이는 숨을 크게 내쉬었다.

갓 걷기 시작한 어린 아이의 걸음마도 이보다는 더 견고할 것이다. 그러나 한 걸음 한 걸음을 주시하는 눈은 자식의 그것을 보는 부모의 눈보다도 열정적이었다.

"아버지, 좋아요."

"자, 어서 몸을 일으켜요."

소이치와 아즈미가 소헤이의 앞에 서서 말을 걸었다. 관중들도 홀린 듯이 '와아', '파이팅' 하며 소리를 높였다. 미치코는 이 분위기를 너무도 잘 이해할 수 있었다.

소헤이는 세 걸음, 네 걸음 발을 움직였다.

"손잡이에 의지하면 안돼요! 길거리에는 손잡이가 없잖아요."

아들의 목소리에 손잡이에서 손을 뗐다. 그 순간 몸이 균형을 잃고 휘청했다.

"어어어."

"버티세요!"

아슬아슬하게 왼다리로 힘껏 버텨서 넘어지지는 않았다.

후우. 안도의 한숨이 일제히 터져 나왔다.

"아버지, 2미터 더 오세요. 자, 다시 기운 내서."

소헤이는 한일자로 입술을 앙다물고 흔들리는 자세를 고쳐 잡은 뒤 다시 왼다리를 내딛었다.

미치코의 바로 옆에 있던 겐타로가 숨을 들이마시는 소리가 들렸다. 왼손가락은 왼쪽 포신의 부품을 집고 오른손가락은 끝에 솔이 달린 접착제를 집고 있었다.

미치코는 당황해 황급히 몸을 돌렸다. 소헤이의 집념에 온 신경을 빼앗겼는데, 자신의 바로 옆에 그에 못지않게 집념을 불태우고 있는 환자가 있는 게 아닌가.

지금 사용하고 있는 건 순간접착제가 아니라 스티롤 수지계 접착제이기 때문에 바르는 즉시 굳지 않는다. 겐타로의 손가락은 그 접착면을 따라 민달팽이처럼 느릿하게, 그러나 확실하게 움직이고 있었다.

원래는 이 행동을 하는데도 위아래로 흔들렸기 때문에 접착제를 균일하게 도포하는 것 자체가 불가능할 거라고 생각했다. 그런데 지금은 속도는 물론이고 정확도까지 정상인의 손가락과 비교해 아무런 손색이 없었다. 틀림없이 운동 기능이 회복되고 있었다.

접착제 도포를 끝내자 오른손으로 핀셋을 이용해 오른쪽 부품을 집었다. 드디어 접착이다. 양손의 호흡이 필요한 작업으로, 뇌경색 후유증으로 고생하는 환자에게는 힘들기 그지없는 작업이다.

지금까지 실룩거리던 겐타로의 코가 멈췄다. 입을 다물고 있어서 숨을 죽이고 있다는 사실을 눈치챘다.

보이지 않는 실에 이끌리듯 좌우 부품이 서서히 가까워졌다.

겐타로는 아직 숨을 참고 있었다.

미치코의 숨도 멈췄다.

떨리지 않는 손가락에 온 신경을 집중했다. 그 순간 미치코의 청각이 차단되고 시선은 고정됐다.

그리고 좌우 부품이 한 치의 오차도 없이 딱 만났다.

겐타로와 미치코는 동시에 크게 숨을 내뱉었다.

접합면에서 녹은 플라스틱이 흘러나왔지만 이것이 마르면 틈을 메우는 퍼티 역할을 하기 때문에 그대로 둔다.

"여기까지는……좋아."

미치코는 자신도 모르게 눈과 귀를 의심했다. 방금 목소리는 틀림없이 겐타로의 입에서 새어나온 소리다. 그러나 이렇게까지 명료한 발음은 처음이었다.

다음으로 겐타로가 포탑 부품으로 손을 뻗었을 때, 주위에서 박수가 터져 나왔다. 미치코가 뒤돌아봤더니 소헤이가 5미터 라인에 막 도달한 참이었다.

"좋았어. 아버지, 이제 반 지났어요."

소이치는 두 주먹을 불끈 쥐고 아버지를 독려했다.

"페이스가 좋아요."

"힘내요. 파이팅!"

기분 탓인지 응원하는 사람도 늘어난 것 같았다. 주위를 둘러봤더니 이제 방 안에 있던 사람들 모두가 소헤이의 일거수일투족을 열렬한 시선으로 주목하고 있었다.

소헤이는 거칠어진 호흡을 정리하려고 했지만 오르락내리락하는 어깨는 좀처럼 가라앉지 않았다.

"봐요. 앞으로 반 남았어요."

"근성, 보여 주세요."

일어선 채로 멈춰선 소헤이를 향해 여기저기서 응원의 목소리가 날아들었다. 소헤이는 두세 번 고개를 끄덕이고는 마음을 다잡고 다음 한 걸음을 내딛었는데—.

바로 그때 다리가 몸을 지탱하지 못했다. 하반신이 무너지면서 마치 끈 떨어진 마리오네트처럼 바닥에 허물어져 내렸다.

"아아앗."

"괜찮아요?"

응원이 비명과 소란으로 바뀌었다. 보다 못한 한 사람이 소헤이에게 달려가려 했으나 소이치의 손이 그것을 제지했다.

"죄송합니다. 스스로의 힘으로 일어나도록 놔두시죠."

맨 앞줄에 늘어앉은 환자와 가족들이 묘한 표정으로 끄덕였다.

처음부터 정해진 일이었다. 요양보호사가 있든 없든 결국 마지막의 마지막에 환자를 일으켜 세우는 사람은 환자 자신밖에 없다는 사실을.

천천히 고개를 들어 올린 소헤이가 문득 겐타로를 쳐다봤다. 겐타로도 그 시선을 눈치채자 두 사람의 시선이 순간 뒤엉켰다. 체중을 지탱하는 왼손의 집게손가락이 힘이 다한 것처럼 조금씩 바닥을 두드렸다. 두 노인 사이에 의사소통이 이루어지는지 아닌지 미치코는 알 수 없었다.

이윽고 소헤이는 왼손을 뻗어서 손잡이를 더듬더듬 잡고, 등을 벽에 대고 질질 끌며 일어섰다. 그와 동시에 관중들 사이에서 더 큰 박수가 쏟아져 나왔다.

"좋았어."

"화이팅!"

"흠. 지 분도 내단하네요. 고즈키 사장님이나 저 분도 그렇지만 응원하는 환자들의 열정도 심상치 않군요."

사노가 감탄하며 말했지만 미치코의 입장에서 보면 지극히 당연한 일이라 오히려 머쓱해졌다. 제각각 증상의 차이는 있어도 여기 모인 사람들은 모두, 매일이 투쟁의 연속이다. 주치의에게 재활치료의 효과를 보증받은 것도 아니고, 요즘은 의료보험과 간병보험의 조정을 빌미로 재활 통원 치료 일수도 제한되었다. 언제 끝날지 모르는 단순한 운동을, 그것도 시키는 대로 순순히 따라하는 이유는 오로지 다시 한번 자신을 되찾고 싶기 때문이다. 자신의 의지대로 신체를 움직이고 자신의 의지대로 이동할 수 있는 당연한 일상으로 돌아가고 싶기 때문이다. 그들은 단순히 소혜이 한 사람만을 응원하는 것이 아니다. 타인이 아니다. 환자들과 그 가족들은 소혜이의 걸음에 자신을 투영하고 있는 것이다.

겐타로가 손에 쥔 포탑 부품은 위아래가 맞붙어 있어서 이미 접합한 단면에서 녹은 플라스틱이 흘러넘쳤다. 이 넘쳐흐른 부분을 이번에는 종이 사포로 갈았다. 거친 줄사포보다 마무리는 깔끔했지만 직접 갈아내야 하는 만큼 손가락 힘이 필요했다. 게다가 고른 힘으로 재빠르게, 가 핵심이었다.

아주 미세하게 떨리는 오른손이 점차 진정되었다. 주인의 표정은 철인과 같아서 아무 감정도 읽을 수 없었다.

종이 사포를 쥔 손가락이 접합면의 결을 따라 움직였다.

사삭.

사삭.

사삭.

도무지 장애가 있는 사람의 움직임이라고 생각할 수 없을 정도였다. 마치 정밀한 공업용 로봇의 움직임 같았다.

미치코의 가슴이 갑자기 뜨거워졌다. 완전히 회복되지 않은 손가락을 이렇게까지 정확하게 움직이기 위해서는 남다른 집중력과 인내심이 필요하다. 지금 이 순간을 위해서, 뻗치는 힘을 자제하고 떨림을 억누르기 위해 팔꿈치부터 손끝까지 근육을 열심히 제어하고 있었다. 그것이 얼마만큼 신경을 갉아먹고, 보이는 것 이상으로 체력을 소모하는 일인지는 장애를 짊어진 본인만이 알 수 있다. 냉방이 약하게 가동되는데도 겐타로의 이마에는 살짝 땀이 배어났는데 덥기 때문은 아닐 것이다.

포탑 부품을 집은 손이 가루로 범벅이 되었다. 가끔 가볍게 후우 불어서 날려 버렸는데, 처음에는 너무 약하게 불거나 지나치게 강하게 불어서 침까지 튀곤 했지…… 라고, 거기까지 생각하던 미치코는 아차 싶었다.

이는 입술 조절 기능도 회복되고 있다는 의미 아닌가.

겐타로는 미치코의 동요를 뒤로하고 한층 더 강한 입바람을 한번 불면서 연마 작업의 끝을 알렸다. 갈아낸 면은 원래부터 하나로 이어진 면처럼 매끄럽게 연결되었고, 흠집 하나 찾을 수 없을 정도로 완성도가 높아서 훌륭하다고 할 수밖에 없었다.

"자아……. 다음…… 부품이, 문제군……."

다시 한번 새어나온 말에 미치코는 이번에야말로 확신했다.

겐타로의 언어장애가 빠른 속도로 회복되고 있었다.

"좋아요, 7미터 60센티미터! 어제 세운 기록을 넘었어요. 아버지, 이제부터가 진짜예요."

오오오오, 순식간에 떠들썩해졌다. 이제는 소헤이가 보행훈련 구역 끝에서 끝까지 걷는 것을 누구나 기대하고 있는 것 같았다.

그러나 당사자인 소헤이는 서 있는 것조차 괴로워 보였다. 우오 우오 하는 정확하지 않은 말을 웅얼거리고, 온 얼굴은 구슬땀으로 젖어 있었다. 한 걸음 내딛을 때마다 후우 하고 어깨를 들썩이며 숨을 내쉬었다.

반신불수 선수를 응원하는 목소리도 점점 더 커져갔다. 처음에는 잔잔한 파도 같던 목소리가 지금은 격한 파도가 되어 소헤이를 덮쳤다.

"지지 말아요, 할아버지!"

"앞으로 2미터 남았어요. 할 수 있어요!"

"멈추면 안 돼. 천천히 가도 되니까 계속 걸어요."

"파이팅!"

서 있는 것만으로도 힘겨웠는지 소헤이는 상반신을 앞으로 구부리고 걸었다. 걷는다기보다는 앞으로 고꾸라질 것 같은 몸을 한 다리로 버티고 있는 형국이었다. 그러나 체중이 가해지자 버티고 있던 다리도 무게를 견디지 못하고 무릎과 발목이 꺾였다.

소헤이는 예전에는 보여준 적 없는 간절한 표정을 지었다.

"아버지, 안 돼요."

사람들의 목소리가 오가는 와중에도 소이치의 목소리는 쩌렁쩌렁하게 울렸다.

"이렇게나 많은 사람들이 아버지를 응원하고 있어요. 여기에서 포기하면 어제와 같아요. 건강했던 때로 돌아가고 싶으면 오늘은 어제보다, 내일은 오늘보다 더 멀리 걸어야 해요. 그러니까, 어서!"

"그래, 말 잘 했다!"

"우리가 있잖나!"

열기가 한꺼번에 들끓는 상황에서도 겐타로의 주위만은 고요한 긴장감이 도사리고 있었다.

주포탑의 안쪽에 설치하는 사다리. 여기에는 도금 소재의 부품을 갖다 붙여야 하는데, 부품 자체가 상당히 작고 얇아서 끝이 구부러진 정밀핀셋을 사용해야 한다. 소재가 구리이기 때문에 순간접착제를 사용하면 안 되며 정확하고 재빠르게 작업해야 한다. 우물쭈물하다가는 접착제가 금방 마르기 때문에 조금이라도 어긋나면 그 상태 그대로 붙어 버려 바로잡을 수 없어진다.

겐타로는 심호흡을 한 번 하고 우선 핀셋으로 사다리 부품들을 책상 위에 올려놓았다. 다음으로 바늘을 부품 위에 세워서 끼운 뒤 바늘 위에서부터 순간접착제를 흘러내리게 했다. 이것이 사노 서장이 말한 접착제 흘러내리기인 것 같았다. 모든 것이 밀리미터 단위로 이루어지며 매우 어려운 작업이다.

부품에 접착제 단 한 방울만 묻힌 뒤 겐타로의 오른손은 접착제에서 핀셋으로 이동했다.

핀셋 끝이 슥 하고 사다리의 부품을 집어냈다. 일련의 움직임에는 일말의 막힘도 없었지만, 그렇게 하기 위해 겐타로는 손가락에 도대체 얼마나 신경을 집중하고 있을까.

실제로 옆에서 지켜보고 있으면 알게 모르게 숨이 막혔다. 숨을 크게 내쉬는 것도 망설여졌다. 눈을 한곳에 집중시키면 가느다랗고 팽팽하게 당겨진 긴장의 실이 보이는 것 같은 착각이 들었다.

부품을 집은 핀셋이 접착 부분으로 다가갔다.

끝이 조금 흔들렸다.

제발, 미치코는 눈을 깜빡일 수조차 없었다.

마치 슬로우 모션을 보고 있는 것 같은 기분이 드는 가운데 겐타로는 부품을 소리도 없이 정해진 곳에 붙였다.

핀셋 끝으로 위를 살짝 눌러도 접착제가 삐져나오지도, 부품이 미끄러져서 비뚤어지지도 않았다.

미치코는 마침내 숨을 이었다.

그 순간 찢어질 듯한 함성이 귀를 파고들었다.

정신을 차리자 주위는 끓는점에 다다른 열광에 휩싸여 있었다.

"가랏!"

"조금만 더 가면 9미터다!"

소헤이는 벽에 체중을 맡기고 당장이라도 쓰러질 것 같은 몸을 필사적으로 지탱하고 있었다. 가슴이 눌려서 숨도 곧 끊어질 것 같았다.

"아버지, 힘내요. 앞으로 한고비만 넘기면 돼요."

소이치와 아즈미가 주먹을 들어 올렸다. 그러나 소헤이의 시선은 두 사람을 향하지 않고 사방팔방을 헤맸다. 고통을 참아내는 표정에 비장감이 고조됐다.

다음 한 걸음, 내딛은 오른다리가 마침내 버텨내지 못하고 무너졌다.

소헤이의 몸이 앞으로 고꾸라지듯 무너져 내렸다.

주위가 술렁거렸다.

"앞으로 1미터만 걸으면 돼. 어서요!"

"여기까지 왔잖아요. 포기하지 마요!"

"일어서, 얼른!"

다음 작업으로 핀바이스 드릴을 집어든 겐타로가 그 방향으로 시선을 돌렸다. 마침 소헤이가 이쪽을 바라보고 있었기 때문에 두 사람은 다시 한번 시선이 마주쳤다.

겐타로의 손가락이 드릴의 회전 부분을 조급하게 돌리기 시작했다.

소헤이의 손가락이 바닥을 살짝살짝 두드렸다.

"자, 아버지. 일어서요. 얼른. 얼마 안 남았어요."

"조금만 더!"

"조금만 더!"

"조금만 더!"

응원소리가 합창으로 바뀌고 열기가 들끓었다. 그 기세에 떠밀리듯 소헤이가 무릎을 펴려고 하던 그때—.

팡 하는 굉음이 방안에 울려 퍼졌다.

합창이 멎었다.

소리가 난 방향으로 모두의 시선이 쏠렸고, 그 시선의 끝에는 주먹으로 책상을 세차게 내리친 겐타로가 있었다.

"바, 바보 같으니라고. 당신들은⋯⋯ 뭐가 그렇게 좋아서 제멋대로 소리를 지르고⋯⋯."

"게, 겐타로 사장님. 당신, 말을."

"그, 그 사람은 아들에게 살해당할 것 같다고 호소하고 있는데.

그걸 왜 모르는 거야."

"무슨 이상한 소리를 하는 겁니까."

소이치가 웃으면서 앞으로 걸어 나왔다.

"아버지는 말을 못 하십니다. 그런데 그걸 어떻게 아신다는 거죠?"

"저 손가락이 안 보이는가. 계속 SOS를 치고 있지 않나."

모두의 눈이 일제히 그 손가락을 주목했다.

톡톡톡, 직직직, 톡톡톡.

소이치의 안색이 변함과 동시에 사노가 자리에서 일어났다.

"실례하겠습니다. 저는 쓰시마 경찰서의 사노라고 합니다만, 자세한 이야기를 듣고 싶군요."

◦ ◎ ◦

"계획을 생각해낸 사람은 소이치였습니다. 최근 선물거래로 수천만 엔의 빚을 져서, 아버지의 유산과 보험금으로 갚으려고 했습니다."

사노가 오랜만에 얼굴을 내민 곳은 주주총회가 열리는 회장 앞이었다.

"료게 소헤이 씨는 뇌경색 전에 협심증도 앓고 있었다고?"

"네. 그런 지병이 있는 사람이 운동 같은 걸 했다가는 대체적으로 심근경색으로 발작이 재발하기 때문에 애당초 재활치료는 안 될 일이었습니다. 하지만 소헤이 씨의 진찰소견서를 작성해 준 교토의 의사가 급서한 점과 아즈미가 예전에 의료사무직으로 근무했던 경험이 있어 진단서를 쉽게 위조할 수 있었던 점이 이번 계획 살인의 계기가 되었습니다. 아즈미는 진단서에서 협심증이 언급된 부분을 삭제했습니다."

"그럼 처음부터 아버지를 괴롭혀서 죽일 생각으로 그런 짓을 꾸민 거였군."

"자택에서 운동을 무리하게 시켜서 죽으면 의문사로 부검을 하게 되죠. 그리고 협심증이었다는 사실이 밝혀지면 그 시점에서 소이치 일당은 용의자로 지목될 게 자명합니다. 하지만 만약 진단서를 접수한 센터 안에서 재활치료 도중에 발작을 일으키면 그 죽음은 심근경색에 의한 병사로 처리될 것이라고…… 그 두 사람은 그렇게 생각한 겁니다. 원래부터 소헤이 씨는 동맥경화 기미도 있었는데, 협심증에 의한 사망은 심근경색의 그것과 비슷해서 좀처럼 분간하기 힘드니까요. 이후에는 아버지에게 협심증 재발 예방법을 알려 주지 않은 채 아버지가 회복하길 바라는 효심 깊은 아들 부부를 연기한 겁니다."

그 사실을 듣고 요양보호사 미치코는 쥐구멍이라도 있으면 들어가고 싶은 심정이 되었다. 재활치료 중에 소헤이가 보였던 헐떡임, 땀, 의식장애는 모두 협심증 증상이었던 것이다. 그러나 재활환자의 감동적인 투병 모습에 휩쓸려 이성적인 판단을 하지 못했다.

"그 패륜아는 바로 군중심리를 교묘하게 이용했습니다. 주변 분위기를 선동하면서 아버지를 막다른 길로 몰아갔죠. 거기서 고즈키 사장님이 눈치채지 못했다면 아마 소헤이 씨는 죽음의 목표 지점에 다다랐을 겁니다."

"어째서 료게 씨는 사장님에게 신호를 보냈던 걸까요?"

"아아, 그건 나중에 소헤이 씨에게 시간을 들여 몇 번이나 물어봤습니다. 고즈키 사장님, 전함 미카사를 조립하고 계셨죠. 그 모습을 보고 해군에 대해 잘 아는 사람이 아닐까 생각했다고 합니다. 그런데 말을 하지 못하고 글씨도 제대로 쓰지 못했습니다. 그래서 궁여지책으로 모스부호를 생각해 냈다고 합니다. 다른 사람들은 눈치채지 못해도 저 사람만은 이해할 수 있겠지, 라고 생각해서 유일하게 자유롭게 움직일 수 있는 왼손가락으로 도움을 요청한 겁니다."

그 가여운 노인을 구한 사람은 신체 멀쩡한 자신들이 아닌 하반신불수로 말도 제대로 하지 못하는 인물이었다. 그 점이 미치코는 몹시 부끄러웠다.

"결국 그 가족 중 말썽꾸러기 같아 보였던 손자만이 정상인이었네요."

"네. 그 아이는 소헤이 씨를 무척 잘 따랐다고 하더군요. 부모의 악행을 모두 알고 있던 것은 아니지만, 그런 상태인 소헤이 씨를 무리하게 걷게 하는 것은 나쁜 짓이라는 걸 이해하고 있었던 것 같습니다.……그런데 사장님. 주총에는 정말로 참석하실 생각이십니까?"

지금껏 가만히 이야기를 듣고 있던 겐타로가 고개를 끄덕였다.

"아직 제 컨디션은 아니지만 주총만은 얼굴을 내밀어야 한다고 겐타로 사장님이 말씀하셔서요."

주주총회는 오후 2시가 조금 지나서 시작됐다.

미치코는 휠체어를 밀고 단상의 가장 높은 자리의 왼쪽에 섰다.

회장을 둘러보니 2백여 명이 자리를 메우고 있었다. 미치코는 주주총회가 처음이었지만 참석자 대부분이 노인이었기 때문에 노인에 익숙한 미치코는 허둥대지 않았다.

주주총수와 주식총수를 시작으로 의결권을 보유한 주주수와 참석주주수가 발표되었고, 겐타로의 보좌역으로 부사장인 이와네가 의장석에 앉았다.

이후 제1호 의안으로서 대차대조표와 손익계산서, 이익처분안의 설명이 진행됐는데, 가계부조차 써 본 적 없는 미치코에게는 그저 숫자를 나열하는 것으로만 들렸다. 고즈키 개발의 업적은 견고해 보였으며, 이의도 질문도 없이 의사는 문제없이 진행되었다.

움직임이 포착된 것은 제3호 의안, 이사 세 명의 선임 건이었다.

"의장, 긴급동의입니다. 이사 세 명에 대한 해임동의안을 제출합니다."

회장에서 굵은 목소리로 말하며 일어선 사람은 역시 미조로기 군지였다.

"여기 모인 주주 분들은 모두 너그러운 분들일 테지만, 의리나 정으로 기업을 경영할 수는 없지요. 줄줄이 대기하고 있는 이사들이 고즈키 사장의 꼭두각시 노릇을 하는 건 부정 못할 사실이오. 지금까지는 좋았지. 하지만 중요한 존재인 고즈키 사장이 저 꼴이니 원. 원래부터 사장 뒤나 졸졸 따라다니던 이사들이 향후 리더 역할을 해내리라고는 두저히 생각할 수 없군요."

"하, 하지만 긴급동의는 과반 이상이 찬성해야 합니다."

"그러면 지금 당장 표결에 부치시게. 흐음. 그 정도 머릿수는 걱정 말고."

이렇게 말할 때였다.

"잠깐."

낮지만 선명한 목소리가 회장에 울려 퍼졌다.

손으로 신호를 보내자 미치코가 휠체어를 조용히 중앙으로 밀었다. 말허리를 잘린 미조로기는 눈을 부라렸다.

"방금 전에 소개된 그 꼴이 된 고즈키 겐타로일세. 미조로기 씨, 내가 휠체어 신세가 된 것에 무슨 불만이라도 있나?"

"다, 당신 말을 할 수 있나."

"그래, 비아냥거릴 수도 있고 토지 매매 협상도 할 수 있지. 내 협상 실력을 모르는 건 아니지? 내친김에 방금 발표한 대차대조표, 손익계산서를 하나하나 외워도 되네. 그 정도 암기는 아직 이 세 사람에게 지지 않겠지?"

미조로기는 독기가 빠진 듯 자리에 앉았다.

"아무래도 자네는 사람을 겉모습으로만 판단하는 것 같은데, 하반신을 움직일 수 없는 것 정도는 요란스러운 소동에 불과하네. 호킹 박사를 모르나. 나처럼 휠체어 생활을 했는데도 이론물리학자로서 위대한 업적을 남겼지. 사지가 불편하다고 그 사람의 지성이나 능력이 본인보다 못하다고 생각하는 이유를 모르겠군. 그것이야말로 자신의 지성이 낮다고 증명한다는 걸 왜 모르는지."

그때부터 죽 겐타로의 독무대였다.

"겉모습과 주변 분위기에 속으면 어쩌자는 거야. 이렇게 이유 없는 선입견이나 분위기에 휩쓸리는 걸 바로 부화뇌동이라고 하는 거야. 본질은 매사 스스로가 판단하는 거야. 그렇게 하지 않으면서 무슨 경험이니 식견이니. 세상 물정 모르는 어린 아이라면 몰라도 먹을 만큼 먹은 어른이 자신의 눈으로 본질을 볼 수 없다니 한심하기 짝이 없군. 뭐, 여기에 모이신 주주 여러분은 그렇게 어리석은 분들이 아니라고 생각하지만 말입니다. 그건 그렇고, 보시는 바와 같이 이 고즈키 겐타로, 생각하는 것도 말하는 것도 예전과 조금도 다르지 않습니다. 다리는 다소 움직이기 어렵지만 경영자가 땅을 뛰어다녀야 하는 건 아니니 반드시 사지가 멀쩡해야만 하는 건 아니죠. 제가 비난을 받게 된다면 그것은 아마 판단 미스로 여러분에게 손해를 끼쳤을 때일 겁니다. 만약 당기 무배당이 된다면 그때야말로 긴급동의든 뭐든 하면 됩니다. 여러분의 소리에 귀 기울이겠습니다."

겐타로는 말을 마치고 오연하게 가슴을 폈다.

회장에서 잠시 동안 커다란 박수와 환호가 동시에 터져 나왔다. 박수갈채에 단상에 있던 임원들은 경직되었던 뺨을 풀었고, 미조로기의 감언이설에 넘어갔던 주주 몇 명은 망연한 표정으로 회장을 둘러봤다.

소란스러운 가운데 미치코는 미조로기를 관찰했다.

침묵하는 미조로기의 입술이 소리를 내지 않은 채 열렸다.

입모양을 읽었다.

깜짝 놀랐다.

'잘됐군, 고즈키 사장'이라고 말했다.

미치코는 자신도 모르게 머리를 숙였다.

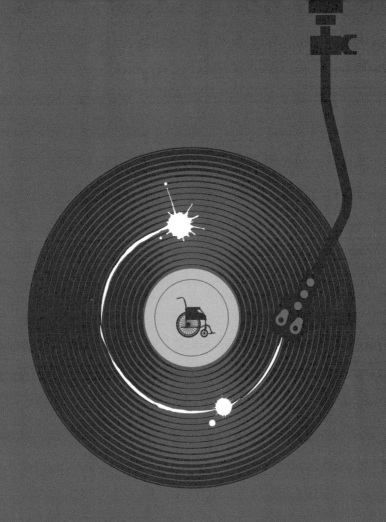

제3화

휠체어 탐정의 추격

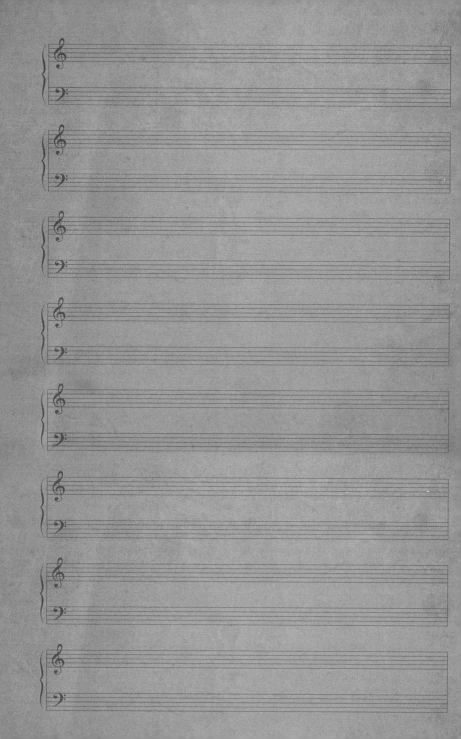

1

"준비이이이……. 땅!"

겐타로는 스스로 외치면서 상반신을 크게 앞으로 기울이고는 바퀴를 밀며 달리기 시작했다.

고즈키 저택의 정원은 매우 넓다. 겐타로가 휠체어 생활을 시작하면서 완벽한 배리어프리 별채를 지었는데, 그러고도 남는 여유로운 부지에 50미터 직선 코스를 만들었다. 그 즉석 코스를 겐타로가 휠체어를 타고 질주했다.

"바, 반칙!"

똑같이 휠체어를 타고 질주하던 차남 겐조가 등 뒤에서 항의하듯 목소리를 높였지만, 골 지점에 있던 미치코가 보기에는 조금 전 출발에 부정행위는 없었다.

휠체어 두 대가 나란히 달려도 여유 있는, 휠체어 전용으로 만들어진 3미터 폭의 포장길 위를 겐타로가 시원하게 내달리고 있었다. 한편 겐조는 계속 비틀비틀 갈지자로 움직였기 때문에 겐타로와의 거리가 점점 벌어졌다. 요양보호사로 일하면서 줄곧 휠체어를 밀어온 미치코는 그 이유가 훤히 보이는 듯했다. 크기가 큰 구동 바퀴가 달린 자주식 휠체어는 양쪽 바퀴를 동일한 힘으로 밀어야 움직인다. 조금만 생각해 보면 당연한 사실이지만 익숙하지 않은 사람은 바로 힘껏 밀어 버리기 때문에 양쪽에 동일한 힘을 주기 어려워, 결과적으로 비틀비틀 이리저리 움직이게 되는 것이다.

겐타로가 백발을 휘날리며 이쪽으로 달려왔다. 불필요한 힘을 쓰고 있지 않다는 것은 달리는 모습과 상쾌해 보이는 얼굴로 알 수 있다.

"아와와와왓!"

계속 비틀거리던 겐조가 코스 중간쯤에서 마침내 옆으로 넘어졌다. 소리는 요란했지만 잔디 위로 넘어졌기 때문에 큰 부상을 입지는 않았을 것이다. 겐타로는 뒤를 돌아보지도 속도를 줄이지도 않고 그대로 골인했다.

"후우, 후우, 후우."

어깨를 들썩이면서 이마에 땀이 흥건한 채로 들어 올린 얼굴에는 '봤지?'라고 적혀 있었다. 칭찬을 기대하는 표정이었는데, 바라는 말을 해주면 질리지도 않고 경주를 반복할 것 같았기 때문에 미치코는 무시하기로 했다. 잘한 일은 칭찬하고 그렇지 못한 일은 격려하는 것이 간병의 철칙이지만, 겐타로에 한해서는 이 철칙이 맞지 않는다. 칭찬하면 신이 나서 무리하고, 격려하면 눈빛이 변해서역시 무리한다. 어쨌든 요양보호사가 놀라 넘어갈 행동을 하기 때문에 내버려 두는 편이 가장 좋다.

"반칙했잖아요, 아버지. 지금 건 무효야."

겐조가 휠체어를 밀면서 다가왔다.

"뭐가 무효야. 정정당당했어."

"아니, 완전 반칙이야. 선수가 스스로 출발을 외치는 경우가 어디 있어요. 그리고 내 휠체어는 아버지 걸 받은 거지만, 아버지 건 누가 봐도 최신 기종이잖아요. 심지어 나는 휠체어가 처음인데 아버지는 이미 신체 일부나 다름없잖아요."

"사지 멀쩡한 30대 중반 남자가 한 말이라고 생각할 수 없군. 이건 애당초 출발 타이밍이나 휠체어의 기종보다도 기초체력의 문제라고."

겐타로는 기죽은 기색도 없이 오히려 겐조의 항의를 기분 좋게 받아쳤다.

"상황이 어떻든 일흔 넘은 할아버지와 경주해서 진다는 건 부끄러운 일이지, 암 그렇고말고. 한창 때의 젊은 놈이 하루 종일 방구석에 처박혀 있으니까 그런 거 아니냐. 나가서 운동이라도 좀 해."

"만화가는 두뇌운동을 한다고요! 조깅이나 스포츠를 한다고 페이지가 채워지지 않아요."

겐조가 반박했지만 미치코는 물론 고즈키 집안의 어느 누구도 그 두뇌운동의 성과를 본 적이 없기 때문에 설득력이 대단히 떨어졌다.

"선전한 정신은 건전한 신체에서 나오는 법, 같은 말을 할 생각은 없지만 말이야. 신체도 정신도 단련하지 않으면 결국 쇠약해지는 건 당연한 이치다. 너는 둘 다 느슨해."

"쳇. 노인네의 변덕에 맞춰 줬더니 이번에는 잔소리야. 내가 손해 보는 장사잖아, 정말. 그것보다 아버지, 약속은 지켜요."

"약속?"

"모르는 척하기예요? 지든 이기든 상을 주겠다고 약속했잖아요. 그러니까 내가 맞춰 줬지."

"상품이라면 이미 가지고 있잖아."

"응?"

"네가 탔던 휠체어. 그게 상품이다. 감사히 받도록."

"……내가 이걸 받아서 어디에 쓰라고요?"

"유비무환. 너도 언젠가는 이놈에게 신세를 지게 될지도 모르니까, 지금부터 연습해 놓는 게 좋을 게다. 아니, 지금 당장 써도 게타* 대용으로 훌륭하게 쓸 수 있을걸. 그 왜 있잖아, 한 달에 한 번 네놈이 유일하게 외출하는 뭐시기 노인회. 거기에 이걸 타고 가면 되겠군."

"노인회라니. 동인회라고요!"

"흥. 네놈이 했던 이야기대로라면 다 큰 어른이 다른 사람이 그린 만화에 대해 호불호를 제멋대로 논하는 거잖아. 그게 노인회에서 차를 마시며 수다를 떠는 것과 뭐가 다르지."

"비평은 창작활동의 일부라고요."

"호오. 그러면 그 비평이 밥 먹여 주더냐? 창작활동인지 뭔지는

* 일본의 나막신.

시급으로 환산하면 얼마나 되느냐. 어떻게 불리든 이윤을 창출하지 못하는 건 전부 취미일 뿐이야. 그리고 취미 생활을 즐겨도 되는 사람은 본업으로 자신과 가족을 부양하는 사람에 한해서야."

"아버지 있잖아…… '고담'이라는 말 알아요?"

"너는 알고?"

"고담이라는 건 말이에요. 금전욕이나 격한 감정을 배제한 거예요. 세속적인 걸 초월한…… 휴, 말해 봤자지. 아버지는."

겐조는 한숨을 한 번 쉬고는 그 이상의 항변을 포기했다. 당연한 결과라고 미치코는 생각했다. 애당초 이 영감님에게 고담이라는 말을 꺼낸 순간부터 이미 협상에서 진 것이나 마찬가지다. 노쇠한 노인이 스스로 상품을 걸고 휠체어 경주를 열면서, 심지어 악착같이 이기려 한다고 누가 생각이나 했겠는가.

"그런데 그 녀석이 자리를 차지하는 건 사실이야. 다카바리에 고케쓰 제작소라는 휠체어 회사가 있는데 말이야. 거기에 가져가면 리사이클숍*보다는 비싸게 팔 수 있을 게다."

겐조가 힐끗 쏘아보았다.

"처음부터 그게 목적이었구나."

"응?"

"새 휠체어를 산 건 좋은데 헌 것을 처분하는 게 귀찮아서 나를 심부름꾼으로 부리려고 수를 쓴 거잖아요."

---

* 헌옷, 중고 가구, 식기류, 기타 사용하지 않는 물건을 전문적으로 취급해 값 싸게 판매하는 재활용품 전문점.

"예부터 심부름은 아이들의 일이지. 게다가 그걸 맡아서 팔면 용돈도 벌 수 있어. 훌륭한 이야기지."

겐조는 속이 부글부글한 듯 부루퉁한 얼굴로 구시렁거리면서 휠체어를 밀고 갔다. 마치 부모 손바닥 안에 있는 중학생 같은 행동에 미치코는 소리 죽여 웃었다.

그런데 작아지는 겐조의 뒷모습을 보는 겐타로의 입술은 부루퉁해졌다.

"뭐야, 시시하게. 한 번 더 반항할 줄 알았는데."

"어머. 그럼 일부러 밉살스러운 말을 하신 거예요?"

"아버지란 아들에게는 미움 받는 존재지."

"굳이 미움 받지 않아도 되잖아요."

"흥. 친구 같은 부모? 집어치워. 그런 말을 하니까 자식이 무시해도 헤헤거리는 부모가 늘어나는 거라고……. 그런데 그건 그렇고."

겐타로는 자신이 앉아 있는 휠체어를 어루만지며 감탄했다.

"같은 휠체어라도 이건 정말 수준이 다른 물건이군. 일단 가벼워. 그리고 자유자재로 방향도 바꿀 수 있고 확실하게 멈추고."

확실히 그것은 외관부터 이미 미치코가 알고 있는 휠체어의 범주를 넘어섰다.

뒷부분에 요양보호사용 손잡이가 없는 휠체어인데, 등받이가 유독 낮아서 구동바퀴가 이상할 정도로 커 보인다. 일반적인 휠체어보다도 지름이 10센티미터 이상 큰 것 같다. 바퀴 안쪽도 자전거의 바퀴살 모양이 아니라 세 개의 넓은 차축이 받치고 있는 형태여서, 마치 오토바이의 타이어를 연상시킨다.

"왠지 투박해 보이는데요."

"음. 파이프 프레임도 전보다 굵어졌으니까. 게다가 이 파이프는 모두 카본으로 만들었기 때문에 보기보다 훨씬 가볍다고. 경량화했다는군."

"아."

"용접 부분을 줄였으니까 프레임 모양을 자유롭게 만들 수 있지. 원래의 직각 모양이 아니라 직각보다 작은 예각으로 만드는 동시에 최대한 짧게 만들었어. 그렇게 만들면 점점 가벼워지지. 그리고 이 엑스 부분은 프레임을 심플하게 만들어서 덜컹거림과 강도를……."

미치코는 중간부터 듣기를 포기했다. 이 영감님은 기계라면 푹 빠져서는 상대방이 이해하든 말든 직성이 풀릴 때까지 말하는 나쁜 버릇이 있다. 수많은 나쁜 버릇 중에서 가장 무해한 버릇이기는 하지만.

"그런데 겐타로 사장님!"

"응?"

"도대체 저는 그 휠체어를 어떻게 밀어야 하는 거예요? 딱 보니까 요양보호사용 손잡이가 없어 보이는데요."

"아아. 그것 말인가. 그건 걱정 말게. 부속장치로 달린 그립을 손잡이로 교체해서 사용할 수 있네."

"그렇다면 다행이네요. 뭐, 그래두."

"그래도, 뭔가?"

"사장님의 폭주를 막을 수 있는 브레이크도 확실히 설치되어 있겠죠?"

겐타로는 몹시 사랑스럽다는 듯 차축과 풋서포트를 어루만졌다. 마치 지금 막 구입한 새 차를 감상하는 듯한 그 모습을 가만히 관찰하다가 갑자기 겐타로와 시선이 마주쳤다.

"뭐야? 몹시 흥미롭다는 듯이."

"……상당히 즐거워 보이시네요."

"하하. 하반신불수의 몸으로도 잘도 희희낙락하고 있다고 생각했군."

겐타로는 짓궂게 웃어 보였다.

"있잖아. 미치코 씨는 발끈할지 모르지만 나는 이 다리에 그렇게까지 미련은 없단 말이지."

"노인네의 허세예요?"

"하긴 불편하기야 하지. 목욕할 때나 화장실 갈 때, 자고 일어날 때 이 녀석이 방해된다고 생각할 때는 있어. 하지만 말이야, 이게 없으면 생활할 수 없다는 논리라면 안경과 같지 않을까. 안경이 필요한 사람이라면 안경 없이는 일상생활이 몹시 곤란할 걸세. 하지만 안경이 필요한 자신을 그렇게 비관하지는 않지 않나."

"그건…… 그러네요."

"장애, 장애라고 하지만 뭐를 장애라고 하는 걸까. 그건 의외로 본인 마음먹기에 달린 것 아닐까. 나는 스스로 장애가 아니라 단순히 다리와 허리가 불편한 것이라고 생각하지만, 세상사람 중에는 손가락이 다소 불편한 것만으로도 인생을 비관하는 사람도 있겠지. 그렇게 생각하면 장애는 겉모습보다도 내면의 자신이 어떻게 받아들이느냐에 따라 달라지는 것 아닐까."

아아, 역시 겐타로다운 발언이라고 미치코는 생각했다. 하반신불수가 단지 허리와 다리가 불편한 것일 뿐이라는 주장은 다소 궤변이기는 해도, 틀림없이 이 노인에게는 육체적인 핸디캡을 능가하는 매우 강인한 정신력이 있다. 이런 사람을 장애인으로 대우하면 확실히 자신만 머쓱해질 것이다.

어린 아이의 응석처럼 짜증을 부리는 환자지만 때때로 이런 면을 보여 주기 때문에 요양보호사를 그만둬야겠다는 생각이 좀처럼 들지 않는다. 예전에 돌보았던 환자들과 다른 이 노인이 발산하는 강인한 생명력은 도대체 어디에서 나오는 것일까.

"음……."

겐타로가 곤란한 얼굴로 신음했다.

"무슨 일이에요?"

"마음에 들긴 한데……. 아무래도 색이 마음에 들지 않아."

"색깔?"

"파이프는 은색, 등받이와 앉는 부분은 회색. 이래서는 예전에 쓰던 것과 조금도 다르지 않잖아, 시시하게. 가게에 진열되어 있던 물건이 이것뿐이어서 어쩔 수 없었지만……. 좋았어. 차라리 내가 칠해 보도록 하지. 다행히 도료도 이것저것 많으니까."

"있잖아요, 도대체 무슨 색을 칠하실 생각이세요?"

"그렇지. 내가 좋아하는 이탈리안 레드니 형광 노란색은 어떨까. 분명 튀겠지."

그런 것으로 튀어 봤자 뭐에 쓴다고 ─ 라고 말을 꺼냈을 때, 담

너머로 목소리가 들렸다.

"안녕하세요. 겐타로 씨."

"오오, 미요 씨."

겐타로는 그쪽을 돌아보자마자 싱글벙글했다.

담 너머에서 고개를 꾸벅 숙인 사람은 근처에 사는 가구라자카가의 미요였다. 여든 살 노부인이지만 얼굴에 진 주름도 두드러지지 않고 등도 굽지 않았을 정도로 정정해 제 나이로 보이지 않았다. 눈에서 코로 이어지는 곡선은 아직도 매끄럽고 피부도 하얗다. 분명 젊은 시절에 미인으로 인기가 많았을 것이다. 웃는 모습도 품위가 있고 붙임성도 좋아 보인다. 언젠가 겐타로에게 물어 보니 과연 그녀는 이 일대의 마돈나였으며, 그녀에게 구혼한 남자는 양손으로 꼽아도 모자를 정도였다고 한다. 스무 살이 넘어 데릴사위를 맞이했지만, 일찍이 배우자를 잃고 그 후로는 죽 과부로 지내고 있으며 아직도 백발 노신사들의 시선을 한 몸에 받고 있다고 하니 대단하다.

"거기에 색을 칠하시려고요? 정말 겐타로 씨는 예전과 다르지 않네요. 옛날에도 산 지 얼마 되지도 않은 자전거를 새빨갛게 칠해서 우체부와 헷갈리게 했던 적이 있었잖아요."

"미요 씨. 그건 옛날 옛적, 전쟁이 막 끝났을 적 이야기 아닌가."

"그래요? 제게는 마치 어제의 일 같은데요."

싱긋 웃어 보이자 겐타로는 겸연쩍은 얼굴로 머리를 긁적였다.

"눈에 띄는 건 겐타로 씨다워서 좋지만, 부디 조심하세요."

"참, 이건 전보다도 가볍고 튼튼해요. 스스로 운전하기도 편하고 안전하기까지 하고."

"아니, 제가 조심하라고 말한 건 운전이 아니라 최근에 이 근처에서 벌어지는 뒤숭숭한 사건이에요."

"뒤숭숭한 사건?"

"모르셨어요? 근처에서 고령자만 노리는 묻지 마 사건."

미치코는 속으로 아아, 그 사건 말인가, 라며 손뼉을 쳤다.

야마모토의 고지대에 넓게 위치한 통칭 '저택 마을'에서 최근 산책 중인 노인을 습격하는 연쇄 사건이 발생하고 있다. 습격이라고 해도 갓길을 걷고 있는 노인의 뒤를 자전거로 살며시 접근해서 부딪칠 것처럼 바짝 스쳐지나가면서 나가떨어지게 하는 수준의 유치한 짓이었다. 그러나 나가떨어진 피해자가 노인이기 때문에 담에 부딪히거나 도랑으로 떨어지면 결코 가볍지 않은 부상을 입게 된다.

"그러고 보니 최근에 당한 사람은 일번가에 사는 이사지 씨였지. 그 뒤에 또 누가 당했다고 들은 것 같은데."

"삼번가의 와타나베 씨가 당했어요. 그런데 가드레일 너머로 날아가 돌계단으로 추락해서 전치 6주의 중상을 입었다고 해요. 어제 팔순 축하 때문에 집을 방문한 복지과 직원에게 들은 이야기지만."

"두 명째인가……."

겐타로는 눈썹을 찌푸렸다. 사건 내용은 미치코도 회사에서 들어서 알고 있었다. 앞서 설명했던 요양보호 서비스 회사 날이다. 담당 지역에서 노인이나 간병에 관한 소식이 생기면 자세한 피드백을 실시해 리스크를 관리하고 있다.

그 정보에 따르면 피해자 두 명 모두 상당한 고령자로 77세와 85세다. 소위 후기 고령자*라고 불리는 노인들인데, 최초 사건 때는 단순한 강도 미수 사건이라고 생각했지만, 두 번째 사건이 일어난 뒤에는 노인 습격 사건이 아닐까 의심하고 있다. 요양보호 서비스 회사에서도 환자와 외출할 때는 끊임없이 주변을 살피라고 통지가 온 상태였다.

"그래서 드리는 말이에요. 그렇게 눈에 띄는 색을 칠하면 금방 범인의 시야에 걸릴 테니까 조심하라고요."

"참, 걱정해 줘서 고마워요. 아이고, 그러고 보니 내가 깜빡했구만. 미요 씨, 팔순 축하해."

"고마워요. 정말로요. 요즘에는 이렇게 인생에서 중요한 기념일도 저보다 구청 분들이 더 잘 아실 정도라니까요."

그때였다.

저택 부지의 구석에서 무언가가 부서지는 둔탁한 소리가 들렸다.

미치코가 깜짝 놀라서 소리가 난 방향으로 고개를 돌렸더니 담장 위에서 도로 쪽을 바라보고 있는 화분 중 하나가 산산조각이 나서 흩어져 있었다.

"저런. 사부리 씨, 무슨 짓을."

미요가 그쪽을 향해 목소리를 조금 높였다. 담 너머를 확인하니 휠체어를 탄 노인과 요양보호사가 다가오고 있었다.

---

*　평균 수명이 늘어남에 따라 노인 인구를 2단계로 구분했을 때 65세에서 74세까지는 전기 고령자, 75세 이상을 후기 고령자라고 부른다.

사부리라는 노인은 운동복을 상하의로 입고 챙이 있는 모자를 쓰고 있었는데, 모자 아래로 보이는 흰머리와 자글자글한 주름에서 꽤 고령자임을 짐작할 수 있었다. 어딘가 언짢은 듯 신음소리를 내며 오른손을 바쁘게 움직였다. 그 뒤에 서 있는 50대 여성은 큰일났다는 표정으로 휠체어를 밀었다. 보아하니 화분을 밖에서 밀어 떨어뜨린 사람은 사부리인 것 같았다.

사부리가 바로 옆을 지나가려고 할 때 고상한 노부인이 그것을 놓치지 않았다.

"잠깐만요, 사부리 씨. 당신, 다른 사람의 화분을 깨고 그대로 가 버릴 셈인가요?"

항의하는 소리에 노인은 흘끗 돌아볼 뿐이었다. 핏기 없어 보이는 창백한 피부에 여기저기 무수한 검버섯이 피어 있었다. 노인이 모자의 챙 아래로 노부인을 노려보듯 쳐다봤다.

"예전에는 그렇게나 꼿꼿하셨던 분인데. 아무리 나이를 먹어도 해도 되는 일과 해서는 안 되는 일이 있는 법이라고 말한 사람은 당신 아니었나요?"

얼굴을 뒤덮은 주름 탓에 사부리의 표정이 분명히 보이지 않았다. 그러나 후회하거나 당황한 기색이 아닌 것만은 눈빛을 보고 짐작할 수 있었다.

흥, 이라는 소리는 코로 쉰 숨소리였을까, 아니면 모멸의 소리였을까.

미요가 잠시 노려봤지만 사부리는 한 마디도 하지 않은 채 고개를 휙 돌리고 다시 앞으로 나아가기 시작했다. 요양보호사 여성은 모두에게 몇 번이나 고개를 숙이고 노인의 명령에 따라 휠체어를 밀었다.

"사부리 씨. 이봐요, 료스케 씨!"

미요가 거듭 불렀지만 두 사람은 뒤돌아보지 않고 가 버렸다. 그 뒷모습을 보면서 미요는 짧은 한숨을 쉬었다.

"료스케 씨도 잠깐 안 보이는 사이에 나와 같은 신세가 되었구만. 저 양반은 올해 몇 살이었더라."

"구순이에요. 확실한 구내 최고령자라는 말이죠."

"오, 벌써 아흔이나 드셨군. 그러면 휠체어를 타도 어쩔 수 없는 나이겠지."

"옛날에는 도장 사범이기도 했고, 참으로 강단 있는 분이셨지요. 그런데 요즘은 저렇게 변해 버려서……. 역시 판단력이 흐려진 걸까요. 밖에 나오면 간혹 다른 사람에게 마구 화풀이를 한대요. 아아, 그보다 저 화분. 큰일이네요! 분명 비싼 거겠죠?"

"아니, 걱정할 것 없어요. 저건 생활용품 매장에서 산, 하나에 몇천 엔 하는 싸구려니까."

거짓말이다. 분명 죽 늘어서 있는 화분 중 가장 저렴한 것은 맞지만 그래도 수만 엔은 하는 물건일 터였다.

"점점 팍팍한 세상이 되어 가네요."

미요는 혼잣말처럼 푸념했다.

"우리나라는 전쟁도 지진도 불경기도 겪었지만 대부분 노인들이 다함께 지켜왔죠. 주변 사람들도 제도도 모두. 하지만 요즘은 다들 손바닥 뒤집듯 노인들을 눈엣가시로 여기고 있어요. 심지어 주변 사람들도 제도도 모두 말이에요."

"미요 씨, 그건 말이에요. 그때는 노인이 적어서 그랬던 게 아닐까. 지금은 노인이 너무 많아서 젊은 것들이 마음을 쓰거나 보살피기에는 부담이 너무 크기도 하고."

"단지 그뿐일까요. 옛날에는 노인을 존중하는 것이 당연했는데, 요즘은 효도가 특별한 미담처럼 다뤄지잖아요. 그러니까 효도가 그만큼 드문 이야기가 되었다는 거지요. 우리는 전쟁 후 허허벌판 위에서 꽤 많은 것들을 이루었지만 그만큼 소중한 것들을 놓쳐 왔어요. 그리고 내 생각에는 왠지 그런 세상과 마찬가지로 사람들의 마음까지 무언가를 잃어버리고 만 것이 아닌가 생각이 드네요……. 어머나, 나도 참. 무슨 소리람."

쓸데없는 소리를 해서 죄송하다는 말을 남기고 미요는 자리를 떠났다.

"변함없이 아름다운 분이네요."

미치코는 반쯤 감탄 섞인 칭찬을 했다. 그러나 평소에 내뱉던 독설은 어디로 갔는지 겐타로가 솔직하게 응, 이라고 인정했기 때문에 조금 놀랐다. 겐타로가 설마 늘그막에 사랑에 빠진 것은 아니겠지만, 그 반응에 흐뭇해지는 한편 마음속으로 찌릿한 답답함을 느껴지는 것은 왜일까.

"설마, 노인네의 로맨스라고 착각하면 안 되네."

간발의 차로 날아온 지적에 미치코는 하마터면 소리를 지를 뻔했다.

"이 일대에서 예전에 나쁜 짓 하던 놈들에게조차 모두의 누나 같은 존재였어. 여기서 나가서 제법 그럴듯한 폭력단이 된 녀석도 저 사람에게는 꼼짝 못해. 나도 많이 혼났던 탓에 아직까지도 대들지 못하지."

저녁 무렵이 되자 사부리 료스케의 아들 부부가 고즈키가를 방문했다.

"저희 아버지께서 대단한 실례를 끼쳤습니다."

겐타로와 얼굴을 마주칠 때마다 세이조와 다쓰코 부부는 엎드려서 고개를 숙이며 사과했다. 집을 찾아오자마자 사과를 하는 바람에 화를 낼 타이밍을 놓쳐서 속이 부글부글 끓던 겐타로는 찬물을 뒤집어쓴 기분으로 두 사람의 변명을 일방적으로 듣는 처지가 됐다.

"제가 모시면서 당부하기는 하는데 그 나이가 되셔서도 움직임이 정말로 민첩하셔서……."

간병을 맡고 있는 다쓰코는 방아깨비처럼 거듭 머리를 조아렸다.

"깨뜨린 화분은 당연히 변상해 드리도록 하겠습니다."

이것도 상대방이 먼저 이야기해 버리면 쉽사리 청구하기 힘들게 된다. 듣자하니 세이조는 2년 전까지 사기업에서 근무했다더니 사과 방식과 언행이 능숙해 회사에서 분쟁조정 관련 부서에 적을 두고 있던 것 아닌가 추측했다. 부자 관계라는 이야기를 듣고 보니 과연 얼굴 생김새가 사부리 료스케와 매우 닮았지만 세이조는 아직 머리도 검고 피부도 팽팽하다. 이런 사람이 성심성의껏 사과한다면 기선을 제압당하게 된다. 본인이 아니라 그 부모가 저지른 행패라면 더욱 그렇다.

"료스케 옹은 언제부터 그렇게 되셨는고?"

"형이 죽고 나서 아버지를 모시기 위해 안사람과 이사 온 이래로 벌써 10년 넘게 함께 살고 있습니다만 걸핏하면 성급하게 굴거나 판단력이 흐려지신 건 최근의 일입니다. 아무래도 치매기가 있으신 것 같습니다."

즉 미요가 짐작한 것과 같은 상황이라는 이야기다.

"그러면 무리해서 외출하지 않는 편이 좋지 않나. 실제로 최근 몇 년 동안은 료스케 옹이 산책하는 모습을 보지 못했는데."

"저도 그렇게 생각합니다만 와병 중인 상태시니까 팔다리도 쇠약해져서 하루에 한 번은 햇볕을 쬐는 편이 좋다고 의사선생님이 권유해서⋯⋯. 외출하지 않으면 다른 분들께도 폐를 끼치지 않는다는 것은 알지만, 역시 아버지를 생각하면⋯⋯. 정말 면목이 없습니다."

두 사람 모두 정중히 고개를 숙이자 이번에도 역시 고압적으로 불평할 수 없었다. 항상 자신이 노인인 것을 무기로 우위에 있는 입장에서 말했던 겐타로도, 그 뒤에 자신보다 나이가 많은 고령자가 버티고 있는 자에게 혀를 놀리기가 쉽지 않았다. 그리고 이렇게 말문이 막힌 겐타로를 흔히 볼 수 없기 때문에 미치코는 이 상황을 몰래 즐겼다.

그러나 이런 태평한 상황도 오늘까지였나.

다음으로 습격당한 사람은 가구라자카가의 노부인이었다.

9

"미요 씨!"

미치코가 앞으로 돌아가는 것도 기다리지 못하고 겐타로가 병실 문을 밀어젖혔더니 침대의 주인이 고개만 천천히 돌렸다.

"어머……. 겐타로 씨……. 어서 오세요."

미요는 언제나처럼 웃으려 했지만 얼굴의 반을 붕대로 감아놔서 미소는 매우 희미하게만 떠올랐다.

"아니, 아니, 아니. 됐어요. 그렇게 무리해서 일어나지 말고."

겐타로는 우스꽝스러울 정도로 허둥대면서 침대로 다가갔다. 곁에서 병간호를 하던 가족들이 눈치껏 자리를 비워 줬다.

"왠지 기분이 이상하네요. 휠체어 영감님이 병문안을 오다니."

"무슨 소리를 하는 거예요. 내가 여덟 살이나 젊은데."

"어머……. 그것도 그러네요. 담벼락에 부딪혔다고 이런 꼴이 되다니. 나이를 먹었다는 증거겠죠."

"골절과 타박상으로 전치 4개월입니다"라고 옆에 있던 장남이 작은 소리로 알려 줬다.

겐타로는 노골적으로 미간을 찌푸렸다.

"하지만 저도 아직 죽지 않았네요. 이 나이가 되어서도 이렇게 남성분들이 병문안을 와 주시니까 말이에요."

깜짝 놀란 겐타로가 뒤를 돌아보니 그곳에는 이미 먼저 와 있던 손님들이 있었다.

벽 쪽에 동네에 사는 남성 노인 다섯 명, 모두가 히죽히죽 웃으면서 겐타로가 당황하는 모습을 구경하고 있던 것이다.

겐타로는 미간의 주름을 더욱 깊게 잡고는 관중들을 노려봤다.

"그제 뒤숭숭한 세상이 되었다고 말했는데, 그 말이 끝나기가 무섭게 이번에는 제가 당했네요."

"공격당한 건 아침 무렵이었습니다."

장남이 설명하기 시작했다.

"평소처럼 산책을 하고 있는데, 자전거를 탄 남자가 뒤에서 갑자기 들이받았습니다. 남자는 그대로 자전거를 타고 도망갔는데, 그동안 벌어진 묻지 마 사건의 수법과 완전히 동일합니다."

"지금까지도 그랬지만 결코 밭이나 수풀 같이 푹신한 장소가 아닌, 다른 집 담벼락이나 아스팔트 위 등 분명 노인들이 부상을 입을 만한 장소를 노리고 공격하고 있어요."

이번에는 방문객 가운데 한 명이 상당히 불쾌한 기색으로 쏘아붙였다.

"맞아. 장난으로 하는 짓이 아니야. 확실히 우리를 죽이거나 다치게 하려는 목적인 거지요."

"그거 아니야. 얼마 전에 불량 중학생들 사이에서 유행한 노인 사냥 같은 거요. 그것보다 훨씬 질이 나쁘긴 하지만."

"아무튼 이대로는 우리가 안심하고 외출할 수 없어요. 게다가 미요 씨까지 당해서 더욱 분통이 터지는군. 그, 마을회장님. 어떻게 방법이 없겠습니까?"

마을회장이라고 불린 겐타로가 순간 언짢아해서 미치코는 적이 놀랐다. 겐타로가 그런 직책을 맡고 있다는 사실을 처음 안 것이다.

"그렇구나……. 자경단이라도 결성했나요."

"아니, 비약이 심하시군요."

"겐타로 씨는 변함없이 혈기왕성하다니까요."

"시끄럽네. 그 혈기왕성함을 이유로 싫어하는 사람에게 마을회장 자리를 떠맡긴 사람은 어디의 누구지?"

확실히 이 영감님이 마을회장이 되면 젊은 패거리도 마지못해 영감님을 따를 수밖에 없을 것이다. 물론 민주적인 운영도 포기할 수밖에 없지만.

"어쨌든 겐타로 씨는 억지로 떠맡았을지 몰라도 한 번 경찰의 높으신 분은 만나보는 건 어때요? 겐타로 씨라면 상대도 성의 없이 대응하지는 못하겠죠. 그게 당신을 마을회장으로 추대한 또 다른 이유일 테니까요."

"겐타로 씨, 저도 부탁할게요."

침대 위에서 미요가 속삭이듯 말했다. 자신이 그런 일을 당했는데 이상하게도 온화한 목소리였다.

"유감이지만 노인들의 지혜만으로 해결할 수 없는 일도 있지. 이
건 단순히 어린아이의 장난이 아닌데. 분명한 범죄야. 우리는 이런
폭력에 맞설 수 있는 나이가 아니라고."

겐타로는 느릿하게 고개를 저었다.

겐타로가 경찰을 싫어하는 건 이미 유명한 이야기다. 경찰이라
고 하면 누구랄 것 없이 국가권력의 개로 취급하며, 충고는 무시하
고 명령에는 발끈한다. 이것이 그저 그런 괴팍한 노인의 행동이라
면 그에 맞는 조치나 질책을 하겠지만, 아무래도 경시청 간부 출신
인 국회의원의 후원회장, 또 현 공안위원장과도 깊은 관계를 맺고
있는 인물이다 보니 개처럼 오라 가라 해도 상대방은 억지로 웃을
수밖에 없다.

도대체 경찰에 어떤 원한이 쌓이고 쌓였는지 본인에게 물어본
적은 없고 고즈키 집안의 어느 누구도 모르는 것 같았기 때문에,
미치코는 겐타로의 유년 시절에 있었던 일 때문이 아닐까 짐작할
따름이다.

이런 사람이 경찰과 상담하러 간다고 하니 내심 마음이 편치 않
았다. 마치 게타를 신고 지뢰밭을 걷는 기분이 들었다. 그러니까 겐
타로가 나카 경찰서의 서장을 만나겠다는 말을 꺼냈을 때, 미치코
는 엄중한 주의를 거듭 당부했다.

"아시겠어요? 상담을 요청하는 사람은 사장님이니까요. 평소처
럼 하늘 꼭대기에서 내려다보는 말투는 안돼요."

"아아. 알겠네."

"아무리 상대가 마음에 안 드는 경찰이라고 해도 절대로 노골적

으로 적대시하면 안돼요. 그 사람들은 일반 시민에게 위세를 부리는 게 본인들 일 중 하나라고 생각하니까요."

"알겠다고 하지 않나."

"그리고 겐타로 사장님이 항상 입버릇처럼 하는 기생충 같은 말단 공무원 등의 말은 절대 금물이에요."

"미치코 씨. 설마 내가 그렇게 말하기를 바라는 건 아니겠지?"

사전에 약속을 하고 방문했기 때문에 나카 경찰서에 도착한 뒤 얼마 기다리지 않고 서장실로 안내받았다.

"오래 기다리셨습니다. 나카 경찰서 서장 고다라고 합니다."

마중 나온 사람은 키가 180센티미터는 족히 넘어 보이는 풍채 좋은 인물로, 이런 남자가 휠체어에 앉은 자그마한 노인에게 공손히 머리를 숙이고 있는 그림에 위화감이 느껴졌다.

"쓰시마 경찰서의 사노가 안부 전해드리라고 했습니다."

"아아, 그런 이야기는 아무래도 좋네. 그보다 서장. 전화로도 말했지만, 우리 동네에서 일어나고 있는 연쇄 습격 사건, 그 건을 신속히 해결해 주었으면 하네. 그렇지 않으면 마을 노인들이 편안히 발 뻗고 잠을 잘 수가 없네."

"그 사건이라면 이미 생활안전과에서 수사하고 있습니다."

"생활안전과? 형사과가 아니라?"

"네. 뭐……. 강력범죄가 아니니까요."

미치코는 그 말만 들어도 경찰의 진심을 알 것 같았다. 그러니까 세 명이 연속으로 습격을 당했는데도 '강력범죄'가 아니라고 말한다. 보행 중인 노인을 치고 도망가는 것 정도는 겨우 생활 안전을 위협하는 수준으로 취급하는 것이다.

80대 노인이 불의의 습격을 받고 콘크리트 담벼락에 부딪히는 사건이 강력범죄가 아니란 말인가? 인식 부족도 이만저만이 아니다. 부딪힌 부위가 잘못되기라도 하면 치명상이 될 수도 있는데도.

겐타로도 같은 생각인 것 같았다. 도중에 표정이 언짢아졌다.

"범인상 추정은 어떻게 되어가고 있소?"

"자세한 내용은 담당자에게 듣도록 하시죠."

내선으로 호출한 사람은 생활안전과의 이시이라는 형사로, 형사라고 하기에는 몹시 느긋하고 경계심이 없어 보이는 여성이었다. 그 상냥함은 청소년들을 보호지도할 때 경계심을 풀게 하는 데 유효해 보였다. 그러나 문제는 방에 들어와서 겐타로를 훑는 시선에 공경이라고는 전혀 느껴지지 않았던 것이다.

"현재 사건 발생 장소의 학교 구역에서 과거 보호지도를 받은 이력이 있는 청소년들을 중심으로 명단을 작성하고 있습니다."

"아이들 짓이라고 생각하는 건가?"

"예전에 불량청소년들 사이에서 노인 사냥이 유행했었으니까요. 그 나이대 아이들에게 자신보다 약한 상대는 모두 사냥감 같은 것이거든요."

"저기 말일세, 여형사님. 나도 꼬마였을 때 나쁜 짓을 자주 해서 기억하는데, 애들은 그들 나름대로 경계심이 있어서, 같은 장소에서 같은 짓을 반복하지 않는다고. 잡힌 것이 두려워서 반드시 행동 범위를 넓히지. 그런데 이번 사건은 계속 같은 동네 안에서 일어났어. 이건 장난 수준의 나쁜 짓이 아니야. 어떤 목적이 있는, 좀 더

불길한 사건이라고."

"하지만 피해를 당한 노인들에게서 공통점은 발견되지 않았습니다."

이시이는 수첩을 꺼내서 빠르게 훑었다.

"최초 피해자, 이사지 요시나리 77세, 사건 발생 9월 1일 오전 7시. 두 번째 피해자, 와타나베 히로유키 85세, 사건 발생 9월 7일 오전 8시. 그리고 세 번째 피해자가 가구라자카 미요 80세, 사건 발생 9월 12일 오전 7시……. 연령, 성별, 사건 현장 중 어느 것 하나 공통 사항이 없습니다. 굳이 따지자면 습격 시간과 수법, 목격자의 증언에 따라 범인은 항상 남색 운동복을 입은 인물로 아무래도 동일인물이라는 점. 그리고 방금 말씀하신 것처럼 피해자가 같은 동네에 살고 있는 노인이라는 점 정도입니다. 아아, 범행에 사용된 자전거는 몇 번 바꿔 타는 것 같습니다. 역 앞에 방치된 자전거를 그때그때 사용하는 것으로 추측됩니다. 자전거는 범행 후에 타고 가다가 버렸는데, 묻어 있는 지문이 너무 방대해서 범인의 것을 특정할 수 없습니다."

"공통점이 하나 더 있지."

"네? 뭐라고요?"

"습격당한 노인들은 모두 마을 토박이파야."

"토박이파요?"

"그 고지대는 말이야, 아주 오래전에는 산속에 있던 자그마한 마을이었어. 그런데 전쟁이 끝난 뒤 토지개발붐으로 신흥주택가로 탈바꿈하면서 주변 지역에서 사람들이 우르르 몰려왔어. 그래서

전쟁 전부터 살고 있던 집들을 토박이파, 이사 온 집들은 전입파라
고 불렀지."

"그렇군요. 그런데 그건 결과론적인 이야기 아닙니까? 지금 역사
를 따져 보면 노인을 표적으로 삼았을 때 자연히 원래부터 거주하
던 토박이에 피해자가 집중되기 쉽죠."

"토박이 중 65세 이상 고령자가 전체의 20퍼센트도 안 돼. 그런
것도 조사하지 않는 건가?"

이시이는 울컥한 표정이었지만 미치코는 겐타로의 말끝이 한껏
올라간 점이 훨씬 마음에 걸렸다. 이는 분노 폭발을 알리는 전조증
상이기 때문이다.

"하지만 그것이야말로 결과론입니다. 고령자 중에서도 보다 나
이가 많은 노인을 노린다면 토박이일 확률이 높으니까요."

"호오, 나이가 더 많은 고령자를 노렸다?"

"네. 그러면 당연히 반격할 가능성도 낮으니까요."

"방금, 세 건이 모두 같은 수법이었다고 했지. 그러니까 노인이
걷고 있을 때 자전거로 뒤에서 접근해서 갑자기 덮친다고."

"네, 그렇게 말씀드렸죠."

"뒤에서 보기만 했는데 어떻게 훨씬 나이가 많은 노인이라는 것
을 판단할 수 있지?"

"아……."

"무작위로 골랐는데 피해자가 이렇게까지 나이 많은 노인들로
집중되었다고? 뒤에서 접근한 단계에서 이미 목표 대상이 어디 사
는 누구인지를 알고 있었던 게 틀림없어. 그런 것도 모른다는 게

말이나 돼!"

노성이 방 안에 울려 퍼졌다. 이렇게 되면 이제 화산 폭발과 같다. 용암이 모두 흘러나올 때까지 내버려 두는 것 외에 다른 방법이 없다.

"게다가 아까부터 듣자하니 피해자라는 호칭도 빼고, 그들이 겪은 고통과 공포 등을 마치 무시하는 말투로 말하고 있군. 노인을 도대체 뭐라고 생각하고 있는 건지. 그런 태도로 생활안전과라고? 마치 자신들이 지역의 안전을 지키는 것처럼 말하는데 멍청하기 짝이 없군. 지역의 안전은 주민들의 집단 심리적 상태를 기반으로 성립되는 거라고!"

"저저저저, 저는 그런 뜻이 아니라."

"입 다물게. 그 또래 아이가 이러니저러니 아는 척하면서 잘도 떠들어댔지. 아이들이 자신의 할아버지 할머니와 같은 나이대 인간을 장난감 취급하는 게 유행했다고 했나? 원래대로라면 큰일났다고 생각해 경찰서의 인력을 총출동해 해결해야만 하는 사건을 가볍게 다루는 당신 스스로가 이미 노인을 업신여기고 있다는 걸 깨닫지 못하는가!?"

이렇게 무조건 야단을 맞은 적도 좀처럼 없을 것이다. 이시이는 딱딱하게 굳은 표정으로 그 자리에 못 박힌 듯 서 있었다.

"대부분 인간들은 이 청사에서 거들먹거릴 줄이나 알지, 순찰을 제대로 돌려고 하지도 않아. 그러니까 지역 상황을 모르는 거야. 이번 일을 계기로 도비시마 마을 근처 파출소로 돌아가 버려!"

고다가 수습하려고 부랴부랴 끼어들었다.

"죄, 죄송합니다. 이시이가 아무래도 설명이 서툴렀던 것 같습니다. 그러면 저희보다 지역 주민에 대해 잘 알고 계시는 고즈키 사장님께 여쭙고 싶은데요, 피해자 세 명을 연결하는 공통점이 또 있습니까?"

"그걸 아무리 생각해도 모르겠군."

한껏 뱉어낸 날카로운 독설을 일단 멈추고 겐타로는 심기가 좋지 않은 얼굴로 팔짱을 꼈다.

"셋 다 똑같이 평범한 초등학교 출신이지만 이건 같은 동네에서 자랐으니까 당연한 사실이고. 하지만 이후의 진로는 공무원이 되거나 사업을 하거나 전업주부가 되는 등 제각각이네. 각자 인척관계인 것도 아니고, 특정 동호회 회원도 아니야. 마을모임에서 같은 시기에 임원을 맡은 적도 없고, 자식들 나이도 서로 미묘하게 달라서 자식과 관련된 접점도 없어. 자주 다니는 병원도 달라. 산책 코스도 다르고."

나란히 앉아 있던 두 사람은 눈을 동그랗게 뜨고 듣고 있었다.

"저기, 마을회장님이라면 모두에 대해 그렇게나 속속들이 알고 계셔야 합니까?"

"흥. 노인네는 옛날 일을 잘 기억하는 법이지."

"어, 어쨌든 귀중한 정보와 의견, 감사합니다. 즉시 생활안전과에 재수사를 지시할 테니 부디 선처 바랍니다."

"서장. 이미 세 명이나 피해를 당했네. 이제 와서 재수사 같은 한가한 소리나 하고 있을 때가 아니야. 막연하지만 범인의 표적은 알지 않나. 어떻게 좀 하라고!"

"어떻게, 라고 하셔도⋯⋯. 그, 고령자들에게 전부 경호를 붙일 수는 없지 않습니까⋯⋯. 아아, 아니. 고즈키 사장님은 별개입니다."

"도대체 말이 안 통하는군!"

경찰서를 나올 때도 겐타로는 울화통을 터뜨렸다. 접수 직원과 막 연행되어 온 용의자들이 무슨 일인가 싶어 이쪽을 돌아보는 바람에 미치코는 낯이 뜨거워졌지만 그래도 아까처럼 특정 누군가를 비난하는 것보다는 조금 낫다고 생각하기로 했다.

"정말이지, 나흘에 한 사람 꼴로 전신 타박상의 중상을 입는데 무슨 재수사란 말이야. 그렇다면 첫 사건이 일어났을 때부터 2주 동안 도대체 뭐를 어떻게 조사했다는 거야. 고령자 전원에게 경호를 붙일 수 없다는 건 당연하지. 그 정도는 알고 있다고! 그렇다면 순찰을 돌라고. 순찰만 돌아도 나을 거 아니야. 경찰 열 명만 있어도 충분해. 이런 월급도둑들 같으니라고!"

"분명 피해를 당한 사람이 노인들이었다고 몇 번이나 강조했지요."

이는 반대로 노인과 그 외의 사람들을 구별한 언행에 지나지 않았다. 미치코는 직업 특성상 이런 말을 자주 듣는다. 그런 경우 보통 노인이 장애인이라는 단어로 바뀌지만, 사람은 숨기고 싶은 사항을 오히려 강조하게 되기 쉽다. 영업 훈련을 받은 사람은 그런 표현을 자제하지만 분명 공무원, 특히 경찰관들이 그런 걱정을 할 필요는 없었을 것이다.

아무래도 미치코에게도 겐타로의 경찰혐오증이 전염된 것 같다.

"경찰은 믿을 수가 없어."

아아, 역시 그 대사가 나왔군.

미치코는 기대와 체념과 불안을 동시에 느꼈다.

"노인의 원수는 노인이 갚는다."

"미요 씨의 원수, 아니에요?"

"흥."

"……딱히 물어보려는 건 아니지만, 제 일이니까 일단 여쭤보지요. 겐타로 사장님, 도대체 무슨 일을 하실 셈이에요."

"범인을 미끼로 낚아야지."

"미끼?"

"보호자 없이 걷기 어려운 노인. 한눈에 봤을 때 약해서 도저히 반격할 수 없을 것 같은, 같은 동네에 오래전부터 살아온 토박이 노인."

"그렇게 위험한 일을 수락할 기특한 사람이 어디 있다고요."

"눈앞에 있지 않나."

아아, 역시 그렇게 되는 건가. 미치코는 들으라는 듯이 한숨을 쉬었다.

"쇠뿔도 단김에 빼랬다고."

겐타로가 말했다. 이미 미치코는 도대체 무슨 생각인지 물을 마음도 생기지 않았는데, 바로 다음 날에 겐타로의 함정수사가 시작됐다.

처음에 문제가 된 것은 미치코의 동행 여부였는데, 겐타로가 강경하게 반대했다.

"동행자가 있으면 안 되지. 그런 감시자가 있으면 도대체 누가 습격하겠어."

그러나 그랬다가는 만에 하나 정말로 습격당했을 때 겐타로를 지킬 방법이 없다.

"그럼 일행이 아닌 척 멀리 떨어져서 뒤를 따라가는 것으로 타협할 수는 없을까요?"

그러나 이것도 겐타로의 몸을 지키기 위한 방법이 아닌 것은 변함없다.

"핵심은 내 몸을 지킬 방법이 있으면 괜찮다는 거지?"

겐타로는 어떤 생각을 떠올렸는지 휴대 전화를 꺼내서 상대방에게 무언가를 주문했다. 약 한 시간 후에 겐타로의 부하가 손바닥 크기의 둥근 물건을 갖고 방문했다.

"이게 뭔가요?"

"호신용 경보기. 우리 회사 경리직원에게 빌렸지."

"훌륭한 크기네요. 그런 걸로 괴한이 달아날까요?"

"그게, 무슨 기계를 잘 만진다는 친구에게 부탁해서 개조했다고 자랑을 하던데."

"스위치는 이거예요?"

미치코가 준비도 없이 버튼을 눌렀더니 엄청난 소리가 울렸다.

두 사람은 반사적으로 귀를 막았지만 그다지 효과는 없었다. 근처의 개들이 일제히 짖기 시작하고 자고 있던 갓난아기는 아니나 다를까 잠에서 깨서 울기 시작했다. 나중에 들은 이야기로는 그 큰 소리가 가장 가까운 이웃집은 물론, 온 동네에 울려 퍼졌다고 한다.

7시가 지났을 즈음 겐타로는 자신이 좋아하는 이탈리안 레드를 칠한 휠체어를 타고 움직이기 시작했다. 피해를 당한 세 명 중 두 명이 범행을 당한 시각이었다.

어젯밤 동안 겐타로는 스스로 코스도 계획했다. 아무튼 세 명이 당한 현장은 모두 지나가는 코스로 짰으며, 효율이나 지름길을 따질 생각은 털끝만큼도 없었다. 겐타로의 완력으로 이 코스를 모두 도는 데는 두 시간 넘게 걸리지만 범인이 함정에 걸리는 것을 전제로 하기 때문에 이 또한 계산에 넣지 않았다. 미행을 업으로 삼는 형사나 탐정이 들으면 어이가 없을 정도로 무계획이지만, 계획을 실행하다가 심한 중노동에 본인이 싫증을 내고 죽는 소리를 하는 편이 낫겠다고 생각하는 미치코는 말릴 이유가 없었다.

이 주택가는 원래부터 산속에 있던 고지대를 방사형으로 개발한 장소여서 포도밭처럼 계단 구조로 되어 있다. 따라서 산을 마주보고 있는 남북방향은 완만한 비탈길인데, 동서방향은 처음부터 끝까지 평탄한 길이 이어진다.

그 평탄한 길을 겐타로는 경쾌하게 전진했다. 도로 폭이 4미터밖에 되지 않고 덤으로 노상주차 때문에 도로가 더욱 좁아져 동네 안을 차가 지나가더라도 서행할 수밖에 없다. 보행자에게는 등 뒤에서 다가오는 자동차 때문에 걱정하지 않아도 된다는 이점이 있는 반면, 이번 사건처럼 소리 없이 살며시 다가오는 괴한을 경계하는 습관도 없는 것이다.

그건 그렇다 치더라도, 라고 미치코는 고쳐 생각했다.

아무리 완력에 자신이 있고, 아무리 가벼운 휠체어를 타고 있다고 해도, 휠체어를 움직이는 사람은 72세 노인이다. 그런데 저 경쾌하고 힘 있는 바퀴를 다루는 솜씨는 어떨까. 조금의 흔들림도 감속도 없이 동일한 속도를 유지하며 똑바로 앞을 향해 나아간다.

장애는 겉모습이 아니라 당사자가 마음속으로 어떻게 판단하느냐에 따라 결정된다. 노인의 허세같이 들렸던 겐타로의 말이 불현듯 현실감과 함께 뇌리를 스쳤다. 무엇이 억지 주장이라는 걸까. 무엇이 허세라는 걸까. 저 하반신불수 노인만큼 강인한 인간을 미치코는 본 적이 없다. 자신이 말한 대로 살아가고, 살아가는 대로 말한다. 진정한 강인함이란 이런 것이 아닐까.

종종걸음으로 쫓지 않으면 겐타로의 모습이 점점 작아져 갔다. 미치코는 그 모습이 듬직하긴 했지만 한편으로는 불안해서 가슴이 뛰었다.

이 사람에게는 혹시 간병 따위 필요 없는 것이 아닐까?

나는 오히려 노인에게 방해가 되고 있는 것은 아닐까?

한번 생각하기 시작하니 갑자기 두려워져서 미치코는 이를 떨쳐 내기 위해 멈추지 않고 달렸다.

겐타로를 쫓기 시작한 지 얼마 지나지 않아, 이윽고 미치코는 이 계략에 두 가지 허점이 발생했다는 사실을 깨달았다.

첫 번째로 우선 저 영감님은 너무 눈에 띈다.

눈에 띈다는 것은 포식자에게 확실히 자신을 노출시킬 수 있다는 점에서 이론상 맞다. 그러나 그것도 문제인 것이, 눈부시게 아름다운 이탈리안 레드로 칠해진 휠체어를 백주대낮에 버젓이 노리는 범죄자는 거의 없을 것이다.

두 번째는 이래서는 미행의 의미가 없다는 것이다.

무슨 일이 일어나면 곧장 튀어나가기 위해 겐타로와 거리를 두고 따라간다고 해도 그 거리는 고작 10미터 정도다. 그러나 그 정도 거리에 있으면 멀리서 봤을 때는 일행으로밖에 보이지 않는다. 무엇보다 이 근방 사람들에게는 겐타로의 휠체어를 미는 미치코의 모습이 익숙하기 때문에 혼자서 휠체어를 타고 가는 겐타로를 발견하면 당황해서 미치코를 찾을 것이고, 마침내 뒤에 있는 그녀를 발견할 것이다. 이 상태로는 미행도 무엇도 아니다.

지금도 또 마을회 간사인 마쓰다이라의 부인이 겐타로가 혼자 돌아다니는 것을 목격하고 주위를 두리번거리다가 미치코를 발견하고는 집에서 달려 나왔다. 얼굴에는 호기심이 가득했다.

"쓰즈키 씨! 회장님, 대단하시네요!"

"네?"

"저건 재활치료를 다시 시작하신 거죠? 이제 포기하셨다고 생각한 참이었는데 아직 의욕이 있으시네요. 쓰즈키 씨 없이 어디까지 갈 수 있는지 도전하시는 거죠? 그렇죠?"

"아아……."

겐타로가 반격하지 못할 만큼 약해 보이는 노인을 연기하는 것이라고는 입이 찢어져도 말할 수 없다.

"오래전부터 대단한 할아버지라는 건 알고 있었지만, 저건 뭐 초인의 경지네요. 감동했어요……. 맞다, 사진 찍어서 홍보할까 봐요."

"그러지 않는 편이……. 그런 걸 싫어하시는 분이니까요."

"음……. 듣고 보니 그러네요. '미담은 숨기고 악행은 퍼뜨려라'

라고 입버릇처럼 말씀하시는 분이니까요. 그래도 역시 저렇게 정정하시다니 대단해요. 비교하면 안 되지만 사부리 씨 댁의 영감님과는 심히 달라요. 이것 좀 보세요."

그녀가 그렇게 말하고는 턱으로 가리킨 곳은 담벼락에 기대어 세워 놓은 화분들이었다. 베고니아와 채송화 등 계절 꽃이 나란히 피어 있는데, 딱 눈높이에 있는 시렁만이 비어 있었다.

"최근에 그 집 영감님도 산책을 시작하셨는데, 아시죠? 이제 노망이 드셔서. 뭐가 그렇게 마음에 들지 않는지 저쪽에 있던 화분을 때려서 떨어뜨렸다고요. 싸구려였기에 망정이지, 그런데 나중에 사과하러 찾아온 아들 부부는 참 안됐더라고요."

그 두 사람이 거듭 머리를 조아리던 장면이 되살아났다. 미치코에게는 다른 곳에서 이미 여러 번 목격해 온 장면이다. 비극이라고 하기에는 촌스럽고, 희극이라고 하기에는 웃지 못할 이야기지만 그런 장면 하나하나가 소화되지 않고 축적되어 요양보호사의 희망과 쾌활함을 좀먹어간다.

"어머, 쓰즈키 씨? 회장님, 멈추신 것 같은데요."

젠타로가 네 번째 집 앞에서 멈춰 있었다.

서둘러 달려갔더니 젠타로는 숨을 거칠게 고르면서 그 집 화단을 바라보고 있었다.

"무슨 일이세요?"

"역시 힘들어."

"이제 그만 하실 거예요?"

"그래야지. 아무래도, 범인이 나는 좋아하지 않는 것 같아."

이 남자가 깨끗이 포기한 것이 미치코는 다소 의외였지만 한편 가슴을 쓸어내렸다.

"여기서부터는 밀어 주게."

이의는 없다. 그것이 원래부터 미치코의 일이다. 그리고 휠체어 손잡이를 잡고 요양보호사의 마음가짐을 떠올렸다. 요양보호사는 환자에게 모든 것을 지원하지 않는다. 환자가 바라는 것만 해 주면 된다. 환자의 다리가 될 필요는 없다. 지팡이를 대신하기만 하면 족하다.

"역시 덥석 물지 않네요. 이렇게나 눈에 띄는 미끼로는."

"음. 계산을 조금 잘못한 것 같아."

"약간의 오산이요? 그런 걸 바로 대단한 실수라고 하는 거라고요."

"그런데 말이야. 수확도 있었네."

"오호. 어떤 수확이요?"

이 질문에 우리의 강인한 노인은 말을 얼버무리고 대답하지 않았다.

그러나 겐타로가 습격을 받지 않은 진정한 이유는 세 시간 이후에 밝혀졌다.

마을 내의 다른 장소에서 사부리 료스케가 공격을 당한 것이다.

3

　수법은 역시 이전에 벌어진 세 건의 사건과 같았다. 차이가 있다면 간병을 하는 다쓰코가 동행했는데도 범행이 벌어졌다는 점이다.

　정오 무렵, 다쓰코는 굳이 주택가의 북쪽 도로를 코스로 선택해 사부리 료스케를 데리고 나갔다. 그늘이 지기 쉬운 북쪽 도로라면 당연히 화단이나 화분이 적기 때문에 료스케가 난동을 부려도 피해를 최소화할 수 있겠다는 계산을 했다고 한다.

　이 소박한 계산이 오히려 화를 불러 왔다. 그늘진 장소인 탓에 주민들은 기자재나 쓰레기통 등을 아무래도 북쪽에 두는 경우가 많았다. 거리는 자연스럽게 스산해지고 그런 곳을 기꺼이 걷고 싶어 하는 사람도 적어지기 때문에 인적도 드물어진다. 그러므로 사부리가 공격을 당했을 때는 목격자도 없어서 다쓰코가 동행했어도 범인은 대범하게 행동한 것이다.

　어떤 남자가 갑자기 다쓰코 앞으로 추월하면서 팔을 뻗어 사부리의 어깨를 강하게 밀었다고 한다. 사부리는 떠밀려서 아스팔트에 전신을 부딪쳐 그대로 실신했다. 다쓰코의 비명에도 범인은 주춤하지도 않고 그대로 도주했다. 도움을 청해도 아무도 나타나지 않자 마침 자택이 가까웠기 때문에 다쓰코는 기절한 사부리를 곧장 집으로 옮겼다. 불행 중 다행인지 부딪친 부위가 심각하지 않아서 큰일로 번지지는 않았지만, 현재 사부리는 자택에서 치료를 받고 있다고 한다.

미치코는 이 정보를 고헤이의 부인에게 입수했다.

"이건 꽤 큰일이 되지 않을까요? 뭐라고 해도 구내 최고령자니까요. 시 복지과나 신문도 무관심하지는 않을 것 같아요."

그러나 무관심하지 않은 것은 복지과나 신문뿐만이 아니었다. 사건이 발생한 당일에 나카 경찰서의 이시이가 찾아왔다.

"도대체 무슨 바람이 불었지. 이번에는 본인이 직접 오다니. 무엇보다 고개를 숙이러 온 장소가 틀리지 않나."

이미 현관 앞에서부터 죄송해서 어쩌지 못하는 이시이였지만 겐타로는 가차 없었다.

"또다시 희생자가 나오고 말았네. 사건을 가볍게 여기더니 구내 최고령자가 당해서 갑자기 이목이 집중되니까 당황해서 황급하게 달려오다니, 이런 맥없는 놈들 같으니라고. 지금 상황, 심상치가 않아. 정보 제공도 하고 지역 대표로서 원하는 바도 전달했어. 그런데도 이 모양이라니. 분명 현경 본부나 공안위원회에서 어떤 지시가 내려갈 테니 각오하게, 이 월급도둑들."

겐타로의 지적이 사실임은 본인도 알고 있기 때문에 반론의 여지가 없었다. 그저 바들바들 떨면서 겐타로의 질책을 받아낼 뿐이었다. 그 모습을 옆에서 보고 있던 미치코도 동정심은 들지 않았다.

"그래서 오늘 방문 목적은 뭐야? 사죄인가, 소식인가?"

"저……. 사실은 부탁드릴 게 있어서……."

금방이라도 꺼져 버릴 것 같은 목소리에 귀를 기울였더니 이시이는 겐타로에게 마을회장으로서 사부리의 병문안을 갈 겸 습격 당시의 정황을 물어봐 달라고 요청했다.

"이런 우라질! 왜 내가 그런 경찰의 개 노릇 같은 걸 해야 하는 거야!"

"요양 중이라는 이유로 피해자가 만나 주지 않는다고 합니다."

이시이는 울분을 삭이며 말했다.

"상해죄는 친고죄가 아니므로 협력을 부탁드린다고 설득했는데 가족 분들도 몹시 화가 나서……."

"당연하지. 불안해할 때는 제대로 상대해 주지도 않더니 일이 벌어지고 나서야 하실 말씀 없으십니까, 라니 사람을 놀려도 분수가 있지, 이런 멍텅구리들. 서장이 너희들을 잘도 그 부서에 그대로 두었군!"

"아뇨, 그 고다 서장이 직접 고즈키 사장님께 부탁드린다고……."

"뭐라고?"

"어차피 이번 일로 질책을 피하지 못할 테니까, 혼나는 김에 어려운 부탁을 청해 보자고. 그러면 사장님이 화도 한 번만 내시지 않겠냐고……."

"오호라, 그 남자가 말이지."

그 이야기를 듣고 확 바뀐 겐타로가 슬며시 웃었다.

"경찰관보다는 관리 같은 낯짝을 하더니 결국은. 자빠져도 그냥 일어나지는 않는군. 예상 외로 쓸 만한 남자야. 그렇다면 나쁘지 않지. 흠, 좋아. 어차피 사부리 옹 병문안을 갈 생각이었으니까 물어볼 것들은 물어보고 오지. 그 대신 큰 기대는 하지 말라고."

다음 날 겐타로는 미치코와 함께 사부리가를 방문했다. 사부리가는 이 일대 주택가 중에서 드물게 쇠퇴한 분위기였다. 슬레이트 지붕의 목조 단층건물은 요즘에도 자주 보이기는 하지만 주위의 저택에 비하면 떨어져 보이는 것은 어쩔 수 없었다.

손님을 대접하는 다쓰코는 처음에는 사부리의 용태를 고려해서 거절했다고 했는데, 이 주택가에서 겐타로의 방문을 딱 잘라 거절할 수 있는 사람은 거의 없다. 두세 가지 질문과 답변을 주고받은 뒤, 짧은 시간이라는 조건 하에 면담이 이루어졌다. 단, 사부리가의 복도는 좁아서 겐타로의 휠체어가 지나갈 정도의 여유가 없기 때문에 본의 아니게 손님들은 정원에서 툇마루를 사이에 두고 면담을 해야 했다.

"이번에 몹쓸 짓을 당하셨네요, 사부리 씨."

"아아…….으음……."

어둠이 옅게 깔린 다다미방에서 사부리가 손을 흔들며 대답했다. 다쓰코의 이야기로는 아직 일어날 수 없는 듯했다.

"이건 나카 경찰서의 형사에게 부탁받은 거니까 무리해서 대답하지 않아도 괜찮습니다. 사부리 씨, 당신을 공격한 범인의 인상착의는 어땠습니까?"

"아아……. 잘 보지 못해서……."

"아무래도 갑작스러운 상황이었으니까요."

다쓰코가 말을 이었다.

"남자였습니다. 네, 그건 틀림없어요. 다만 정말로 순식간에 벌어진 일이라 아버님도 저도 인상착의를 확인할 여유가 없었어요. 휠체어를 밀고 있는데 갑자기 인기척이 느껴져서 보니까 어떤 남자가 손을 슥 하고 뻗어 아버님의 어깨를 밀었습니다. 손 쓸 틈도 없었어요."

"아는 사람은 아니었습니까?"

"그것도 모르겠습니다. 워낙 부지불식간에 당한 일이라서요."

"아무리 생각해도 재난이군. 그래도 사부리 씨, 역시 예전에 사범을 하셔서 그런가. 뭐 어쨌든 이렇게 튼튼하시니까요. 다른 세 사람은 나란히 병원 신세를 지고 있는데. 그렇게 생각해 보니 말입니다. 그놈의 나고야 대공습을 겪었던 노인들은 하나같이 모두 강인한 것 같아요."

나고야 대공습. 그런 옛날이야기를 겐타로가 꺼낸 것은 처음이었기 때문에 미치코는 자신도 모르게 귀를 쫑긋거렸다.

"잊혀지지도 않는군요. 쇼와 20년(1945년) 3월 19일 한밤중에 일어난 일이었지요. B29 삼백기가 시가지를 공습했어요. 소이탄의 무차별적인 공습으로 여기저기 있던 미쓰비시 발동기 공장이 전소되고 나고야역도 나고야성도 하룻밤 사이에 불타 버렸지요."

반세기도 더 지난 옛날이야기……. 그러나 당시 나고야에 살고 있던 사람들에게는 도저히 잊을 수 없는 이야기일 터였다.

"하룻밤에 가옥 사만 채가 소실되고 십오만 명이 피해를 입었습니다. 나카구, 나카무라구, 히가시구 등 시 중심부는 완전히 불타서 허허벌판이 되었죠. 이 근방도 예외는 아니었어요. 마을 내 가옥들이 70퍼센트 가까이 소실됐죠. 사부리 씨, 당신도 기억하시죠?"

"으응……. 그건…… 대단했지."

"그 무렵 미군이 사용했던 건 소이탄 중에서도 목조 건물이 대부분인 일본 가옥을 효율적으로 태워 버리기 위해서 개발한 소이집속탄 E46이었죠. 항공기에서 모탄을 투하하면 7백 미터 상공에서 자탄이 쏟아져 나와 지상으로 일제히 떨어집니다. 이 자탄에는 관통력을 높이기 위해 수직 낙하를 유지하는 리본이 달려 있었는데, 그 리본이 공중에서 분리되면서 인화되기 때문에 멀리서 보기에는 불의 띠가 쏟아져 내리는 것처럼 보였습니다. 그것도 일직선으로 떨어지는 게 아니라 이렇게 좌우로 흔들리면서 탐조등을 번쩍번쩍 빛내면서 떨어졌지요. 그리고 그 뒤에는 불타는 지옥이 기다리고 있었습니다. 여기저기에서 불기둥이 치솟고 주변은 순식간에 불바다가 됐지요."

높낮이 없이 담담하게 풀어내는 이야기에 오히려 처참함이 생생하게 느껴졌다.

"이 집도 난리였다죠. 사부리 씨와 아내 분은 공습경보를 듣고 바로 뛰어나와서 목숨은 건졌지만 정말 간발의 차였다고."

사부리는 고개를 미약하게 끄덕였다.

"그날 밤에만 사망자가 팔백 명이 넘었습니다. 그렇게 생각하면 사부리 씨. 그 대공습에서 살아남은 사람이 영문도 모르는 채 죽는다는 건 정말 말도 안 되는 이야기지요."

사부리가 습격을 당한 지 일주일이 지났다. 그 사이에 다음 사건도 일어나지 않았고 사부리도 순조롭게 회복하고 있다는 소문이 돌았기 때문에 한동안 마을에 퍼져 있던 불안한 분위기도 점점 희미해졌다.

마침 그때 겐타로가 아무런 예고도 없이 동네 초등학교에 가겠다며 나섰다.

육성회는 말할 것도 없고 학교 교육에는 아무런 관심도 보이지 않던 겐타로였기 때문에 이런 갑작스러운 발언에 가족도 놀랐지만, 가장 놀란 곳은 해당 초등학교였다. 교원 중 누군가가 불미스러운 일을 저질렀는지, 아니면 학교 운영에 무슨 문제라도 있는지. 억측이 억측을 낳았다. 마을회장이라는 직함은 다방면에 걸쳐 숨겨진 권력의 소유자라는 사실을 교장은 물론 직원들 대부분이 알고 있기 때문에, 방문 당일에는 교직원들이 정문까지 마중 나와 죽 늘어서 있었다.

때마침 운동장에서 운동회 예행연습을 하고 있던 학생들이 그런 교사들의 행동을 기이한 눈으로 바라봤는데, 그 중 한 여학생이 한 말을 미치코는 놓치지 않았다.

"나, 저런 거 영화에서 본 적 있어. 폭력단 두목이 교도소에서 나올 때, 저렇게 부하들이 마중 나왔어."

뭐, 틀린 말은 아니라고 미치코는 묘하게 납득했다.

"오늘 이렇게 찾아온 것은 운동회 때문일세."

"운동회…… 말입니까?"

너무나 뜻밖의 말에 응접실에 있던 교장은 자신도 모르게 되물었다.

"그럴세. 지역 주민을 대표하는 사람으로서 동네 아이들이 어떻게 체육교육을 받고 있는지 매우 관심이 많아서."

"우리 학교 체육교육에 대해서요?"

"음. 건전한 정신은 건전한 신체를 만든다는 말이 있지 않나. 나라의 미래를 책임질 어린이들이 신체를 어떻게 단련하고 있는지, 이제 살날이 얼마 남지 않은 노인으로서 대단히 걱정이 되네."

이런 말을 술술 뱉어내는 배짱은 도대체 어디에서 나오는지. 미치코는 겐타로의 머리를 한번 해부해 보고 싶다고 생각했다.

"그래서 생각한 게 운동회일세. 1년에 한 번, 평소의 단련 성과를 보여 주는 장소지 않나. 프로그램은 벌써 짜놓았을까?

당황해서 들고 온 프로그램을 보자마자 겐타로는 수상한 표정을 지었다.

"그런데. 달리기라는 말이 어디에도 보이지 않는군."

"아아. 그건 '다함께 준비 땅'이라는 종목으로 되어 있습니다."

"어째서 그렇게 빙 돌려 이름을 지었는가?"

"'경주'라는 말은 아이들의 경쟁 심리를 자극하기 때문에 바람직하지 않다는 의견이 있었습니다."

"경쟁하는 게 바람직하지 않다고? 그런데 어차피 결승선을 통과한 순서대로 순위를 매기지 않나."

"순위는 정하지 않습니다. 순위보다도 자신이 얼마만큼 노력했는지가 중요하니까요. 열심히 한 어린이는 모두 1등입니다."

씰룩, 겐타로의 눈썹이 치솟았다.

"그럼 이 '롤러코스터 레이스'라는 건 뭔가?"

"아아, 그건 장애물 경주입니다."

교장의 시선이 잠깐 겐타로의 하반신으로 향한 뒤 빛의 속도로 천장으로 피했다.

"'장애'라는 말이 역시 아이들에게 차별 분위기를 조장한다는 의견이……."

"이이러어어어언, 우라질!"

아아 안돼, 라고 생각한 순간에 미치코는 귀를 막았지만 번개를 직격으로 맞은 교장은 몸을 크게 뒤로 젖혔다.

"경쟁 심리를 자극하지 말라, 차별 분위기를 조장하지 말라, 핵심은 추한 것을 그럴싸하게 포장했을 뿐 아닌가! 어디에서 살든 세상은 매일이 경쟁의 연속이야. 신체에 장애가 있는 사람이 현실에 존재하고, 능력이나 외모의 차이가 있는 이상 우열이 생기는 건 당연한 거지. 그것을 아이들에게 가르치지 않으면 어쩌자는 거야. 너희들은 모두 특별해, 모두 다 일등상처럼 한껏 추켜올려준 다음에 세상 밖으로 내보내 놓고, 이걸로 됐다며 면죄부를 받을 셈인가?"

"아니, 저기."

"그렇게 교육하니까 정작 세상으로 나갔을 때 이리저리 떠밀리다가 쉽게 포기해 버리는 거라고. 자신의 역량이 통하지 않게 되면 이상 속에서만 살게 되고 현실에서 도망치게 되어 버려. 그러다가 점점 도망갈 방법이 없어지면 방에 틀어박혀서 밖으로 한 걸음도 나오지 않는 거라고. 물론 본인의 물러터진 정신력이 문제지만, 그렇게 되도록 가르치는 당신들도 문제야."

"아니, 문부과학성의 지도방침이 유토리교육*인데요."

"무슨 사기꾼 같은 소리를 하고 있어. 가르쳐야 할 걸 가르치지 않으니까 한가해져서 그걸 여유라고 착각하는, 치매 걸린 노인네의 헛소리 같은 거지."

독기에 눌리면서 완전히 위축된 교장에게 겐타로가 슥 하고 얼굴을 내밀었다.

"마침 아주 좋은 기회군. 내가 아이들에게 진짜 경쟁이란 무엇인지 본보기를 보여 주기로 하지."

"보, 본보기요?"

"음. 오후 첫 번째 경기 '노인회의 공 넣기 게임' 있지 않나. 이 경기 하나를 좀 바꾸는 건 어떤가?"

"어떤 경기로……."

"'후기 고령자와 장애인의 휠체어 4백 미터 경주', 상금 백만 엔."

"엣?"

교장은 아연실색해서 입을 벌렸다.

"나이를 먹은 자도 장애가 있는 자도 살기 위해서는 경쟁해야만 하지. 이런 현실을 경기를 통해 아이들에게 가르치는 거야. 종목 이

---

*   일본에서 2002년부터 공교육에 본격적으로 도입한 교육방침. '여유 있는 교육'이라는 뜻으로, 과도한 주입식 교육을 지양하고 창의성과 자율성을 표방한다. 그러나 기초학력 저하현상 등 부작용이 심화되면서 2007년에 실패를 인정하고 학력강화 교육방침으로 선회했다.

름도 그대로 가자고. 아아, 걱정하지 말게. 상금 백만 엔은 내가 준비하도록 하지."

"그, 그런 터무니없는 이야기를 교육위원회가 알면……."

"교육위원회? 내 지인들이 여럿 있지."

"육성회에서 허락할리 없습니다."

"그쪽에도 지인이 있네."

"하지만 상금을 건 경주라니."

"상금은 단순히 상징일 뿐이야. 명예나 훈장보다 훨씬 알아보기 쉽잖나. 게다가 열심히 한 사람에게 포상이 주어지는 건 지극히 당연한 이야기야."

"제, 제가 그런 걸 허가할 수는……."

"호오. 매년 상당한 금액의 기부금을 내는 사람이 도대체 누구라고 생각하지, 그걸 알면서도 하는 말인가?"

그 한마디로 교장은 입을 다물었다.

그 광경을 보고 있던 미치코는 조금 전 기특한 지식을 선보인 여학생에게 귀띔해 주고 싶었다.

'있잖아. 꼬마아가씨가 본 사람은 말이지, 폭력단 두목보다 훨씬 질이 안 좋단다.'

왔을 때와 마찬가지로 많은 교직원의 배웅을 받으며 교문을 나온 겐타로는 만족한 모습이었다.

"겐타로 사장님."

"응?"

"이번에는 무슨 일을 꾸미시는 거예요?"

"듣는 사람 기분 나쁘게. 꾸미긴 무슨, 방금 교장에게 말한 대로 이건 엄연히 교육 차원의 일이야."

"휠체어 노인들이 상금을 걸고 쫓고 쫓기는 경주를 하는 것, 어느 부분이 교육적이죠?"

"흠. 최선을 다한 사람에게는 상이 주어져. 아이들에게 꼭 가르쳐 주고 싶은 교훈이지. 하지만 동시에 얼마 안 되는 돈을 얻기 위해서 물불 가리지 않는 인간의 추한 면도 가르치려고."

상금 백만 엔이 걸린 휠체어 경주. 그 파격적인 소식은 마을소식지와 입소문을 통해 순식간에 퍼졌다. 아니나 다를까, 지성인을 표방하는 사람들이 비판의 목소리를 냈지만 대부분은 상관없는 외부의 의견이었다. 신기함과 호기심에 열광하는 지역 주민의 목소리에 맥없이 묻혔다.

진짜일까, 현금으로 줄까, 서둘러 경기에 참가 신청을 하는 노인들이 여기저기 등장하고 각자 훈련에 돌입했는데, 가족들 모두의 응원까지 더해져 경기의 열기는 갈수록 높아졌다. 그리고 불온한 자들이 벌써부터 출전자와 결과를 예상해 내기를 시작했기 때문에 경기와 관계없는 사람까지 여기저기서 고개를 들이밀었다.

이렇게 초등학교 운동회가 이상한 열기를 띠는 가운데, 겐타로는 다카바리의 고케쓰 제작소를 방문했다.

"아, 고스기 씨. 어서 오세요. 새 휠체어는 어떠세요?"

응대하기 위해 나온 고케쓰는 한눈에 봐도 기술자 같은 외모에 성실해 보이는 남자였다. 겐타로의 설명에 따르면 원래 대기업 자동차 회사의 기술부문에 근무했는데, 회사가 F1 참가를 중지한 것을 계기로 퇴사한 뒤, 휠체어 제조판매 회사를 창업했다고 한다.

"음. 가벼워서 상당히 만족스럽네. 구동바퀴가 큰 데에 대한 보완도 잘 되어 있어서 조작하기가 편해."

"그것 참 다행이네요. 오호, 색을 전체적으로 다시 칠하셨네요. 게다가 이탈리안 레드라니. 페라리를 염두에 두신건가요."

"응. 성능과 외관이 일치해야 직성이 풀려서. 무엇보다도 빠르게 달리는 거북이 같은 반전 콘셉트일세."

"으음, 이런 색상은 생각도 못했네요. 이 아이디어, 제가 활용해도 될까요?"

그 후 얼마 동안 두 사람은 하이 인텐스 프레임이 어쩌고 카본 컴포짓이 어쩌고 이야기꽃을 피워서, 덩그러니 남겨진 미치코는 진열된 다양한 휠체어로 시선을 돌렸다. 그리고 그 다양한 휠체어에 눈이 동그래졌다.

간병 일을 시작한 뒤 지금까지 여러 가지 휠체어를 봐왔지만 이 정도로 다양한 종류를 한자리에서 보는 것은 처음이었다.

휠체어는 우선 크게 전동휠체어와 수동휠체어로 나뉘며, 기성품과 주문제작이 있다. 기성품은 생활용품 매장에서도 구입할 수 있지만, 주문제작은 고케쓰 제작소처럼 전문업자가 사용자의 신체치수와 팔다리의 가동 범위를 고려해서 맞춤 생산한다.

수동휠체어는 여섯 종류로 나뉜다.

먼저 뒷바퀴 바깥쪽에 있는, 휠체어 바퀴를 굴릴 때 잡는 핸드림을 사용자가 조종하는 표준형. 현재 겐타로가 사용하고 있는 휠체어가 바로 이것이다.

다음으로 한손구동형. 뇌졸중 환자 중에는 한쪽이 마비되는 환자들이 많기 때문에 한손으로도 다룰 수 있도록 되어 있다.

세 번째는 틸트·리클라인 휠체어. 등받이 각도를 조절할 수 있어서 자세를 잡기 힘든 환자가 주로 사용한다. 욕창을 방지하고 팔다리 기능 저하 방지로 활용하는 경우가 많다.

네 번째 스탠드 업 휠체어. 이 휠체어는 앉은 자세에서 그대로 일어설 수 있기 때문에 가동성을 확보해서 대부분 재활치료에 사용된다.

다섯 번째는 스포츠형. 패럴림픽에 등장하면서 단숨에 인정받은 경기용 휠체어다. 프레임과 차축에 티타늄 등 가벼우면서 튼튼한 소재를 사용하며, 각 스포츠에 특화된 다양한 형태로 만들어진다. 예들 들어 육상경기용 휠체어는 등받이가 거의 없고, 트랙을 돌기 쉽도록 바퀴도 세 개가 달려 있다.

그리고 마지막으로 간병용. 일본 장애인복지법에서는 손잡이형이라고 부르기도 하는 휠체어로, 항상 요양보호사가 뒤에서 손잡이를 눌러 움직인다. 핸드림이 없기 때문에 환자 스스로가 운전하기 못해서 자전거와 마찬가지로 브레이크가 설치되어 있다.

이렇게 보니 복지용 기구라고 해도 특이한 인상이 전혀 없고, 마치 용도별로 개발된 자전거 모음을 감상하는 것 같은 착각이 들었다.

아니, 착각이 아니다. 개발 발상은 자전거의 그것과 조금도 다르지 않다. 더 멀리, 더 빠르게, 그리고 더 쉽게 달릴 수 있도록 고안 되어 제작된 도구…….

그곳에는 동정이나 연민은 없고 그저 인간과 기계의 가능성을 추구하는 탐구심만 있을 뿐이다. 신체장애자와 아닌 사람을 구별하지 않고, 오로지 전진하기 위한 목적과 의지가 담겨 있다.

미치코는 가슴이 매우 떨렸다. 의미가 불확실할 수 있는 기술개발이 사용되는 상황에 따라 이렇게 명확하게, 그리고 이렇게 깔끔한 형태가 되어 이곳에 있다.

지금도 사용자와 개발자라는 입장으로 가능성을 탐구하는 남자들의 대화가 등 뒤에서 들린다.

"그러고 보니 그 이야기 들었습니다. 그 휠체어 경주. 제안자가 고즈키 씨라는 소문이 들리던데요."

"응. 실은 그에 관해서 부탁하고 싶은 것이 있어 찾아왔네. 아까도 말했듯이 이 휠체어는 다루기가 매우 편하지만 한 군데 개량하고 싶은 곳이 있네."

"그래서, 그게 어디죠?"

"앞바퀴 역할을 하는 캐스터 말이네. 이걸 헤어핀 커브도 할 수 있게 개조할 수 없을까?"

"어느 정도 레벨을 원하십니까?"

"직각 코너를 0.5초 이하로."

"해보겠습니다. 고즈키 씨는 휠체어 림 사용이 능숙하니까 캐스터 각을 좁히면 괜찮을 것 같습니다. 아아, 캐스터도 서스펜션이 내장된 앱솔렉스*로 교환해 두겠습니다."

덩치 큰 남자가 진지하게, 그러나 왜인지 즐거운 듯 말하는 모습을 보니 역시 간병용품에 대한 이야기로 느껴지지 않는다. 마치 레이서와 메카닉의 대화 같다.

"다른 출전자들의 움직임은 어떤가?"

"와, 다들 튠 업에 여념이 없습니다. 오늘 하루만 새 휠체어 구입한 건과 개조 의뢰 세 건이 들어왔습니다. 역시 바퀴 부분의 무게를 줄이는 방법을 고려하는 분들이 많아요. 아 맞다, 어제는 구내 최고령자인 사부리 씨가 스포츠 휠체어를 구하러 왔었습니다."

"호오, 사부리 옹이? 그럼 그 사건 때 입은 부상은 꽤 회복된 건가. 그것 참 잘됐군."

"옛날에 검도장 관장이었다죠. 그래서 고령자 중에서도 기초체력이 유독 좋으신 것 같아요. 출전하실 것 같아요, 아니 분명 출전할 거라고 그 분께 내기를 건 사람들이 거의 무리하게 추대했다는 것 같더군요."

고케쓰 제작소를 나와서 미치코는 격식 차린 말투로 물었다.

"자. 일이 순조롭게 진행되는 것 같은데요, 제가 언제 그런 위험한 경기에 나가도 된다고 동의했나요?"

"동의해야 하네. 환자의 사회 복귀를 위한 훈련에 협조해야 하는 것은 요양보호사의 의무 아닌가."

"다른 사람과 부딪히거나 나뒹구는 위험한 상황을 생각해 보신 적 있어요?"

"그러니까 말이야, 그런 협조가 필요한 거네. 부딪히시노 나뒹굴

---

* ABSOLEX, 바퀴 내부에 서스펜션을 내장한 서스펜션 바퀴의 명칭.

지도 않기 위해 자유자재로 달리는 훈련을 해야 하는 거야. 그리고 내가 출전하지 않으면 상금 백만 엔을 회수하지 못하지 않나."

"회수요?"

"그래. 부자의 돈지랄도 아니고, 왜 백만 엔이라는 거금을 시궁창에 버리는 짓을 하겠어. 백만 엔은 돌아와야 해. 반드시 내가 탈환해야지."

이것이 부자의 오락거리가 아니고 뭐란 말인가. 미치코의 머릿속에는 이외에도 몇 가지 더 하고 싶은 말이 떠올랐지만, 모두 억지 논리로 되받아칠 것이 뻔해서 그만두었다. 이 영감님이 다른 사람의 충고를 따른 적 따위 한 번도 없다.

그리고 10월 9일, 운동회 당일이 밝았다.

4

어제부터 끄물거리던 하늘도 그럭저럭 안정되어 구름은 있지만 대체적으로 갠 날이었다.

학부모들 중에는 겐타로가 제안한 경주에 대해 전혀 몰랐다가 당일 프로그램에서 처음 보고 할 말을 잃은 사람도 몇 명 있었다. 그러나 학교 측에서 우려한 항의는 전혀 없었고, 오히려 오후 프로그램을 향한 기대와 흥분이 조용히 가열되었다. 아이들에게도 그런 분위기가 전해진 듯, 오전 중에 자신의 차례가 끝난 학생은 영문도 모른 채 신이 나서 떠들어댔다.

사전에 후기 고령자 또는 장애인에 한해서만 출전 신청을 받았는데, 참가 희망자는 스무 명에 달했다. 그 중에서 친족이나 의사로부터 출전을 보류하고 싶다고 통보해 온 사람, 나아가시는 원래 출선 자격에 해당되지 않는 사람—즉 신체 건강한 일반인—을 제외하니 최종적으로 여덟 명이 남았다.

한 바퀴에 2백 미터 트랙을 요양보호사 없이 두 바퀴 달린다. 트랙을 이탈하거나 요양보호사와 접촉하면 실격. 규칙은 이것뿐이었다. 자세한 주의사항도 없다. 휠체어 선택과 개조에도 특별한 언급은 없었기 때문에 표준형과 스포츠형 등 다양한 종류가 뒤섞여 운동장은 마치 휠체어 전시장 같았다. 점심 휴식시간이 되자 참가자들은 준비운동을 시작했고, 제각각 가족들의 응원을 받았다. 물론 겐타로도 예외는 아니었다. 장남 데쓰야 부부와 손녀 하루카를 앞에 두고 겐타로는 라디오 체조*로 스트레칭에 돌입했다.

"아버님, 역시 기권하는 게 낫지 않을까요?"

"에쓰코, 그 말을 할 타이밍은 아닌 것 같구나. 아무리 그래도 지금 시점에서 기권한다니, 남자가 할 짓이 아니지."

"아버지가 남의 충고를 듣지 않는다는 것은 어렸을 때부터 알고 있는 사실이니까 새삼스럽게 뭐라고 할 생각은 아니고 다치지만 마세요."

"쓸데없는 소릴. 약간의 위험이 있어야 싸우는 묘미가 있는 법이지. 잔소리 말고 구급상자나 챙겨."

"할아버지."

하루카가 앞에 서자 겐타로의 얼굴이 부드러워졌다.

"겐조 삼촌이 그랬는데요. 삼촌이 오지 않은 이유는 보지 않아도 결과는 뻔하기 때문이래요."

---

*   매일 정해진 시간에 라디오에서 흘러나오는 음악 반주와 구령에 맞춰 율동하도록 만든 체조.

"호오. 그 녀석이 그런 말을 했느냐."

"경주는 물론이고 당연히 이기겠지만 승패는 둘째치고 절대로 본인이 손해를 보지 않도록 분명 무슨 수를 썼을 거야! 라고 했어요."

"그래. 그 녀석은 답답하다거나 아직은 진짜를 보여 줄 때가 아니라면서 자꾸 헛소리를 해대니까 젊은이들 못지않은 노인들의 열정을 보여 주고 싶었는데. 그럼 하루카라도 제대로 봐두려무나."

"네."

"전력을 다하면 알몸 그대로가 보일 거란다. 최선을 다하는 걸싫어하는 놈들은 분명 벌거벗은 자신을 그대로 드러내는 것을 두려워하지. 하지만 말이다, 어떤 바보 같은 일이라도 전력으로 덤벼들면 벌거벗은 자신 외에 좀 더 많은 것들이 보일 것이란다."

하루카는 조용히 끄덕였다.

"그러면 지금부터 오후 프로그램을 시작하도록 하겠습니다. 프로그램 15번, '후기 고령자와 장애인의 휠체어 4백 미터 경주'. 선수 분들은 입장 문으로 모여 주세요."

초등학생의 혀 짧은 안내방송이 활기찬 교정에 울려 퍼졌다. 아마도 지금 내빈석에서 목을 움츠리고 있을 교장과 신생들의 얼굴은 빨간색일까, 아니면 파란색일까?

입장 문에 주자 여덟 명이 모였다. 하반신이 불편한 사람은 겐타로를 포함해서 세 명. 나머지는 전부 75세 이상의 노인이었다. 모두들 병원이나 재활센터에서 만나 적 있는 낯익은 사람늘이었지만, 지금 이 순간만큼은 서로 경쟁자였기 때문에 화기애애한 분위기는 기대하기 힘들었다.

"겐타로 사장님."

미치코는 등 뒤에서 말을 걸었다.

"응?"

"저는 이제 더 이상 모르겠어요!"

"흐음."

"선수들은 입장해 주세요."

그 목소리와 함께 겐타로는 일행들과 멀어져갔다. 요양보호사 역할은 여기까지, 트랙 내에 발을 들여놓을 수 없다.

'전쟁에 나가는 자식을 배웅하는 어머니의 심정이 이런 걸까.' 미치코는 조금 시대에 맞지 않는 생각을 했다. 아무튼 이럴 때만 다치지만 말라고 신에게 기도한다.

"그럼 출전 선수를 소개하겠습니다."

1번 주자, 고즈키 겐타로 72세.

2번 주자, 단바 만지 65세.

3번 주자, 다타라 조키치 82세.

4번 주자, 사부리 료스케 90세.

5번 주자, 후지이 유키오 83세.

6번 주자, 야스에 히요고 77세.

7번 주자, 오비쓰 겐조 64세.

8번 주자, 센다 우혜 75세.

사부리의 나이가 안내되자 관중들로부터 예기치 않은 감탄이 터져 나왔다.

싫든 좋든 4번 주자 노인에게 시선이 집중됐다. 남색 운동복에

붉은색 머리띠, 햇빛을 가리는 모자인 선바이저 등 차림새만 보면 평범했지만, 타고 있는 휠체어는 평범하지 않았다. 미치코도 고케쓰 제작소에서 본 적 있는 스포츠형. 등받이는 없고 의자 높이가 비정상적으로 낮으며 길쭉하다. 하나뿐인 앞바퀴는 구동바퀴와 거의 크기가 같고 유선형인 외관은 마치 F1 머신을 떠오르게 했다.

트랙 라인은 여덟 개. 이 경주를 위해서 일부러 휠체어의 폭에 맞춰 라인을 준비했다.

"위치로."

스타터가 붉은색 깃발을 들고 있었다. 고령자가 근처에 있으니 신호총 발사는 자제해 달라며 교사들이 유일하게 관철시킨 의견이 바로 이 깃발 신호였다.

"준비…… 출발!"

선수 여덟 명이 동시에 휠체어를 밀며 나아가기 시작했다. 모두들 손에 익은 휠체어를 타고 핸드림의 높은 곳을 잡는다는 기본을 충실히 지켰다. 초보자는 큰 반동을 주기 위해 림의 뒷부분의 낮은 곳을 잡지만, 앉은 자세에서는 체중의 이동이 어렵기 때문에 그렇게 하면 오히려 힘을 받지 못하게 된다.

느릿하게 출발한 휠체어들이 서서히 속도를 올리기 시작했다.

직선 코스는 그야말로 운전자 완력 승부다. 가장 젊은 7번 주자가 독주했다. 그 뒤를 2번 주자, 그리고 무려 3번 주자인 사부리가 뒤따랐다.

와아아, 관중들의 놀란 소리가 터져 나왔다.

그러나 아직 첫 코너에 다다르지 않았기 때문에 모든 휠체어들이 전력으로 달리는 상태가 아니다. 상대방의 실력을 가늠하듯 서로의 모습을 탐색하고 있었다. 1번 주자인 겐타로는 4등을 유지하고 있었다.

선두인 7번이 첫 번째 코너로 접어들었다.

직선 코스와는 다르게, 여기부터는 운전자가 얼마나 능숙하게 림을 다루는지가 관건이다. 휠체어를 타고 방향전환을 할 때, 예를 들어 왼쪽으로 도는 경우에는 왼팔을 뒤로 빼고 오른팔을 앞으로 밀어야 한다. 휠체어의 속도와 양팔의 움직임이 서로 호흡이 맞지 않으면 트랙을 벗어나거나 자칫 잘못하면 손이 림과 엉키게 된다.

간신히 속도를 줄이면서 코너를 돌았다. 그러나 코너를 돌기 직전에 감속했기 때문에 휠체어가 조금씩 트랙 밖으로 벗어났다.

원심력 때문이다. 자전거라면 원심력을 죽이기 위해서 트랙 안쪽으로 체중을 실었겠지만 휠체어에 앉은 자세로는 여의치 않았다.

코너를 벗어난 7번 주자는 당황한 표정으로 다음 코너로 향했다. 선두에서 달리던 휠체어의 모습을 타산지석으로 삼은 후발 주자들이 신중하게 코너를 돌았다.

그리고 두 번째 코너로 향하는 직선 코스로 들어서자 겐타로와 8번 주자가 갑자기 속도를 올렸다. 뒤쳐지지 않기 위해 후속 주자 세 명이 황급히 힘껏 림을 밀었지만 한 번 놓친 타이밍은 좀처럼 되돌리기 힘들었다. 반 바퀴를 지나니 경기 양상이 선두그룹 다섯 대와 그 뒤를 따르는 세 대의 구도로 빠르게 나뉘었다.

그리고 그 시점에 관객들 사이에서도 작지 않은 변화가 일어났다. 경기가 시작되기 전까지만 해도 관객 대부분이 이목을 끌기 위한 속물적인 경주라며 소곤대고 단정했다. 그러나 막상 뚜껑을 열어보니, 경기 전개는 느리지만 코너를 돌 때 림 사용법이나 직선에서의 스퍼트에는 완력 외에도 운전기술이 중요한 점, 그리고 넘어져서 나뒹굴 위험이 도사리고 있는 점을 보는 것만으로도 알 수 있었다.

인마일체人馬一體가 아니라 인차일체人車一體의 싸움이었다.

이를 고령자들이 매우 당연하다는 듯 겨루고 있었다. 결코 게임 같은 것이 아니었다. 작은 실수로도 자멸에 이르는 진검승부다. 주자들의 표정을 보면 단번에 알 수 있었다.

한손에 맥주를 들고 가장 앞줄에 앉아 있던 관객들이 잇달아 자리에서 일어서기 시작했다.

가족들의 응원소리가 일제히 커졌다.

저마다 응원하는 선수를 발견한 사람들이 주자 번호를 소리 높여 연호했다.

"선두는 다섯 대. 3번, 5번, 6번이 그 뒤를 따르고 있습니다. ……뒤처졌습니다……. 하지만 아직 차이는 크지 않습니다. 세 분 모두 전혀 포기하지 않습니다. 할아버지들 힘내세요! 파이팅!"

그러나 방송의 응원소리가 헛되게 가장 마지막에서 달리고 있던 6번 주자가 점점 뒤처지기 시작했다. 양팔이 말을 듣지 않게 된 것이다.

"6번 주자, 요양보호사 오세요!"

이 이상 휠체어 운전은 위험하다고 판단한 심판이 요양보호사를 호명했다. 이로써 6번 주자는 트랙 이탈로 경기에서 탈락했다.

이어서 3번 주자의 속도가 눈에 띌 정도로 떨어지기 시작, 마침내 서행하기 시작했다. 주자는 완전히 기진맥진한 상태였다.

"3번 주자, 요양보호사 오세요!"

선두그룹에서도 이상 변화가 발생했다. 겐타로와 8번 주자의 간격이 점점 벌어졌다. 그와 동시에 선두를 달리고 있던 7번 주자의 순위가 순식간에 떨어졌다. 이를 악물고 필사적으로 달리는 모습이었지만 양팔의 움직임이 점점 둔해졌다.

"할아버지이!"

7번 주자의 손자 같아 보이는 남자가 소리쳤다. 그 목소리를 들은 7번 주자가 고개를 번쩍 들고 혼신의 힘을 다해 림을 잡았지만……, 오른손이 주욱 미끄러졌다. 갈 곳을 잃은 팔이 추욱 늘어졌다.

한편 세 번째 코너를 막 돈 8번 휠체어가 바깥쪽으로 밀려나면서 넘어졌다. 오른쪽 구동바퀴 덕분에 지면과의 충돌은 피했지만 주자는 트랙 밖으로 나가떨어졌다.

"7번과 8번 주자, 요양보호사 나오세요!"

네 번째 코너를 벗어나서 두 바퀴째에 돌입하자, 두 번째로 달리고 있던 사부리가 스퍼트를 올리기 시작했다. 선두를 달리던 2번 주자를 갑자기 빠른 속도로 시원하게 앞질렀다.

최고령자라고 생각할 수 없을 정도의 역주에 관객들은 환호하며 갈채를 보냈다.

"대단하다, 90세!"

"달려라 달려!"

"어이, 5번. 어떻게 된 거야!"

선두그룹의 치열한 사투를 멀리서 쫓으며 가장 뒤에서 달리던 5번 주자가 힘이 다한 듯 속도가 떨어지기 시작했다.

"5번 할아버지, 힘내세요, 파이팅!"

"힘내라!"

"지지 말아요!"

응원소리에 떠밀리듯 5번 주자가 상반신을 한계에 가깝게 앞으로 숙였다.

바로 그때, 호시탐탐 기회를 노리던 겐타로가 스리슬쩍 2등으로 올라왔다.

"와아, 역시 겐타로 씨가 올라왔다!"

"가자, 회장!"

지금까지 힘을 아끼고 있었을 테다. 겐타로가 엄청난 속도로 치고나오면서 관객들의 시선을 사로잡았다. 2미터, 1미터, 50센티미터 사부리와의 거리를 좁히면서 첫 번째 코너에서 따라붙으며 마침내 추월했다.

미치코는 자신도 모르게 두 주먹을 불끈 쥐었다.

"할아버지이이이이이!"

바로 옆에서 하루카가 목청 높여 소리쳤다. 분위기에 휩쓸린 듯 데쓰야가 한손을 흔들었다.

"아버지이이!"

"아버님!"

일단 추월당한 사부리도 맹추격해 왔다. 한때는 1미터 벌어졌던 간격을 곧바로 좁혀갔다.

"오옷, 90세 할아버지도 아직 살아 있어."

"따라잡아 버려!"

2번 주자가 서서히 뒤처지기 시작하면서 경주는 겐타로와 사부리의 일대일 대결 양상으로 치달았다.

그러나 일대일 대결이라고 해도, 겐타로의 휠체어와 사부리의 그것은 겉모습 이상으로 사양에도 차이가 났다. 특히 현저한 차이점은 역시 코너링으로, 겐타로의 휠체어가 캐스터 부분을 교체해서 코너링에 대비한 것에 반해, 사부리의 스포츠형 휠체어는 그 자체가 이미 코너링에 특화된 것이었다.

두 번째 코너에 가까워질 때, 사부리가 바짝 압박해 왔다. 날렵한 스포츠형 휠체어가 찌를 기세로 겐타로를 덮쳤다. 갑작스러운 습격에 겐타로의 오른팔이 순간 버벅거리면서 무너졌다. 그러자 그 틈을 놓치지 않고 사부리가 선두를 차지하며 다시 겐타로를 앞질렀다.

터져 나오는 환호성.

두 노인이 펼치는 데드 히트*로 운동장은 열광의 도가니에 빠졌다.

이제 미치코는 숨도 제대로 쉴 수 없을 지경이었다. 이런 승부라

---

* 레이스에서 앞서거니 뒤서거니 하면서 경쟁이 치열한 순간이나, 두 경주자가 거의 동시에 결승점을 통과하는 경우를 뜻한다.

니. 상금이 걸려 있다거나 장애인이라는 사실, 그것들이 매우 사소하게 느껴졌다.

순위를 매기는 것은 좋지 않다?

장애를 말로 표현하는 것은 좋지 않다?

도대체 어느 나라의 교육자 입에서 나온 말인가. 순위를 다투기 위해서 장애와 싸우기 위해서 필사적으로 노력하는 사람을 보는 것이 교육방침에 반한다면, 그런 교육 따위 결단코 사절이다.

봐야 한다, 이런 광경을.

72세와 90세 노인의 사력을 다한 경쟁에 어린이들이 목이 쉬도록 응원하고 있었다. 이것 이상의 교육이 있다면 지금 당장 가져와 보라.

직선 코스에서 휠체어 자체의 핸디캡이 줄어들자 겐타로가 다시 양팔을 힘껏 움직였다. 이번에는 겐타로가 바짝 추격할 차례다. 조금씩 따라와서 사부리의 오른쪽으로 바짝 붙었다.

그리고 세 번째 코너 앞에서 겐타로는 상반신을 크게 움직이며 나아갔다.

순식간에 붙은 가속도. 동시에 왼손은 뒤로, 오른손은 앞으로.

사부리의 코앞까지 따라잡은 겐타로가 다시 선두에 올랐다.

"겐타로 사장님, 잘한다!"

미치코도 드디어 소리를 냈다.

"할아버지이이이, 그대로 쭉, 고, 고, 고, 고!"

하지만 기력이 쇠했다는 사부리의 반격 또한 엄청났다. 겐타로와 마찬가지로 상반신을 크게 저으면서 그 기세로 가속을 붙이며 어떻게든 속도를 올려서 커브를 돌려고 한 것이다.

"오오오오옷!"

"대박이다, 대박이야!"

원래대로라면 가속도가 붙으면서 원심력이 배가 되어 휠체어가 크게 쏠릴 테지만, 공기저항을 적게 받는 외형과 극도로 경량화된 휠체어가 땅으로 쓰러지는 것을 간신히 막았다.

그때 트랙 안쪽에 자세를 다잡은 사부리의 휠체어가 여세를 몰아 겐타로의 휠체어와 접촉했다.

"오우!"

이대로라면 두 대 모두 넘어진다! 겐타로가 순간적으로 속도를 줄여서 사부리를 지나쳤다.

세 번째, 사부리가 선두로 올라섰다. 결승선까지는 앞으로 직선 코스만 남아 있었다.

마지막 코너를 빠져나온 겐타로도 마지막 추격에 돌입했다.

두 사람의 간격은 약 2미터.

도망갈 것인가, 추월할 것인가. 이 모든 것은 두 사람의 완력에 달렸다.

결승선까지 앞으로 40미터.

"가자아아아아아!"

"역전해라아아아!"

두 사람은 마치 귀신처럼 앞으로 나아갔다. 이제 기술도 휠체어도 상관없었다. 앞으로는 체력보다 집념이 신체를 움직인다.

마침내 겐타로가 마지막 스퍼트를 시작했다.

두 사람 사이가 순식간에 좁혀졌다.

결승선까지 앞으로 20미터.

드디어 두 사람은 나란히 달리기 시작했다.

당황한 사부리가 자신도 마지막 스퍼트를 시작하려던 바로 그때였다.

양손의 균형이 무너지면서 사부리의 휠체어가 오른쪽으로 흔들렸다. 휠체어 끝이 겐타로의 휠체어와 부딪혔고 그 반동으로 겐타로는 트랙을 크게 벗어났다.

"아아아아아!"

"위험해!"

겐타로는 트랙을 이탈하지 않으려고 자세를 다시 세웠지만, 한번 비틀거리기 시작한 바퀴는 금방 원래대로 돌아오지 않았다.

한편 사부리는 가벼운 휠체어에 화를 냈다. 스포츠형 휠체어는 속도가 붙었을 때 부딪힌 충격으로 운전자의 말을 듣지 않고 맥없이 쓰러졌다.

한순간에 운동장에는 찬물을 끼얹은 듯 정적이 흘렀다. 누구도 사부리의 기권을 믿어 의심치 않았다.

그러나 예상 밖의 일이 벌어졌다.

땅에 쓰러져 있던 사부리가 벌떡 몸을 일으킨 것이다.

그리고 비틀비틀 일어나 한쪽 다리를 절뚝이며 다시 결승선을 노렸다.

관객석이 술렁이기 시작했다.

5미터.

3미터.

그리고…….

"……이겼다! ……골인……."

사부리는 짜내듯 그 말만 남긴 채 그 자리에 무너져 내렸다.

관객들은 여전히 웅성거리고 있었다.

네발로 엎드려서 어깨를 오르내리고 있는 사부리에게 겐타로가 다가왔다.

"사부리 씨. 고개를 들어 보시죠."

사부리가 천천히 고개를 들었다.

그러자 그 자리에 있던 사람들의 숨이 일제히 멎었다.

사부리의 백발이 크게 흐트러져서 그 밑으로 흑발이 엿보였다. 잔뜩 흘린 땀으로 도란*과 주름이 벗겨지면서 거무스름한 얼굴이 나타났다.

"너, 세이조지? 아버지는 어떻게 됐느냐. 어차피 이미, 이 세상 사람이 아니겠지만."

＊◎＊

나카 경찰서가 가택수색을 하자 사부리가의 마루 밑에서 백골 사체가 발견되었다. 치과치료 흔적 등으로 사부리 료스케의 사체라는 사실이 밝혀졌으며, 죽은 지 적어도 4년은 지났다고 했다.

---

*   무대 화장이나 입체 화장에 사용하는 기름기 있는 분.

시체유기혐의로 체포된 세이조 부부의 진술에 따르면 료스케는 4년 전 봄, 노환으로 자연사했다고 한다. 그들은 자신들이 죽인 것이 아니라는 사실만은 믿어 달라며 눈물을 흘리며 호소했다.

"그런데 왜 바로 신고하지 않았을까요."

병실 침대에 누워 있던 미요가 물었다.

"노령연금 때문이죠."

옆에 있던 겐타로가 대답했다.

"사부리 옹이 한 달에 받는 금액이 26만 엔이었다는군요. 2년 후가 정년인데 노후가 암담했던 세이조 부부에게 월 26만 엔 수급은 사활이 걸린 문제였을 거예요. 현재 정년이 지난 세이조는 계속 무직 상태였고. 연금을 계속 받기 위해서는 사체를 마루 밑에 매장하고 그 죽음을 한사코 숨길 수밖에 없었을 테니."

"참 비참하고도 슬픈 이야기네요."

"그렇죠. 부모에게 얹혀산 것도 모자라, 등골을 있는 대로 빼먹으면서 살아왔으니까."

"하지만 숨기기만 했으면 됐을 걸, 어째서 그 아들이 료스케 씨로 변장까지 했던 걸까요?"

"그건, 복지과의 가정 방문이 임박했기 때문이에요."

"복지과의 방문이요?"

"미요 씨 집에도 팔순을 축하해 주러 방문했잖아요. 그런 기념할 만한 생일에는 복지과 직원이 생일사의 거수를 확인할 겸 가정 방문을 하도록 되어 있는데, 사부리 옹은 구순이잖아요. 마루 밑에 아버지를 매장한 세이조 부부에게는 최대 위기였던 거죠. 어떻게든 가정 방문을 피할 방법을 궁리한 거지. 더욱이 사부리 옹의 부재를 의심받게 되면 본전도 못 찾을 테니까. 그래서 생각해 낸 방법이 세이조의 1인 2역이었던 거예요."

젠타로는 맛없는 음식을 먹은 표정으로 말을 이었다.

"우선은 세이조가 사부리 옹으로 변장해서 근방에 일부러 모습을 드러내요. 주민들의 눈에 띄도록 일부러 다른 사람들의 물건을 부수는 거지. 그렇게 동네에 사부리 옹이 살아 있다는 인상을 심어 두려고. 하지만 아무리 능숙하게 연기해도 사부리 옹을 잘 아는 사람들이 보면 금방 비밀이 탄로 날지도 모르죠. 그래서 사부리 옹과 같이 토박이파 노인들 중에서 외출하는 사람을 공격한 거예요. 변장한 자신과 마주치지 않도록, 사부리 옹의 오랜 지인들을 집이나 병원에 틀어박혀 있도록 할 의도로 말이야. 그렇게 고령자 연쇄습격 사건을 연출한 다음에 이번에는 자신을 피해자로 가장한 거죠. 미친 이야기야. 연쇄 사건에 휘말려서 부상을 당하면 복지과 직원의 면회도 거절할 수 있으니까."

"어머, 말도 안 돼! 고작 그런 이유 때문에 우리를 이 지경으로 만든 거예요?"

"그런데 미요 씨는 운이 나빴어요. 우리가 마침 사부리 옹의 이야기를 하고 있을 때 변장한 세이조가 그 대화를 들었기 때문에 표적이 된 거라고요."

"그런데 도대체 언제 눈치채신 거예요?"

이번에는 미치코가 물었다.

"그 왜, 내가 미끼가 되어서 혼자서 산책할 때 말이야. 바로 그

때. 세이조가 동네 물건들을 부수고 다녔지 않나. 그런데 모조리 싸구려만 골라서 부쉈더라고. 나중에 변상할 것도 생각한 처사였겠지. 그러자 우리 집처럼 담 위나 머리 높이에 놓여 있는 화분을 고를 수밖에 없게 됐어. 그런데 그 높이에 있는 물건을 부수려면 일부러 휠체어에서 일어서지 않으면 손이 닿지 않지. 그래서 외출했던 사부리 옹은 가짜가 아닐까 의심했어. 그리고 또 하나, 사부리 옹 본인이 습격을 당했을 때, 동행했던 다쓰코는 범인이 직접 옹의 어깨를 밀었다고 증언했지. 하지만 실제로 그 증언대로 해보면 알 수 있어. 자전거를 탄 사람이 휠체어에 앉아 있는 환자의 어깨를 미는 건 높이 차이 때문에 어렵지."

아아, 그런 것인가 라고 미치코가 마침내 이해했다. 다쓰코의 이야기를 들었을 때 느껴졌던 위화감의 정체는 바로 그것이었다.

"세이조 부부가 수상하다고는 생각했네. 그렇지만 확실한 증거가 없었지. 그래서 나는 사부리 옹에게 함정을 팠지. 기억하지? 사부리가를 방문했을 때, 나고야 대공습 이야기를 꺼냈던 것."

"네. 그때는 겐타로 사장님이 드물게 옛날이야기를 하신다고 생각했죠."

"그 이야기에는 몇 가지 거짓말이 섞여 있었어. 예를 들어 3월 19일의 공습으로 나고야성까지 전소되었다고 했지만, 나고야성이 소실된 것은 5월 14일 공습 때였지."

"이런……."

미요는 흘긋 눈을 흘겼다.

"그게 다 라면 단순히 잘못 기억하는 것이라고 생각할 수 있겠지. 하지만 결정적이었던 건 이 마을도 피해를 입었다고 말한 부분이었어. 멍청하긴. 전쟁 중이었을 때 이 마을은 아직 산속에 있던 스무 세대 남짓한 마을로, 공습을 받은 시가지와는 거리가 있었지. 그때부터 살아온 토박이들은 누구나 다 아는 사실이야. 그런데 세이조는 전쟁 후에 태어났고 여기에서도 오래 살지 않았기 때문에 거짓말에 걸려든 거야."

"그러면, 그 휠체어 경주도 설마……."

"그래. 처음부터 변장한 세이조를 많은 사람들 앞으로 끌어내기 위한 수단이었지. 상금 백만 엔을 전면에 내걸었던 이유도 돈에 눈이 먼 그 놈이라면 반드시 미끼를 물 것이라고 생각해서였어. 그리고 이참에 자백하라고 말이야. 경주에 참가했던 나머지 선수 여섯 명과 세이조를 무리해서 추대한 사람들 모두 내 사람들이었다네."

미요는 질렸다는 듯 겐타로를 흘겨봤지만 입가는 미소를 짓고 있었다.

"……당신 참으로 악랄한 사람이네요."

"그게 무슨 말이에요. 미요 씨도 노인들은 폭력으로는 이길 수 없다고 말했잖아요. 하지만 지혜라면 노인도 맞설 수 있지. 상대방보다 더 뛰어난 계략을 짜면 그만이라는 이야기니까."

겐타로가 조금 우쭐한 모습이었기 때문에 미치코는 심술을 부리고 싶어졌다.

"아, 맞다. 겐타로 사장님. 그 교장선생님께서 부탁하셨어요."

"부탁? 도대체 무슨 부탁 말인가?"

"그 휠체어 경주, 정말 많은 학생과 학부모들이 감동을 받았다고 하더라고요. 그래서 내년 운동회에도 프로그램으로 넣고 싶다고 꼭 상담하고 싶다고 말이에요."

그러자 아니나 다를까 겐타로는 미간에 깊은 주름을 새기며 말했다.

"이런 우라질!"

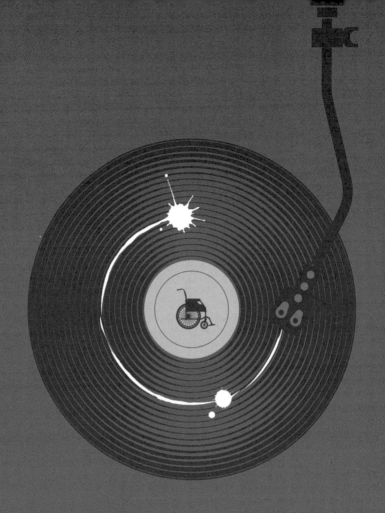

제4화

휠체어 탐정과 네 개의 서명

1

"미치코 씨. 잠깐 은행 좀 들렸다 가자고."

겐타로가 말했을 때, 미치코는 아아, 또 그 일인가 생각하며 기사에게 들를 곳을 알려 줬다. 회사에서 귀가하던 중, 겐타로가 들릴 은행이라고 하면 그곳밖에 없었다. 인출할 현금의 사용처도 예상할 수 있다. 분명 하비샵에서 군함이나 전차 프라모델을 구입할 생각이겠지.

고즈키 겐타로는 억 단위 자산가지만 지갑에는 언제나 천 엔짜리 지폐만 몇 장 들어 있었다. 언제인가 VIP용 카드가 있는지 물은 적이 있는데,

"카드? 은행 카드라면 몇 장 가지고 있는데. 현금 인출할 때밖에 쓸 데가 없어"라고 대답해서 의아해한 적이 있다.

"아뇨, 그런 거 말고 신용카드로 쇼핑 같은 거 안 하시냐고요."

"아아, 그런 카드 말하는 건가. 신용카드는 한 장도 없어. 은행이

나 신용카드 설계사들이 자꾸만 만들라고 하는데 모두 거절했네."

"카드가 있으면 편리하잖아요. 포인트도 쌓이고요."

"편리한 건 돈을 쓰기 쉽게 하기 때문이야. 포인트도 마찬가지지. 무엇보다 말이야, 카드는 현금을 직접 지불하지 않으니까 쇼핑했다는 느낌이 들지 않아서 시시해. 게다가 주고받는 돈이 눈에 보이지 않는다는 건 결국 무서운 거야. 본인이 지금 얼마만큼의 값어치를 샀는지 알 수 없게 되거든."

납득할 수 있는 대답이었다. 내가 나이를 먹어서 그런지 몰라도 확실히 현금으로 물건을 구입했을 때는 그 물건의 가치를 다시 한 번 확인할 수 있어서, 불필요한 쇼핑을 한 것은 아닐까 반성하게 되는 부분이 있다.

그러나 그렇다고 해도 사람의 지갑은 제각각 깊이가 달라 겐타로의 지갑에는 빌딩이 통째로 들어갈 수 있다. 그런데도 언제나 천 엔짜리 지폐 몇 장만 들어 있는 데는 분명 다른 이유가 있을 터였다.

겐타로는 은행에서 현금을 자잘하게 인출하는 것을 매우 좋아한다. ATM의 숫자 키를 누르고 자신이 모은 돈과 직접 마주하는 일에 큰 기쁨을 느끼는 것이다.

"설마 나를 돈에 집착하는 스쿠루지 영감이라고 생각하는 건 아니겠지?"

갑작스러운 지적에 미치코는 자신도 모르게 악 소리를 낼 뻔했다.

"뭐, 이래봬도 사장이니까 돈에 대한 집착을 부정할 생각은 없지만 신나게 은행에 가는 이유는 현금을 인출하려는 것뿐만이 아니라고."

"그러면 왜 가시는 건가요?"

"은행에 가면 말이야, 대기하는 고객의 수, 고객층의 표정에서 지금 돈이 어떻게 흘러가고 있는지가 어렴풋이 보여. 느린지, 아니면 긴박한지. 적은지, 아니면 많은지. 경제신문도 자금순환 동향을 발표하지만, 그건 거시적인 분석이라서. 내 사업에 중요한 개인 단위의 소비 동향을 파악하려면 은행 지점만 한 곳이 없지."

히로코지대로 중에서도 후시미부터 사카에까지는 오피스빌딩이 빼곡하게 들어서 있다. 겐타로 일행을 태운 간호 차량은 마침내 그중 한 건물로 들어섰다.

아오이 은행 사카에 지점.

창문에 붙어 있는 포스터와 간판은 완전히 새 것인데 반해 건물 자체는 벽돌로 지어진 3층 건물로 고색창연했다. 그도 그럴 것이 이 지점은 만들어진 지 벌써 60년이 지난 상태였다.

본디 지방 은행의 본점이었는데, 흡수합병되면서 어느샌가 대형 은행의 여러 지점 중 하나로 격하되었다. 그뿐이랴. 지명을 딴 은행 이름은 합병을 거듭할 때마다 혀가 꼬일 정도로 한없이 길어졌는데, 일곱 번째 흡수합병을 겪고 나서야 겨우 현재의 산뜻한 이름으로 자리 잡게 되었다.

고객의 입장에서 보면 우스갯소리 같겠지만 고도경제성장기에는 이 본점에 계좌를 소유한 것이 경영자로서 일종의 사회적 지위로 내우받던 적이 있어서, 겐타로는 지금도 여전히 이 은행의 단골 고객이다.

정면 입구를 지나서 은행으로 들어가니 목적지인 ATM 코너는

80퍼센트 정도 붐비고 있었다. 은행 내부를 힐끗 둘러보면서 고객의 수와 표정을 확인하는 듯 젠타로의 눈이 분주했다. 그러고는 무언가 만족스러운 듯 고개를 끄덕인 다음, 비어 있는 ATM으로 가자고 미치코를 재촉하는 바로 그때, 방해자가 나타났다.

"오오오오오. 이게 누구십니까, 고즈키 사장님! 찾아 주셔서 감사합니다."

손바닥을 비비면서 잽싸게 다가온 사람은 미치코도 본 적 있는 지점장 오사나이였다. 유행하는, 테가 가벼운 안경을 쓴 희고 갸름한 얼굴은 한눈에 봐도 신경질적인 성격이 연상되었고, 억지로 짓고 있는 영업용 미소는 오히려 불편해 보였다.

미치코가 불편하다고 느끼는 것이 젠타로에게는 귀찮은 것에 지나지 않는다. 젠타로는 억지 미소를 보자마자 언짢은 듯 "부르지도 않았는데. 돈 뽑는데 방해하지 말게"라며 냉정하게 잘라냈다.

이럴 때는 빈말이라도 좋으니 수고한다고 격려해 주면 상대도 면목이 설 텐데, 젠타로는 일고조차 하지 않았다. 미치코는 들으라는 듯 헛기침을 해보지만 어차피 젠타로에게는 마이동풍이었다. 이 영감님은 사회적 지위가 높거나 우월감을 드러내는 사람에게는 못되게 말하는 버릇이 있다.

"죄, 죄송합니다. 하지만 오늘은 특수한 날이기 때문에 혹시 ATM을 사용하시는 데 시간이 오래 걸리실 것 같으면 직원이 있는 창구로 가시는 게 좋지 않을까 하고⋯⋯."

"특수한 날이라니?"

"오늘은 2시에 마감이라 ATM도 그 시간까지만 사용하실 수 있습니다. 앞으로 5분도 남지 않았죠."

"뭣이라고?"

웃는 얼굴을 유지한 채 오사나이가 가리킨 곳에는 '알림'이라고 적혀 있는 포스터가 붙어 있었다. 그것을 본 미치코는 오사나이의 말을 이해했다.

계획정전. 예전에는 익숙하지 않았던 이 단어도 이제는 완전히 유행어가 되어 버렸다. 올해 봄 즈음에 보존위원회가 실행한 검사에서 하마오카 원자력 발전소에서 가동하고 있는 3호기부터 5호기까지 모든 건물에 보강공사가 필요하다는 지적이 나온 것이 발단이었다. 최근 주부전력*은 건물 세 개를 순차적으로 개조할 계획을 세웠지만, 때마침 지진학자와 매체가 간섭하고 들었다. 만약 그 사이에 대지진이라도 발생한다면 어떻게 할 셈이냐고 비판했다. 최근 몇 개월, 일본 동쪽 바다에 인접한 지역들에 미약한 지진이 계속되기도 했기 때문에 주부전력은 여론에 떠밀린 형국으로 모든 발전기를 일제히 개조공사하기로 결정했다.

문제는 개조공사 중의 전력공급이었다. 하마오카 원자력 발전소 전체가 가동을 중지하면, 주부전력의 전력공급은 80퍼센트 떨어진다. 게다가 올 여름은 폭염이 예상되기 때문에 공급 부족 상태에 빠질 것은 일반인의 눈으로 봐도 분명했다. 그러던 중, 주부전력이 정부와 협력해서 내세운 방책이 바로 이 계획정전이었다.

그러고 보니 오늘이 계획정전을 실시하는 첫날이라는 사실을 미

---

*   일본 혼슈 주부 지역에 전기 및 가스를 공급하는 에너지 회사.

치코는 지금에서야 깨달았다.

"이 지역 정전 시간은 2시 30분부터 5시까지입니다. 저희 은행에서는 정전에 따른 불필요한 문제를 피하기 위해 2시에 문을 닫고 ATM도 마감하도록 했습니다. 네."

"불필요한 문제라고?"

말끝이 한껏 치켜 올라갔다는 경고 신호다. 미치코는 조건반사적으로 자세를 다잡았다.

"무슨 그런 거지같은 말이 다 있어! 뭐가 불필요한 문제야. 그런 건 고객의 컴플레인이 무서워서 아예 컴플레인을 차단해 버리려는 거잖아. 진정으로 고객을 위한다면 정전 직전까지 은행 문을 열어야지. 고객의 편의를 고려한 다음에 발생하는 문제라면 이해하겠지만, 시끄러워지는 것이 싫어서 마감 시간을 앞당겨 고객을 불편하게 하다니 당신이 그러고도 장사꾼이야? 부끄러운 줄 알아야지. 고객의 컴플레인은 보물이라는 걸 그 나이, 그 직급이 되어서도 아직 모르는 건가!"

"아, 아니, 저기, 하지만 이건, 저, 저 한 사람의 결정이 아닌 본사의 영업총괄본부에서 결정한 지시사항입니다."

"시끄럽네, 멍청하긴. 본사의 지시와 지역 고객의 요구를 적절하게 수용해서 영업하는 것이 지점장의 역할 아닌가. 위에서 명령한다고 칠렐레 팔렐레 따르면서 그걸로 끝이라고 하다니, 도대체 당신 어느 지역 지점장이야!"

그 후로도 겐타로의 설교가 길게 이어져 오사나이의 몸이 점점 움츠러들었기 때문에 미치코가 적당한 타이밍을 재다가 끼어들었다.

"겐타로 사장님. 적당히 하지 않으시면 시간이 없어요."

"아아, 그렇지, 그렇지. 이러고 있을 시간이 없지 참."

고객 앞에서 면박을 당한 걸 별것 아닌 취급을 받는데도 오사나이의 표정에는 약간의 흐트러짐도 보이지 않았다. 그런 의미에서는 실로 훌륭한 영업용 미소였다.

"고즈키 사장님. 그나저나 얼마나 많은 금액을 인출하실 예정이신지. 죄송합니다만 현재 ATM 인출 한도는 한 번에 50만 엔까지기 때문에 시간이 걸리실 겁니다. 역시 창구에서 출금하는 편이 좋지 않을까요. 백만 엔인가요. 아니면 2백만 엔인가요?"

"7천 8백 엔."

오사나이의 입이 벌어지는 것과 동시에 입구의 셔터가 내려가기 시작했다.

"언제나 아오이 은행을 이용해 주시는 고객여러분께 진심으로 감사드립니다. 오늘은 계획정전으로 인해 2시에 마감합니다. 안녕히 가십시오."

안내방송이 은행 안에서 흘러나오고 셔터가 거의 다 내려가서 50센티미터 정도 남았을 때였다.

그 얼마 안 되는 틈으로 네 사람이 미끄러져 들어왔다.

"세이이이프!"

그 중 한 명이 의기양양하게 외쳤다.

"휴우, 늦지 않았네, 시간에 못 맞추는 줄 알았잖아."

"그러니까 말이야."

목소리를 들으니 모두 10대 청소년이었는데, 주변에 있던 사람들의 시선이 가장 먼저 그들의 머리로 쏟아졌다.

모두 눈부실 정도의 금발이었다.

셔터가 마지막까지 내려갔다.

"이크."

사람들의 눈이 금발에 집중한 다음 얼굴까지 확인하려고 했을 때 네 명이 주머니에서 얼굴 전체를 가리는 마스크 모자를 재빨리 꺼내 썼다.

가장 처음 말했던 남자가 오른손에 쥔 물건을 높이 치켜들었다.

권총이었다.

"미안한데 식상하게도 우린 강도다. 모두 움직이지 마. 직원들은 그대로 일어서."

순간 분위기가 경직됐다.

직원도 고객도 어떤 표정을 지어야 좋을지 모르겠다, 라는 의미에서 경직된 것이었다.

그러나 네 명은 긴장하지 않았다.

사전에 역할분담을 정해 놓은 모양이었다. 우선 체격이 가장 좋은 남자가 한손에 권총을 들고 경비원 두 명을 제압하고 바닥에 엎드리게 했다.

평범한 키에 체격이 작은 두 사람이 카운터를 뛰어넘어서, 한 사람은 카운터의 뒤에, 다른 한 사람은 안쪽에 있는 지점장 자리로 향했다. 그러고는 허리를 숙이고 부스럭거리며 무언가 작업을 하는 것 같더니 이윽고 고개를 들었다.

"알. 신고벨, 해제."

"여기도."

알이라고 불린 리더 격인 남자가 카운터에 있는 남자 직원에게 다가갔다.

"페인트 볼 내놔."

"네?"

"네는 무슨 네야. 방범용 페인트 볼 말이야. 항상 근처에 두잖아. 그거 내놓으라고."

"아니, 저기."

"페인트 볼보다 중요한 걸 던지고 싶어?"

총구를 코앞까지 들이대니 직원은 두말없이 발밑에 있던 페인트 볼을 꺼내어 놓았다. 총 여섯 개였다.

"자, 직원이랑 손님들을 모두 한 곳으로 모아. 꾸물대지 마."

카운터 안에 있던 두 명과 밖에 있던 두 명이 포위하는 모양새로 은행 직원과 방문객을 은행 중앙으로 몰았다.

"좋았어, 1층은 확보 완료. 한 명이 위층에 올라가서 직원을 데리고 와."

덩치가 작은 남자가 2층으로 재빠르게 올라갔다. 마침내 들려오는 새된 노성. 그리고 직원 네 명이 손을 든 채 줄줄이 내려왔다.

미치코는 자신도 모르게 휠체어 손잡이를 잡은 손에 힘을 줬다.

어떻게 할까……. 훈련이 아니다. 실제상황이다.

"다들 가지고 있는 휴대 전하 내놔. 조금이라도 저항했다가는 가만두지 않을 거야."

알은 모여 있는 사람들 앞에 총구를 겨눴다. 사람들이 겁에 질려

즉시 주머니나 가방에서 휴대 전화를 꺼냈고, 강도 두 명이 그것을 아무렇게나 봉투에 걸어갔다.

"이봐, 당신도 내놔. 거기 할아버지."

뒤에 있던 체격이 좋은 강도가 말했다. 미치코는 깜짝 놀라서 어깨를 흠칫 떨었다. 그리고 떨리는 손가락으로 더듬더듬 주머니에서 휴대 전화를 찾아 남자에게 넘겼다. 그러나 그것으로 끝이 아니었다.

"그 영감님은 왜 안 줘? 노인네라도 휴대 전화 정도는 갖고 있을 거 아냐."

미치코는 겐타로도 얼굴이 굳어 있을 것이라는 걱정에 들여다보는데, 그가 갑자기 뒤돌아보았다.

"미치코 씨. 비켜 봐 그 놈 얼굴이 안 찍히잖아."

튀어나온 손에 카메라 모드를 켠 휴대 전화를 들고 있었다.

"무, 무슨 짓이야."

남자는 당황해서 들고 있는 휴대 전화를 낚아챘다.

"이봐. 무슨 짓이야. 겨우 초점이 맞았는데."

"바, 바, 바, 바, 바, 바보야? 도대체 왜 휴대 전화를 걷는다고 생각하는 거야."

"흥, 무슨 소리를 하는 거야. 너야말로 바보냐. 이런 절호의 기회를 놓치지 말라고 전화기에 카메라 기능을 넣은 거라고. 지금 이걸 안 찍으면 뭘 찍으라는 거야."

"딕, 무슨 소란이야."

딕이라고 불린 덩치 큰 남자가 "아무 일도 아니야"라고 대답하고 위협하듯 겐타로에게 얼굴을 들이밀었다.

"영감님, 헛수작 부리지 마. 당신 같은 사람은 총을 쓸 필요도 없이 한주먹 거리도 안 돼."

"한주먹이고 나발이고, 그 전에 할 일이 있잖아?"

"뭐가."

"네 놈은 입냄새가 너무 심해. 적어도 양치 정도는 하고 강도짓을 하라고."

복면을 쓰고 있어도 딕의 기분이 상했다는 사실은 분명했다. 딕은 아무 말 없이 오른손을 뒤로 흔들었다.

"오, 때릴 건가? 덩치가 산만 한 네 놈이 나처럼 힘없는 휠체어 노인을 힘껏 때리겠다는 말이야?"

"게, 겐타로 사장님. 왜 도발을 하세요."

"딕! 아까부터 거기서 뭘 하고 있는 거야."

알이 화난 목소리로 재촉하자 딕은 신음소리를 내며 팔을 내렸다.

"이상한 짓 하지 마."

"하고 싶어도 이런 몸으로는 불가능하잖아. 보고도 몰라?"

아아, 그러니까 상대방이 기세등등한 이런 상황에서까지 욕하지 않아도 되잖아요. 미치코는 속이 타들어갔다.

ATM 코너에 늘어서 있던 겐타로와 미치코를 포함한 고객들도 은행 1층 가운데로 몰아졌다. 경비원들은 이미 묶여서 나뒹굴고 있었다.

"자!"

알은 다른 세 명에게 페인트 볼을 두 개씩 건넸다. 그러자 세 명이 흩어져 천장 가까이에 설치되어 있는 방범 카메라를 향해 던지기 시작했다. 애당초 천장이 높지 않았기 때문에 카메라 위치도 낮아서 세 대 모두 금방 페인트 볼에 맞아 렌즈 부분이 페인트로 가려졌다.

1층 중앙에는 이미 모여 있던 인질들이 손을 뒤로 꺾인 채 비닐 끈으로 묶여 있었다. 손가락도 움직일 수 없도록 신중하게 엄지손가락끼리도 묶었다. 뒤로 꺾인 팔들을 서로 엮어 인질들끼리 팔짱을 낀 형태였다. 앞으로 단독행동을 할 수 없다니, 미치코는 엉뚱한 점에 안심했다. 직원 수를 세어보니 오사나이를 포함해서 모두 열 명. 고객은 겐타로와 자신을 포함해 스물세 명이었다.

알림 벨 해제.

방범 카메라와 페인트 볼 사용 불가.

휴대 전화 압수.

인질 확보.

순식간에 제압당했다. 더 이상 은행 내부에서 외부로 연락할 수단은 없어졌고 직원도 인질도 어떠한 저항도 할 수 없다.

"지점장이 누구야."

"나, 나다."

오사나이가 앞으로 나왔다.

"지점장은 우리를 안내하도록 해. 찰리, 저 휠체어 영감도 묶어."

찰리라는 덩치가 작은 남자가 비닐 끈을 들고 다가왔다.

갑자기 큰 소리가 났다.

"무슨 짓이야! 보면 모르냐. 하반신불수 노인이라고. 나 같은 사람을 그런 걸로 묶을 셈인가!"

갑작스러운 반항에 찰리는 깜짝 놀라 움찔 뒷걸음질쳤다.

"그래. 다른 사람은 몰라도 이 분은 손가락 하나라도 건드려서는 안 돼."

이런 상황에서도 점수를 따기 위해서인지 오사나이가 미치코 앞으로 나섰다. 다른 점은 몰라도 자신의 몸을 던져 겐타로를 보호하려는 행동은 높이 살 만했다.

그러나 역효과였다. 이야기를 듣고 있던 알이 다가왔다.

"오호, 지점장이 '이 분'이라고 부르는 사람이라니. VIP 아니면 유명인인가? 이봐, 할아버지. 자기소개 좀 해보시지."

"나는 고즈키 겐타로다."

"고즈키…… 아아, 그러고 보니 들은 적 있는 것 같군. 예전에 나고야 재계의 중요 인사인가 뭔가로 신문에 나온 적 있지?"

"호오, 대단한데?"

"뭐가?"

"일단 텔레비전 편성표 말고도 신문을 읽는 것 같아서 말이야."

"아, 읽지. 돈 냄새 나는 기사는 남김없이 훑어보고 있어. 좋아, 당신도 길잡이에 껴주지. 아무래도 이 중 목숨 값이 가장 비쌀 것 같은 인간이니까. 여차할 때 쓸 수 있는 비장의 카드가 되겠지."

알이 그렇게 말하고는 휠체어 손잡이를 빼앗으려던 때, 미치코가 화가 난 기색으로 그 손을 뿌리쳤다.

"잘 다루지도 못하는 손으로 만지지 마. 말은 잘해도 환자라고."

"미치코 씨. 그만."

"당신들 환자 휠체어 밀어본 적이나 있어? 높낮이가 다른 곳과 내리막길에서 부드럽게 밀 자신이 있냐고."

미치코는 자신의 모습을 보지 못하지만 분명 무시무시할 것이다. 독기를 품은 미치코의 모습에 알은 잠시 고민한 뒤 "뭐, 상관없겠지"라고 불만스러운 목소리로 중얼거렸다.

"잘못 다루다가 상품 가치가 떨어지면 안 되지, 그 할아버지도 아줌마도 혼자서는 움직일 수 없는 거나 마찬가지니까."

젠타로와 같이 움직이는 것을 간신히 허락받은 듯해 미치코는 가슴을 쓸어내렸지만, 젠타로가 무언가 불만스러운 듯 옷자락을 잡아끌었다.

"미치코 씨, 왜 또 쓸데없는 짓을 한 거야. 당신을 위험에 빠트리게 하고 싶지 않았는데."

"사장님을 혼자 뒀다가는 훨씬 더 위험한 일에, 심지어는 사장님 스스로 뛰어들 텐데요."

지점장이 이때다 싶어 참견했다.

"얼마 정도 금액을 기대하고 범행을 계획했는지는 모르지만, 현금수송차가 조금 전에 막 출발한 참이라 은행 내부에는 현금이 얼마 없다. ATM을 정산하지 않았으니 안에 얼마나 들어 있는지도 알 수 없어. 어쨌든 지금부터 현금함에서 돈을 꺼내지."

"무슨 정산이라고? 흥, 그런 푼돈 따위 필요 없어."

"하지만 현금은 그것밖에 없어. 그걸로 당장의 목적은 달성할 수 있겠지. 그러면 인질들은 필요 없어지겠지."

"누가 현금을 털러 왔다고 했어?"

"뭐라고?"

"은행에서 오가는 현금이야 뻔하지. 현금띠로 묶여 있는 돈다발에 일련번호가 빠짐없이 적혀 있겠지. 훔치는 건 성공해도 그걸 사용한 순간 꼬리가 잡히게 돼. 그런 찝찝한 물건, 거절이야."

"그럼, 도대체 목적이 뭔가."

알은 엄지손가락으로 바로 아래를 가리켰다.

"바로 여기. 이 은행, 지하에 금고가 있잖아."

그 말에 직원 몇 명이 반응했다. 아니, 반응한 사람은 직원 외에 한 명 더 있었다.

"호오."

겐타로의 입에서 소리가 새어나왔다.

"거기가 목적이었나? 흠. 역시 어중간한 액수를 노린 범죄는 아닐 거라고 짐작은 했지."

"겐타로 사장님, 뭔가 알고 계시는 것이 있습니까?"

"알다마다, 여기가 히가시야마 은행이었을 때부터 고객이었던 사람이라면 다들 알고 있는 사실이지. 그런데 네 놈들은 그걸 어떻게 알고 있는 거지? 목소리를 들으면 아직 새파랗게 어린 강도들 같은데."

"일이니까. 사냥감에 대해서는 철저하게 조사했지. 게다가 특급기밀도 아니어서 사정을 대략 파악하는 건 간단했어."

알은 기분이 조금 좋은 듯 지껄였다.

"지금 할아버지가 말한 것처럼 이 건물을 지을 때 설계된 지하금고. 사방이 납으로 만든 벽으로 둘러싸여 있어서 전시에는 대피소로도 사용했다던데. 견고하게 설계돼서 현대에 와서도 사용하면서 목돈은 물론 고객이 맡긴 중요한 보관물품도 그곳에 보관하고 있어…… 그렇지? 지점장."

"대충 그렇긴 하지만 보전 내용에 대해서는 아무것도 모른다. 고객의 귀금속과 현금이 있는 건 분명하지만 그래서 보안도 철저하게 하고 있지."

"어떻게?"

"금고 문의 두께는 40센티미터로 어설픈 연장으로는 꿈쩍도 안 할 거다. 잠금장치는 전자 록 형식으로 본점 지시, 지점장 허가, 경비실의 해제 신호가 없는 한 열리지 않아."

"즉 당신 말고도 본점과 경비실의 체크가 필요하다는 말이네."

"그래."

"그런데 정전되면 어떻게 되지?"

"그건 건물 전체가 정전되면 일시적으로 전자 록이 풀리는데 그렇게 흔한 일이 아니니까 운 좋게 정전이 되는 일은…… 앗."

도중에 오사나이의 안색이 변했다.

"그래. 지금은 시간까지 지정되어 있는 운 좋게 정전된 상황이지. 정말로 감사한 원전 님이시라니까. 빌리, 정전까지 몇 분 남았어?"

빌리라고 불린, 마지막으로 이름이 알려진 남자가 들고 있던 노트북을 열었다.

"앞으로 몇 분 안 남았어. 초재기 단계야."

"주부전력은 시간대로 진행하겠지?"

"그럴 거야. 처음 하는 계획정전이니까 그쪽도 한창 예민할 거야.

자. 20, 19, 18, 17······."

누구도 떠드는 기색 없이 빌리의 건조한 목소리만이 은행 내부에 울려 퍼졌다. 지금은 마치 인질들도 공범이 된 기분으로 시간을 기다리고 있었다.

"8, 7, 6, 5, 4, 3, 2, 1······ 땡."

그 순간 웅 하는 낮은 소리와 함께 은행의 조명이 전부 꺼졌다.

* ◎ *

아오이 은행 사카에 지점에 수상한 움직임이 포착됐다.

첫 보고가 나카 경찰서에 올라온 것은 오후 2시 50분이었다. 은행 건너편에 위치한 빌딩에 있던 목격자의 신고였다.

"어떤 목격 정보인가?"

고다 서장이 묻자 강력계 기리야마 과장은 애써 평정을 가장했다. 만약 은행 강도라면 정말로 큰 사건이기 때문에 이런 상황에서의 말과 행동이 특히 상사의 기억에 남는다.

"사카에 지점 건물 1층은 모든 셔터가 마감과 동시에 내려가 내부의 동태를 확인할 수 없습니다. 그러나 2층과 3층은 내부가 들여다보이는 유리 창문으로 되어 있어서 도로 쪽으로 등을 돌리고 있던 직원이 손을 들고 사라지는 장면이 목격되었습니다. 확인을 위해 사카에 지점으로 전화를 걸었지만 받지 않습니다."

"긴급 출동 요청 시스템은?"

"현재 시행되고 있는 계획정전 탓에 기능이 정지되었습니다."

"그래도 출동 요청 시스템은 살아 있을 텐데. 그건 정전과 관계없이 NTT*의 디지털 회선을 통해 신호는 중앙감시센터로, 음성은 통신지령본부인 220번 접수대에 통보되도록 하지 않나."

"오후 2시 5분에 차단되었습니다. 아마도 단말기 쪽이 절단된 것으로 추정됩니다."

"범인과 인질의 수는?"

"현재 수사 인력을 현장으로 출동시켰습니다만 파악이 어렵습니다. 그러나 오늘이 고토비**가 아니라 방문자가 많지 않을 것으로 예상합니다. 더욱이 마감 직전에 현금수송 차량이 빠져나갔기 때문에 은행 내부에 남아 있는 현금도 많지 않을 것입니다."

"계획정전이라니. 그 은행이 있는 구역은 몇 시부터 정전 예정이었나."

"오후 2시 30분부터 5시까지입니다."

"……묘하군."

고다는 잠시 생각에 잠겼다.

"정전이 2시 30분부터라면 ATM 이용자는 분명 그 직전까지 출금하고 있었을 거야. 당연히 ATM 안에도 현금은 얼마 없겠지. 은행이 보유한 현금도 마감 직전에 현금수송 차량이 싣고 갔어. 은행 내부에는 최소한으로 필요한 현금만 남아 있었을 거야. 계획범죄

*   일본전신전화. 일본 최대의 통신회사다.
**   일본 간사이 지방에서 생긴 말로, 한 달 중 5와 10이 붙는 날. 일본의 상거래 지급은 날짜에 5와 10이 들어가는 5, 10, 15, 20, 25, 30일 또는 월말에 진행된다. 이날은 특히 교통정체가 심하다.

치고는 가장 중요한 돈에 대한 정보가 빠져 있어."

아아, 기리야마는 고다 서장이 작년에 막 부임해 왔다는 사실을 떠올렸다. 그렇다면 그것을 모르는 것도 이상하지 않다.

부모님 대부터 시내에 살고 있는 기리야마는 은행 지하에 잠들어 있는 금고에 대해 추가로 설명했다.

"그래서 견고하기 그지없는 설계에 보안 시스템 또한 삼중으로 설치되어 있습니다만……."

"잠깐, 전자 록이라고? 그렇다면 정전 상태인 지금 금고는."

"짐작하시는 대로입니다."

"계획정전에 대비한 보안 대책은 제출했나!"

"계획 자체는 진작 통보받았지만, 실제 실시 시간과 구역 구분에 대해서는 어제 막 발표되었기 때문에……. 유감이지만 한발 늦었습니다."

"그 지하금고에는 도대체 어느 정도의 자산이 보관되어 있나?"

"그건 아오이 은행의 기밀사항입니다. 그러나 아오이 은행이 히가시야마 은행이었을 때부터 이용해온 고객들 중에는 자산가가 많다고 들었습니다. 만약 그들이 지하금고를 이용하고 있다고 한다면 상당한 유형 자산이 잠들어 있을 겁니다."

"……즉시 현경 본부에 연락해. 주변 조사와 정보 수집을 계속하면서 본부의 지시를 기다린다. 인질들에 대한 자세한 정보나 흉기 소지 여부가 명확해지지 않는 한, 선불리 움직일 수 없다."

"알겠습니다."

현재로서는 이 정도가 타당한 판단인가……. 기리야마 나름대로 고다의 판단에 합격점을 주며 뒤로 돌아서자마자 고다가 등 뒤에서 말했다.

"그리고 하나 더. 은행 내부를 점거한 범인들에게 경계심이 생기지 않도록, 현장 주변 조사가 결코 눈에 띄어서는 안 돼. 차량도 당분간은 암행순찰차만 이용하도록 해."

2

"경찰 쪽 움직임은 어때?"

알이 묻자 통신장비인 인터콤을 장착한 빌리는 노트북 화면에서 눈을 떼지 않은 채 대답했다.

"아직 눈에 띄는 움직임은 없어. 경찰의 특수 차량이 이쪽으로 오는 낌새도 없고"라며 노트북 옆의 수신기 같은 것으로 시선을 옮겼다.

"무선무전기에서도 은행 강도 같은 단어는 아직 나오지 않은 걸 보니 들키지 않은 것 같아."

"우리 쪽 정보는 차단했지만, 조만간 경찰이 눈치챌 거라는 건 예상 가능한 일이야. 어차피 경찰도 곧장 움직이지는 못할 거야. 좋이, 너석들이 눈치챘을 때에는 이곳을 빠져나가면 돼."

"잠깐."

알과 빌리의 대화를 듣고 있던 겐타로가 끼어들었다.

"한 10년 전쯤에 사용하던 아날로그 방식이면 몰라도 디지털 신호를 사용하는 요즘, 경찰 무선무전기를 도청하고 해독하는 건 어려울 텐데. 그 수신기 혹시 4진 PSK의 복조회로가 내장된 마루하마의 PT-619가 아닌가."

표정은 보이지 않지만 빌리는 확실히 놀란 모습으로 겐타로를 쳐다봤다.

"흐응, 아무래도 정곡을 찔렀나 보군. 그런데 복조 수신 회로기판은 전자부품 판매상에서 구할 수 있다고 쳐도 순차 액세스 메모리 IC인 HM63021은 이미 절판되지 않았나."

"그건 대체회로가 나왔어."

"그럼 프로그램과 해독코드는 어떻게 한 거지? 그거야말로 기밀 중의 기밀이잖아."

"아, 프로그램은 '라디오라이프' 홈페이지에서 다운로드받았지. 코드는 백 가지 패턴을 벌써 읽어 들였으니까 순차적으로 스캐닝해서 주파수를 맞추면……."

"호오. 코드는 어디에서 읽어 들이지?"

"경찰의 호스트 컴퓨터를 해킹해서……."

도대체 이 사람은 강도를 상대로 뭐에 신이 나서는……. 미치코는 대화를 끊으려고 했지만 즐거운 듯 계속 질문하는 겐타로의 입을 막을 방법이 없기 때문에 얼굴이 화끈거리는 심정으로 지켜볼 수밖에 없었다.

"이봐, 할아버지."

알이 어이가 없다는 말투로 중간에서 잘랐다.

"무전에 대해 상당히 잘 아는가 보네. 이 녀석과 이만큼 대화할 수 있는 녀석, 잘 없거든."

"그냥 늙은이의 심심풀이지."

"허 참, 심심하다고?"

빌리가 혼잣말로 중얼거렸다.

"순차 액세스 메모리 HM63021이라니, 도대체 얼마나 마니아인 거야……."

"그럼 빌리는 계속 경찰의 동태를 확인해. 찰리와 딕은 1층을 감시하고. 나는 인질들과 지하금고에 다녀올게."

응. 세 사람이 대답했다.

지하층과 연결된 엘리베이터는 당연히 사용할 수 없기 때문에, 네 사람은 비상계단으로 내려가기로 했다. 다행히 높이차가 크지 않았기 때문에 미치코의 숙련된 솜씨라면 내려갈 때 겐타로에게 부담을 줄 걱정은 없었다.

그러나 미치코는 그런 것에 마음을 놓을 수 없었다. 자신이 겐타로를 돌보는 것을 간신히 허락받았지만 그렇다고 겐타로의 안전이 보장된 것은 아니다. 불안에 떨고 있지 않을까 하고 겐타로를 들여다본 미치코는 이번에야말로 말을 잃었다.

이 휠체어 노인은 점점 사라져가는 빛 속에서 여유로운 미소를 짓고 있었다. 마치 이제부터 유람이라도 떠나는 사람 같았다.

미치코는 잠시 생각한 뒤 귓가에 속삭였다.

"사장님. 설마 이 상황을 즐기고 계신 건 아니죠?"

"이제 와서 무슨 소리를 하는 거야, 미치코 씨."

겐타로의 대답이 급하게 터져 나왔다.

"당연히 즐겁지. 기나긴 인생에서 은행 강도의 인질이라니, 이런 경험 몇 명이나 해보겠어. 죽어서 저승 갈 때 가져갈 즐거운 추억으로 삼기에 딱이라고."

알이 겐타로를 내려다보면서 말했다.

"참나, 진짜 특이한 할아버지네."

네에, 네에. 그야 당사자는 특이한 할아버지로 끝이지만 말이에요. 간병하는 나는 속이 편할 날이 없다고요. 미치코는 속으로 흉을 봤다.

휠체어를 미는 사람에게 계단을 내려가는 것은 가장 어려운 작업이지만, 미치코는 겐타로가 충격을 거의 받지 않도록 조심스럽게 계단을 전부 내려갔다. 그리고 콘크리트 바닥에 휠체어 바퀴를 소리도 없이 내려놓았다. 전등도 전부 꺼져 햇빛이 닿지 않는 지하실 바닥은 칠흑 같은 어둠에 휩싸여 있었다.

"비상시에 사용하는 자가발전은 없는 건가."

"발전장치도 있지만 의료기관과는 다르게 자동적으로 전환되지는 않습니다. 아무래도 구식 건물을 그대로 사용하고 있기 때문에 설치 계획 단계부터 차질이 생기는 바람에……."

알이 손전등을 켜는 바람에 미치코는 순간 눈이 부셨다.

지하실 양 끝에는 선반이 죽 늘어서 있었다. A라고 인쇄된 대형 선반과 B라고 인쇄된 중형 선반인데, 아마 고객용 대여금고일 것이다.

지하금고는 바로 눈앞에 있었다.

문 전체는 다다미 두 장 정도 크기였다. 왼쪽에는 문손잡이와 비슷한 대형 핸들이 달려 있고, 핸들 바로 옆에는 번호 키가 죽 달려 있었다. 아마도 아까 설명했던 것처럼 세 군데의 허가를 받은 뒤 비밀번호를 입력하는 구조 같았다.

손전등 빛을 받으며 앞을 가로막고 있는 거대한 은색 문은 위용이 넘쳤다.

그러나 미치코가 한숨을 내쉬며 바라본 것과는 대조적으로 겐타로는 다른 의미의 한숨을 내쉬었다.

"언제 봐도 대단한 물건이군."

"오. 할아버지, 전에 여기 온 적 있어?"

"그럼. 여기는 대여금고도 있으니까 말이야. 부동산 거래를 할 때 현금이 없는 녀석이 증권이나 채권을 담보로 내놓거든. 그럴 때는 역시 사무실에 있는 작은 금고로는 마음이 놓이지 않으니까 여기에 맡기는데, 올 때마다 불쾌해."

"저기, 고즈키 사장님. 도대체 이 금고의 어떤 점이 마음에 들지 않으십니까?"

"지금 말했잖아. 이렇게, 열어볼 테면 열어보라는 모양새가 도무지 아니꼽다고."

"아니, 하지만 그건 견고함의 상징이라고 생각하시면……."

"견고? 무슨 말 같지도 않은 소리야. 사상누각이라는 건 바로 이런 걸 두고 하는 말이지, 세칸정선이 그걸 증명하고 있지 않은가."

"아니, 저기, 그런데 그게 말입니다……."

"견고함을 자랑하는 것일수록 약간의 결점만으로도 무너질 수 있는 거야. 그런 것도 모르고 기계니 시스템이니 하는 건 오만해 보일 뿐이지. 고상함과 깊이가 좀 더 필요하다고."

이 영감님 입에서 고상이라는 말이 나올 것이라고는 생각지도 못했기 때문에 미치코는 어이가 없었다.

"할아버지의 시스템 설교는 꽤 재미있지만 다음 기회에 하라고. 자, 어서 금고를 열어."

알이 총을 까딱하며 지시하자 오사나이가 핸들에 손을 올렸다.

역시 정전으로 자동 잠금이 해제되어 있는 것 같았다. 열리기 시작한 틈에서 철컹하는 쇳소리가 들렸다. 이 소리는 아무런 저항 없이 열리는 한심한 자신에 대해 문이 내는 원통한 소리일까.

알이 들고 있는 손전등은 할로겐 형식으로, 전구 단 하나만으로도 넓은 범위를 비추고 밝기 또한 매우 밝다. 천천히 드러나는 공간을 비추자 동그란 빛 안에 다층구조의 선반이 비춰졌다. 알은 망설이는 기색도 없이 안으로 걸음을 옮겼다. 그 뒤를 오사나이가 허둥지둥 따라가고 겐타로와 미치코는 문 정면에서 상황을 지켜보고 있었다.

"미리 말해두는데."

암흑 속에서 알의 목소리가 울려 퍼졌다.

"어둠을 틈타서 내게 무슨 짓 할 생각 마. 나는 비상사태에 대비해 야간투시경도 준비했으니까. 손전등을 끄면 너희는 장님이나 마찬가지야. 휴대 전화 버튼 하나만 누르면 위에 있는 세 녀석에게 긴급신호를 보낼 준비도 해두었지."

"용의주도하군."

"플랜 B는 항상 생각해 둬야지."

손전등 불빛이 금고 내부 구석구석을 비췄다. 불빛에 비추는 것은 산처럼 쌓인 현금다발과 서류였다. 현금띠로 묶여 있는 지폐가 열 다발씩 비닐로 포장되어 산더미처럼 쌓여 있었다. 한 묶음에 천만 엔 정도 될까. 그런데 알은 돈다발더미에는 눈길도 주지 않았다.

"호오."

겐타로가 감탄했다.

"처음에 현금 따위 필요 없다고 말했지만 이 돈다발들을 보면 동요할 거라 생각했는데 웬걸. 자제력이 나름 강한 걸."

"흐흐. 칭찬을 듣다니 영광인데. 솔직히 이런 돈다발은 돈으로 보이지 않더라고. 그냥 종이다발로 보여. 더러워지지도 접히지도 않아서, 조폐국에서 바로 가져온 인쇄물 같이 깨끗한 것도 그렇고…… 이거, 뭐지. 할인권?"

알이 집어 올린 것은 종이 한 조각이었다.

"아아, 그건 할인채권이다."

"할인채권?"

"간단히 말해 이자가 없는 채권이라는 뜻이야. 발행 시점에는 액면보다 낮은 금액으로 발행되고 상환 시점에는 액면가로 상환하지. 즉 이자가 붙은 뒤에 상환하는 이자채권과 비슷한 구조야."

"일종의 증권인가. 관심 없어."

알은 종이를 휙 던지고는 금고를 계속 뒤지기 시작했다.

"도대체 뭘 찾는 게야."

"진짜로 돈 되는 물건 말이야……. 엇, 있다! 찾았다!"

알이 갑자기 소리치더니 금고 구석으로 달려갔다.

그리고 화색이 만연한 얼굴로 집어든 것은 골드바였다.

"흠, 금괴. 그게 목적이었나."

"그래. 금융 사정에 밝은 할아버지라면 잘 알겠지. 세상에 금만큼 안정적인 자산은 없다고. 화학적으로도 그리고 경제학적으로도 말이야."

금만 한 안전자산은 없다. 그것은 다름 아닌 바로 겐타로의 입버릇이었기 때문에 미치코 같은 문외한도 얼추 기억하고 있었다.

지금地金이란 금속을 보관하기 쉬운 형태로 가공한 것으로, 가장 널리 알려진 것이 바로 금이다. 그리고 이 금은 국내외 시장에서 항상 안정적인 투자 대상이다. 현금, 증권, 채권의 가치는 그때그때 경제상황이나 정세에 큰 영향을 받는다. 최근 몇 년처럼 테러가 횡행하는 상황이면 더욱 그렇다. 그러나 금괴는 그러한 외부 요인에 위협받지 않고 일정한 가치를 유지한다. 왜냐하면 금의 매장량은 처음부터 한정되어 있기 때문이다.

"어제 고지된 금 시세가 1킬로그램 골드바에 4백 2십만 엔. 보이는 대로 소유자의 이름도 없어. 번호도 없지. 같은 4백만 엔이라도 백만 엔짜리 현금다발 네 묶음과 비교하면 훨씬 안전하지."

그리고 알은 온 길을 되돌아가서 일단 금고 밖으로 나간 뒤 어딘가에서 운반용 손수레를 끌고 와 그곳에 골드바를 싣기 시작했다.

"이보게 지점장."

겐타로는 오사나이에게 소리 죽여 속삭였다.

"무슨 일이십니까?"

"저 골드바, 한눈에 봐도 백 개는 족히 넘을 것 같은데. 누군가의 개인 자산인가?"

"아뇨, 저희 은행의 운용자산입니다. 아시는 바와 같이 최근 몇 년 동안 엔화가 불안정해서 일부를 골드바로 바꿔 두었습니다."

"백 개면 약 4억 2천만 엔? 손해가 크겠구만."

"심려 끼쳐드려 죄송합니다. 하지만 안심하십시오. 이 골드바들은 보험을 들어놨습니다."

"호오, 도난보험인가. 행동이 빠르군. 하지만 골드바 도난보험은 보험사에서도 꺼린다고 들었는데."

"말씀하신 대로입니다. 하지만 이 지하금고의 보안이 완벽했기 때문에 계약이 성립될 수 있었습니다. 그런데 설마 이런 사태가 벌어질 줄은……."

오사나이의 말끝에서 울분이 느껴졌다. 보험을 들어놨으면 실질적으로 은행으로서 손해는 감소하지만 지점장으로서 골드바를 도난당한 책임까지 피해갈 수는 없다. 보험금이 나오든 나오지 않든 오사나이를 기다리고 있는 운명은 다를 것이 없다.

알은 골드바를 옮기는 데 푹 빠져 있었다. 방금 전까지의 냉정함이 거짓말 같았다. 그러던 중에 손으로 건드렸는지 골드바 하나가 가벼운 소리를 내며 굴러갔다.

"아아앗!"

오사나이가 작게 소리쳤다.

골드바가 겐타로의 발밑으로 굴러왔다.

겐타로는 몸을 수그려서 그것을 집어 들었다. 손전등 빛에 반사시켜 보니 골드바 끝에 약간 긁힌 자국이 보였다.

"이봐. 금은 말이야, 의외로 쉽게 긁히는 금속이라고. 너무 거칠게 다루면 안 돼. 자산 가치가 떨어진다고."

그러나 알은 대답하지 않고 입을 다문 채 작업을 이어갔다. 겐타로는 언짢은 듯 콧방귀를 끼었다.

마침내 작업을 마친 알이 손수레를 밀며 금고를 나왔다.

"할아버지, 기다리게 해서 미안. 자, 도와줘."

"무슨 소리야."

"처음부터 이걸 염두에 뒀지. 이만큼 되는 골드바를 그냥 손수레에 싣고 계단을 올라갔다가는 쌓아올려 놓은 것이 무너지잖아. 그 휠체어에 실으라고."

"흥. 나를 여기에 버려 두고 갈 셈이었나."

"장애인에게 그렇게까지 잔인하지는 않아. 지점장이 당신을 업고 가면 되잖아."

"그 말을 들을 거라고 생각해?"

"듣지 않으면 후회할 거야."

알은 미치코의 관자놀이에 총을 겨눴다.

"당신같이 이상한 인간에게는 다른 사람을 협박하는 편이 더 먹히지."

"그런 기특한 생각은 어디서 배웠나."

"적어도 학교는 아니야."

겐타로는 무뚝뚝하게 턱으로 오사나이에게 신호를 보냈다. 겐타로는 오사나이의 등에 업히고 주인을 잃은 휠체어에는 주인을 대신해 골드바가 쌓이기 시작했다.

"지점장님, 조심하세요. 허리를 갑자기 펴지 않도록 천천히, 천천히……."

"알겠습니다."

미치코는 치욕과 공포로 바들바들 떨었다.

방금 전까지만 해도 자신이 겐타로의 보호자라고 생각했는데 터무니없는 착각이었다.

보호 받는 사람은 자신이었던 것이다.

총구는 아직 그대로 관자놀이에 닿아 있었다. 분하고 무서워서 눈물이 나올 것 같았는데, 겐타로의 말에 눈물이 쏙 들어갔다.

"어이, 거기 멍청이."

순식간에 분위기가 경직됐다.

"뭐야. 발을 빼앗긴 것치고는 상당히 팔팔한데?"

"본디 나는 남의 행동이 옳고 그른지에 대해서는 관심 없는 사람이지. 누가 무슨 짓을 하던 신경 쓰지 않아. 말이 나와서 하는 이야긴데 법률 따위에도 관심 없거든. 법원의 판결에 일부 회의적이기도 하고. 사람이 무엇을 하든 결과는 본인에게 되돌아오니까 주변에서 이러쿵저러쿵하는 건 쓸데없다고 생각해. 그놈의 행실이 어쩌고 하는 건 대단히 쓸모없는 참견이라고 생각한다고."

"그 의견에는 동의."

"그러니까 내가 가족 외의 사람에게 이런 말을 하는 건 정말로 흔치 않은 일이니까 잘 들어."

"뭐야."

"빨리 투항해."

* ◎ *

"은행 직원은 오사나이 지점장을 포함해 열 명, 방문객은 스물세 명으로 총 서른세 명의 인질이 1층 중앙에 묶여 있습니다."

고다가 보고하자 사쿠라바 현경본부장은 작품을 평가하는 것처럼 턱을 만지작거렸다.

"범인은 네 명이라고."

"현재 확인된 인원은 그렇습니다."

"무기는?"

"한 사람당 권총 한 자루씩 소지하고 있는 것으로 파악되는데, 총기 종류와 진짜인지 가짜인지는 소형 CCD 카메라로는 확인할 수 없습니다."

"은행에 저격수 전용도로와 저격창은 확보했나?"

갑자기 저격수 이야기가 나와 기리야마는 적잖이 놀랐다.

저격수 전용도로는 통상 은행 천장 안쪽에 설치되어 있다. 바닥에는 고무시트가 깔려 있어서 움직이더라도 아래로 소리가 새어나가지 않도록 설계되어 있다. 저격창은 은행 내부 구석구석까지 보이는 장소에 설치된 가로세로 30센티미터짜리 매직미러를 가리키는데, 그곳에서 범인을 저격하도록 되어 있다.

하지만 그렇다고 해도 인질의 안전 확보보다 범인 저격을 먼저 입에 담는 사쿠라바에게 위험을 느꼈다.

"아니요. 저 은행은 지은 지 오래된 건물이라, 물론 몇 번 개조 공사를 할 때 보안 장치를 추가한 것 같지만, 전용도로와 저격창은 설치되어 있지 않습니다."

"허."

불만스럽게 찡그린 표정도 거슬렸다.

"우리가 알아차렸다는 사실은 아직 눈치채지 못한 거지."

"범인들의 움직임을 보면 그렇게 판단하셔도 될 것 같습니다."

"본부에서 특별대책반을 가동하지."

반박을 허락하지 않는 말투였다. 그 특별대책반 중에는 당연히 저격수도 포함되어 있었다.

"인질의 안전 확보는……."

"무슨 말을 하는 거야. 물론 그게 최우선 사항이지. 협상도 할 거야. 하지만 최악의 사태에도 대비해야지. 그래서 범인들의 인상착의는?"

"목소리로 봐서는 20대, 혹은 그 이하 같습니다."

"흥. 꼬맹이들의 짓인가. 그럼 가지고 있는 총기도 장난감일 가능성이 크군."

"그건 일반적인 이야기고……. 최근에 일부 마니아가 권총을 개조해 밀매한 사건이 발생하지 않았습니까."

"은행 진입 경로는?"

"은행은 사거리의 동남쪽 모퉁이에 있어서, 서쪽에 정면 입구, 북쪽에 ATM 코너, 동쪽에 출입문이 있습니다. 도로와 마주하고 있는 서쪽과 북쪽은 통유리로 되어 있으나 현재는 외부 셔터가 내려간 상태입니다."

"셔터는 방탄 소재인가?"

"아닙니다. 흔한 표준 장비입니다."

"그럼 창문을 통해 급습할 수도 있겠군."

사쿠라바는 만족스러운 기색으로 끄덕였다. 인질의 안전이 최우선이라고 말하면서 머릿속으로는 차근차근 강행돌파 시나리오를 짜고 있다고밖에 생각할 수 없었다.

"현장은 오피스타운 한가운데야. 교통량도 유동인구도 많다. 만약 이 장소에서 총격전이라도 발생하면 2차 피해를 피할 수 없어. 따라서 이 사안은 최소 범위 내에서 신속하게 해결하는 것이 바람직하다."

키가 180센티미터가 넘는 고다가 바로 앞에 서서 사쿠라바를 향해 고개를 돌리니 더욱 위압적으로 느껴졌다. 잠자코 고개를 숙이고 있지만 그 머릿속으로는 도대체 무슨 생각을 하고 있을까.

알고 지낸 지 아직 1년도 채 되지 않았지만 이 서장의 인품은 대략 파악하고 있다. 엘리트 출신이 아니라 밑바닥부터 시작해서 지금 이 자리까지 올라온 인물로, 풍모는 온화하지만 형사 냄새를 풍긴다. 일단 출세욕은 있지만 하극상과는 거리가 멀다. 오히려 감이 익어서 저절로 떨어지기를 끈기 있게 기다리는 것 같은 인상이다. 그렇기 때문에 공격을 서두르지 않는다. 경찰관으로서 지켜야 할 순서를 알고 있다.

그러나 사쿠라바의 언행이 풍기는 냄새는 역겨운 관료로서의 그것이었다. 물론 자신이 수사본부의 최고책임자를 맡고 있지만 현장에서의 지시는 고다에게 맡긴다. 혹시나 사건이 실패로 끝날 경우 꼬리를 잘라내려고 하는 것이다.

사쿠라바가 사건의 빠른 해결을 목표로 하는 이유는 인질의 안전을 걱정하기 때문이 아니다. 가을에 있을 인사이동을 노리고 공적을 쌓으려는 것이다. 이 남자가 부임 초에 늘어놓던 부임사를 현 경직원들 모두가 씁쓸해하며 들었던 기억이 있다. 간토 지방*에서 고위직을 두루 거쳐 온 사쿠라바는 아이치현경을 마치 시골 파출소처럼 취급하며 현대화가 시급하다며 잘난 척하며 큰소리쳤다. 심오한 뜻은 없었다. 요점은 하루라도 빨리 중앙으로 돌아가고 싶다는 뜻이었다.

그리고 그런 속셈을 고작 나 같은 관할서 과장 따위에게 간파당한 시점에서 이 남자의 그릇도 알 만한 것이다.

"그러면 특별대책반이 도착하기 전에, 나카 경찰서는 지금부터 현장 주변을 폐쇄하고 정리하겠습니다."

고다가 표정 변화 없이 꺼낸 말은 협의도 없이 성급하게 특수대책반 파견을 결정한 사쿠라바에 대한 작은 복수일까.

목례를 하고 사쿠라바에게 등을 돌리는 고다의 모습이 얼핏 자신의 모습과 겹쳤다. 기리야마는 참을 수 없는 기분으로 고다의 뒤를 따랐다.

고다의 가슴팍에서 벨소리가 들려온 것은 바로 그때였다.

---

* 　관동 지방. 일본의 지역 구분 중 하나로 동부에 위치하며, 수도인 도쿄가 속한 곳으로 정치·경제·문화·교통의 중심지다.

"네, 고다입니다. 응? 운전기사의 신고. 그게 뭐라고, 지금 그런 거 신경 쓸 때가……. 뭐, 뭐라 고?"

목소리가 갑자기 커졌다.

"고즈키가의 운전기사라고? 겐타로 사장님이 아오이 은행에 들어간 뒤 돌아오지 않는다고!?"

3

"121, 122, 123, 124······. 합쳐서 전부 125개."

"돈으로 환산하면 얼마야?"

"한 개당 약 4백 2십만 엔이니까······. 5억 2천5백만 엔."

"5억!"

찰리의 흥분한 목소리에 다른 두 사람이 오 감탄했다.

"한 사람당 1억 5백만 엔인가. 헤헷, 사치만 안 하면 평생 일하지 않고도 먹고살 수 있겠어."

딕의 말에 빌리가 쌀쌀맞게 대답했다.

"바보야. 고작 1억 5백만 엔이라고. 평균수명인 여든 살까지 산다고 생각해봐. 1년에 고작 173만 엔이야. 사치 운운할 수준이 아니라고."

"쳇, 꿈이 없는 건 여전하네, 너는."

"네가 지나치게 몽상가라고 생각해."

"잠꼬대 그만 해. 이건 어디까지나 자금이니까."

알은 골드바를 자루에 다시 넣으면서 말했다.

"이것만 있으면 무언가 작게라도 시작할 수 있어."

"그런 것도 몽상가라고 하지 않아?"

"이런 건 기업가라고 하는 거야."

그리고 네 사람이 골드바로 우르르 모여들었을 때 겐타로가 입을 열었다.

"한창 분위기 좋을 때 방해하는 것 같은데."

간신히 휠체어로 돌아온 겐타로가 물었다.

"너희들 몇 살인고?"

"뭐라고?"

알이 귀찮은 듯 고개를 들었다.

"몇 살이냐고 물었다. 열네 살이야, 아니면 그것보다 어려?"

"하하핫, 아무리 그래도 중딩은 말도 안 되지. 성인은 아니지만 말이야. 그런데 그런 건 왜 묻는 거야?"

"그렇다면 소년법 대상자가 아니군. 너희는 성인과 같은 법으로 재판받는다. 강도죄는 징역 5년 이상이야."

"잡히면 그렇겠지. 그건 우리도 싫어. 그러니까 안 잡힐 거야."

"꽤 자신만만하군."

알은 장갑 낀 손을 팔랑팔랑 흔들어 보였다.

"여기에 들어온 뒤로 우리는 지문을 단 한 개도 남기지 않았어. 얼굴은 계속 복면으로 가렸고 방범 카메라도 저렇게 된 상태야. 다행히 아직 한 발도 쏘지 않았으니까 총으로 발목이 잡힐 일도 없지. 완벽해."

"호오. 그 정도로 지문에 신경 쓰는 것은 예전에 보도*나 체포된 적이 있기 때문인가."

팔랑거리던 손이 딱 멈췄다.

"그 나이에 보도이력이나 체포이력이 있다면 직업을 구하기도 어렵겠지. 그래서 사면초가 상황에서 선택한 게 강도인가."

"시끄러워, 할아버지. 본인이 저지른 일에 대해 주변에서 이러쿵 저러쿵 하는 건 쓸데없는 짓이라며."

"공교롭게도 나는 주변 사람이 아니잖아. 생판 남이거든."

"쳇."

"골드바를 돈으로 바꿔서 본인들 회사를 차리자는 둥 대단히 패기 넘치는 이야기지만, 과연 너희들에게 회사를 세우고 운영해 나갈 지혜나 능력이 있을까? 나는 이래봬도 반세기 넘게 경영자 노릇을 하고 있지만 참 힘든 일이야. 옆에서는 어떻게 보일지 모르지만 남보다 두 배 나은 삶을 위해 세 배 더 일하고, 네 배 더 머리를 쓰고, 다섯 배 더 위가 아파야 하지. 그런 일을 고작 강도짓 한 번으로 자본금을 얻었다고 해서, 충동적이고 단순한 어린애들이 해낼 수 있으리라고 도저히 생각할 수 없군."

"닥쳐, 영감탱이."

"무엇보다도 말이야. 어느 날 갑자기 학력도 변변치 않고, 경력도

---

*   경찰이 주로 비행청소년을 대상으로 진행하는 조언, 상담 등의 교정활동을 의미한다.

없는 꼬맹이 네 명이 모여 회사를 설립한다고 해보자. 주변 주민들의 수상쩍은 눈초리를 피할 수 없을 거야. 그런 정보를 입수하고도 손 놓고 있을 정도로 경찰은 멍청하지 않다고."

알이 혼란을 틈타 겐타로에게 다가가 총구를 이마에 겨눴다. 당황한 미치코가 서둘러 손을 뻗었지만 그 손은 어렵지 않게 내쳐졌다.

나머지 세 사람이 위태로운 분위기를 감지하고 골드바를 옮겨 담는 작업을 중단했다.

"하반신을 못 움직이는 만큼 입을 움직이네. 그런데 쬐끔 지나치게 움직였어. 굳이 따지자면 우리는 조용한 노인을 좋아하거든. 한 마디도 지껄이지 않는 노인은 더 좋아하지."

"쏠 테면 빨리 쏴."

"겐타로 사장님!"

"이 나이쯤 되면 말이야, 죽는 것 따위 별로 무섭지 않거든. 알고 지내는 사람 중에 살아 있는 놈들보다 죽어서 저세상 간 놈들이 더 많다고. 그리고 나라는 인간을 아는 사람이라면 총에 맞아 뒈졌다는 소식을 들었을 때 아아, 그 놈 다운 죽음이라며 납득할 게야. 어서, 빨리 쏘지 않고 뭐해."

"사장님, 정말!"

"어차피 죽을 거 조금 빨리 죽을 뿐이니까 나로서 큰 손해는 아니야. 손해 보는 건 너희들이지."

"뭐라는 거야?"

"강도죄는 5년 이상의 징역이지만, 강도치사죄는 사형이나 무기 징역이거든. 이렇게 죽을 날이 얼마 안 남은 노인네의 수명을 조금 단축시킨 대가로 인생을 망치는 것이 취미라면 쏴. 응, 어서 쏘지 않고 뭐해?"

알은 총을 그대로 겨눈 채 미치코에게 시선을 돌렸다.

"이봐, 요양보호사 아줌마."

"왜요."

"이 할아버지를 간병한 지 몇 년이나 됐어?"

"이제 1년이 지났는데요."

"힘들지? 이 할아버지 수발들기."

"참견 말아요!"

후우, 지친 소리를 낸 알은 총을 내렸다.

"당신 머리에 바람구멍을 내면 확실히 내 손해지. 그럼 할아버지는 왜 그러는 거야. 우리에게 잔소리를 해서 뭔가 얻는 거라도 있어?"

"잔소리가 아니야."

겐타로는 오만하게 가슴을 폈다.

"이건 설득이다."

그렇게 거만하게 하는 설득 따위 들어본 적 없다고요. 미치코는 다른 의미로 이 자리에서 도망치고 싶어졌다.

"내 말이 듣기 싫으면 상대를 바꾸지. 이봐, 거기 도청 마니아."

"누구 보고 도청 마니아라는 거야."

빌리는 인터콤을 내던졌다.

"저런 놈들과 어울리지 마."

"그렇게까지 하는 걸 보니 기계를 만지는 데 상당히 자신이 있는 것 같군. 확실히 경찰의 디지털 회선을 해독하는 실력이라면 좀 더 자랑해도 된다고. 그런데 그 기술을 어째서 다른 곳에 활용하지 못하는 게야. 일확천금을 꿈꾸는 것도 이해 못할 것은 아니지만, 그건 내일이 없거나 남들보다 뛰어난 강점이 없는 자들의, 그야말로 허황된 꿈이라고. 너라면 좀 더 다른 길을 걸을 수 있어."

"모른다고, 그런 거."

"알려고 노력은 해봤나? 잘못 들어선 수많은 길에서 허탕을 치기만 하면서 스스로의 강점을 잃은 것 아니야? 자신이 찾는 세계가 어디에 있는지, 시간을 들여서라도 찾으려고 한 적 있어? 귓구멍 열고 잘 들어, 기계 좋아하는 애송이."

"기, 기계 좋아하는 애송이?"

"이 나라는 버블인지 뭔지로 한 번 엉망진창이 되었지만 기본적으로 기술개발로 초석을 다져온 나라야. 그 NASA도 이 나라 중소기업의 기술이 없으면 로켓을 쏘아 올리지 못한다고. 네 실력을 탐내는 회사가 분명 있을 게다. 그걸 네가 모를 뿐이지."

"고등학교 담임은 그걸, 세상에 필요 없는 기술이라며 무시했어."

"교사라는 인간들은 말이야. 본인들이 물건을 만들지 못하니까 사람을 만들려고 한다고. 그런 놈들에게 자신의 길을 결정하게 하지 마. 다음, 거기 꼬맹이들."

"나, 나?"

찰리는 당황해서 이쪽으로 돌아섰다.

"너, 모친은 살아 계시냐."

"어머니? 하핫, 네 어머니가 울고 계신다, 같은 그런 건가?"

"아니. 어머니는 우는 게 전매특허지만 아마 네 놈 어머니는 안

우실 게다. 강도짓이나 하는 놈들의 어머니잖아. 이미 숟가락을 던져 버렸을걸. 적어도 나라면 집에서 내쫓고 몇 개월 뒤에 구청에 사망신고한 뒤에 호적에서 파내 버릴 거야."

"그, 그건 너무하잖아."

"어차피 사랑 받거나 기대 받은 기억도 없잖아."

"이, 이 새끼가. 닥쳐!"

"그렇지만 그런 아이야말로 대반전을 보여 줄 수 있지. 내팽개친 바보 아들이 성실하게 일이라도 해봐. 어머니는 스스로를 부끄러워하다가 견디다 못해 울음을 터뜨릴 거야. 똑같은 울음이라면 이왕이면 그쪽 울음이 기분 좋지 않겠나."

"그건, 그렇지……."

"앞에서 지켜보니까, 너는 네 나름대로 리더의 지시를 잘 따르면서 일을 척척 처리하더라고. 안타깝게도 사람들 위에 올라설 그릇은 아니지만 필요할 때 필요한 만큼 일할 수 있는 귀중한 인재야. 결코 비관할 필요 없어."

"그, 그럴까."

"그리고 거기 힘자랑꾼."

"딱히 자랑한 적 없는데."

덕이 걸어 나왔다.

"왜 자랑하지 않지. 그것도 훌륭한 특기 아닌가."

"운동 특기생도 아니고, 그냥 완력 좀 있는 건 특기노 뭐도 아니야. 짐 옮길 때나 편하지, 아니면 겁 줄 때나."

"완력이 있어야 지킬 수 있는 것도 있어. 예를 들면 경찰관이 되려고 생각해 본 적은 없나?"

"경찰? 내, 내가?"

"뭐 고급공무원시험을 쳐서 엘리트 공무원이 되는 건 어렵겠지만 파출소 근무나 형사라면 못 될 것도 없지. 쫓기는 게 아니야. 쫓는 입장이다. 약한 자를 괴롭히는 놈을 잡기 위해 사냥개가 되어서 범인과 싸우는 거지. 사내대장부의 일생을 걸 만한 일이라고 생각하지 않아?"

"으, 응."

정말이지 이 무슨 황당한 영감님이란 말인가. 미치코는 이번에야말로 기가 막혀서 아무 말도 할 수 없었다. 상대가 아무리 나이도 다 차지 않은 아이라고 해도 이런 상황에서 평소의 달변가 기질을 발휘하다니. 그래도 만약 이 네 사람을 회유할 수 있다면 이 강도사건도 미수에 그치지 않을까.

그러나 미치코의 안이한 기대는 그 소리로 산산조각이 났다.

"아오이 은행 인질범들에게 알린다. 얌전히 투항하라."

겐타로는 맥이 탁 풀려 고개를 숙였다.

"이런 우라질 것들이……."

"너희들은 완전히 포위됐다."

그것은 미치코도 들은 적이 있는 목소리였다.

* ◎ *

일단 확성기 스위치를 끈 고다는 화가 치밀어 오른 듯 은행을 바라봤다. 경고라고 해도 매뉴얼대로 상투적인 대사를 입에 올린 부끄러움은 차치하고서라도, 평소 별로 보여 주지 않는 불쾌한 얼굴에 기리야마는 의아함을 느꼈다. 큰 사건으로 발전하면 현경본부의 지시하에 관할서 직원들은 후방 지원으로 돌리는 것이 보통이다. 어느 시점까지는 고다도 그럴 예정이었음이 틀림없다. 그러나 어떤 소식을 들은 고다의 행동이 갑자기 바뀌었다. 범인과 협상하는 역할을 자진해서 맡았을 뿐 아니라 특수대책반이 도착하기 전까지는 본인이 진두지휘하겠다고 말한 것이다.

경찰서장이 인질 사건의 최전선에 나서는 것은 매우 이례적인 일이지만, 요청한 사람이 서장 본인이면 현경본부로서도 승낙하지 않을 수 없었다.

"서장님, 무슨 일 있으십니까?"

"응?"

"아까 전화 받으신 이후로 계속 상태가 좋지 않으신 것 같은데요."

"은행 강도가 인질까지 잡고 있는 현장에서 유쾌하고 활발한 경찰이 있으면 꼭 좀 보고 싶군……. 아, 미안. 말실수를 했네."

"서장님답지 않으십니다, 라고 말씀드리면 화내시겠죠?"

"기리야마 과장. 고즈키 겐타로 사장님을 아나?"

"이름만 들어봤습니다. 나고야 재계 거물이라지요. 성정이 격하고 발언에 거침이 없는 인격자라고 평하는 사람도 있는가 하면 짐승만도 못한 물질만능주의자라고 평하는 사람도 있더라고요. 뭐, 그 주변 사람들도 거물이기 때문이겠지만요."

"그냥 거물이 아니야."

곤혹스러워하는 표정도 처음 본다.

"그 분의 말과 언행이 범인을 자극하지 않으면 좋으련만……."

역시 인질 중에 자산가나 저명한 사람이 있기 때문에 사정이 달라진 것인가. 그렇게 추측할 때 고다가 갑자기 이쪽으로 고개를 돌렸다.

"만약의 상황에 대비해서 말해두는데, 자산가라고 해서 인질로서 가치에 우선순위가 생기는 건 아니다."

표정을 읽혔을까 봐 조마조마했지만 고다는 이쪽에는 관심이 없는 것 같았다.

"도대체, 고즈키 씨의 어느 부분이 마음에 걸리시는 겁니까?"

"이건 그와 이야기를 나눠본 사람들만 알겠지만……. 마치 화약고 안에 담배꽁초를 남겨두고 온 기분이야."

한숨을 한 번 쉬고, 고다는 천천히 휴대 전화를 꺼내들었다. 방금 전 확성기 소리로 범인들에게 경찰의 존재를 알렸다. 따라서 다음 경고가 경찰 측의 통보라는 것은 쉽게 알 수 있을 터였다.

고다는 키를 누르고 휴대 전화를 귀에 댔는데 표정에는 변화가 없었다. 아니, 시간이 흐를수록 곤혹스러운 표정이 더욱 심각해질 뿐이었다.

"빨리 받아. 제길."

기리야마는 흠칫 놀랐다. 결국 감정이 언어로 표출되었다.

"도대체 뭘 하고 있는 거야."

신호음이 몇 번이나 울린 뒤 고다는 몹시 화가 나서 휴대 전화를 끊었다.

"은행 안의 동태는."

기리야마는 컴퓨터 화면을 고다의 눈앞으로 내밀었다. 정면 입구 틈새로 침입시킨 소형 CCD 카메라가 컴퓨터 화면에 은행 내부를 비추고 있었다. 그 화면상으로 보면 범인과 인질에게 눈에 띄는 움직임은 없었다.

조금씩 떨리는 화면 중앙에 네 사람의 뒷모습이 보였다. 그 가운데에 휠체어에 앉아 있는 사람이 있었는데 아마도 고즈키 겐타로일 것이다.

그리고 복면을 쓴 사람이 갑자기 화면 앞으로 이동했다.

고다는 다시 휴대 전화를 꺼냈다. 지금은 어쨌든 범인들과의 핫라인을 연결하는 것이 우선이다.

"무슨 일이야. 전화벨 울리잖아."

고다에게는 어울리지 않는 초조함이 이곳까지 전해진다. 그러나 계급의 차이를 뛰어넘어 그 초조함의 이유를 이해할 수 있었다.

사쿠라바에 대한 불신이었다.

물론 현경본부장의 입장으로 인질의 안전을 소홀히 할 리 없다는 것은 알고 있다. 그러나 파충류를 연상시키는 눈이 그 믿음을 의심하게 한다. 가스미가세키* 방향 외에는 안중에 없는 남자에게 과연 은행 내부에서 두려움에 떨고 있는 인질들의 모습이 보이기나 할지.

---

*　　도쿄에 있는 일본중앙관청지구. 일본의 거의 모든 중앙행정기관 및 부속기관이 들어서 있다. 즉 여기서는 출세만 지향한다는 걸 의미한다.

손목시계를 보니 4시가 넘어 있었다. 태양은 이미 서쪽으로 기울었지만 지독하게 끈적거리는 더위는 조금도 누그러지지 않는다.

사거리를 중심으로 반경 백 미터는 폐쇄했지만 이곳 히로코지대로는 나고야 시가지의 대동맥이다. 슬슬 몰려들 매체나 구경꾼들을 생각하면 성가신 생각만 떠올랐다.

그때 달려온 수사 인력이 고다에게 그 소식을 알렸다.

"서장님. 방금 현경의 특별대책반이 도착했습니다."

금세 고다의 미간에 주름이 잡혔다.

＊◎＊

"현경본부가 움직였어!"

노트북 화면에 바싹 붙어 있던 빌리가 소리쳤다.

"나카구 산노마루에 있는 청사에서 특수 차량이 출동했어. 아마 저격반이 타고 있을 거야."

"어떻게 경찰의 움직임을 저렇게나 쉽게 알 수 있는 거죠?"

미치코가 묻자 겐타로는 지극히 당연하다는 듯한 말투로 설명하기 시작했다.

"GPS야. 출동 차량의 위치는 위성으로 산출되어 407.7헤르츠 주파수로 통신지력본부에 송신되지. 그 주파수에 맞추면 경찰차의 움직임을 한눈에 파악할 수 있어."

빌리의 눈이 동그래졌다.

"무슨 그런 것까지 알아, 할아버지 도대체 정체가 뭐야."

"기계 만지는 게 취미인 늙은이에게는 상식이라고. 이봐, 전화가 오는데. 받는 게 좋겠어."

그러나 알은 마치 가늠하듯이 착신불이 들어온 전화를 노려볼 뿐이었다.

"저 서장 놈이. 내가 모처럼 잘 설득하고 있던 참인데."

그것이 설득이라고 할 수 있는지는 차치하고, 겐타로의 계획에 지장이 생긴 것은 분명했다.

"그런데 겐타로 사장님."

"응?"

"왜 도중부터 태도를 바꾸신 거예요?"

겐타로는 겸연쩍은 얼굴로 고개를 옆으로 돌렸다.

"처음에는 인질이 됐다고 신이 났더니, 지하금고에 다녀온 뒤에는 설득으로 계획을 변경하신 이유가 뭐예요?"

"눈치챘으니까."

"무엇을 말이에요?"

"거기, 시끄러워."

두 사람을 수상하게 여긴 알이 말했다.

"잠깐 조용히 해. 지금부터 당신들 목숨에 관한 중요한 이야기를 할 거야."

그리고 은행에 있던 내선전화기에 손을 뻗었다.

수화기를 들어 올리는 소리가 유독 크게 울려 퍼졌다.

"……네."

─ 아이치현경 나카 경찰서 고다라고 한다.

수화기 저편의 목소리가 미치코가 있는 곳까지 들려왔다. 역시 고다 서장의 목소리였다.

— 인질은 모두 무사한가?

"아아. 누구 한 사람, 작은 상처도 입지 않았어. 다만 앞으로의 전개에 따라 어떻게 될지 보장할 수 없다."

— 지금 당장 투항하라. 지금이라면 아직 형도 가벼워.

"강도미수니까 아무리 길어도 징역 5년 미만이라지. 그건 이미 여기 있는 시끄러운 할아버지에게 들었어."

— ……휠체어 노인 말인가.

"오호, 특정인을 지목하네. 그래, 고즈키라는 할아버지."

— 바꿔줄 수 있나.

"안되지."

— 무사한지 확인하고 싶을 뿐이다.

"아무래도 저 할아버지와 아는 사이인 것 같은데 어설프게 의논이라도 하게 되면 곤란하지."

— 의논하지 않아도 결과는 마찬가지다. 넷이서 어떻게 저항하든 이 포위망을 뚫을 수는 없어.

"넷이 아니야."

— 뭐라고?

"인질이 서른세 명이나 있어. 어차피 그쪽도 저격반을 출동시켰잖아? 우리 목숨을 노리고 있다는 말이지. 일이 이렇게 되었으니 우리도 인질의 목숨을 두고 협상을 해 보려고."

— 기다려.

"당신 전화번호를 말해. 우리가 다시 연락하지."

— 알겠다. 하지만 부디 섣부른 행동은 하지 마. 시간이 지나면 지날수록 원만한 해결이 어려워진다.

알은 고다의 전화번호를 들은 뒤 갑자기 말투를 바꿨다.

"당신, 고즈키 할아버지와 만난 적 있어?"

— 그래.

"그건 불쌍하네."

그리고 수화기를 내려놓자마자 빌리에게 달려갔다.

"제길. 어째서 우리 쪽 상황을 아는 거지?"

"아마 어느 틈으로 소형 CCD 카메라를 투입한 것 같아. 광섬유로 어떤 각도라도 360도 원하는 대로 볼 수 있어."

"찾을 수 있어?"

"시간은 걸리겠지만 해 볼게."

"저격수가 있을 법한 장소도 특정할 수 있어?"

"응. 이 주변 지도를 3D화하면 은행 내부를 저격할 수 있는 지점을 추릴 수 있어."

"서둘러. 놈들의 사각지대를 알아야겠어. 찰리."

"어."

"이 일대는 벌써 교통이 통제되었을 거야. 돌아갈 길을 변경해야 해. 교통정보를 검색해서 퇴로를 확인해 둬."

"알겠어."

"딕. 너는 골드바를 자루 네 개에 나눠 담아. 아마 짐과 함께 인질한 명도 데리고 움직여야 할 것 같은데, 할 수 있겠어?"

"문제없어."

얼추 지시를 마친 알은 겐타로 근처로 돌아왔다.

"유감이네, 할아버지. 조금 전에 쏟아낸 열변이 결국 쓸모없어졌어."

"쓸모없어지진 않았지."

알의 농담 같은 말에 겐타로의 표정은 변하지 않았다.

"세상에는 들어도 쓸데없는 말은 하나도 없어. 다만 듣는 사람이 쓸데없다며 흘려듣거나 그것도 아니라면 틀리게 이해하는 거지."

"기가 죽는 법이 없네, 할아버지는."

"뭐라고 지껄이는 게냐. 기가 죽어야 할 사람은 네 놈들이라고!"

갑자기 터진 노성에 나머지 세 명도 이쪽을 쳐다봤다.

"나쁜 짓을 하는 놈들은 대개 나약한 놈들이야. 공부나 인간관계나 생활환경이 자신의 의지대로 되지 않으니까 도망이나 치는 거라고. 정공법으로 싸우려고 하지 않아. 편한 방법, 편한 길을 선택하는 것이라고. 그리고 더 나약해질 뿐이지."

"시끄러워."

"내 목소리는 원래 시끄러워."

"설교는 질렸다고!"

"닥쳐! 시끄럽기만 한 걸 고맙게 여겨! 오늘만큼 걷지 못하는 다리를 원망한 적은 없어. 만약 자유롭게 움직일 수 있었다면 네 놈 새끼들 전부 벽에 날아가 처박힐 정도로 후려갈겼을 거라고."

"웃기고 있네. 우린 넷 다 젊어. 당신처럼 늙어빠진 영감탱이 혼자 어쩌겠다는 거야."

"자신의 힘만 생각해서 성급하게 결론을 내린다. 그게 바로 네 놈 새끼들이 어리석다는 증거다. 세상에서 성공한 녀석들을 봐봐. 그 녀석들은 어딘가에서 몇 번이고 도전하지. 실패해서 타격을 입어도 포기하지 않고 또다시 도전해. 그런데 네 놈들에게는 그런 용기가 없어."

"은행 강도에게 용기가 없다니? 대단한 주장이네."

"나를 속이려 들지 마라. 강도짓도 성공할 거라고 예상했으니까 실행에 옮긴 거지. 지하금고에 잠들어 있는 금괴들, 계획정전을 이용한 습격, 계획적이었다고 하면 듣기에는 좋겠지만 어차피 노동력과 불확실성을 최소화하고 싶은 겁쟁이의 선택일 뿐이야."

"너무 나불대는데, 영감님."

알은 성큼성큼 다가가서 오른손을 치켜들었다.

철썩, 하고 둔탁한 소리가 울려 퍼졌다.

미치코의 손바닥이 복면을 쓴 뺨을 휘갈겼다.

"노, 노인에게 무슨 짓을 하는 거야!"

아마도 모기에게 물린 것보다도 통증이 느껴지지 않았을 것이다. 그러나 자신의 어머니뻘인 여성에게 맞았다는 사실이 충격이었는지, 알은 얼마간 맞은 곳에 손을 대고 얼어붙은 듯 서 있었다.

"그 환자에, 그 요양보호사인가."

"알. 지금 막 무선을 도청했어."

"내용은?"

"특별대책반이 도착했대. 저격수는 일곱. 주변 빌딩에 배치됐어."

"좋았어. 플랜 B로 변경한다."

그렇게 말하자마자 알은 다시 한번 총구를 겐타로에게 겨눴다.

"우리는 이 할아버지를 방패삼아 적진을 정면 돌파한다."

❋ ◎ ❋

"범인과의 협상이 이제 막 시작되었을 뿐이다. 아무리 그래도 강행돌파는 시기상조 아닌가."

고다가 따지고 들자 특별대책반의 다카기는 당혹스러움을 감추지 못했다.

"하지만 그렇게 말씀하셔도 현재 지휘권은 본부장님이 쥐고 있습니다."

"자네들 스스로는 현장판단이라는 걸 못 하나?"

"죄송합니다만 현장판단의 측면에서 말씀드리면 지금 같은 경우에 진입 성공률이 높습니다. 인질들이 가운데 한 곳에 모여 있으니까요. 은행은 사거리 모퉁이에 위치해서 사각지대가 적습니다. 범인은 소수로, 총기도 진짜인지 가짜인지 불분명합니다. 허를 찌른다면 짧은 시간 내에 제압할 수 있는 상황입니다."

"인질에게 총을 겨누고 있다."

"그런 상황에서 범인을 제압할 수 있도록 훈련받았습니다."

마치 톱니바퀴가 어긋나는 것 같은 대화였지만 그도 당연하다고 기리야마는 생각했다. 한 쪽은 인질의 안전 확보를, 그리고 다른 한 쪽은 범인 제압을 최우선으로 여기기 때문이었다.

다카기의 의견은 당연했고 지금 진입하면 피해는 최소로 끝날 확률이 높았다. 범인이 총기 비슷한 것을 소지하고 있다고 밝혀진 시점에서 사상자 없는 사건 해결을 기대하는 것은 경솔한 확률론에 지나지 않았다. 얼마만큼 희생자를 줄일 것이며, 그것을 위해서 어디까지 대책을 강구하느냐가 핵심이며, 후일의 면죄부가 될 것이었다.

그러나 그렇게 냉정하게 판단하는 한편으로 경솔한 확률론에 집착하는 공무원 티가 나는 이 상사에게 힘을 실어 주고 싶은 마음이 강했다. 왜냐하면 이 남자가 지키고 싶어 하는 것은 경찰의 체면이나 세간의 평가가 아닌 인질들의 목숨이었기 때문이다.

타개책이 없을까 고심을 거듭하는데 고다의 휴대 전화가 울렸다.

"고다입니다."

―아무래도 그쪽에서 만반의 준비를 갖춘 모양이야. 저격수가 일곱이라며.

어떻게, 저격수의 수를 정확하게 파악하고 있는 것인가. 기리야마는 소름이 돋았지만 고다의 말투에는 변함이 없었다.

"아, 그러니까 조금이라도 지체하면 안 되지. 지금 당장 투항해."

―틀어박혀 있는 놈들에게 투항하라고 권해 봤자 더욱 버티게 만들 뿐이라고.

"농담이나 할 상황은 아니지 않나?"

―농담은 이럴 때일수록 해야 하는 거야. 고다 씨, 우리는 지금부터 인질 한 명만 데리고 밖으로 나갈 거야. 권총을 인질의 머리에 고정시킨 채로. 조금이라도 수상한 움직임을 보이면 즉시 방아쇠를 당길 거야. 도로에 피가 흩뿌려지는 장면을 보고 싶지 않다면 우리에게 절대 손대지 마.

"인질 한 명? 이봐, 설마 그 인질이라는 사람이……."

─맞아. 우리는 휠체어 없이는 움직일 수 없는 도카이 지역 유수의 자산가의 보호를 받을 거라고.

"자, 잠깐."

─먼저 기다리지 않겠다고 말한 건 그쪽이야.

그리고 전화는 일방적으로 끊겼다.

4

"휠체어 따위 밀어본 적 없는데, 그럼 등에 업으면 되잖아."

미치코를 결박한 알이 말하며 웃었다.

"푸, 풀어 줘. 업는다고 해도 제대로 업을 수나 있어?"

"강의 들을 건 많지만 오늘은 그다지 시간이 없어서. 다음 기회에 듣도록 하지."

딕이 팔짱을 끼고 생각에 잠겼다.

"저 할아버지, 역시 내가 업을까?"

"한 사람당 골드바 30킬로그램이야. 너 말고 맡을 사람 없어."

"그럼 적어도 재갈을 물려 줘. 업고 있는 동안 뒤에서 호통을 치면 참을 수 없을 것 같으니까."

미치코가 눈으로 좇으니 당사자인 겐타로는 아직 휠체어에 앉아 알 일당을 노려보고 있었다. 겐타로가 묶이지 않은 이유는 요양보호사가 없으면 몸을 움직일 수 없기 때문이었다. 길잡이로 쓰려는

지 오사나이도 딕의 총에 떠밀려 양손을 들고 있었다.

"무슨 플랜 B야. 인질을 방패로 삼는 건 가장 쉬운 방법이잖아."

"그 중에서 하반신불수 노인을 초이스한 점이 매우 참신하잖아."

"그보다는 인질이나 골드바에 손도 대지 못하고 그대로 사라지거나 당당하게 투항하는 편이 훨씬 참신하잖나."

"아, 아직도 그 이야기야?"

알은 반쯤 질린 듯 격하게 반응했다.

"영감님. 아까 했던 설교는 확실히 박력이 있었어. 역시 나이에서 나오는 내공이었지. 어른들이란 자기 자식, 하물며 다른 사람의 자식에게도 헛소리만 하니까 상당히 신선하더라고. 그런데 말이야 당신은 전혀 모르고 있어."

알은 허리를 숙이며 겐타로와 눈높이를 맞추고 쳐다봤다.

"당신 주장은 소년원에 다녀온 꼬맹이들에게는 통하지 않아. 더군다나 불경기라고. 학교를 중퇴하고 몇 번이나 경찰에 잡혀 들어갔던 우리에게 변변한 일자리는 없어. 아동청소년시설보호사 아저씨가 아무리 부탁해도 마찬가지지. 자업자득이라고 하면 어쩔 수 없지만 이 모든 게 전부 우리만의 책임은 아니잖아? 개중에는 정신 차리고 새 인생을 사려는 놈들도 있는데 세상은 색안경을 쓰고 보려고만 해. 나중에 반드시 나쁜 짓을 할 게 분명하다며. 그러니까 이렇게라도 하지 않으면 우리들에게 제대로 된 미래는 없다고."

"은행 강도로 얻는 건 제대로 된 미래야? 흥. 그거야말로 가짜지. 네 놈들이 그럴싸하게 자기합리화해 봤자 결국 강도일 뿐이야. 그런 짓으로 얻은 것에 무슨 가치가 있겠느냐. 부정하게 얻은 돈은 오래가지 못한다는 속담도 모르나?"

"알! 현경본부가 진입을 지시하고 있어."

알은 되돌아가 수화기로 달려들었다.

ㅡ고다입니다.

"들었어. 은행으로 진입할 거라고."

ㅡ아니, 그건.

알이 갑자기 천장을 향해 총을 겨누고 방아쇠를 당겼다.

탕!

의외로 가벼운 소리였지만 총성이 밀폐된 공간에 잠시 메아리치며 울렸다. 두려움에 찬 미치코가 주뼛주뼛 천장을 봤더니 총구의 연장선에 작은 구멍이 뚫려 있었다.

"장난감이라고 생각한 거야? 그것 참 유감이네."

ㅡ성급하게 굴지 마!

"그건 내가 할 말이지. 알겠어? 너희들은 우리 손바닥 안이라고. 조금 전에 막 경고했는데 말이야. 생각이 좀 바뀌었어. 배치된 저격수와 경찰들을 지금 당장 철수시켜. 아니면 인질을 5분에 한 명씩 죽이겠다."

ㅡ설득해 보겠다. 그러니까 성급한 짓은 하지 마라.

"빌리, 상황은?"

"고다인가 뭔가 하는 사람이 본부와 협상하는 중이야."

"시간은 벌었어. 하시만 우물쭈물할 때가 아니야. 즉시 철수한다. 딕, 네가 선두에서 이 할아버지를 업고 가라. 나는 할아버지에게 이걸 바짝 붙이고 뒤를 따라간다."

"마음에 들지 않는군."

겐타로는 혐오감을 감추지 않으며 내뱉었다.

"그 우락부락한 어깨는 보기만 해도 불편해 보이는군. 승차감이 매우 나쁠 것 같아."

"배부른 소리 하지 마. 롤스로이스를 준비할 여유는 없으니까. 찰리, 퇴로는 확보했어?"

"5백 미터 앞에서 경찰차가 도로를 봉쇄한 것 같아. 그것만 뚫으면 어떻게든 될 것 같아."

"이봐, 너희들 착각하는 거 아냐?"

"뭐가."

"내가 순순히 인질이 되는 수모를 감수할 거라고 생각하나?"

"겐타로 사장님! 안 돼요!"

"사람들 앞에, 더군다나 TV 카메라까지 포진해 있는 와중에 강도 등에 업혀 있는 추태를 보여 줄 거라고 생각해?"

"흥. 혀라도 깨물겠다고? 할 수 있으면 해 봐."

"다, 당신도 도발은 그만 둬! 저 사람은 농담으로 그런 말을 할 사람이 아니라고."

그 말을 들은 알의 안색이 변했다.

"진짜야? 이런 영감탱이……."

"뭘 새삼스러운 말투로 묻고 그래. 너희는 바로 그렇게 버릇처럼 진지한 이야기를 농담으로 어물쩍 넘기고 싶어 하지. 애송이들, 세상을 농담거리나 신소리로 취급하고 싶겠지만, 인간의 삶은 우직과 성실로 이루어져 있다고."

"우직과 성실 말인가. 우리와는 상관없는 이야기군. 그럼, 얌전히 있을 생각이 없다는 뜻으로 받아들여도 되나?"

"사장님, 안심하십시오!"

이번에는 오사나이가 끼어들었다.

"어차피 이놈들의 차에는 골드바 125개에 인질까지 실을 공간이 없습니다. 차에 타시기 전에 풀려나실 겁니다."

"너는 닥쳐!"

알은 겐타로에게 달려가 다시 관자놀이를 겨눴다.

"농담을 싫어하신다니 나도 진심으로 어울려 주지. 지금 죽을래? 아니면 미루고 싶어?"

"사장님!"

미치코는 자신도 모르게 소리를 질렀지만 작은 노인은 눈썹 하나 까딱하지 않고 말했다.

"이제 그만 하지 그래. 여기에서 잡히든 도망가든, 어떤 길도 네 놈들에게는 가망이 없어. 처음부터 속고 있었다는 것을 아직도 모르겠느냐?"

* ◎ *

"지금 그 소리는 분명 총성이었습니다!"

고다는 수화기 너머에 있는 상대방에게 고함에 가까운 소리를 쳤다.

"상대는 진짜 총을 소지하고 있습니다. 지금 강제진압을 하기에는 너무 위험합니다."

기리야마가 있는 곳에서는 상대의 목소리가 들리지 않는다. 그러나 초조해하는 고다의 모습에서 그 답변이 신통치 않다는 것만은 알 수 있었다.

"아뇨, 사망자가 나왔는지는 확인되지 않았습니다. 만약 실행할 거라면 그 직전에 알려올 테니까……. 아니! 본부장님. 그건 아직."

상대방이 전화를 끊은 것 같았다. 고다는 화가 머리끝까지 난 모습으로 휴대 전화를 끊었다.

"안되겠어. 총이 진짜라면 더 빨리 해결해야 한다는 논리야."

그리고 다카기 쪽으로 몸을 돌렸다.

"범인은 저격수가 몇 명인지까지 알고 있습니다. 어떤 방법으로 우리 쪽 움직임을 파악하고 있습니다. 우리가 먼저 움직인다면 반드시 총을 쏠 겁니다."

"일곱 명이라고 한 건 제멋대로 추측한 것일지도 모릅니다. 하지만 무시할 수 없는 정보군요."

다카기는 대원들에게 은행 주변의 육안조사와 불법전파 탐색을 명령했다. 그러나 늦은 감이 있다. 지금 이 시각에도 범인의 손가락이 방아쇠에 걸려 있을지 모르기 때문이다.

마치 치킨게임 같다고 기리야마는 생각했다. 서로 상대방이 어떻게 행동할지를 미리 읽고 그보다 한발 앞서나가려 하고 있다. 골지점에서 기다리고 있는 것은 어느 한 쪽의 항복이다.

진압대는 이미 은행 정면을 포함해 출입문 세 군데와 건물 옥상에 대기하고 있었다. 다카기의 명령 한 번이면 즉시 진입할 수 있도록 대원들은 숨을 죽이고 때를 기다리고 있었다.

　이렇게 되면 고다가 할 수 있는 일은 하나밖에 없었다. 최대한 협상을 질질 끌어서 범인의 마음을 돌리는 것뿐이었다.

　고다는 다시 한번 휴대 전화를 들었다.

　눈빛은 궁지에 몰린 자 특유의 열기를 띠고 있었다.

　그러나 상대는 좀처럼 전화를 받지 않았다.

　"무슨 일이지?"

　기리야마까지 손에 땀을 쥐었다.

　"뭐 하고 있는 거야. 빨리 받으라고!"

＊◎＊

　"속고, 있다고?"

　알은 여전히 겐타로에게 총을 겨누고 있었다.

　"그래. 어차피 배후에 다른 놈이 있잖아. 네 놈들은 그놈에게 속은 거야."

　"이 상황에 무슨 헛소리야."

　"헛소리라니. 네 놈들은 처음부터 5인조였지. 본인 입으로 실토했잖아."

　"언제, 우리가 그런 말을."

　"골드바를 앞에 두고 계산했을 때. 한 사람당 1어 5백만이라고 말이야. 계산해 보면 알 수 있지. 총 5억 2천5백만을 1억 5백만으로 나누면 다섯이야."

"헛."

"낯선 물건에 정신이 팔려 무심코 말실수를 했지. 아마도 그 배후의 인물이 먼저 제의했을 거야. 너희들을 수족처럼 부리고 그놈은 높은 곳에서 지켜보는 구경꾼이 되기로 한 거야."

총을 들고 있던 팔이 점점 아래로 내려갔다.

"처음 이곳에 침입했을 때의 솜씨는 참으로 훌륭했어. 방범 카메라의 위치, 페인트 볼이 보관된 장소, 심지어는 알림 벨의 위치까지 알고 있었으니까, 틀림없이 너희 중 몇 명은 은행관계자가 아닐까도 의심했지. 그런데 곧바로 그게 아니라는 걸 알았어."

"어째서?"

"은행에서 일하는 사람이라면 경비원도 알고 있는 ATM 정산이라는 용어조차 너희들은 몰랐기 때문이다. 그러니까 실행범인 너희들은 아마추어고, 계획을 짠 사람은 이 은행 관계자라는 사실을 쉽게 짐작할 수 있었지."

"속고 있다는 건 무슨 뜻이야."

"순조롭게 훔친 골드바를 사이좋게 다 같이 5등분. 그 말을 완전히 믿었다면 너희들도 참 순진하군. 은신처에 골드바를 가져간 순간에 너희는 쓸모가 다 한 거야. 곧장 제거된다고."

"그걸 어떻게 알지?"

"당연히 너희들에게 나눠줄 것이 없으니까. 아직도 눈치채지 못한 건가. 그 골드바는 새빨간 가짜라고."

"뭐, 뭐라고?"

"거짓말 같으면 증거를 보여 주지. 그 골드바, 이쪽으로 몇 개 가져와 봐. 어서, 빨리 움직이지 못해?"

당황스러움을 숨기지 못한 알이 찰리에게 신호했다.

"그 쪽에 사무용 저울이 있을 게야. 그것도 가져와."

골드바 네 개를 손에 든 겐타로는 무슨 생각을 했는지, 한 개씩 저울에 올렸다.

"처음에 올린 골드바는 900그램. 다음은…… 950. 다음은…… 1,000.20. 그리고 마지막은…… 974그램. 어때, 완전히 제각각이지. 각인되어 있는 1킬로그램과는 모두 맞지 않아. 진짜 골드바는 어느 것을 재더라도 모두 같은 무게로 딱 떨어진다고."

"그, 그러면 이건."

"대부분 금과 비중이 비슷한 텅스텐인지 뭔지에 도금한 거겠지. 얇게 도금하면 검사 단계에서 바로 들킬 테니까 상당히 두껍게 도금했는데 그러면 오히려 가격이 비싸지지. 수작업으로 미세하게 조정을 반복하니까 제각각 오차가 생기는 거야. 최근에 에티오피아 중앙은행에서 비슷한 사건이 있었는데, 이건 그 모방범죄라고 볼 수 있지."

"……언제 알았어?"

"지하금고에서 네가 건드려서 굴러왔던 골드바를 주웠을 때다. 나는 오랫동안 부동산으로 밥 벌어먹고 있으니까 말이야, 매번 큰 돈을 굴리다 보면 수상한 채권이니 다이아몬드, 백금 같은 것들을 보곤 해. 골드바도 예외는 아니지. 몇 번이나 사기를 당한 적도 있어서 지금地金에 대해서는 열심히 공부도 했어. 덕분에 뒷면의 표면가공이 허술하다는 점과 무게가 서로 차이난다는 점을 금방 깨달았지. 무엇보다 그 골드바는 수상하다고 정중하게 경고해 준 사람이 있었지 않나."

"누가 그런 경고를 했다는 거야."

"가짜 골드바가 콘크리트 바닥에 떨어졌을 때 그놈은 여자처럼 비명을 질렀지. 긁힌 자국 때문에 도금이 벗겨졌을까 봐 순간적으로 반응했잖아. 그놈은."

"그만, 그 정도면 되지 않나요."

새 총구가 겐타로를 향했다.

"역시 셔터가 내려가기 전에 당신을 밖으로 내보냈으면 좋았을 텐데요."

오사나이는 그렇게 말하고는 옅게 웃었다.

"호오. 드디어 본인이 직접 등장하셨군."

"완전히 방심했지 뭡니까. 설마 한 번 만진 것만으로 가짜라는 것을 간파당할 줄이야."

"물론 무게뿐만이 아니었지. 그밖에 몇 가지 확인할 부분이 있었지만. 인간이란 게 한 번 속은 적이 있으면 신중해지는 법이거든."

"저는 처음 속았습니다. 자산운용 및 재무담당이 외국에서 싸게 들여왔다는 물건이 설마 쇠 덩어리였을 줄이야. 내용은 방금 말씀하신 그대로입니다. 표면은 16분의 1인치 두께로 도금된 텅스텐입니다. 그만큼 도금이 두꺼우면 엑스레이도 잡아내지 못할 것 같았거든요."

"자신의 잘못이 발각되는 게 두려웠나 보군."

"네. 금액이 금액이다 보니. 구입한 골드바가 전부 가짜라는 사실이 본점 감사에서 발각되면 해고당하는 것으로 끝나지 않죠. 아마도 평생 벌 돈보다 더 큰 금액을 변상해야 할 겁니다. 그렇게 되면 파멸이죠."

"하지만 만약 은행 강도에게 빼앗긴다면 그 책임을 추궁당하지 않겠지. 가짜는 어둠 속에 묻히고 도난당한 골드바는 보험금으로 메울 수 있다. 일석삼조로군."

"네. 하지만 문제는 난공불락의 지하금고였지요. 지키는 입장이었을 때는 든든한 존재였던 지하금고가, 공략해야 하는 입장이 되자 성가시기 짝이 없는 존재가 되었습니다. 그러니까 계획정전 이야기를 들었을 때는 하늘이 내린 기회라고 생각했죠. 그런데 이해할 수 없네요, 고즈키 사장님. 저들 일당 중 한 명이 은행 관계자라는 점과 가짜 골드바가 굴러갔을 때 제가 무심코 소리를 지른 것만으로, 어떻게 제가 그 인물이라는 사실을 알게 되신 거죠?"

"네가 강도 일당이 아니라면 알 수 없는 사실을 지껄였으니까. 나를 인질로 끌고 가려고 할 때 너는 이놈들의 자동차로는 나와 골드바 125개를 실을 수 없다고 했어. 이제 알겠나? 여기 주차장에는 소액수금용으로 은행지점 영업 차량이 주차되어 있지. 소형 밴크기니까 사용하려면 사람 다섯과 골드바는 충분히 실을 수 있는데, 너는 그 존재를 깜빡하고 저놈들의 차에 대해 이야기했어. 네가 저 일당과 무관하다면 그런 걸 알고 있을 리 없지."

후우, 오사나이는 비참한 흰숨을 내쉬었나.

"역시 저는 이런 연기가 낯서네요."

"저 놈들과는 언제 알게 됐나."

"예전에 창업을 하고 싶다며 대출받으러 창구에 온 적이 있습니다. 그때는 허접한 사업계획서를 이유로 거절했습니다만 나중에 이 계획 이야기를 꺼내자 흔쾌히 받아들였습니다."

"아까부터 잘도 지껄이네."

알의 총구가 이번에는 오사나이의 머리로 향했다.

"우리를 퍽이나 우습게 봤군, 지점장. 어떻게 수습할 셈이지?"

"수습이고 뭐고 없다. 속인 건 미안하지만 이미 나와 너희들은 한 배를 탄 몸이야. 경찰들이 진입해 오면 모두 체포된다. 속고 속은 것은 우리 사정이지 경찰 입장에서는 전원 주범이야. 아니면 우리 모두 함께 행복해지는 방법은 하나뿐이지."

"어떤 방법인데."

"방금 네가 말한 것을 실행하는 거야. 5분마다 인질 한 명씩 죽이는 것. 그리고 저들이 겁먹은 틈을 타서 다시 한번 지하금고에 가서 이번에야말로 현금을 챙긴 뒤 정면 돌파를 노리는 거지. 나는 성형이라도 해서 달아날 생각인데 말이야."

"너무 어처구니가 없어서 더 이상 말을 섞고 싶지도 않군."

겐타로는 한탄했다.

"당황한 나머지 될 대로 되라 식의 즉흥적인 계획. 차라리 저 녀석들이 제안한 플랜 B가 더 괜찮다고 느껴질 정도야."

"당신은 인질로서의 자각이 부족해."

오사나이는 다시 한 번, 겐타로의 머리를 조준했다.

"네 놈은 배신자로서의 자각이 부족하군."

어느샌가 모여든 세 사람과 알의 총구가 일제히 오사나이에게 향했다.

총을 겨눈 다섯 사람 사이에 팽팽한 긴장감이 흘렀다.

1층 중앙은 정적에 휩싸였고 걸어 잠근 셔터 밖에서는 경적소리와 하늘을 나는 헬리콥터 소리가 희미하게 들려왔다.

인질 몇 명이 꿀꺽 침을 삼켰다.

노인의 목소리가 그 팽팽한 정적을 깼다.

"그런데 애송이. 내 제안 좀 들어볼래?"

"영감탱이, 부탁이니까 이제 제발 그만 좀 닥쳐."

"너희 네 명에게만 유리한 이야기야."

"됐으니까 닥치라고."

"엎드려."

"응?"

"토 달지 말고 빨리 엎드리라고오오오!"

너무나 큰 소리에 압도된 네 명이 엎드렸을 때였다.

그와 동시에 일어났다.

귀청을 찢는 소리와 함께 서쪽 유리창이 깨지고 파편이 사방으로 흩어졌다.

무언가가 바닥에 발사되었고, 그 순간 주변은 눈부신 섬광에 휩싸였다.

사람 몇 명이 우르르 쏟아져 들어왔다.

얼마간 사람들의 실랑이 소리와 노성이 오고갔다.

"피의자 확보! 확보했습니다!"

서서히 뚜렷해지는 시야 속에서 미치코는 부지런히 겐타로를 찾왔다. 그리고 마침내 발견한 겐타로는 평온히 눈을 감고 있었다.

"이런. 겨우 끝난 것 같군."

멀리서 바라보니 바닥에 짓눌린 사람은 오사나이뿐으로, 알을 포함한 네 명은 경찰들에게 포위되었을 뿐이었다. 물론 총은 빼앗겼지만.

"봤지? 엎드리는 게 정답이지?"

＊◎＊

"자, 이렇게 된 이야기네. 이 네 사람은 몸을 던져 나를 도둑으로부터 보호해 주었네. 그 점은 참작해 주게."

지금까지 겐타로의 이야기를 듣고 있던 고다는 마지못해 고개를 끄덕였다.

"다소 억지스러운 감이 있지만 뭐 당신께는 빚이 있기도 하고……. 그건 그렇고 고즈키 사장님. 잘도 저희가 진입할 순간을 알아채셨네요. 네 사람이 순간적으로 엎드린 것은 사장님이 기지를 발휘한 덕분이죠? 그게 아니었다면 소년들도 무사하지 못했을 겁니다."

"소리가 들렸네."

"소리?"

"밖에서 매우 조심스럽게 셔터를 절단하고 유리에 틈을 만든 소리 말이네. 폐건물 해체 공사 때 자주 듣는 소리니까 기억하고 있지. 커터의 회전수를 늘려 소리의 주파수를 높이기 때문에 귀 기울이지 않으면 들리지 않지만 말이야."

"잘도, 그런 상황에서 그런 여유가 있으셨군요."

"슬픈 일이지, 이 나이가 되면 말이야. 웬만한 일에는 심장이 크게 떨리지 않거든."

그럼 차라리 제 심장과 바꿔드릴까요. 이 말이 목구멍까지 튀어나왔을 때, 겐타로 일행 옆으로 알과 나머지 세 사람이 연행되어 왔다.

복면을 벗은 네 사람은 아직 앳된 얼굴이었다.

알이 갑자기 시선을 마주쳤다.

"할아버지. 한 가지만 알려 줘."

"오냐."

"오사나이의 계획을 언제 눈치챘어?"

"너와 함께 지하금고에 갔을 때다. 그때, 너는 할인채권을 대수롭지 않게 여기고 버렸지."

"아. 어차피 채권 따위 등록번호로 소유자를 특정하니까 그런 건 휴지조각이나 마찬가지라고 생각했어."

"역시 모르는군. 채권에는 기명채권과 무기명채권 두 가지가 있어. 이 중에서 무기명채권은 배서도 뭣도 없어도, 그저 소지하고 있는 것만으로 권리를 주장할 수 있지. 말하자면 현금과 같다는 이야기다. 은행창구에서 구입하면 기록도 남지 않아. 그런 탓에 자산을 숨기는 데도 자주 이용되지. 네가 버린 할인채권은 그 중에서도 최고다. 액면가 5백만."

"헐."

"한 장만 있어도 5백만이나 하는 종이가 그만큼 다발로 있는데도 너희들은 일부러 무겁고 부피가 큰 골드바를 고집했어. 일당 중에 은행 관계자가 있는데 이런 앞뒤가 맞지 않는 짓을 할 리가 없지. 그래서 목적이 돈이 아니라 금 자체라고 생각했는데 그 멍청한 지점장이 도금에 정신이 팔린 나머지 비명을 질러서 어떻게 된 일인지 대충 파악한 거지."

아, 그래서 지하에서 올라온 뒤에 갑자기 태도가 바뀌었구나……. 미치코의 의문이 깨끗하게 풀렸다.

"……아직 공부할 게 산더미처럼 많네."

알이 부루퉁하게 말했다.

"그건 나도 마찬가지다. 이 나이가 되어도 모르는 게 더 많아……. 하지만 말이다, 범죄라고 해도 너희들이 보여 준 팀워크는 썩 괜찮았어."

그리고 갑자기 종이와 펜을 내밀었다.

"여기에 네 사람 모두 서명해. 당연히 이름은 제대로 된 본명으로 써야 한다."

"뭐야, 갑자기."

"시끄러워. 쓰라면 써. 그게 권총까지 들이민 가해자가 피해자를 대하는 태도야!?"

"알겠다고. 쓰면 되잖아, 쓸게."

네 명은 영문도 모른 채 순서대로 서명을 했고, 마지막으로 딕이 서명을 한 뒤 겐타로에게 돌려줬다.

"오호. 실제로 본명도 알파벳순이군. 음. 됐다."

겐타로는 그 종이에 몇 줄을 적어 넣었다.

"할아버지, 도대체 그게 뭐야."

"봐."

입사허가서

아카키 료스케
반도 기요타카
치바 야스아키
도히 데쓰오

상기인을 고즈키 개발의 정직원으로 인정한다. 단 수습 기간을 3년으로 정하고, 그 동안 운전면 허증 및 공인중개사 자격증을 취득하는 것을 조 건으로 한다.

고즈키 개발 대표이사
고즈키 겐타로

"이건……."

"출소 후 사회에 복귀했을 때 변변한 직업을 구할 수 없다고 했지. 그럼 준비해 줄 테니까 훌륭하게 대가를 치르고 와라. 무엇보다 우리 회사는 교도소에서 하는 실습 작업보다 훨씬 힘들지. 교도소로 돌아가는 편이 낫겠다고 울 정도로 굴릴 테니까 각오하라고."

호송차의 문이 닫히는 순간, 알—아카키 료스케는 당돌하게 웃으며 가운뎃손가락을 치켜들었다.

젊은이들끼리의 인사라고 생각한 것이 분명했다.

겐타로도 가운뎃손가락을 치켜들며 그에 답했다.

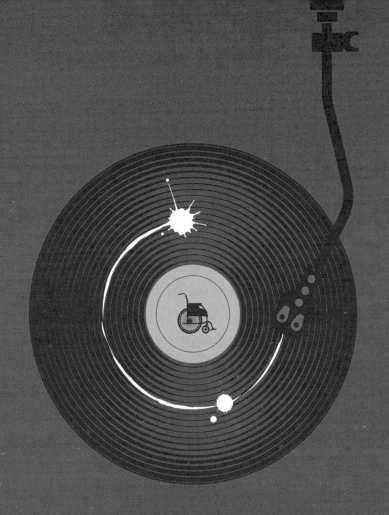

제5화

휠체어 탐정의 마지막 인사

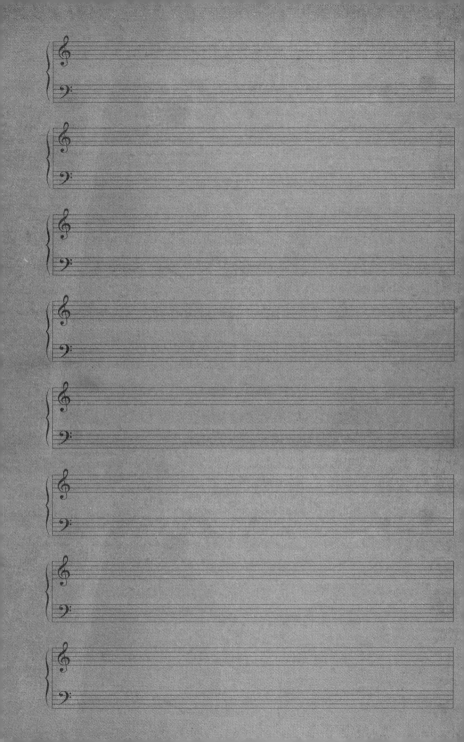

$\mathbf{\downarrow}$

"처음 뵙겠습니다. 미사키 요스케라고 합니다."

입주 희망자 청년은 자신을 그렇게 소개했다.

겐타로는 남자의 직업이 피아니스트라는 사실을 들었을 때 어렴풋이 호리호리하고 곱상한 남자를 상상했는데 예상외로 몸매가 단단하고 옷 위로 봐도 쓸모없는 근육은 하나도 느껴지지 않았다.

첫 대면부터 갑자기 허리를 숙일 수는 없기 때문에 자연스럽게 휠체어에 앉아 있는 겐타로를 내려다보는 모양새였는데, 그런데도 평소 같은 거부감이 느껴지지 않는 것은 왜일까?

잠시 관찰해 보고는 그 이유를 알았다.

눈이다.

이 청년의 눈은 무서울 정도로 맑다. 오만하거나 비굴하지도 않고 동정하지 않으며 겁이 많거나 나약하지 않다. 하반신불수 노인을 아무 편견 없이 바라보고 있다.

언행은 부드럽지만 그저 부드럽기만 한 것이 아니라 유연함을 갖췄다. 그 점은 걷는 자세에서도 엿볼 수 있었다. 자세가 매우 바르다. 최근 젊은 남자들은 이놈이나 저놈이나 하나같이 새우처럼 등이 구부정하거나 한쪽으로 기울어졌는데 말이다.

불현듯 떠올랐다. 자신이 어렸을 때 올려다봤던 청년 해군 장교들. 그들의 모습이 딱 저러했다.

"피아노를 친다고 들었네만 어디 악단에라도 소속되어 있는 건가?"

"아닙니다. 저는 아직 아마추어라서요. 이번에는 음악대학의 임시강사로 임용됐습니다."

"이번에는, 이라고 하면, 특별히 정해진 직업이 없는 건가?"

"네. 지금은 수련 중이라고 해야 할지, 부끄럽지만 어느 한 곳에 자리 잡지 못한 상황입니다."

"수련 중인 몸이면서 강사란 말이지."

"그래서 임시인 거죠."

미사키는 다소 부끄러운 듯 그렇게 대답했다.

"집주인과 상견례라니, 분명 당황했겠지. 아무튼 이곳에만 있는 관례니까."

"조금 놀라기는 했습니다만 납득할 수 있는 관례라고 생각합니다."

"오호라? 그렇게 말한 사람은 자네가 처음이네."

"누구든 출신도 내력도 모르는 사람을 세입자로 두고 싶지 않은 게 본심일 테니까요."

"허허허. 이것 참 미사키 씨. 자신을 어디서 굴러먹은지 모를 개

뼈다귀라고 말하는 건가. 당신 참 재미있군. 대부분 사람들은 자신을 세상에서 가장 믿을 수 있는 사람이라고 떠들어 대거든."

"고즈키 사장님은 그런 사람을 신용할 수 있습니까?"

"절대 아니지. 자신을 믿을 수 있는 사람이라고 당당하게 광고하는 사람은 대부분 사기꾼일세."

"그럼 본인이 스스로 사기꾼이라고 말하는 사람은요?"

"그건 사기꾼보다 더한 사기꾼이지."

면접은 이렇게 불과 5분 만에 끝났고 겐타로는 즉시 미사키의 입주를 허락했다. 나중에야 미사키가 아직 이십대 중반이라는 사실을 듣고는 놀랐다. 대화를 나눌 때는 나이가 많은 사람처럼 느껴졌기 때문이다.

사람을 부리는 일은 사람을 판단하는 일이다. 반세기 이상 그러한 일에 종사해 온 겐타로의 눈에 미사키 요스케라는 남자는 실제 나이 이상의 경험치를 쌓은 인간으로 보였다.

그러한 사람과 말을 섞고 나니 불쾌하지 않고 드물게 기분이 좋아져서 여운을 음미하고 있는데 부고가 날아들었다.

국민당 아이치현 연합회 대표 가네마루 긴모치가 자택에서 급사했다는 소식이었다.

전화로 부고를 알려온 사람은 겐타로가 후원회장을 맡고 있는 국민당의 부간사장인 무네노 유이치로 본인이었다.

가장 먼저 들려온 목소리에 귀를 의심했다.

"가네마루가 죽었다고? 어떻게 된 일인가, 폐에 있던 병이 재발한 건가?"

"아뇨……. 그게 경찰 말로는 아무래도 누군가에게 독살 당하신 것 같다고……."

"……살해당했다는 말인가."

"저도 아직 자세한 내용은."

자세한 내용을 파악하지 못한 채 무네노 본인이 연락을 해온 이유는 아마 두 가지일 것이다. 우선 죽은 가네마루 긴모치가 겐타로와 오래전부터 알고 지낸 사이라는 점. 그리고 또 하나는 현의회 선거, 나아가서는 그 뒤에 열릴 중의원 선거의 판도를 좌지우지할수 있다는 우려 때문이다. 뭐니 뭐니 해도 가네마루 긴모치는 현연합회의 대표이자 여당인 국민당의 중진의원이기도 하다. 과거에는 간사장도 역임했다.

무네노의 얼굴을 떠올렸다. 경찰관료 출신이라는 이력에도 붙임성 있는 미소가 인상적인 남자였다. 국회의원 같은 수상쩍은 장사를 하는데도 표리부동하지 않는 언행으로 오히려 주변을 불안하게하는 남자였다.

"아무튼, 지금 가지."

"부탁드립니다. 사건을 담당하고 있는 나카 경찰서에는 제가 말해놓겠습니다."

때마침 미치코가 저녁 식사 준비를 마친 참이었기 때문에 두 사람은 가네마루 저택으로 향했다.

"가네마루 긴모치라면 요즘 신문을 떠들썩하게 장식하고 있는 비리 의혹의 중심인물이죠. 그런 사람과 아는 사이셨어요?"

"아, 미치코 씨에게는 말하지 않았군. 가네마루는 꼬맹이 시절부터 싸움 상대였네. 옛날에는 서로 깎아내리기 바빴지."

"누가 더 셌어요?"

"오십보백보였네. 수염이 나고부터는 주먹다짐도 하지 않게 되었지만……. 이것으로 마침내 승패가 나지 않겠나."

미치코는 더 이상 들으려 하지 않았다. 그녀가 눈치 빠른 요양보호사라 다행이었다. 잠시 가네마루와의 추억에 잠길 수 있었다.

생각해 보면 가네마루 긴모치만큼 정치가에 어울리는 남자는 없었다. 목소리도 덩치도 크고 인상이 강하며 도량이 넓어서 어떤 사람이든 모두 받아들였고, 무엇보다도 우두머리 기질이 있었다. 의리와 인정에 얽매이는 전형적인 이익유도 정치를 하는 인물로, 지금의 젊은 의원들이 매우 싫어하는 고리타분한 유형의 정치가지만 그렇기 때문에 오히려 지지자도 많았다. 같은 계파에 속해 있던 무네노도 그 중 하나였다.

적의 간을 먹고 장수하는 요괴라고 불리는 그 남자가 결국 저승 명부에 이름을 올렸다고 생각하니 감회가 깊다. 서로 어깨를 부둥켜안은 적은 없지만 아내에게도 보여 주지 않는 부분까지 서로 드러내 보일 수 있는 사이였다.

그 시대를 함께 보낸 사람들이 점점 자신을 두고 떠난다.

가슴속에 무거운 침전물이 내려앉았다.

마음이 조금 허하지만 뭐, 기다리게나.

싸움은 저세상에서 결판내도록 합세.

가네마루 저택에 출입통제선은 쳐져 있었지만 경찰차도 경찰도 그 수가 적었다.

"시신은 이미 대학병원으로 보냈습니다. 따라가시겠습니까?"

강력계 기리야마는 송구한 듯 물었지만 겐타로는 그를 흘끗 쏘아봤다.

"죽은 얼굴은 어땠나."

"저, 독살로 인한 사망이기 때문에 그다지 평온하지는……."

"그런 재수 없는 걸 봐서 뭐하게. 신경 쓰지 말게. 그건 그렇고 독 말인데. 좋아하던 히츠마부시에 쥐약이라도 탔나?"

"게, 겐타로 사장님. 또 그런 못된 말을!"

"그것이 분명치 않습니다."

기리야마는 앞장서서 두 사람을 안내하면서 생각에 잠긴 듯 대답했다. 무네노의 부탁을 무시할 수는 없지만 일반 시민에게 수사 기밀을 어느 선까지 누설해도 되는지는 민감한 부분이었다.

"검시관은 독극물의 종류를 청산화합물이라고 추측했습니다."

"그게 뭔가?"

"청산가리입니다. 성인 남성이 먹었을 때 치사량이 150밀리그램인 맹독입니다. 그런데 어떻게 먹게 됐는지 경로를 도무지 알 수 없습니다."

복도에서 얼굴이 갸름한 청년과 마주쳤다. 이 사람이 이야기로만 들은 긴모치의 손자 유스케인가. 분명 음대생으로 3학년이라고 했다. 핼쑥한 얼굴로 고개를 깊게 숙였기 때문에 겐타로도 그에 답했다.

이윽고 멈춰선 방의 문을 열었다.

"여기가 사망하신 현장입니다. 감식은 끝났지만 아직 출입이 제한되어 있습니다."

안에 들어가지 않아도 이곳이 어떤 용도로 쓰이는 방인지는 한눈에 알 수 있었다. 한 쪽 벽에 놓인 선반에 수납된 엄청난 레코드판과 CD. 1인용 리클라이닝 체어 정면에는 어린아이 키만 한 대형 플로어스탠딩 스피커가, 그 옆에는 커다란 오디오 기기가 수북하게 쌓여 있었다.

"고인에게 레코드판으로 음악을 감상하는 취미가 있었습니까?"

"응. 요괴 가네마루 긴모치의 유일하게 인간다운 면모라고 정계에서는 유명한 이야기지."

"고인은 아날로그 레코드를 재생한 뒤 저 의자 위에서 의문사한 것으로 추정됩니다. 이해할 수 없는 점은 고인이 집에 돌아온 뒤 아무것도 입에 대지 않았다는 사실입니다."

"뭐라고?"

"고인이 자신의 선거사무소를 나왔을 때가 오후 2시, 자택에 도착한 시점은 2시 15분. 차 안에 있을 때를 포함해 물은커녕 사탕한 개도 먹지 않았습니다. 그런데도 치사율이 높은 독극물에 의해 독살되었습니다. 도대체 어떻게 된 일일까요."

"그런데 그 녀석이 마지막 순간 듣고 있던 곡은 뭔가?"

"물건은 감식반이 가지고 갔는데, 분명 메모가…… 아, 여기 있다. '베토벤 교향곡 7번'입니다. 게다가 정규음반이 아닌 해적판이라는 것 같습니다."

"베토벤의 해적판?"

"오셨군요, 고즈키 사장님."

자세한 내용을 물어보려는데 뒤에서 목소리가 들렸다. 뒤돌아보니 긴모치의 장남 다쓰오와 며느리인 가즈미가 막 달려와 있었다.

"황망한 일을 당했군."

"사장님께서 와주신 것만으로도 아버지는 만족하실 겁니다."

다쓰오는 애써 담담한 척했지만 눈썹 주변에 퍼진 불안을 감추지 못했다. 사소하지만 이런 세밀한 부분에서 부친의 대담함을 넘어서지 못하는 것이다.

"무네노에게 듣고 왔네. 당과 관련해 그 녀석이 살해당할 만한 어떤 사정이라도 있나."

기리야마의 눈빛이 바뀌었다. 다쓰오는 그것을 눈치챘는지 그렇지 못했는지, 어조의 변화 없이 말을 이었다.

"정치와 관련해서 타인에게 미움을 받는 건 새삼스러운 일도 아닙니다만……. 아시다시피 그 비리 사건 때문에 아버지의 입을 막고 싶었던 누군가가 있을지도 모릅니다."

기리야마가 조심스럽게 겐타로와 다쓰오 사이에 끼어들었다.

"사정을 자세하게 말씀해 주시겠습니까?"

"아버지께서 관유지 매각 입찰로 의혹을 받고 계시던 것은 알고 계시죠."

"네. 산업폐기물업자의 편의를 봐준 것 아니냐는 그 사건 말이군요. 다른 과에서 그 사건을 수사하고 있기 때문에 대략적으로 알고 있습니다."

318

"아버지는 아이치현 연합회의 대표를 맡고 계십니다. 만약 아버지의 비리 의혹이 사실로 밝혀지면 다가오는 현의회 선거에서 우리 당이 어려운 상황에 처하게 될 것이 불 보듯 뻔합니다. 그래서 경찰에 체포되기 전에 입원이든 뭐든 해서 입막음 시켰으면 좋겠다……. 그런 말을 아무렇지 않게 하는 사람들도 있었습니다."

"선거에서 이기기 위한 입막음, 입니까. 그런데 단지 그것만으로 살인을 생각하는 사람이 있을까요?"

"형사님. 당신은 그런 입장이 되어본 적이 없으니까 이해하실 수 없을 겁니다. 정치가란 낙선하면 그저 평범한 일반인이 되죠. 그 차이는 상상 이상입니다. 게다가 본인의 당락은 차치하고라도 당의 생사가 걸린 일이라면 그 초조함에 기름을 붓는 격이죠."

"그게 사실이라면 그야말로 눈뜨고 코 베이는 세상이군요. 그럼 구체적으로 누가 그런 것을 강하게 원했는지 이름을 말씀해 주실 수 있겠습니까?"

"그건 제 입으로 말씀드리기가 좀……."

다쓰오는 도중에 입을 다물었다. 곤혹스러운 표정으로 얼굴이 일그러진 이유는 아버지를 살해당한 원통함과 당 동료를 감싸고 싶은 기분 사이에서 갈팡질팡하기 때문일까.

"뭐, 됐습니다. 그 쪽은 다른 과의 담당자에게 물으면 되니까요. 그건 그렇고 긴모치 의원님이 이전에 폐질환을 앓으셨다고 들었는데요."

이번에는 가즈미가 대답했다.

"네. 5년 쯤 전에 폐기종 진단을 받으셨습니다. 다행히도 빨리 발견해 치료에 신경을 썼기 때문에 오래 사셨지요."

"최근까지도 약 같은 걸 복용하셨습니까?"

"아니요. 최근에는 약 드시는 걸 본 적이 없어요. 그런데 무슨 문제라도 있나요?"

"만약 상비약이라면 그 안에 독을 넣었을 가능성을 의심할 수 있는데, …… 헛다리를 짚은 모양입니다."

두 사람의 대화 내용을 듣고 있지만 겐타로의 눈은 다른 것을 보고 있었다.

"다쓰오."

"네, 네."

"나는 클래식이나 레코드에는 완전히 문외한이지만 방을 보기만 해도 그 녀석이 얼마나 심취했는지 알겠군. 돈도 상당히 많이 들었겠어."

"네. 의원 회동과 떼어놓을 수 없는 골프조차 하지 않으셨으니까요. 취미라고 할 만한 건 이뿐이니 그만큼 집착도 심하셨습니다."

"이 중에는 마니아라면 군침을 흘릴 귀중한 음반도 섞여 있는 것 같군."

"저도 레코드판은 조금 모으고 있지만 대부분 재즈라……. 자세한 건 듣지 못했습니다. 다만 아버지라면 희귀음반이나 진귀한 물건을 돈 아끼지 않고 입수하셨을 것이라고 생각합니다."

돌아가려는데 현관에 유스케가 서 있었다. 아무래도 겐타로를 기다리고 있던 모양이었다.

"고즈키 사장님, 맞으시죠?"

"그러네만. 자네는 유스케지? 무슨 일인가. 내게 무슨 용건이라도 있나."

"한번 얼굴을 뵙고 싶었습니다."

"왜지?"

"할아버지께서 늘 사장님 이야기를 하셨거든요."

"허허. 그래봤자 욕이나 했겠지."

"네. 그 녀석처럼 나쁜 놈은 없다고. 자신의 마음에 들지 않는 사람은 누구든 모조리 곤죽을 만들어 버린다고 하셨죠."

"정답이군."

"하지만 만약 당신께 무슨 일이 생기면 가장 먼저 달려와 줄 사람도 그 녀석이라고……. 할아버지께서 말씀하신 대로였기 때문에 조금 기뻤습니다. 정말 감사합니다."

겐타로는 코끝이 찡해져 황급히 고개를 돌렸다.

자세한 내용이 밝혀지면 연락드리겠다는 기리야마의 말을 마지막으로, 겐타로와 미치코는 차로 돌아왔다.

눈을 반쯤 감고 생각에 잠겨 있으니 흘끔흘끔 쳐다보는 미치코의 시선이 느껴졌다.

"미치코 씨. 뭔가 내게 묻고 싶은 말이 있는 모양인데."

"장남이라고 했나요, 겐타로 사장님은 그 다쓰오라는 사람과 상당히 친하신 것 같더라고요. 돌아가신 그 아버지와는 사이가 니빴는데."

"아, 다쓰오는 내 부하 직원이었네."

"어머, 그랬어요?"

"옛날에 도료 회사의 직원이었는데 그 회사가 도산했지. 건축 관련 이력에 얼굴과 신원은 알고 있으니까 내가 거뒀네. 몇 년 지난 뒤에 아버지가 억지로 끌고 가서 현의원을 만드는 바람에 내 밑을 떠났지만, 지금은 그래 봬도 현연합회를 짊어지고 있는 사람 중 한 명이야."

"출세했네요."

"출세? 정치가가 된 것이? 미치코 씨도 웃기는 말을 하는군. 정치가 따위 천한 직업이라고."

"처, 천한 직업이요?"

"요즘 어린이들에게 물어보면 알 수 있지. 장래 희망에 정치가가 있나? 매일같이 TV 화면에 추태 부리는 모습이나 나오는데, 동경할 마음이 들 리 없지. 아무리 미사여구를 늘어놓아도 정치는 돈이 있어야 할 수 있으니까, 그 세계에 몸담은 사람은 당연히 돈에 물들게 되어 있어. 욕망에 휘둘리고, 거짓을 말하고, 인간으로서 소중한 것을 조금씩 팔게 되어 가는 거지."

"심하게 말씀하시는 건 여전하시네요."

"심하기는, 그게 바로 현실일세. 다만 그 시궁창 속에서 영혼을 팔아도 정치가로서의 긍지를 잃지 않는 자. 미움을 받고 욕을 먹어도 국민을 위해서 스스로의 신념을 실천하는 자도 더러 있지. 그런 자들이 진짜 정치가야. 그리고 가네마루 긴모치라는 남자는 그런 얼마 안 되는 정치가 중 한 명이었어."

"싸움 상대…… 였던 것 아니에요?"

"맞네. 시시한 놈과 싸워 봤자 별로 재미없지 않나."

마음에 들지는 않지만 상대를 인정할 줄 아는 남자. 그런 남자이기 때문에 아버지와 사이가 틀어진 다쓰오를 군이 고용했던 것이다. 보복도 괴롭힘도 아닌, 긴모치에게 버거운 일이기 때문에 한껏 미움 받고 말싸움을 하면서도 겐타로가 감수했던 것이다.

그런 사이였던 것이다.

다음 날, 다쓰오가 충혈된 눈으로 고즈키가를 방문했다.

"사장님. 예상했던 것보다 더 상황이 안 좋습니다."

"무슨 일인가."

"어제부터 야당의원들이 가두연설과 블로그로 아버지 사건을 비리 은폐라며 공격하기 시작했습니다. 한두 명이면 몰라도 그렇게나 많은 사람이 한꺼번에 움직이니, 역시 여론의 반응도 상당해서……. 현연합회 전화기에도 불이 났습니다."

상세한 이야기를 들어 보니 야당의 젊은 의원들이 일치단결해서, 비리 은폐를 위해 당원 중 누군가가 긴모치에게 독을 먹였다는 둥 흑색선전을 펼치고 있다고 했다. 의심을 해도 유분수지. 그러나 현재 국민당이 궁지에 몰린 상황과, 생전에 당원들조차 두려워했던 긴모치의 인품을 생각하면 혹시나 하는 의구심이 생겨도 일소에 부칠 수 없는 것 또한 분명했다.

"그 녀석 곁에 있던 너니까 다시 물으마. 긴모치가 비리를 저지른 것이 사실이냐?"

"확증은 아무것도 없습니다. 해당 산업폐기물업자도 현연합회의 유력자들에게 편의를 봐달라고 말했을 뿐, 아버지는 긍정도 부정도 하지 않으셨습니다."

"근거 없는 비방이라면 내버려 두면 그만이다. 유언비어에 일일이 반응해 봤자 시간 낭비일 뿐이야."

"일반 사회라면 그렇겠죠. 하지만 우리가 살고 있는 세계에서는 근거 없는 헛소리도 당의 존재를 뒤흔들 수 있는 폭탄이 될 수 있습니다."

"그럼에도 진실은 전해지기 어렵다, 인가. 그야말로 백귀야행의 세계로구만. 다쓰오, 좋은 기회다. 그런 폭력단 같은 세계와는 결별하고 원래 하던 정상적인 일로 돌아올 생각은 없느냐."

"큰마음 먹고 드리는 말씀입니다만 저는 다시 돌아갈 수 없습니다. 저는 이미 당이라는 거대한 조직의 일부이니까요. 이런 저라도, 가네마루라는 성을 가졌다는 사실 하나만으로 제게 한 표를 던지는 유권자가 있습니다. 후원회도 배신할 수 없고요. 마음은 정말 감사하지만……. 그보다 사장님께 달리 부탁드리고 싶은 것이 있습니다."

"돈이냐."

고즈키 개발의 명의로 국민당 아이치현 연합회에 항상 적지 않은 돈을 후원하고 있다.

"은폐공작이라도 할 셈인가. 유언비어인 줄 알면서도 쉬쉬할 필요가 있나. 그냥 떠들고 싶을 때까지 떠들게 내버려 둬."

다쓰오는 괴로운 듯 고개를 숙인 채 확답을 피했다. 이런 점 역시 긴모치에게는 볼 수 없었던 비굴함이라고 생각하니, 그리우면서 한심하기 짝이 없어 다소 심란해졌다.

"됐네. 네가 고개를 숙이는 건 질리도록 봤어. 그런데 말이야 나는 의미도 가치도 없는 일에 돈을 쏟아 붓는 미친 짓은 하지 않아. 내가 상황을 파악한 뒤 지갑과 상담해 보지."

고개를 숙인 채 다쓰오가 돌아가자 겐타로는 곧장 기리야마를 불러들였다. 마치 키우는 개 취급에 기리야마는 언짢았지만 당사자인 겐타로는 전혀 개의치 않았다.

"그 녀석을 해부해서 뭔가 알아냈나?"

"새로운 정보는 특별히 없습니다. 검시에 참가했던 검시관의 의견은 저희가 예상한 대로였습니다. 사인은 청산화합물 흡입에 의한 중독사. 폐에 직접 영향을 끼쳐 기능을 멈추게 한 것 같습니다. 단번에 치사량을 흡입해서 즉사에 가까운 상황이었습니다. 역시 오디오룸에서 흡입한 것으로 보인다는 군요."

"직전까지 듣고 있었다는 레코드판에 무언가 장치라도 되어 있었나?"

"아니오. 감식반이 화학분석을 했습니다만 독극물 같은 것은 검출되지 않았습니다. 어떤 종류의 청산화합물은 피부로도 흡수되기 때문에 손가락이 닿는 레코드판의 테두리까지 검사했지만 검출된 것은 클리너의 에탄올 성분뿐이었습니다."

"정말로 입에 댄 것은 아무것도 없나?"

"입에 댈 만한 것들뿐 아니라 우표 뒷면을 핥지는 않았는지, 손가락을 핥는 버릇은 없었는지까지 생각해낼 수 있는 모든 가능성을 조사해 봤지만 모두 허사로 끝났습니다."

"그런데 그 레코드판은 해적판이라고 했지. 클래식에도 그런 게 있나?"

"곡 자체는 대중적임에도 권리 관계 문제로 음반으로 발매되지 못하는 경우도 있다고 합니다. 이건 도요하시에 있는 업자가 제작한 것입니다. 아날로그 레코드 백 장, CD 천 장을 인터넷에서 판매하고 있습니다. 저기 음…… 지휘는 카를로스 클라이버, 연주는 바이에른 국립교향악단. 마니아들 사이에서도 호평이 자자해서 한 달 만에 다 팔렸다고 합니다."

그 마니아 중 한 명이 가네마루 긴모치였다.

"같은 내용이 담긴 CD를 자료로 한 장 받았는데, 괜찮으시면 들어 보시겠습니까?"

"그러세, 두고 가게. 그래서 현연합회나 야당의원 중에 긴모치를 특히 끌어내리고 싶어 했던 놈은 있었나?"

"끌어내리고 싶어 했다는 의미에서 본다면, 분명 피해자는 걸어 다니는 독가스였을 겁니다. 여당인 국민당 입장에서는 현연합회 대표에 뛰어난 중진의원, 야당 입장에서는 난공불락의 보루, 어쨌든 양쪽 모두에게 두려운 인물로, 적으로 돌려도 자신의 편으로 만들어도 위협적인 인물이었던 것 같습니다. 다만 이번 비리의혹에 관해서는 여당 측 의원들에게는 당연히 큰 장애물이었을 겁니다. 진상이 밝혀지기 전에 탈당하거나 자진 사퇴했으면 좋겠다는 목소리가 있었습니다. 특별히 누구다, 라고 개인을 특정하기에는 아직 시기상조입니다."

"그 정도의 풍문은 지극히 당연하겠지. 그렇지 않으면 이매망량이 둥지를 틀고 있는 저 현연합회에서 대표 같은 걸 맡을 수 없어."

"가네마루를 죽이겠다고 평소에 공언했던 인물도 수사선상에 올랐습니다. 야당 의원 몇 명, 우익인사 모 씨, 시민단체의 아무개, 이건 뭐 공언한 것 자체가 존재를 증명하는 거나 마찬가지인 사람들인데, 본부에서 한 사람 한 사람 조사하고 있습니다."

"그 녀석을 죽이고 싶다고 생각한 사람들 전원을 말인가? 흥, 그것 참, 아이치현경이 총출동해도 인력이 모자라겠군."

기리야마가 돌아간 뒤 겐타로는 문제의 CD를 거실에 있던 휴대용 CD플레이어에 넣고 재생했다.

시작한 지 얼마 되지 않아 공연장의 웅성거림에 이어 박수소리까지 녹음된 것은 해적판이기 때문일까. 이윽고 화려한 연주가 시작되었지만 교향곡과 인연이 없는 겐타로는 아무 감흥도 느끼지 못했고, 녹음된 35분의 시간이 순식간에 지나갔다.

2

그로부터 일주일이 지났지만 수사가 진전될 기미는 보이지 않았다. 속이 터져서 수사본부의 고다 서장을 닦달했지만 나오는 것은 사죄의 말과 우는소리뿐이었다.

— 아무튼 독극물 흡입 경로가 불분명해 용의자를 추리는 것조차 어렵습니다.

고다가 하소연했다.

— 독살이라면 범인은 긴모치 의원님이 언제 어디에 있든 목적을 수행할 수 있습니다. 즉 알리바이를 만들 필요가 없다는 뜻이죠. 용의자는 매우 많지만 동기를 파악할 수 없습니다.

전화 저편에서 고다의 초조함이 전해졌다. 무리도 아니다. 살해당한 사람이 여당의 거물의원이다. 현경본부는 물론 경찰청에도 분명 눈에 보이는, 그리고 보이지 않는 압력이 있을 것이다. 수사 최전선에서 진두지휘하는 고다의 입장에서는 매일 위에 구멍이 뚫릴 것 같은 심정일 것이다.

"결국 배지를 단 어중이떠중이들이 줄줄이 나왔나 보군. 어느 쪽인가."

―양쪽 모두입니다. 여당이나 야당이나 서로 속셈은 다르지만 하는 말들은 같습니다. 사실 이런 상황에서 선거가 시작된다면 사건은 정쟁의 도구로 전락할지 모릅니다. 그렇게 되면 쟁점도 복잡해지고 혼란스러워 질 것은 자명하죠.

"솔직히 나는 어느 쪽 의석이 늘어나든 정국이 어떻게 되든 관심 없네. 다만 이 소란이 가라앉지 않으면 유세 차량이나 가두연설의 소음이 너무 커서 낮잠을 잘 수 없어."

―나, 낮잠…… 이요?

"휠체어 신세를 지는 힘없는 노인이 대낮에 평안하게 푹 자는 작은 일조차 불가능한데 무슨 치안이며 평온을 논하고 있는 게야. 자네도 나카 경찰서의 서장이면 상사로서 정치인들의 의견에 따라 이리저리 휘둘릴 게 아니라 소란에 눈살을 찌푸리는 시민을 먼저 살피란 말이다. 이런 우라질."

말을 내뱉은 겐타로는 전화를 뚝 끊었다.

그 모습을 옆에서 죽 지켜본 미치코가 질책했다.

"그렇게 매번 정말로 경찰을 개처럼 취급하실 거예요?"

"기르는 주인이 우향우라고 말하면 오른쪽을 보지. 막대기를 던지고 가져오라고 말하면 곧장 달려가. 그게 개가 아니면 무엇이겠나."

"하지만 이걸로 여당과 야당이 역전되기라도 하면."

"상관없네. 기부금을 내는 곳을 바꾸면 그만이지. 그런데 추문 한

두 개로 스스로 지지정당이나 생각을 바꿀 정도로 이 나라 국민은 어리석지 않아."

"하지만 TV 인터뷰를 봐도 이번 일로 분노하는 시민들도 많은 것 같은데요."

"그야 화는 나겠지. 자신이 믿고 한 표를 던진 인간이 나쁜 짓을 했으니. 자신이 낸 혈세를 허투루 사용한 것에 대해 분노하겠지. 그래도 투표용지를 투표함에 넣을 때 다시 한번 생각해. 이 표가 정말로 자신의 진심인가. 이 한 표로 바뀔지 모르는 미래가 정말로 옳은 것인지 말이야. 개개인의 판단은 제각각이지만 의견을 전체적으로 종합해 보면 신기하게도 대체적으로 절묘하게 균형을 이루는 방향으로 귀결돼."

"그럴까요."

"그래. 이 나라 정치인들은 무능하고 유치하다고들 하는데 그래도 국회의원입네 으스댈 수 있는 이유는 국민들이 유능하기 때문이지. 보통은 무책임한 놈들의 선전에 놀아나며, 우면 우 좌면 좌 부화뇌동하는 것 같지만 막상 나라가 위태로워지면 리더 따위 없어도 하나가 되어 대항하는 기개가 있어. 결코 비겁한 행동은 하지 않는 품성도 있지. 그것이 전쟁이라는 국면에서 작용했다는 불행도 있었지만, 고작 정치적인 문제로 일희일비할 필요는 없네."

그렇다고 해도— 무네노가 새파랗게 질려서 고개를 숙이러 온다면 자신은 무턱대고 거절하지는 못할 것이다. 정치에는 관심이 없지만 사람에게는 관심이 있다. 특히 스스로의 신념을 굽히지 않고 계속 투쟁하는 사람을, 자신은 비웃지 못한다.

우선 상황이 언제 진정되어도 이상하지 않을 만큼 상당한 자금을 준비해 두려고 생각하던 그때 휴대 전화가 울렸다.

"고즈키 사장님, 맞으신가요? 저 유스케입니다. 가네마루 유스케요."

가네마루 저택을 나오면서 곤란한 일이 생기면 연락하라고 자신의 번호를 알려 주었던 것이다.

"무슨 일이 생겼나?"

"정말 죄송합니다. 요전에 처음 막 뵈었을 뿐인데……. 사실은 생전에 본인께서 약속했다면서 이상한 남자가 할아버지께서 수집한 레코드판을 양도하라며 쳐들어왔습니다."

당황한 말투에 자세한 상황을 물을 여유는 없었다. 겐타로는 일단 그 사람을 오디오룸에 들여보내지 말라고 말하고 미치코를 대동한 뒤 급하게 가네마루 저택으로 향했다.

갑작스러운 방문자에 곤혹스러운 가즈미는 겐타로가 도착하자 겨우 안심한 표정이었다.

거실에서 기다리고 있는 남자는 가야바라고 소개했다. 내민 명함에는 '레코딩 스튜디오 가야바 대표이사'라고 적혀 있었다. 탄탄한 몸매에 턱수염을 기른 모습은 힘센 산 사나이를 연상케 했다. 그러나 상대방을 노려보는 것 같은 시선은 만만치 않은 돈놀이꾼을 연상시켰다.

"원래 나와 가네마루 씨는 수집가 사이였소. 그러니까 인증서나 각서 같은 것은 없지만 만약 자신이 죽으면 소중한 수집품들은 제가 지켜줬으면 좋겠다고 부탁했지."

"각서도 유서도 없는데 그런 이야기를 믿으라는 게 이미 정신 나간 소리 아닌가. 적어도 그 녀석과 어깨동무를 하고 호탕하게 웃는 사진이라도 가져와야지."

"꽤 대단한 듯 말하는군, 영감님. 당신이야말로 가네마루 씨와 무슨 관계지?"

"그냥 싸움 상대지."

"그게 뭐야. 이봐요, 나는 같은 수집가 친분으로 사가판* 베토벤을 공짜로 양도했다고. 수집품을 뒤져 보면 나올 거야. 그런 사이라고요."

"사가판 베토벤? 그 클라이버인지가 지휘한 해적판을 말하는 건가?"

"오호, 알고 있나 보네. 그렇다면 이야기가 빠르지."

"어머나, 그건 정말 이야기가 빠르겠네요."

이번에는 미치코가 웃으며 응수했다.

"뭐야, 아줌마는."

"이 영감님은 말이에요, 여기저기에 기르는 개가 많아요. 경찰이라는 개가 말이에요, 휘파람을 불면 이크 하고 주인의 중대사에 죽을힘을 다해 미친 듯이 달려온다고요."

순식간에 가야바의 안색이 변했다.

"왜 그래. 개를 싫어하는가? 몇 마리 모이면 컹컹거리며 시끌벅적

---

*   개인이 자비로 대가를 받지 않고 펴낸 것.

하고 즐겁다고. 개중에는 수갑을 짤랑거리는 녀석도 있고 말이야."

"……어차피 허세잖아."

"한번 시험해 볼까. 응?"

"저작권법 위반으로 체포된 놈 따위 없어."

"그러니까 시험해 본다고."

가야바는 불꽃이 사그라지듯 기가 죽었다.

주도권은 이쪽으로 넘어왔다.

"녀석이 죽으면 수집품을 넘긴다는 건 어디까지가 진짜인가."

"그 사람과 수집가 사이였던 것과, 사후에 그 방대한 수집품이 그저 쓰레기가 될 것을 우려했던 건 사실일세. 아들도 손자도 가네마루 씨의 수집품에는 아무 관심도 보이지 않았으니까."

"그 수집품은 가치 있는 물건인가?"

"고즈키 씨라고 하셨지. 취미는 좀 있소?"

"남들 하는 만큼은."

"그럼 이해할 것이라고 생각하는데, 흥미 없는 사람에게는 그저 쓰레기일 테지만 우리 같은 수집가들 입장에서는 보물창고거든. 인터넷 옥션에 올리면 한 장에 십만 엔이 붙는 것도 있소. 평소에는 정계의 거물이지만 그 쪽으로는 매우 유명한 수집가였다고. 이제는 음원 자체가 거의 유실되어 버리다시피 한 희귀 음반이나 연주자가 체크용으로 녹음한 음반들까지 죄다 모았으니까."

"그런데 그도 소장하지 못한 것이 있었지."

"아아, 클라이버가 쇼와여자대학교에서 지휘했던 베토벤 교향곡 7번 말이지. 그렇지. 그건 영상만 존재하고 제대로 된 음원은 없으니까. 그 연주회장 녹음을 내가 입수했소. 굉장히 집착하기도 했고, 가네마루 씨 사후 수집품 처분에 대해서 상담하고 싶었기 때문에 공짜로 보내줬지."

"레코드 해적판이라는 건 그렇게 간단하게 만들 수 있는 건가?"

"마스터 테이프만 있으면 누구든 만들 수 있다고 할 수 있지, 전문 제조업자가 있소. 12인치 레코드판이라면 최소 생산 수량 백 장, 4색 풀 컬러 재킷에 3십만 엔 정도지. CD로 만들면 조금 더 싸게 만들 수 있소."

"한 장당 얼마에 팔지? 6천 엔? 만 엔?"

"수고비까지 4천 엔 언저리요."

"그런가? 그러면 이익이 안 남을 텐데."

"돈벌이로 하는 일이 아니오."

가야바는 약간 가슴을 폈다.

"돈벌이였다면 좀 더 인터넷 광고 같은 것을 해서 대대적으로 판매했겠지. 해적판 제작은 어디까지나 취미요. 해보면 알겠지만 비용과 수고, 시간과 판로 확보를 생각하면 수지가 맞는 장사는 아니지. 본업인 인디즈* 녹음으로 잘 먹고 살고 있기도 하고."

"범죄가 취미인가."

"분명 해적판 제작은 범죄지. 하지만 권리관계나 단순히 자기중심적인 연주자 때문에 상품화되지 않는 명연주가 많이 묻혀 있어서 그런 음원을 발굴해서 동호회 회원들과 공유하는 것이, 그렇게

---

*   대형 레코드 회사에 의존하지 않고 스스로 제작한 음반.

나 범죄요?"

"뭐냐, 이번에는 뻔뻔하게 나오시겠다?"

"마음대로 생각해도 되지만 말이야. 음원의 소유자에게 정식 절차를 밟지 않고 제작한 것을 해적판이라고 하면서, 그것을 대형 CD 매장에서 아무렇지 않게 판매하고 있는 현실도 있소. 저작권 보호 딱지를 붙이면서 정작 내용물은 저작권을 무시한 것이라는 웃기는 상황도 있다고."

"호오, 그건 금시초문이군."

"대형 레코드 회사 자체가 비정규 음반을 토대로 뻔뻔하게 제작 판매하고 있으니까. 소매상의 저작권 의식 따위 얼추 짐작할 수 있겠지. 이해해 달라고 말하지는 않겠지만. 특별히 응원하는 연주자의 명연주가 어떻게든 세상에 알려지기를 바라는 마음은 해적판 판매상의 소소한 긍지라고."

"원래 이야기로 되돌아가 보지. 그렇다면 당신은 해적판을 제작해 달라며 마스터 테이프를 제조업자에게 맡겼나?"

"그렇소. 추가 요금을 내면 포장까지 완벽하게 만들어 주거든. 완성 후에는 물건을 받아서 주문자들에게 보내기만 하면 되지."

"가네마루도 그런 경우인가?"

"돈을 내지 않은 것만 빼면 같소. 가네마루 씨에게도 포장된 완성품을 보냈으니까."

"그런가."

"이제 질문은 끝인가? 그럼 이번에는 내 이야기를 하지. 공짜로 달라고는 하지 않겠소. 가네마루 씨의 수집품을 적절한 가격에 매입하고 있소. 어떻습니까, 부인? 허락하신다면 출장매입 즉시 지불하겠소."

가즈미가 머뭇거리는 모습을 본 겐타로가 끼어들었다.

"흠, 사건이 해결되지 않는 한 아무래도 저 방에 있는 물건들을 처분할 수는 없을 것 같은데."

어쩔 수 없다는 모양새로 가야바는 어깨를 늘어뜨렸다. 그리고 거실을 나서는 모습에 겐타로가 말을 걸었다.

"저 수집품들이 마니아에게는 상당한 가치가 있다고 했지?"

"맞소. 해적판 제작 같은 범죄행위를 하는 남자가 도요시 변두리에서 달려올 정도로 말이요."

가야바가 사라지고 나서도 겐타로는 여전히 생각에 잠겨 있었다.

"도대체 무슨 생각을 하고 계세요?"

"흠, 수집은 정말 남자들의 습성이라는 생각이 들어서."

"그러네요. 여자가 저렇게까지 무언가를 모은다는 건 그다지 들어본 적 없기는 하네요."

"마니아라는 말에는 광기라는 의미가 들어 있으니까."

"네."

"이건 우리나라 이야기는 아니지만 예전에 희귀한 우표를 서로 빼앗으려고 살인이 일어난 적이 있네. 세계에 몇 장 없을 정도로 진귀한 물건으로 경매장에 출품되어 몇 만 달러에 낙찰됐다는 것 같더군. 그저 우표 한 장을 갖고 싶어서 사람을 죽였어. 그런 종류의 이야기가 슬슬 우리나라에서 벌어져도 이상하지 않아."

그러자 미치코는 얼굴을 찡그리며 끄덕였다.

가네마루 저택을 나와서 잠시 후 도로를 달리고 있는데, 길거리에 '가네마루'라고 크게 적힌 현수막이 눈에 들었다. 순간 놀랐지만 자세히 보니 선거 유세 차량 위에서 마이크를 잡고 있는 사람은 다쓰오였다.

─여러분도 신문과 TV 보도를 통해 알고 계시겠지만, 제 아버지, 아이치현 연합회 대표였던 가네마루 긴모치는 일주일 전 돌아가셨습니다. 누군가의 손에 독살당하셨습니다.

"미치코 씨. 잠깐 멈추지."

"가두연설을 들으시려고요? 웬일이세요."

겐타로를 태운 간호 차량은 유세 차량과 거리를 두고 정차했다. 이 정도 거리면 다쓰오의 모습을 관찰할 수 있다. 다쓰오 앞에는 적지 않은 청중이 모여 있었고, 그 목소리에 귀를 기울이고 있었다.

─분별없는 일부 언론은 그것을 우리 당이 벌인 일이 아닌가 의혹을 제기했습니다. 당치도 않은 이야기입니다. 가네마루 긴모치라는 정치가는 1965년에 첫 당선된 이래 이 아이치를 위해 밤낮으로 노력했습니다. 분골쇄신이라는 말은 바로 아버지를 가리키는 말입니다. 아침 해 뜨기 전에 집을 나가서 언제나 자정이 지나서야 집으로 돌아오시곤 해서, 제가 어렸을 때는 얼굴을 뵌 적이 거의 없었습니다. 그만큼 열심히 일하셨습니다. 휴일에 골프라니 당치도 않은 이야기였습니다. 쉴 시간이 있으면 시민들의 목소리를 듣겠다는 것. 그것이 신조였습니다. 생각해 보십시오. 성지가 가네마루 긴모치가 아이치현에서 이루어낸 일들을. 이곳에 일으킨 일들을. 그런 인물을 어째서, 당원이 죽이려고 했겠습니까.

"아직 아버님의 쇼나노카*를 지내지 않았는데도 고생하네요."

"선거전이 한창이니까. 칠일이나 쉬면 당에 면목이 서지 않겠지."

"그건 그렇고, 잘도, 저렇게나 달변가가 됐네요. 처음 뵈었을 때는 좀 더 말주변이 없는 인상이었는데요."

미치코가 의외라는 듯 말했다.

"아아, 내 밑에서 일할 때도 '무뚝뚝한 다쓰오'라고 불렸으니까. 뭐, 핏줄도 핏줄이거니와 그럴싸하게 말하도록 훈련받았으니. 어눌한 정치인이란 정직한 사기꾼이나 마찬가지라고."

— 저는 아들로서, 그리고 같은 현연합회 의원으로서 단언할 수 있습니다. 의혹에 관해서 아버지는 완전히 결백합니다. 생전의 아버지를 기억하고 계시는 시민 여러분. 아버지의 정치이념은 아직도 목표를 이루지 못했습니다. 저는 그것을 계승할 생각입니다. 지금도 여전히, 아버지의 이념과, 그것을 완수하지 못했다는 안타까움에 가슴이 미어집니다. 그동안 가네마루 긴모치를 사랑하고, 질타하고, 격려해 주신 시민 여러분, 제게 힘을 빌려주십시오. 부디, 부디, 아버지의 원통함을.

"미치코 씨, 그만 출발하지."

"끝까지 듣지 않으세요?"

"왠지 속이 안 좋아졌네. 돌아가지."

다시 한번 무네노에게 전화가 걸려온 것은 저녁 식사 후였다.

* 　사망한 날부터 7일째 되는 날에 재를 드리는 것.

— 고즈키 사장님, 바쁘신 와중에…….

들려온 말투에 초조함이 엿보였다.

"정말이지 너란 놈은. 지금 몇 년 째 의원 노릇을 해오고 있나. 조금은 본심을 숨기는 법을 배우라고."

— 당신께는 숨겨도 소용없지 않습니까. 어차피 곧바로 간파당하니까요.

"흥. 그래서, 용건이 뭔가."

— 우려하던 대로 흘러가고 있습니다. 아이치현 연합회의 스캔들이 중앙으로까지 번지고 있습니다. 내일 국회 대표질문으로 야당이 가네마루 의원님의 사건을 거론하면.

"이제 와서 새삼스럽게 뭘. 이미 예상했던 일 아닌가."

— 그것이…… 질문을 거론할 사람이 나루미 의원이라서.

그 이름을 듣고 마침내 무네노가 안절부절못하는 이유를 이해할 수 있었다. 나루미 신이치, 과거에는 야당 간사장까지 역임했던 남자로 별명은 '국회의 시한폭탄'. 과거 이 남자의 폭로와 예리한 추궁에 도대체 의원 몇 명이 쫓겨났는지.

"그 놈이 뭔가 새로운 건수라도 잡았다고 하나?"

— 아뇨, 거기까지는 아닌 것 같습니다. 수사본부에서 얻은 정보도 진전은 없는 것 같으니까요. 하지만 사장님, 나루미 의원의 말솜씨 아시죠. 그 사람에게 걸리면 강변의 바비큐가 유조선의 화재 정도의 일이 되니까요.

"적이지만 훌륭하군. 국회의원의 말솜씨가 모름지기 그 정도는 되어야지."

─이런 상황에서 농담이 나오십니까.

무네노의 목소리는 비명에 가까웠다.

─말씀드릴 것도 없이, 이번 사건이 터지기 전부터 정책 실패를 빌미로 당에 비난이 집중되었습니다. 중의원 선거도 다가오는데, 당 내부는 분열의 위기를 맞은 상황에서 설상가상으로 이 사건까지 겹쳤습니다. 오늘 실시된 여론조사에서 결국 우리 당 지지율이 20퍼센트 밑으로 떨어졌습니다.

"흥. 위험 수위까지 떨어졌군."

─수사 진전 여부에 따라서는 이번 사건이 내각 붕괴의 도화선이 될 수 있습니다.

"그건 조금 확대해석 아닌가."

─평소라면 그렇게 웃고 말았겠지만 지금은 비상사태로 무엇이 어떻게 영향을 미쳐도 이상하지 않은 상황이에요. 다만 결말이 어떻게 되든 사건이 해결만 된다면 저희에게도 아직 항변할 수 있는 여지가 있습니다. 이대로는 그것도 여의치 않습니다.

"나보고 어쩌라는 겐가."

─그러니까 사건이 빨리 해결되도록 부탁드립니다.

"그런 거 나와는 관계없네. 그런 건 경찰청이나 현경본부에 말하라고. 자네의 친정이지 않나."

─그 현경본부에게 전해 들었습니다. 사장님에게는 신통력이 있으시다고요.

"신통려억?"

─몇 번이나 관할 사건을 해결하셨다더군요.

"그건 그냥 우연이었어."

─우연이라도 대단한 일이지요. 이번에도 꼭 좀 지혜를 빌려주십시오.

"이보게, 무네노. 자네, 부탁할 상대를 착각한 거 아닌가?"

─뭐든지 곤란에 처하면 사장님께 의지하라는 것이 제가 경험으로 터득한 방법입니다.

"이런 죽을 날 받아놓은 노인네에게 의지하면 어쩌자는 게야. 그래 봬도 현역 국회의원 아닌가. 이런 우라질!"

전화를 쾅하고 끊고 나서 겐타로는 거실로 돌아왔다.

사이드보드 위에 놓인 휴대용 플레이어에는 아직 그 CD를 넣어둔 채였다.

리모콘을 눌러 재생시켰다. 1악장 서두 부분은 이제 귀에 익숙하다. 그러나 곡이 계속 흘러도 마음에 걸리는 부분은 없었다. 수상한 소리도 감지할 수 없었다.

긴모치는 청산화합물을 흡입하고 죽었다. 독성을 생각하면 오디오룸에 들어간 뒤 흡입했다고밖에 볼 수 없다. 그러나 긴모치는 아무것도 입에 대지 않았고, 손으로 만졌던 것에서도 독극물은 검출되지 않았다. 어쩌면 레코드판 그 자체에 장치된 것이 아닐까 생각했지만 감식원과 가야바의 대답으로 그 가능성도 사라졌다. 음반 제작사에서 레코드판을 만들 때 완전히 포장한다. 그 과정에서 제3자가 개입할 여지는 없다.

그렇다면 남은 가능성은 레코드판에 녹음된 연주 그 자체뿐이다.

소리를 듣게 해 독살한다─말도 안 되는 추론이지만 겐타로의 감이 레코드판에 집착하게 만들었다. 아무리 뜬구름 잡는 이야기라도 단순히 웃으며 넘길 마음이 들지 않았다.

자신만큼 가네마루 긴모치라는 남자를 잘 아는 사람도 없다고 겐타로는 자부했다. 식사를 할 때나 잠을 잘 때, 심지어는 용변을 볼 때조차 온 신경을 곤두세우고 있는 남자였다. 그런 남자가 경솔하게 독을 먹었다고 생각하기는 어렵다. 그렇기 때문에 팽팽하게 당겨진 줄처럼 긴장했던 정신이 느슨해졌을 때, 즉 음악을 감상할 때 독을 흡입했을 가능성을 의심할 수밖에 없는 것이다.

그러나 몇 번을 들어 봐도 연주 자체에 숨겨진 장치를 찾을 수 없었다.

클래식이나 음악에 대해 조금 더 잘 알았더라면 하고 후회해 봤자 이제 와서 어쩔 수 없는 노릇이다. 본디 음악을 들으면서 쉬는 삶과는 인연이 없는 인생이었다.

겐타로가 고즈키가의 가장이 된 건 전쟁이 끝나고 4년 뒤 11세였을 때였다. 가가미하라 기지 공습 때 중상을 입은 아버지가 그해에 돌아가시면서, 병상에 누워 있던 어머니를 부양하기 위해서는 겐타로가 일을 해야만 했다.

고용된 곳은 마을에 있던 수리 공장이었다. 그 무렵에는 대형기계와 소형기계를 구분하지 않았기 때문에 큰 자동차부품부터 작은 시계부품까지 모든 수리를 맡았다. 자신이 흥미를 느낀 점도 긍정적인 영향을 미쳐 겐타로의 기계 수리 실력은 나날이 늘어갔다. 그리고 그때 같은 공장에 가네마루 긴모치도 근무하고 있었다.

전환점이 된 것은 그 다음해, 한국전쟁이 발발했을 때였다. 갓가지 무기와 탄약은 물론, 미군과 제2차 세계대전 이후 일본에 주둔하던 영국연방 점령군으로부터 무기에서 일용품에 이르기까지 제조와 수리 의뢰가 잇따랐다. 이른바 한국전쟁 특수였다. 근무하던 수리공장은 24시간 풀가동되었고 그 해 공장 부지는 단번에 네 배가 되었다. 젊은 나이에 공장의 주임이 되었던 겐타로에게도 과분한 보수가 주어졌다.

3년 후 겐타로는 독립했다. 자본은 아버지가 유일하게 남긴 농토였다. 아직 토지이용에 관한 법규제가 느슨했던 시절이었기 때문에 겐타로는 이 농토를 정지해서 팔 생각으로 고즈키 개발을 설립했다. 그때 큰 도움이 되었던 것이 외국에서 터무니없이 싼 값에 들여온 건설기계였다. 저렴한 만큼 대부분은 고장 나서 쓸모없어진 고철 덩어리 수준의 대용품이었지만 겐타로는 이 물건들을 손봐서 훌륭하게 재탄생시켰다.

질 낮은 토지를 싸구려 건설기계로 정지해서 최상급 토지로 만들어 판매한다. 현재의 디벨로퍼의 시초라고 할 수 있는 이 사업이 완전히 들어맞았다. 한국전쟁 특수로 졸지에 재산이 불어난 자산가들이 하나같이 토지를 매입하면서 건설 붐이 일었고, 그와 함께 고즈키 개발의 실적도 비약적으로 늘어갔다. 수익으로 싼값에 토지를 매입하고 그 토지를 비싸게 판매한다. 이윤을 남기고 다시 토지를 저렴하게 매입해서 비싸게 판매한다. 이 방법을 반복했다. 타국의 수요를 배경으로 특유의 기술과 근로정신으로 규모를 키워나간 과정은 고도성장기 일본의 모습과 완벽하게 닮아 있었다.

이렇게 겐타로는 입지 탄탄한 인물이 되었는데, 일을 시작하면서 처음 배웠던 기계공작은 이제 습관이 되어 언제부터인가 익숙해져 있었다. 새삼스럽게 다른 취미를 즐기는 모습은 상상이 되지 않는다. 여유라도 생기면 현장으로 나가서 건설 기계가 작동하는 모습을 관찰하고, 집에 돌아오면 고장 난 가전제품을 수리했다. 정밀한 모형에 관심이 생기기 시작한 것도 이 무렵부터다.

일도 가정도 취미도 모두 기계 만지기. 그것이 삶의 전부였다. 음악이 끼어들 자리 따위 어디에도 없었다.

여태껏 살면서 이 점을 후회한 적은 한 번도 없었다. 그러나 음악 지식이 있다면 긴모치를 살해한 방법을 알아낼 수 있지 않을까 하는 초조함이 마음속에 서서히 번졌다.

가족 가운데 음악과 인연이 있는 사람이라면 손녀 둘이 있지만, 피아노 연주 실력이 겨우 중급에 미치는 정도기 때문에 믿음직스럽지 못했다.

그보다 더 음악에 조예가 깊은 사람이 주변에 없으려나…….

그리고 불현듯 그의 얼굴이 떠올랐다.

3

"레코드판으로 클래식 음악을 들으면 독살 당하는 방법…… 말입니까?"

연락을 받고 고즈키 저택을 방문한 미사키 요스케는 곤혹스러운 기분으로 되물었다.

"그렇네. 제목은 '베토벤 교향곡 7번'. 음악 전문가로서 뭔가 짚이는 것은 없는가?"

순간, 미사키는 겐타로의 얼굴을 살폈다. 진심인지, 아니면 농담인지를 확인하려는 눈빛이었다.

"죄송합니다. 바로 떠오르지는 않습니다."

"그러면 시간을 들여 생각하면 떠오를 수도 있다는 말인가?"

"가능하면 질문의 배경을 알려 주시겠습니까?"

그쯤에서 겐타로는 사건의 개요를 설명했다.

"즉 독극물 주입 방법이 문제입니까?"

"그렇다네. 그것만 안다면 사건이 빨리 해결될 터인데. 그래서 어떻게 생각하는고?"

"어떻게 생각하냐고 물으셔도 대답하긴 곤란합니다. 만약 살인 사건이라면 방법 외에 동기도 큰 관련이 있으니까요. 문제를 해결하려고 해도 막상 실제 현장을 보지 못했기 때문에 단서가 부족합니다."

"흠. 그건 확실히 그렇군. 쇠뿔도 단김에 빼랬지. 그럼 당장 안내하지."

"어디로 말입니까?"

"당연하지 않나. 가네마루 저택의 사건 현장 말일세."

"저, 죄송하지만, 약간 강제적인 것 같은데요."

"아. 기분 탓이겠지. 사실 강요는 아니라네."

"적어도 제가 그 범죄 수사를 도와야 하는 이유를 알고 싶습니다만."

"이유야 간단하지. 집주인은 부모, 세입자는 자식과 마찬가지. 자식이 부모의 말을 따르는 것은 당연하지 않나."

스스로도 억지 논리라고 생각했지만 미사키는 두세 번 고개를 끄덕이고는 납득한 듯했다.

"그럼 제가 할 수 있는 범위는……."

미치코가 저녁 식사 준비로 바빠서 동행자는 미사키 혼자였다. 물어 보니 휠체어를 미는 것은 처음이라고 했다.

"휠체어 바퀴 옆에 붙어 있는 미는 바퀴를 움직여 스스로도 움직일 수 있지만 기본적으로는 요양보호사가 밀어 준다네. 이것은 저

상형 휠체어니까 단차 段差에 주의하도록 하게."

"네."

"단차를 넘을 때는 두 사람의 호흡이 중요해. 앞바퀴를 띄울 때 내가 중심을 뒤로 이동할 테니까 그때 선생은 동시에 휠체어를 앞으로 밀면 되네."

"네."

"양옆에 있는 큰 바퀴가 단차와 만나면 나는 몸을 앞으로 굽히네. 단차를 넘을 때는 그 반대가 될 게야."

"알겠습니다."

놀랍게도 간단한 설명만 듣고도 미사키는 휠체어를 문제없이 다룰 수 있게 되었다. 물론 미치코와 비교하면 아직 서투르지만 이해 속도가 상당히 빠른 사람이다.

간호 차량 운전기사가 휴가였기 때문에 미사키가 운전했다. 계속해서 일을 들이밀어도 이상하게 미사키는 싫은 기색 하나 보이지 않았다. 겐타로의 매의 눈에 걸리면 아무리 가식적으로 웃는다고 해도 다른 마음을 품은 것을 바로 알아차릴 수 있는데, 미사키의 얼굴에는 그조차도 보이지 않았다.

가네마루 저택에서 배웅을 나온 사람은 유스케였는데 미사키를 소개받자마자 태도가 갑자기 달라졌다.

"미, 미사키 요스케 씨? 저, 이번에 아이치음대 강사로 오신, 아니, 되신?"

"네. 맞습니다."

"처음 뵙겠습니다! 저, 저는 첼로를 전공하는 3학년 가네마루 유스케라고 합니다! 악수해 주실 수 있나요."

"자, 잘 부탁합니다."

"와아아아, 대박! 설마 직접 대화할 수 있을 거라고는 생각도 못했습니다."

유스케는 완전히 흥분한 모습으로 미사키의 손을 꽉 쥔 채 그대로 안으로 끌고 들어갔다.

"이게 무슨, 미사키 선생. 자네 꽤 유명인이로구만."

"절대 그렇지 않습니다."

어째서인지 미사키는 쑥스러운 듯 대답했다.

오디오룸의 위치를 기억하고 있는 겐타로는 미사키를 이끌었다. 경찰 수색은 전부 종료됐기 때문에 이제 자유롭게 드나들 수 있는 상태였다.

"여기군요. 봐도 되겠습니까?"

"물론이죠, 교수님. 몇 시간씩 계셔도 됩니다."

"그러면 실례하겠습니다. 오, 놀랍네요. 실내 온도도 습도도 자동 제어 되고 있습니다. 설정온도는…… 20도군요."

"호오. 실내온도는 그렇다 쳐도 습도까지 조정하는 이유는 무엇인고?"

"턴테이블의 침압이 온도와 습도에 영향을 받지 않도록 설정해 놓는 겁니다. 여름철이나 겨울철에는 침압이 1그램 이상씩 증감하니까요. 아, 이건 단단하고 질 좋은 마루네요. 아사다 벚나무인가요?"

미사키는 발바닥으로 마루의 감촉을 확인하면서 미끄러지듯 방으로 들어갔다. 가장 먼저 향한 곳은 선반에 놓인 오디오 기기 쪽이었다.

"스피커는 탄노이의 요크민스터. 앰프는…… 호오, 트라이오드의 845SE인가. 왠지 즐거워지네요. 그리고 턴테이블은 미셸 엔지니어링의 자이로덱 TA. 음, 이건 대단한 시스템이네요."

기기를 살피는 눈에서 반짝반짝 빛이 났다.

"교수님, 굉장히 잘 아시네요. 저는 이 시스템을 몇 번을 봤어도 브랜드 이름은 지금 처음 알았거든요."

"아아. 선배 음악가들의 연주를 들으면서 공부하니까요. 타건 하나하나에 매달리기 시작하면 어쩔 수 없이 재생기기에도 신경을 쓰게 되지요."

"미사키 선생. 뭐가 대단한지 나는 잘 모르겠네만."

"이 방의 주인이 상당한 클래식 애호가라는 점을 이 오디오 기기 조합만 보고도 알 수 있습니다. 탄노이의 스피커에 트라이오드 앰프는 클래식 감상의 정석 중의 정석입니다. 진공관 앰프를 사용했다는 점에서 CD보다 오히려 아날로그 레코드를 더 즐겨 들었다는 사실을 엿볼 수 있지요."

"교수님, 바로 그거예요!"

유스케가 곧바로 반응했다.

"흐음. 액세서리도 신경을 썼네요. 침압계에 브러시. 클리너도 스프레이 통, 자장 제거식, 접착 테이프식 세 종류를 갖추어 놓았군요. 오랫동안 정전기와 싸워온 고난의 흔적입니다."

"하지만 미사키 선생. 진공관 앰프라니 상당히 낡은 것 아닌가.

옛날 옛적에 사라진 물건이라고 생각했는데 말일세."

"당치도 않습니다. 현재는 아날로그 레코드의 소리도 개선돼서 말이죠. 이와 함께 진공관 앰프도 부활했습니다. 이 845SE는 최신 기기입니다."

"어째서 아날로그 소리를 개선하는 거지? 소위 복고 취미 같은 건가."

"아니요, 순수하게 음질의 문제입니다. CD 샘플링 주파수는 44.1헤르츠, 가청주파수는 20헤르츠로 규격화되어 있습니다. 물론 실제 가청 한계 범위는 12헤르츠 정도라서 듣는 데 별 지장은 없습니다만, 녹음 대역을 한정하기 때문에 녹음 소리가 그대로 실리지 않는다는 단점이 있지요."

"흠."

"그리고 이건 뭐, 감각의 영역입니다만 CD 소리는 윤곽이 너무 또렷해서 각이 느껴집니다. 그런 점에서 아날로그 레코드는 둥글둥글한 맛이 남아 있다고 평하는 사람도 있습니다. 따뜻한 소리, 라고 표현하는 사람도 있지요. 같은 음원이라도 제조과정과 재생방식이 다르기 때문에 당연하다면 당연한 이야기지만요. 그래서 문제의 레코드판은 어디 있죠?"

유스케가 잽싸게 그 레코드판을 내밀자 이번에는 미사키의 눈빛이 달라졌다.

"이런, 카를로스 클라이버 일본 공연 실황 음반이네요. 이런 게 있었군요."

몹시 감개무량한 듯 말했기 때문에 흥미가 솟았다.

"그렇게 진귀한 물건인가?"

"클라이버라는 사람은 원래 그다지 녹음을 남기고 싶어 하지 않은 지휘자였습니다. 이 실황 음반은 1986년 쇼와여자대학교 히토미 기념 강당에서 열린 방일 공연을 회장에서 녹음한 것 같은데, 이 공연은 원래 비디오 녹화만 했고 그것마저도 상품화되어 시중에 나오지 않았습니다. 오로지 대학의 시청각 교재로만 사용한다는 것 같습니다."

"왜 녹음을 싫어했지? 음악가라면 보통 자신의 연주나 지휘를 기록으로 담아두고 싶어 하지 않나?"

"본인에게 직접 그 이유를 확인한 기록은 없습니다. 다만 일설에는 아버지인 에리히와 불화가 있었다고 전해집니다. 에리히 클라이버도 한 시대를 풍미한 위대한 지휘자였는데, 아버지의 음악과 자신의 음악을 비교하는 것을 참을 수 없었던 게 아닐까, 라고 추측할 따름이죠."

"그렇군. 부모와 자식이 모두 기록을 남기면 확실히 호기심에서라도 비교하고 싶어지는 법이지."

"어쨌든 음악 인생의 처음부터 아버지와 엮여 있었습니다. 카를로스 클라이버는 포츠담 극장에서 지휘자로 데뷔했는데, 이때도 아버지의 도움을 받으면서 한편으로는 그 사실을 숨기고 싶었는지 카를 켈러라는 예명을 사용했습니다."

"뭐지. 어느 나라의 2세 배우의 행보와 닮았군."

"아버지 에리히는 아들을 공적인 자리에서 태연하게 힐난했고 그의 음악 활동을 매섭게 비판했습니다. 만약 이것이 정말로 카를

로스의 무대나 녹음이 적은 이유가 맞다면 그의 일생은 아버지와 대립하는 나날이었겠죠."

"그렇게 들으니 생각보다 쩨쩨한 인생처럼 들리는구만."

"아니요, 그렇지 않습니다. 그는 몇 안 되는 카리스마 지휘자 반열에 올랐습니다. 제왕 카라얀조차도 그를 진정한 천재라고 평했을 정도입니다. 음악의 속도감, 리듬, 서정성 전부 참신하고 뛰어났습니다. 지휘하는 모습이 아름다운 건 말로 다 표현할 수 없을 정도였죠. 당시 독일 클래식계를 이끄는 희망의 별이었습니다. 하지만 그렇게 선구적이기만 한 것이 아니라 오케스트라 배치나 악보 변경 등은 구시대 지휘자들의 흐름을 따랐기 때문에 정당한 계승자로 인정받았죠. 한 번의 연주를 위해 치밀하게 오랜 시간 연습을 강행했기 때문에 무대 횟수는 적었지만 그 연주를 보기 위해 지구 반대편에서까지 팬들이 끊임없이 찾아왔습니다."

평온한 말투 속에 끓어오르는 열정이 느껴졌다.

겐타로는 조금 멈칫했다.

미사키는 죽 꽂혀 있는 레코드판들로 손을 뻗었다.

"흠. 지휘자별로 제대로 정리해 놨군요. 클라이버는…… 여기 있네요. 베토벤 교향곡 4번, 5번, 6번, 7번. 브람스 교향곡 4번. 슈베르트 교향곡 3번, 8번. 드보르작 피아노 협주곡. 89년과 92년도 신년 음악회. '마탄의 사수', '라 트라비아타', '트리스탄과 이졸데', '박쥐'……. 역시 정규 음반은 전부 있군요. 해적판도 제가 알고 있는 것 중에서는 대부분 있습니다. 역시 긴모치 의원님은 확고한 클라이버의 팬이었던 것 같습니다."

"그게 중요한가?"

"상당히요. 이 정도 팬이라면 클라이버의 해적판, 게다가 명연주라고 칭송이 자자한 히토미 강당의 실황 음반을 마치 사막의 여행자가 오아시스를 갈구하는 것처럼 찾았겠죠. 긴모치 의원님에게 살의를 품고 있는 자가 있었다면 아마 그 점에 주목했을 가능성이 큽니다."

"하지만 경찰이 아무리 조사해도 레코드판에서 의심스러운 점은 아무것도 발견되지 않았네. 나도 시험 삼아 같은 내용의 CD를 집에서 들어봤지만 별다른 이상은 느끼지 못했어."

"녹음된 내용을 확인하고자 하신다면 감상 조건이 같아야 할 필요가 있지요. 이 방, 이 재생 장치로 같은 시간에 같은 위치에서 같은 레코드판으로."

"이보게, 미사키 선생."

겐타로는 어제부터 문득 떠오른 생각을 말하려다가 주춤했다. 너무나도 터무니없는 생각이라서 이 이야기를 듣는 사람은 틀림없이 비웃을 것이다. 그러나 이 남자라면 조금도 웃지 않고 진지하게 경청해줄 것 같은 기분이 들었다.

"실은 엉뚱한 생각을 했네. 방금 전에 CD는 녹음대역을 한정한다고 설명했지 않았나. 가청음역대는 20헤르츠라고."

"그렇습니다."

"바꿔 말하면 레코드판에는 20헤르츠 이상의 소리도 녹음할 수 있다는 것 아닌가. 그럼 그 가청음역대를 넘어선 소리가 인체에 치명적인 충격을 줄 수 있지 않을까 생각했네. 게다가 가네마루는 예전부터 폐가 좋지 않았지. 그 부위에 고유의 주파수가 영향을 끼쳐서 기능이 멈췄다든가……. 어떤가?"

그러자 미사키는 깜짝 놀란 얼굴로 겐타로를 쳐다봤다.

"고즈키 사장님, 굉장합니다."

"어, 엇?"

"그런 유연한 발상, 평범한 사람들은 하지 못하죠. 사장님이 성공한 가장 큰 비결을 알 것 같습니다."

"그, 그런가."

"하지만 아쉽게도 가청음역대 외 소리가 인체에 영향을 미친다는 것은 아직 과학적으로 밝혀지지 않았습니다. 초저음인 50헤르츠 부근의 소리는 진동 비슷한 소리라서 다소 불쾌하다고 느끼는 사람도 있지만 결국 그 정도가 다입니다. 반대로 20헤르츠 이상의 고음은 치유 효과가 있다고 알려져 있습니다."

"뭐야, 그렇군."

"죄송합니다. 본의 아니게 기대하게 해드렸군요. 하지만 그 발상은 결정적인 힌트입니다. 아날로그 레코드에는 있고 CD에는 없는 것. 그것이 바로 독살 방법을 푸는 열쇠가 될 겁니다."

그리고 미사키는 정신을 차린 듯 주위를 둘러보기 시작했다.

"어라. 그리고 보니 문제의 레코드판이 보이지 않네요. 방금 전까지 이 주변에 있던 것 같은데."

그 말을 듣고 겐타로도 찾아봤지만 어디에도 없었다.

게다가 언제부터인가 유스케가 보이지 않았다.

두 사람의 눈이 마주쳤다.

"설마."

중얼거리며 미사키는 복도를 뛰어나갔다. 겐타로도 휠체어를 내달려 그 뒤를 따랐다.

"유스케 씨!"

큰 소리로 부르면서 미사키는 닥치는 대로 모조리 방문을 열어젖혔다.

"그 레코드판을 들으면 안돼! 아직 어떤 장치가 되어 있는지 모른다고요."

그러나 1층에 있는 어떤 방에서도 유스케는 보이지 않았다.

다시 한번 두 사람이 서로의 얼굴을 쳐다본 순간, 위층에서 희미하게 귀에 익은 선율이 들려왔다.

"유스케 씨!"

미사키가 2층을 향해 크게 소리쳤더니 음악이 갑자기 멈췄다.

잠시 후 계단 위에 유스케가 나타났다.

"부르셨어요, 미사키 교수님?"

미사키는 눈 깜짝할 사이에 계단 위로 뛰어올라가서 유스케의 어깨를 잡았다. 별안간 벌어진 일에 유스케의 눈이 휘둥그레졌다.

"지금, 그 레코드판을 듣고 있었죠?"

"저, 저기. 저는, 어, 뭐가 잘못됐나요?"

"몸은 어때요? 목에 통증은? 가슴이 고통스럽지는 않아요?"

"무슨 일이세요? 갑자기. 아니요, 딱히 아무렇지도 않은데요."

"실례하겠습니다. 방에 좀 들어가겠습니다."

대답을 듣지 않고 방으로 들어간 미사키는 마침내 레코드판을 들고 나왔다.

"어쨌든 괜찮아 보이지만 만약을 위해 곧바로 병원에 가보도록 해요. 아무리 그래도 경솔했어요. 만에 하나 무슨 일이라도 벌어졌으면 어쩌려고 했습니까?"

"엇. 그런데 그 레코드판이라면 어제도 들었는데요."

"뭐라고?"

"아무 이상 없다고 경찰이 돌려줬는데, 흥미가 생겨서 제 방에서 들었어요. 딱히 아무 문제도 없었어요."

가네마루 저택을 나온 뒤 두 사람은 잠시 동안 아무 말도 하지 않았다.

아날로그 레코드에는 있고 CD에는 없는 것. 그것이 바로 사건 해결의 실마리라고 미사키가 말했다. 그러나 그 레코드판을 들은 유스케에게는 아무 이상이 없었다.

미사키도 자신도 헛다리짚은 것일까.

"미사키 선생. 뭐 하나 물어도 되는가?"

"말씀하십시오."

"아까 카를로스 클라이버에 대한 설명은 잘 들었네. 그런데 그 열정적인 모습을 보건대 선생도 그 지휘자의 팬인 것 같소만."

"팬이라고 할지, 클라이버의 음악은 일종의 마약 같아서요. 그 음악을 들으면 누구라도 평정심을 잃을 겁니다. 같은 곡이라도 그 사람이 지휘하면 전혀 다르게 들리니까요. 한 번 듣고 나면 또다시 듣고 싶어지죠. 정말로 마약 같은 음악입니다. 다만……."

"다만, 뭔가?"

"그뿐 아니라 저는 그라는 사람 자체에도 매력을 느낍니다. 그의 음악은 마치 악마와 같지만 그 생애를 알고 나서는 지극히 인간다운 모습에 흥미를 느끼게 됐죠. 음악 인생 처음부터 아버지가 개입되어 있고, 성장하고 나서도 계속 대립했던 인생. 저는 그렇게 생각합니다."

"마치 자신의 일을 투영한 것처럼 이야기 하는군."

"저뿐 아니라 그건 모든 남자들에게 해당되는 이야기 아닐까요? 누구에게나 아버지라는 존재는 언젠가 맞서야만 하는 장벽이니까요. 설령 이미 돌아가셨다고 해도요. 그리고 그 맞서는 방법에 따라 그 사람의 인생이 정해진다고 생각하지 않으세요?"

그 말을 듣고 겐타로는 문득 자식들에게 생각이 미쳤다.

장남 데쓰야가 태어난 무렵부터 일에 몰두해 함께 놀아 주지도 못했다. 그것은 막내 겐조가 태어난 뒤에도 그대로였다. 그 시대의 아버지들은 으레 그랬다. 휴일이라고 자식들의 손을 잡고 공원에 가는 남자는 물러터진 놈이라고 불렀다. 요즘 시대에는 말도 안 되는 일이지만. 결코 응석을 받아 주지 않았다. 남들도 할 수 있는 일을 하는 건 당연하다며 칭찬도 하지 않았다. 못된 짓을 했을 때에는 용서 없이 몹시 엄하게 꾸짖었다. 마음속으로 늘 생각한 것은 단 하나, 미움 받아도 좋으나 무시당하는 것만큼은 절대 참을 수 없다는 것이었다.

자식 셋 중 이제 남은 사람은 둘. 그 녀석들 마음속에 나는 어떤 위치를 차지하고 있을까.

"미사키 선생의 부친은 살아 계신가?"

"네."

"어떤, 분이신고?"

"지극히 평범한 아버지입니다. 자식의 꿈은 잘 때나 꾸는 거라고 나무라며 자신이 권하는 길이 가장 옳은 길이라고 아들에게 강요하고 반항이라도 하면 괘씸하다는 듯 화를 내시죠. 그런 아버지입니다."

다소 인색한 평가가 아닌가 — 겐타로는 그렇게 말하려다 말았다. 곰곰이 생각해 보면 미사키의 평은 바로 자신의 언행과 딱 맞아 떨어졌기 때문이다. 진로를 강요한 적은 없지만 자신처럼 아들들도 안정을 싫어하고 평범한 삶을 거부하기를 바랐다. 그것이 벽이 되지 않았다고 하면 아마 거짓이겠지.

그렇다면 역시 자신도 세상의 평범한 아버지들과 다를 바 없을까.

"그건 그렇고, 유스케의 방에 있던 턴테이블은 어떤 사양이었지? 역시 긴모치의 음향 기기와 맞먹는 초대형 시스템이었나?"

"설마요. 레코드 소리를 휴대용 오디오로 듣기 위한 간이 시스템이었습니다. 듣는다기보다는 소리를 출력하는 수준이지요. 무엇보다도 그들 세대는 더 이상 CD조차 듣지 않습니다. 인터넷을 이용하니까요."

"인터넷으로 듣는다는 건 길거리에서 자주 보이는 이어폰으로 듣는 그건가. 그거라면 음질이고 나발이고 할 것도 없을 거야. 뭐라 말할 가치도 없는 그저 그런 취미구만."

"취미라기보다는 음악을 공기처럼 받아들이는 사람들이 있는 것이지요. 가볍게, 마치 숨을 쉬듯이 걸어가면서 자연스럽게 음악이 귀에 흘러들어 가도록 말입니다. 그렇지 않은 생활은 아마 상상도 할 수 없을 겁니다."

"이제 긴모치처럼 레코드판이나 CD를 일부러 사서 소장하는 시대는 지나갔나."

"아니요. 그렇다기보다는 극단적으로 변했다고 생각합니다. 일상 생활에서 공기처럼 자연스럽게 음악을 듣는 사람이 있는가 하면, 공연장에서 쏟아지는 생생한 소리와 감동을 그대로 재현해서 듣도록 침압 0.1그램에도 집착하는 사람도 있지요. 바꿔 말해 음악을 듣기 위한 준비 과정을 중요시 하는가 그렇지 않은가의 차이 아닐까 싶습니다."

"준비 과정?"

"네. 한쪽은 헤드폰을 끼고 재생 버튼을 누르면 끝. 그리고 나머지 한쪽은 앨범 재킷에서 경건하게 앨범을 꺼내서……."

미사키의 말이 거기에서 끊겼다.

잠시 기다렸지만 말은 이어지지 않았다.

의아해하는 와중에 갑자기 어떠한 양해의 말도 없이 자동차를 갓길에 정차했다.

"이보게, 미사키 선생. 무슨 일인가?"

백미러를 쳐다보고는 놀랐다.

미사키가 분하다는 듯 입술을 깨물고 있었다.

"어째서, 그걸 눈치채지 못했지."

"어이, 선생!"

"죄송합니다, 사장님. 그 집으로 다시 돌아가겠습니다."

"뭐라고?"

"늦었지만 알 것 같습니다."

두 사람을 태운 간호 차량의 타이어가 끼익 소리를 내며 유턴해서 지금까지 달려온 도로를 되돌아갔다.

4

 가네마루 저택으로 돌아왔더니 현관문에서 다쓰오와 가즈미가 언쟁을 벌이고 있었다.

 "아, 고즈키 사장님. 어쩐 일이십니까. 지금은 거리가 어수선해서……"

 "다쓰오. 긴모치의 오디오룸을 다시 한번 보고 싶네만."

 "무언가 조사할 생각이시라면 타이밍을 놓치셨습니다."

 다쓰오는 몹시 분개했다.

 "집사람이 아버지의 수집품을 처분해 버렸습니다."

 "아니, 그도 그렇게, 어째서 그래요. 그 레코드판을 파는 건 당신도 괜찮다고 했잖아요. 어차피 잡동사니기도 하고."

 "그렇다고 해도 내게 연락 정도는 했어야죠. 이렇게 제멋대로!"

 "지금껏 쓰레기를 버릴 때마다 하나하나 의논한 적 있어요? 당신이 집안일에 신경 쓴 적이 한 번이라도!"

미사키는 얼굴을 굳히고 집 안으로 뛰어 들어갔다. 다시 돌아왔을 때는 얼굴이 온통 초조함으로 물들어 있었다.

"레코드판과 관련된 액세서리가 모두 남김없이 사라졌습니다."

"레코드판은 일전의 가야바라는 남자에게 넘겼고, 그 클라이버 해적판과 액세서리는 조금 전 가연성 쓰레기봉투에 전부 넣어서 시 소속 쓰레기 수거차에 실어 보냈답니다. 이렇게 바보 같을 수가. 제가 집에 돌아왔을 때에는 이미 쓰레기차가 출발한 뒤였습니다."

"바보라니 지금 말 다 했어요? 그런 잡동사니, 어차피 당신도 잔뜩 가지고 있잖아. 게다가 다른 레코드판 중 값어치 있는 물건도 있다는 것 같던데, 죽을 때 들었다는 레코드판은 찝찝하다고 가야바 씨도 거절했다고요. 무엇보다 당신도 아버님의 유품에 애착 따위는 없었잖아요."

미사키는 성큼성큼 다쓰오에게 다가가 섰다. 단정한 얼굴에 차분한 분노가 떠올랐다.

"도대체 무슨 짓을 한 겁니까. 그것도 하필 가연성 쓰레기라니!"

"다, 당신은 도대체 누구야?"

"누구면 어떻습니까. 쓰레기차는 몇 분 전에 출발했습니까?"

"4, 40분 정도 전이네만."

"이 동네 쓰레기는 어느 처리 시설로 이동합니까?"

"이노코시 공장, 아닐까 싶은데……."

"위치는?"

"지쿠사에 있는 가나레다리 주변이오."

"사모님, 그 쓰레기차에 달린 번호를 기억하십니까? 차종은요?

색깔은?"

가즈미에게 물었지만 횡설수설할 뿐이었다.

"버, 번호는 못 봤어요. 차종도⋯⋯."

그러자 다쓰오가 끼어들었다.

"이 동네를 도는 쓰레기차는 언제나 같아요. 번호까지는 나도 모르겠지만 차종이나 색 정도는 보면 기억날 겁니다."

"함께 가시죠."

미사키는 다쓰오의 손목을 잡고 간호 차량으로 뛰어갔다.

"고즈키 사장님, 긴급 상황입니다. 지금부터 쓰레기 수거차를 쫓아야 합니다. 위급한 상황이므로 차에서 내려 주십시오."

"선생, 서두르게. 그렇게 급한 상황이라면 내가 내리는 시간조차 아깝지. 괜찮으니 이대로 출발하게."

"운전이 거칠 겁니다."

"얌전한 건 성미에 안 맞아서."

"그럼, 뭐라도 꽉 잡고 계십시오."

"이, 이봐 당신. 왜 나까지 데리고 가는 건데."

"처리 시설에 도착하기 전에 쓰레기차를 잡아야 합니다. 당신은 쓰레기차를 판별해 주십시오."

벙찐 모습으로 아연하게 서 있는 가즈미를 뒤로하고 겐타로와 다쓰오를 태운 미사키는 차를 출발시켰다. 의견 따위 허락하지 않는다는 기세에 두 사람은 입을 다물었다.

"사장님, 경찰에 아시는 분 있습니까?"

"싫을 정도로 많지."

"누구든 명령권이 있는 사람을 연결해 주십시오."

잠시 생각한 뒤 겐타로는 고다에게 전화를 걸었다.

—고다입니다. 어쩐 일이십니까, 고즈키 사장님.

"지금부터 어떤 남자를 바꿔 주겠네. 내 대리인이야. 이야기를 들어 주게. 선생, 여기. 나카 경찰서의 고다 서장일세."

"서장님. 저는 미사키라고 합니다. 죄송하지만 현경의 폭발물 처리반을 지금 당장 이노코시의 쓰레기 처리장으로 보내 주십시오."

—가, 갑자기 무슨 소린가 자네는.

"폭발물을 실은 쓰레기차가 처리장으로 향하고 있습니다. 처리반 분들에게는 시안화수소라고 말씀하시면 알 겁니다."

—폭발물이라니. 아, 알겠네.

"시안화수소수는 가연성으로 섭씨 26도를 넘으면 폭발합니다. 만약 처리장에 다른 가연성 물질이 섞여 있다면 어떻게 될 것 같습니까?"

전화 저편에서 고다가 침묵했다.

"유감스럽게도 폭발물의 양은 알 수 없기 때문에 그 위력은 전혀 예측할 수 없습니다. 그러니까 처리반과 함께 소방차도 보내 주시기 바랍니다."

미사키는 그렇게만 말하고 휴대 전화를 겐타로에게 넘겼다.

"고다 서장. 궁금한 점이 한둘이 아니겠지만 어쨌든 한시가 급한 일인 것 같아. 가서 별일 없으면 헛수고가 되겠지만, 만약 이 남자가 말한 대로 일이 터지면 돌이킬 수 없게 되겠지. 내가 신뢰하는 사람이니 믿게."

졸지에 꿀 먹은 벙어리가 된 고다의 당황한 모습이 눈에 보이는 듯해 겐타로는 쿡 하고 웃었다.

"죄송합니다만 사장님. 서장님에게 한 마디 더 전해 주십시오. 가네마루 의원님 집에서 나간 쓰레기차를 찾아 추적해 달라고 하십시오. 반드시 소각하기 전에 잡아야 한다고."

"알겠네."

미사키는 차량용 내비게이션을 작동시켰다.

─목적지를 입력하세요.

"다쓰오 씨. 시내 지리에 밝으시죠?"

"어, 어느 정도는. 유세 차량으로 여기저기 다니니까."

"내비에는 처리장까지 40분이라고 뜹니다. 만약 그보다 빨리 도착할 수 있는 지름길이 있으면 알려 주시죠. 수거 차량이 40분 전에 출발했어도 집집마다 도는 것을 고려하면 저희가 따라잡을 수 있는 여지도 남아 있습니다."

"몇 번째 말하는 건데, 어째서 내가 자네에게 끌려 다녀야 하는 거지?"

"까딱 잘못하다가는 대참사가 벌어질 수 있습니다. 쓰레기 처리장이니까 주택밀집지역은 아니지만, 민가가 아예 없지는 않을 테니까요. 만약 사고가 인명피해로 번지면 현의원인 당신의 평판은 어떻게 될 것 같습니까?"

"……아, 알겠네."

주말 정오를 조금 지났을 무렵, 거리는 인파와 차량들로 붐볐다. 미사키는 운전대 조작이 익숙해 보이지 않았지만, 그래도 중심 도로의 동쪽으로 계속 달렸다. 그러나 시내는 사거리와 사거리 사이의 간격이 매우 짧고, 조금 운전하다가 신호에 막히고, 또 조금 운전하다가 신호에 막히는 상황이었다.

"교통체증에 딱 걸려 버렸습니다."

백미러로 보이는 미사키가 엄지손톱을 깨물었다. 이 남자에게 어울리는 버릇이었다.

겐타로의 휴대 전화가 울렸다. 상대는 고다였다.

─사장님. 찾으시는 쓰레기 수거차 말입니다.

"아, 어떻게 됐나?"

─구청에 확인했습니다. 찾으시는 수거차는 5번 차량. 차량 옆에 번호가 달려 있다고 합니다. 그런데…….

"그런데, 뭔가?"

─운전 중에는 휴대 전화를 꺼두는 것이 규정이라서 처리장에 도착하지 않는 한 그쪽에 연락할 수 없답니다.

"그래. 그럼 어떻게든 해보게."

─하지만 그렇게 말씀하셔도 방법이.

"다물게. 뭐 때문에 평소에 눈에 띄는 자동차를 타고 으스대는 것이라고 생각하나. 모두 이런 위급한 상황에서 일반 시민들을 뚫고 출동하기 위한 것 아닌가. 정보는 제공했네. 지금도 선량한 시민으로서 협력하고 있어. 만약 만에 하나라도 사고가 난다면 경찰의 근무태만이라고밖에 할 수 없지. 자네 모가지 하나 날리는 것만으로 해결될 거라고 생각하면 오산이야. 무네노 유이치로라는 남자는 온화해 보이는 얼굴이지만 불상사를 수습할 때는 그야말로 못된 아이가 잡은 개구리를 괴롭히듯이……."

─아, 알겠습니다. 어떻게든 해보겠습니다.

그 대화를 듣고 있던 미사키가 갑자기 운전대를 왼쪽으로 크게 꺾었다.

"엇, 미사키 선생. 무슨 일인가?"

"인도로 달리겠습니다."

미사키는 아무렇지 않게 말했다.

"이대로라면 답이 없습니다."

"사람이 많이 걸어 다니는데."

"죄송하지만 후진하겠습니다."

"다, 당신! 멀쩡한 얼굴로 말도 안 되는 소리 하지 마!"

다쓰오가 비명을 지르듯 소리쳤다.

"멀쩡하다니요, 고심을 거듭한 선택입니다."

"다른 선택지도 있지 않나! 아, 알겠어. 다음 신호에서 좌회전 하게. 북쪽 나고야돔 방향으로 가라고."

"그리고?"

"데키마치대로로 진입하게. 돌아가는 것 같지만 지금 시간대에 는 한산하고 신호도 적어. 분명 히로코지대로로 가는 것보다는 훨씬 빠를 거야."

"감사합니다."

미사키가 그대로 인도로 올라가서 깜짝 놀란 보행자들을 그대로 지나쳐 속도를 줄이지 않고 사거리에서 좌회전했다. 원심력으로 겐타로의 몸도 휠체어와 함께 오른쪽으로 크게 휘청거렸다. 겐타로는 차량 내부에 설치된 손잡이를 잡고 몸을 지탱했다.

"이런, 선생. 말한 대로 운전이 난폭하구만."

"정말 죄송합니다. 장롱면허라서요."

"괜찮네. 이것도 언행일치의 하나겠지."

"이봐, 자네 지금 뭐라고 한 건가. 자, 장롱면허라고!"

"저는 음악이 생업인 사람이지만 악기를 들고 다니는 사람이 아니라 거의 도보와 전철로 이동합니다. 아아, 계속 말 걸지 마세요. 정신이 산만해져서요."

회전목마인 줄 알고 탔더니 롤러코스터였다. 이런 표정으로 다쓰오는 손잡이를 꽉 잡았다.

아까와는 달리 좁은 도로를 간호 차량이 쉬지 않고 달렸다. 전방에서 달리던 자동차들을 예외 없이 모두 앞질렀다. 까딱하면 부딪힐 뻔한 적도 많았는데 그때마다 다쓰오는 몸을 바싹 움츠렸다.

간호 차량은 뒤에 휠체어를 싣는 구조상, 차체가 크고 그에 따라 무게 중심도 높았다. 갑작스럽게 방향을 전환하면 그만큼 불안정해졌다. 이 차량으로 앞서가고 있는 쓰레기 수거차를 추적한다니 따지고 보면 미친 짓이었다.

그러나 운전 모습을 관찰하던 겐타로는 위험보다도 미사키의 옆얼굴에 흥미를 느꼈다.

원래부터 미사키 본인은 아무 관계가 없는 사건이다. 범인이 누구든 그 결과로 아이치현 의회가 어찌 되는 아무 상관도 없다.

그러나 이 남자는 막무가내라고도 할 수 있는 노인의 부탁을 수락하고, 폭발 가능성을 알면서도 익숙하지 않은 운전대를 잡고 참사를 막기 위해 안간힘을 쓰고 있다. 온화한 얼굴 밑에 격렬한 기질을 감추고, 안전지대를 이탈해서 아슬아슬한 구렁텅이로 미친 듯이 달려가고 있다.

분명 나태함을 싫어할 것이라고 생각했다. 그리고 그 나태의 결과로 자신 외의 사람이 불행해지는 것도 싫어할 것이다.

세 사람을 태운 차는 이리저리 접촉을 피하면서 동쪽으로 돌진했다. 앞서 가고 있던 차들의 고함과 욕설을 연료 삼아, 어둠이 엷게 깔린 도심을 질주하며 쓰레기 수거차를 쫓았다.

데키마치대로를 얼마동안 달리다가 다쓰오의 지시대로 우회전했다. 다쓰오의 말이 확실하다면 쓰레기 처리장까지는 거의 외길이었다. 신호도 뜨문뜨문 보였다. 겐타로는 전방에 있을 쓰레기 수거차를 찾고 있었다.

느닷없이 후방에서 사이렌 소리가 들렸다. 뒤를 돌아보니 경찰차 한 대가 겐타로 일행의 뒤를 쫓고 있었다. 이 추격자의 목표는 수거차인가, 아니면 위험운전의 주인공인가.

그때, 겐타로의 가슴팍에서 다시 한번 휴대 전화가 울렸다.

— 고다입니다. 수거차의 현재 위치를 파악했습니다.

"어디야."

— 처리장 직전 50미터. 순찰 중이던 경찰차가 발견했습니다.

— 목적지까지 1킬로미터 남았습니다.

억양 없는 기계 합성음에 겐타로는 혀를 찼다. 기가 막히게 타이밍 나쁜 추임새 좀 보라지.

— 그런데 그 경찰차는 반대차선을 달리고 있어서 정차시키지 못

했답니다.

"그렇겠지. 지금 막 우리 차 바로 뒤에서 달리고 있으니까. 그럼 적어도 처리장에 직접 지시해서 소각을 막기라도 하라고."

겐타로는 일방적으로 전화를 끊었다. 이 판국에 행동 전에 늘어놓는 변명을 듣고 있을 여유는 없다.

대화 내용이 모두 들렸다. 미사키는 계속해서 액셀을 밟았다.

"이봐. 저기 보이지. 저게 처리장이네."

다쓰오가 손가락으로 가리키는 방향에 슬레이트 지붕이 있었다.

두 개의 강과 녹지로 둘러싸인 처리장의 하얀 벽이 어슴푸레한 조명에 보이기 시작했다. 세 사람을 태운 간호 차량은 일차선의 좁은 길을 뚫고 다리를 건넜다. 뒤를 돌아보니 뒤를 따르는 경찰차가 두 대로 늘었다.

간호 차량이 경찰차를 이끌고 처리장 문을 통과했다.

누구의 지시도 없었지만 미사키는 굴뚝이 있는 방향으로 향하는 것 같았다. 현명한 판단이라고 겐타로는 생각했다. 효율성을 생각하면 보통 소각로와 굴뚝은 최단거리로 연결되어 있다.

과연 차를 몰고 가니 코앞에 수거차가 보였다.

"저거다!"

다쓰오가 소리쳤다. 찾아보니 차량 뒷부분의 문짝에 NO.5라는 번호도 확인할 수 있었다.

미사키는 속도를 죽이고 브레이크를 있는 힘껏 밟았다. 차가 날카로운 소리를 내며 급정지하면서 수거차 바로 옆을 미끄러져 지나갔다.

경적을 세 번 울렸다.

스쳐지나가는 순간, 수거차의 운전석에 있던 남자의 얼굴이 보였다. 겐타로는 창문을 열고 목이 찢어져라 소리를 질렀다.

"빨리 멈추지 못할까아아! 이런 우라질!!!"

그 목소리가 들렸는지, 수거차는 지켜보는 사이에 속도를 줄이고 마침내 멈췄다.

수거차 앞에 차를 세운 미사키는 후우 하고 가볍게 한숨을 내쉬었다.

모여든 경찰차 두 대에 타고 있던 제복 차림 경찰이 네 명, 뒤늦게 도착한 폭발물 처리반이 다섯 명. 나아가 소방대원 여섯 명에 미사키를 더한 총 열여섯 명이 쓰레기 수거차 5호가 뱉어낸 쓰레기봉투 더미를 헤치기 시작했다. 모두들 악취와 빈약한 정보에 아득한 기분이 들었지만, 그런데도 작업을 멈추지 않았으니 실로 공무원의 귀감이라 할 만했다.

미사키는 수색 전에 우선 주변을 즉시 냉각시켜 줄 것을 요청했다. 따라서 쓰레기봉투 더미는 냉각제의 연기로 뿌옇게 휩싸인 상태였다.

"그런데 미사키 선생. 자네는 도대체 무엇을 찾는 건가?"

"실마리는 역시 고즈키 사장님의 힌트였습니다. 아날로그 레코드에는 있고 CD에는 없는 것. 그리고 유스케 씨에게는 미치지 않고 긴모치 의원님에게는 미쳤던 것. 그렇게 생각했더니 문제는 자연스럽게 풀렸습니다."

미사키는 쓰레기봉투를 하나하나 열어보며 대답했다.

"공교롭게도 내게 레코드판을 감상하는 취미는 없어서 말이네."

"핵심은 아까도 말씀드렸다시피 준비 과정입니다. CD는 재킷에서 음반을 꺼내 플레이어에 넣은 뒤 재생 버튼을 누르기만 하면 되죠. 그러나 아날로그 레코드를 듣기 위한 준비 과정은 압도적으로 깁니다. 우선 앰프 볼륨을 최소로 설정합니다. 바늘이 레코드판에 닿는 순간의 소리가 들리지 않도록 하기 위해서죠. 다음으로 레코드판을 재킷에서 꺼내 턴테이블 위에 올려놓고 바늘 끝에 묻은 먼지를 브러시로 제거한 뒤 침압을 확인합니다. 그리고,"

거기까지 이야기했을 때 경찰들 중에서 목소리가 들려왔다.

"여기요! 선생님이 찾던 물건, 이거 아닙니까?"

"맞습니다. 그거예요! 그대로 바로 냉각해 주세요!"

폭발물 처리반 중 한 명이 건네받은 문제의 물건을 냉각제로 단숨에 냉각시켰다. 용기가 새하얗게 변한 것을 확인하고 미사키는 겨우 안도했다.

"아직 겨울이라 살았습니다. 만약 한여름이었다면 쓰레기차가 시내 한가운데에서 폭발했을지도 모릅니다."

"미사키 선생. 그건……."

"네. 레코드판은 염화비닐로 만들기 때문에 정전기가 쉽게 일어나는데, 그 중에서도 특히 건조한 겨울철에 먼지가 많이 달라붙습니다. 그래서 정전기 방지용 스프레이로 클리너를 뿌려 먼지를 닦아내죠. CD를 들을 때는 존재하지 않는 절차기 때문에, 마니아가 아닌 유스케 씨는 귀찮아서 시도하지도 않았겠죠. 긴모치 의원님을 살해한 청산화합물, 다른 말로 시안화합물은 이 스프레이 통 속에 담겨 있었습니다. 그리고 그것을 주입한 범인은 바로 당신입니다. 가네마루 다쓰오 씨."

다쓰오는 그 자리에서 얼어붙었다.

"시안화수소는 상온에서는 기체 상태지만 휘발성이 굉장히 높고, 또 통상의 유기용매와 섞기 쉬운 점이 특징입니다. 원래 클리너 성분은 에틸알코올 수용액이라 시안화수소와 섞기 좋지요. 긴모치 의원님은 설명서대로 레코드판과 약간 떨어져서 스프레이를 뿌렸을 겁니다. 휘발성이 강한 시안화수소는 레코드판에 닿기 전에 공기 중으로 흩어졌겠지요. 긴모치 의원님은 그것을 흡입하고 말았던 겁니다. 이전에 폐기종을 앓았던 긴모치 의원님에게는 그 단 한 번의 호흡도 치사량이 되었던 것이지요. 장르는 다르지만 당신도 레코드 수집가였지요, 다쓰오 씨. 당신은 긴모치 의원님 앞으로 클라이버 해적판이 올 것을 알고 우선 의원님이 평소에 사용하던 것과 같은 스프레이 통을 준비해 그 안에 독극물을 주입했습니다. 그리고 긴모치 의원님의 스프레이 통과 바꿔치기한 다음, 범행 후 몰래 다시 원래 자리로 돌려놓은 것까지는 좋았습니다. 현경 감식반은 스프레이 통에는 관심도 없던 것 같지만 말입니다. 분명 당신이 가장 걱정하고 두려워한 점은 실내 온도였겠죠. 시안화수소는 26도가 넘으면 폭발하니까 말입니다. 하지만 의원님의 오디오룸은 언제나 20도로 설정되어 있고, 지금은 겨울입니다. 그러므로 당신은 안심하고 범행을 실행에 옮길 수 있었던 겁니다. 그리고 경찰

수사가 끝난 뒤 독이 든 스프레이 통을 다시 오디오룸에 두었습니다. 다른 장소들은 난방으로 실내 온도가 높아지기 때문에 당연히 오디오룸만큼 안전한 장소는 없었으니까요."

"말도 안 되는 소리를 하는군. 즈, 증거는 있나?"

"먼저 이 트릭은 사건 관계자 중에서는 당신밖에 할 수 없습니다. 스프레이 통에 독극물을 주입하는 건 말로는 쉬워 보이지만 캔 자체는 밀폐되어 있고 독극물은 기체입니다. 비전문가가 감당할 만한 일이 아닙니다. 그러나 예전에 당신은 도료 회사에 근무했었죠. 그렇다면 그 구조나 분해 순서에 대해 잘 알고 있을 겁니다."

겐타로는 음울한 기분으로, 함께 일했을 때 보고 들었던 다쓰오의 재주를 떠올렸다.

"하나 더, 일반적으로 시안화수소는 손에 넣기 힘든 독극물입니다. 가까운 예로 수입 식품의 살충 목적으로 사용하는 정도고, 그것도 일반적이지는 않습니다. 다만 공업 목적으로 사용되는 약은 산업폐기물업자에게 맡겨 그곳에서 처분하도록 되어 있지요. 분명 긴모치 의원님이나 당신은 알고 지내는 산업폐기물업자가 있겠지요."

"그게 어쨌다는 거지. 그 산업폐기물업자에게 독극물을 받았다고 말하는 건가. 듣자하니 아까부터 전부 자네 좋을 대로 해석한 정황 증거뿐이지 않나."

"그만, 그만하게! 다쓰오."

겐타로의 일갈로 다쓰오는 입을 다물었다.

"미안하지만 미사키 선생도, 이제 그쯤에서 그만했으면 하네. 계속 듣고 있자니 내가 괴롭구만."

"하, 하지만 사장님. 저는 결코 그런……."

"스프레이 통에 독이 들어 있다면 그것을 긴모치의 방에 둔 인물은 가족으로 한정된다. 다쓰오. 너는 네 부인과 유스케가 그 혐의를 뒤집어써도 괜찮은 게냐. 설마 긴모치 자신이 그런 방법으로 자살했다고 주장할 셈은 아니겠지? 게다가 예전에 네놈이 내 밑에서 일했을 때가 떠올랐다. 너는 스프레이 통에 담긴 도료가 정해진 색보다 진했을 때 그 자리에서 통 속에 시너를 주입해 완벽하게 희석시킨 적이 있지. 그런 짓을 부인이나 유스케가 할 수 있다고 말하고 싶은 게냐."

다쓰오는 서서히 고개를 떨궜다.

"긴모치를 죽여야만 했던 이유도 대강 짐작은 한다. 보나마나 입막음이겠지. 일전의 관유지 불허 건으로 추궁당했을 때 긴모치는 긍정도 부정도 하지 않았다고 말했지. 그 남자는 잘못한 것은 잘못했다고 인정하면서 실행하는 확신범이다. 부패의 장본인은 다쓰오바로 너야. 네놈이 저지른 짓 아니냐. 세상이 긴모치를 의심하는 것을 이용해 그 녀석에게 죄를 뒤집어씌우려고 했던 게지."

다쓰오는 고개를 미약하게 끄덕였다. 겐타로는 휠체어를 천천히 움직여 다가갔다.

"대답해 보거라. 가네마루 긴모치라는 남자는 네놈에게 그 정도밖에 안 되는 인간이었느냐. 네놈의 악행을 뒤집어씌우고 죽여도 양심의 가책을 느끼지 못할, 그 정도밖에 안 되는 아버지였냐는 말이다."

"그 반대였습니다. 그 정도의 인간이 아니었기 때문입니다."

스러져가는 목소리였다.

"고즈키 사장님. 당신은 아버지처럼 걸출한 인물입니다. 세상의 상식을 뒤엎고 타인의 평판 따위 신경도 쓰지 않죠. 평범한 인간을 몇이나 깔아뭉개며 이 세상의 제왕으로 올라선 사람입니다. 그런 사람이 나 같은 인간의 기분을 알기나 하겠습니까?"

"그런 건 알고 싶지도 않다."

"아 네. 당신은 역시 그렇게 말씀하시겠죠. 아버지도 그랬습니다. 자신의 피를 이어받았으니 당신과 같은 능력을 지니고 있을 거라고 믿어 의심치 않았죠. 하지만 그건 아버지의 욕심에 불과했습니다. 사장님, 당신이라면 아시겠죠. 저는 아버지만큼 뛰어난 사람이 아닙니다. 일단 의원직을 맡고는 있지만 미래에 당을 짊어질, 큰일을 할 인물은 못됩니다. 애당초 정치가가 맞지 않는다고 생각해서 다른 직업을 선택했습니다. 그런데 현의회 의석이 부족하다며 제 의사는 묻지도 않고 아버지가 강제로 시켰습니다. 지금껏 제가 얼마나 무리를 해왔는지 아십니까?"

"참나."

"하지만 제 후원회도 그리고 지지자들도 제가 아버지가 하던 일을 잇기를 원했습니다. 빨리 가네마루 긴모치를 따라잡고 뛰어넘기를. 그런 일 따위 처음부터 불가능했는데……."

"어떤 남자라도 아버지를 뛰어넘지는 못해."

"당신이나 아버지 같은 사람은 특별합니다."

"고작 그런 이유로 그 녀석을 죽인 건가?"

"부패 의혹으로 현의회에서 주변을 추궁해 왔습니다. 만약 제가 진두에 서서 질문세례를 받게 되면 비밀이 드러나게 될 상황이었습니다. 그렇게 되면 틀림없이 저는 실각되고 당도 의석을 잃게 되죠. 다행히도 업자가 구체적인 이름을 거론하지 않았고 세상은 아버지가 한 짓이라고 믿었습니다. 그러니까 아버지만 돌아가시면 딱 좋은 상황이었습니다. 그 죽음을 이용해서 복수전이라며 선거판을 유리하게 움직일 계획도 짜두었습니다."

"……정말로 비열한 놈이구나."

"하지만 그게 다가 아닙니다. 역시 아버지가 미웠습니다."

울음 가득한 얼굴을 보고 겐타로는 가슴이 철렁했다.

그 옛날 데쓰야와 겐조가 똑같은 표정으로 자신에게 대든 적이 있었다. 지금처럼 자신의 한심함을 아버지라는 존재에게 전가하는 말투였다. 그때는 큰 소리로 꾸짖고는 말을 잘라 버렸다. 그러나 지금은 목구멍에서 그 노성이 나오지 않았다.

"뛰어넘고 싶었지만 넘을 수 없었어요. 나이를 먹어도 어린 아이 취급 받는 것에 거스르는 법조차 알지 못했습니다. 그게 말입니다, 집에서뿐만 아니라 의원 일이나 현 관련 조직 활동으로까지 이어졌다고요. 그 누구도 나를 가네마루 다쓰오로 봐주지 않았습니다. 가네마루 긴모치의 장남이라고만 생각했어요."

다쓰오의 목소리가 점점 열기를 띠었다. 그러나 그것은 어두운 열정으로 물들어 있어, 듣는 사람의 기분까지 암울하게 만들었다.

"어렸을 때부터 아버지다운 일은 하나도 해 주지 않았습니다. 같이 놀아 준 적도 없었죠. 제게 준 거라고는 오로지 질책과 과도한 기대뿐이었습니다. 그런 아버지에게 애정 따위가 있겠습니까. 의원이 된 뒤로는 더욱 심해졌습니다. 그 남자는 나를 의석 중 하나로밖에 보지 않았습니다. 그만큼이나 강력한 권력을 움켜쥔 정치가의 뒤에 가려진 2세 의원의 비참함과 괴로움은 절대 본인이 아니면 이해할 수 없습니다."

"되도 않는 말을 지껄이는군. 아버지는 어리광을 받아 주는 존재가 아니야. 긴모치가 그렇게 하지 않았다는 이유만으로 제거했다는 건가?"

"사장님. 제가 산업폐기물업자와 결탁한 이유도 선거 자금을 짜내기 위해서였습니다. 돈, 돈, 돈. 아버지처럼 신망이 두텁지도 않은 제가 선거판에서 싸우기 위한 방법은 돈밖에 없습니다. 정치 세계에 입문하지 않았다면 저는 이런 인간이 되지 않았을 거예요. 이렇게 된 건 전부 아버지 탓이라고요. 극복하지 못해 제거했다고요? 저는 극복하려고 했어요. 하지만 실패했기 때문에 그 벽을 부숴 버린 것뿐입니다. 그리고 대부분의 인간은 말입니다, 사장님. 벽에 부딪히면 돌아가든지 부숴 버리든지 둘 중 하나랍니다."

"네놈은 도망쳤을 뿐이야."

"도망쳤다라. 그럴지도 모르죠. 하지만 그렇게밖에 할 수 없었던 이유는 내가 정치 세계에서 살아남을 방법이 더 이상 없었기 때문입니다."

다쓰오는 그렇게 말하고는 숨을 깊게 내뱉었다.

"다쓰오. 네게 닥친 의혹에 대해 긴모치가 긍정도 부정도 하지 않은 이유를 한 번쯤 생각해 본 적이 있느냐?"

"……네?"

"자기가 저지른 일이 아니면 당당하게 아니라고 밝힐 남자가 어째서 침묵을 지켰다고 생각하느냐. 당연히 누군가를 감싸고 싶었던 것 아니겠느냐. 그리고 그 녀석이 정치 세계에서 감싸고 싶어할 인간은 한 사람뿐이지 않느냐."

"설마."

"네놈에게는 말하지 말라고 당부했기 때문에 나도 여태껏 잠자코 있었는데 말이다. 전쟁 후 수리공장에서 처음 만났을 때부터 얼굴을 마주치기만 해도 싸우던 녀석이 딱 한 번 내게 머리를 숙인적이 있지. 회사가 망해 직장을 잃은 네놈을 내가 거두었을 때다. 믿음직스럽지는 못하지만 정직한 것만은 장점인 놈이라고, 부디 키워 달라고. 분명히 세상에서 가장 머리를 숙이고 싶지 않았을 내게 깊이 머리를 숙였단 말이다. 네놈은 어떻게 생각할지 몰라도 그 녀석은 그 녀석 나름대로 아버지 노릇을 했다."

"아, 아버지……."

다쓰오는 그렇게 말하며 망연자실한 듯 무릎을 꿇었다.

⁕◎⁕

폭발물 처리와 다쓰오의 처분을 경찰에게 맡기고 고즈키 저택으로 돌아왔을 무렵에는 해가 완전히 저물어 있었다. 동쪽 하늘에는 이미 칠흑 같은 어둠이 내려앉기 시작했다.

미사키는 휠체어를 신중하게 차량에서 내렸다. 예상치 못한 상황이었다고는 해도 이 노인에게 상당한 부담을 주었다. 적어도 집

에 들어갈 때까지 더 이상 부주의한 부상은 입히지 않겠다고 생각
했다.

"수고했네, 선생."

이 말이 사건 해결에 대한 인사인지, 겐타로와 함께 움직인 것에
대한 인사인지는 굳이 묻지 않았다.

"아까는 덕분에 살았습니다."

"무엇이 말인가."

"다쓰오 씨가 물증을 요구했을 때 말입니다. 솔직하게 말씀드리
면 그때까지만 해도 내놓을 수 있는 증거는 없었으니까요."

"그것 말인가. 신경 쓰지 말게. 어차피 스프레이 통을 철저하게
조사하면 뭐라도 증거가 남아 있었을 게야. 아니, 그게 아니더라도
용의자가 한 사람으로 좁혀지면 경찰은 기를 쓰고 증거를 찾아낼
테니까 시간문제인 셈이지. 게다가 선생. 그 상황에서 내가 끼어든
것이 짜인 극본처럼 절묘했지."

"네. 하지만 제게 도움이 필요하다는 것을 알고 계셨지요?"

"……자네 정말 만만치 않군."

"그 말씀, 그대로 돌려드리겠습니다."

미사키는 휠체어를 밀며 현관까지 완만한 언덕을 걸었다. 기분
탓인지 가네마루 저택으로 갈 때보다 겐타로의 몸이 가벼워진 느
낌이 들었다.

"미사키 선생."

"네."

"내가 틀렸던 걸까."

"무엇을 말씀이십니까?"

"지난주에도 내 부하였던 하루미라는 남자가 길을 잘못 들었네. 그리고 이번에는 다쓰오였지. 두 사람 모두 옛날에는 소심하면서도 성실한 사람들이었어. 근본이 성실하기만 하면 나중에 살아가는데 필요한 것을 배우기만 하면 된다고, 나는 그렇게 생각했네. 하지만 착각이었어."

겐타로의 목소리는 지친 기색으로 평소다운 힘이 사라져 있었다.

"사람이 자신의 의지로 살아가다 보면 언젠가는 반드시 벽에 부딪히게 되네. 그러니까 나는 그 녀석들에게 도망치지 말라고 계속 가르쳐 왔는데, 그게 실수였을까?"

"조금 실망하신 것 같네요."

"정말이지. 있잖나, 미사키 선생. 내가 가르쳐주고 싶었던 것을 가르치려고 했던 것 자체가, 헛된 일었던 걸까. 나는 무언가를 성취한 사람, 나이를 먹은 사람이 세상에 공헌하는 방법은 가르쳐주는 것밖에 없다고 믿어 왔는데."

"그렇지 않습니다."

미사키는 단언했다. 설령 확신할 수 없더라도 지금은 그렇게 말해야만 했다.

"노인도 젊은이도, 누구든 가르침이 필요 없는 사람은 없습니다. 저는 음악밖에 모르는 식견이 좁은 사람이지만, 그래도 위인이라고 칭송받는 선구자늘이 성공하고 명성을 얻은 뒤에도 끊임없이 누군가에게 가르침을 청했던 사실을 알고 있습니다. 쓸데없는 가르침이란 없습니다. 만약 틀렸다고 해도 그때마다 다시 배우면 되지요."

그러자 겐타로는 유쾌하듯 작게 웃었다.

"미사키 선생. 분명히 자네는 지금까지 몇 번이나 좌절을 거듭했 겠지."

"어째서입니까?"

"무릎을 꿇을수록 인간은 강해지기 마련이거든. 선생, 폐를 끼친 김에 하나만 더, 내 부탁을 들어줄 수 있나?"

"말씀하십시오."

"내게는 손녀가 둘 있네."

"알고 있습니다. 요전에 오니즈카 선생님의 피아노 교실에서 만 난 적 있습니다."

"아직은 실력이 어설퍼. 만약 그 아이들이 피아노를 배우고 싶다 고 하면 선생님이 되어 줄 수 있겠나? 단, 이 일은 우리 둘만 알고 있는 비밀로 했으면 좋겠네. 내 부탁이라는 걸 알면 불편해할 수 있으니까."

"약속하겠습니다."

"그래…… 고맙네."

겐타로는 안도한 듯 말하고는 미사키의 손을 탁 쳤다.

"이제, 이만하면 됐네. 여기서부터는 스스로 가도록 하지."

완만한 언덕이 끝나고 그곳에서 현관까지는 평지 길이 이어졌다.

휠체어가 미사키의 손을 떠났다.

겐타로는 혼자서 휠체어를 밀었다.

그리고 단 한 번 뒤를 돌아봤다.

"오늘은 말이네, 아들 부부도 둘째도 다들 외출해서 나와 손녀들 뿐이야. 미치코 씨도 퇴근했고. 그러니까 오랜만에 별채에서 셋이 오붓하게 보낼 걸세."

설렘이 떠오른 얼굴은 평범한 노인의 그것과 다르지 않았다.

"그럼 다음에 또 보게나. 미사키 선생."

대화는 그것으로 끝이었다.

겐타로의 뒷모습이 점점 작아져갔다.

불현듯 이것이 겐타로의 마지막 모습이라는 예감이 들었다.

미사키는 언덕 아래에서 휠체어가 시야에서 사라질 때까지 하염없이 배웅했다.

겐타로의 모습이 어둠에 점점 사라져갔다.

이윽고 완전히 보이지 않았다.

괴팍하지만 정감 가는
휠체어 탐정의 사건 파일

일본에서 큰 인기를 끌었던 '리갈 하이'라는 드라마가 있습니다. 한국에서도 드라마로 리메이크되었기 때문에 이 드라마를 알고 계신 분들이 많으리라 생각합니다. 한 번도 패소한 적 없는 다소 괴팍하고 돈을 밝히는 악덕 변호사 코미카도 켄스케와 정의감 넘치는 새내기 변호사 마유즈미 마치코가 펼치는 코미디 법정 드라마로 국내에도 많은 팬들을 양산했습니다. 내용도 물론 재미있지만, 제가 이 드라마에 푹 빠졌던 이유는 단연 '코미카도 켄스케'라는 캐릭터 때문이었습니다. 코미카도는 우선 평범과는 매우 거리가 먼 인물입니다. 돈밖에 모르기 때문에 돈 되는 소송이라면 마다하지 않고, 실력까지 출중해서 한 번도 패소한 적이 없으며 눈 밖에 난 인물에게는 철저하게 응징합니다. 냉철한 이성으로 똘똘 뭉친 그가 뱉어내는 독설들은 어떻고요. 사회에서 통용되는 선악 구도나 상식이 그에게는 통하지 않습니다. 그럼에도 캐릭터가 매력적인 이유는 그가 펼치는 주장들이 논리정연하고 설득력이 있기 때문입니다. 그는 드라마에서 정말 쉬지 않고 끊임없이 떠들지만 허튼 논리를 펼치지는 않습니다. 오히려 현실을 직시하게 하는 '옳은 말'을 쏟아내며 간지러운 곳을 시원하게 긁어주고 막힌 속을 뻥 뚫어줍니다. 밉살스러워 보이지만 밉지 않은 매력적인 캐릭터에 마음을 빼앗겼습니다.

나카야마 시치리의 『안녕, 드뷔시 전주곡－휠체어 탐정의 사건 파일』에는 휠체어 탐정이 등장합니다. 지역 유수의 자산가로 부동산 회사를 운영하지만, 뇌경색으로 쓰러진 뒤 하반신불수의 몸으로 휠체어 생활을 하는 고즈키 겐타로 할아버지입니다. 겐타로 할아버지 역시 보통사람들과 상당히 다릅니다. 남다른 사고방식과 타인의 눈치를 보지 않는 대범함. 눈치를 보지 않기 때문에 본인이 하고 싶은 말은 지체 없이 쏟아냅니다. 마음에 들지 않는 인물에게는 가차 없이 면박을 주지요. 또 어찌나 수다스러운지요. 청산유수로 늘어놓는 이야기들이 꼬리에 꼬리를 물어서 '어휴, 이 할아버지 정말 말 많네'라고 생각할 정도였답니다. 그러나 겐타로 할아버지는 허튼소리를 늘어놓지는 않습니다. 현실을 신랄하게 비판하지만 결코 터무니없지 않고, 세상이 정해 놓은 선악이 아닌 자신만의 기준으로 틀렸다고 생각했을 때는 묵직한 돌직구를 날립니다. 논리적인 쓴소리를 날리기도, 진심이 담긴 따뜻한 잔소리를 늘어놓기도 할 때면 평범한 우리네 할아버지 같은 모습도 엿보입니다. 겐타로 할아버지가 가차 없이 돌직구를 날릴 때는 사이다를 병째로 들이켠 듯한 카타르시스까지 느꼈습니다. 겐타로 할아버지의 뛰어난 말발 덕분에, 주변 등장인물들과 나누는 차진 티키타카 대화가 등장할 때는 소소한 재미도 느껴집니다. 요양보호사 미치코 씨의 말대로 가끔은 밉살스러운 말을 하지만 정말이지 미워할 수 없는 캐릭터입니다. 저는 이 책을 읽으면서 리갈 하이의 코미카도와 겐타로 할아버지가 무척 닮았다고 생각했습니다. 예전에 코미카도라는 캐릭터에 매료됐을 때의 기분을 겐타로 할아버지를 통해 다시 한번 느꼈답니다. 어찌나 매력이 뿜뿜하는 캐릭터들인지요. 매력적인 주인공 한 명은 훌륭한 작품에 날개를 달아 준다는 사실을 이 캐릭터들을 통해 새삼스럽게 깨달았습니다.

『안녕, 드뷔시 전주곡—휠체어 탐정의 사건 파일』은 겐타로 할아버지의 원맨쇼라고 해도 좋을 것입니다. 일당백을 넘어서 일당천을 하는 것 아닐까 생각이 들 정도로 천하무적입니다. 그런 겐타로 할아버지가 주변에서 벌어지는 미스터리한 살인 사건들을 몸소 해결해 나갑니다. 완전 밀실 살인 사건, 재활치료센터 사건, 노인 연쇄 습격 사건, 은행 강도 사건, 국회의원 독살 사건. 미스터리 소설답게 미스터리 요소에 매우 충실하면서도 각 단편들의 소재와 겐타로 할아버지의 입을 빌려 사회문제를 지적하는 사회파 미스터리의 모습도 잃지 않습니다. 흔히 두 마리 토끼를 모두 잡기는 어렵다고들 하지만 안녕 드뷔시 전주곡—휠체어 탐정의 사건 파일』은 본격 미스터리와 사회파 미스터리라는 두 마리 토끼를 모두 잡은 책이 아닐까 감히 생각합니다.

한편 이 책에는 반가운 인물이 등장합니다. 바로 『안녕 드뷔시』로 시작되는 미사키 요스케 시리즈의 주인공 미사키 요스케입니다. 총 다섯 편으로 이루어진 단편 연작 미스터리의 가장 마지막 편인 '휠체어 탐정 마지막 인사'에 탐정 역할로 등장합니다. 그리고 이 단편을 통해 겐타로 할아버지에서 미사키 요스케로 명탐정의 세대교체를 알립니다. 『안녕, 드뷔시』를 먼저 읽은 독자라면 겐타로 할아버지의 운명을 이미 알고 있기 때문에 '휠체어 탐정 마지막 인사' 편을 읽으면서 더욱 쓸쓸하고 먹먹한 기분을 느낄 것이라 생각합니다. 개인적으로 이 책에 실린 다섯 편 중 가장 인상 깊게 읽은 편이 바로 이 '휠체어 탐정 마지막 인사'입니다. 특히 클라이버 부자 일화를 활용해서 서사적인 완성도를 높인 부분에서는 정말이지 무릎을 탁 쳤을 정도니까요. 저는 클라이버가 빈 필하모닉과 녹음한 베토벤 5번&7번 음반을 즐겨 듣는데, 이 단편에서 마에스트로의 베토벤이 등장해서 무척 반가웠습니다. 클라이버의 베토벤은 무척 생명력이 넘칩니다. 작품 속에서 문제가 되는 1986년 베토벤 7번 실황 연주는 정식 발매 되지 않았지만 그 외 연주들은 음반이나 음원 사이트를 통해서 만날 수 있습니다. 독자 여러분도 함께 느껴 보셨으면 좋겠습니다.

저는 예전에 도서관에서 우연히 빌렸던 『안녕, 드뷔시』를 통해 나카야마 시치리라는 작가와 처음 만났습니다. 그때는 제가 한창 번역 공부를 하고 있을 때였는데, 책 속에 등장하는 겐타로 할아버지와 미사키 요스케 선생님의 대사 하나하나에 몹시 공감이 가서 충격을 받았던 기억이 있습니다. 특히 겐타로 할아버지의 주옥같은 일침은 찬물을 뒤집어쓴 것처럼 정신을 번쩍 들게 만들었죠. 클래식을 좋아하는 사람으로서 음악과 미스터리를 절묘하게 버무려서 풀어낸 작품 자체에 느낀 감동은 기분 좋은 덤이었습니다. 그때부터 저는 나카야마 시치리의 팬이 되었고 아, 나도 누군가에게 감동과 공감을 불러일으킬 수 있는 책을 번역하고 싶다고 생각했습니다. 그런데 좋아하는 작가의, 심지어 좋아하는 캐릭터가 등장하는 소설을 번역할 수 있게 되어 감회가 새롭습니다. 이 단편 미스터리에 등장하는 겐타로 할아버지의 날카로우면서도 따뜻한 일침이 독자 여러분의 마음에 작게나마 긍정적인 파문을 일으켰다면 번역가로서도 큰 기쁨일 것입니다.

2019년 가을
문지원